더블 퍼지 브라우니

DOUBLE FUDGE BROWNIE MURDER

살인사건

조앤 플루크 지음 / 박영인 옮김

해문

더블 퍼지 브라우니
DOUBLE FUDGE BROWNIE MURDER
살인사건

등장인물

························

한나 스웬슨	'쿠키단지'라는 베이커리 카페 운영.
안드레아 토드	한나의 여동생, 부동산 중개인.
미셸 스웬슨	한나의 막냇동생.
노먼 로드	레이크 에덴의 치과의사.
마이크 킹스턴	위넷카 카운티의 경찰관.
리사 & 허브 비즈먼	한나의 어린 동업자와 경찰관 남편.
딜로어 스웬슨	한나의 어머니. 골동품점을 운영.
나이트 박사	레이크 에덴의 의사. 딜로어와 결혼.
로스 바톤	한나의 대학동창이자, 영화 제작자
콜팩스 판사	한나 사건의 담당 판사
호위 레빈	레이크 에덴 유일의 변호사
빌 토드	안드레아의 남편. 위넷카 카운티의 경찰서장
로니 머피	미셸의 남자친구. 위넷카 카운티의 경찰관

쌀쌀한 9월의 아침, 한나는 다소 흥분 상태였다고 이야기하는 것이 그나마 가장 절제된 표현이 될 테다. 어제 다시 연기된 곧 다가올 운전 중 과실치사 재판에 대한 두려움도 한나의 들뜬 기분을 가라앉히지 못했다.

"걱정마, 모이쉐."

한나는 옷장 위에 앉아 한나를 물끄러미 바라보고 있는 오렌지빛과 흰색빛이 한데 섞인 고양이를 향해 말했다.

"그래봤자 사흘만 없는 거잖아. 노먼이 곧 널 데리러 올 테니까, 내가 없는 동안 노먼과 커들스랑 잘 지내야 해."

"르아아아옹!"

미끄러지듯 가운을 벗고 근사한 청록색의 새 바지 정장을 입으며 한나는 미소를 지었다. 고양이는 사람 말을 알아들을 수 없다고 믿는 사람들도 있지만, 모이쉐는 '커들스' 란 이름이 나올 때마다 매우 열광적인 반응을 보이곤 했다. 노먼이 키우고 있는 고양이 커들스는 모이쉐의 둘도 없는 친구였기 때문이다. 한나는 그래봤자 동물들일 뿐인데 내가 너무 의인화하는 것이 아닐까 하는 생각이 들기도 하지만, 정말 모이쉐는 엄마가 나이트 박사님을 사랑하는 것만큼이나 커들스를 사랑하고 있는 듯했다.

한나는 신발을 신고 침대 발치로 향했다. 여행가방은 활짝 열린 채로 침대보 위에 놓여 있었다. 한나는 다시 한 번 내용물을 확인했다. 메인가 쿠키단지 옆에 자리한 고품격 의상실인 부 몽드 패션의 여주인 클레어로저스 크누드슨은 스웬슨가의 세 자매 각각에게 일명 '혼수'를 직접 골라주었는데, 그 '혼수'란 것이 사실은 곧 엄마의 새신랑이 될 나이트 박사님이 세 자매에게 주는 결혼 선물이자 들러리 드레스였다. 물론 엄마의 몫으로는 들러리 드레스보다 훨씬 더 근사한 신부용 정장이 준비되어 있다. 다만 지금은 나이트 박사님과 세 딸이 함께 계획한 깜짝 결혼식을 위해 시릴 머피의 샴록 리무진 중 한 대의 트렁크에 실려 있지만 말이다.

세 자매는 처음에는 박사님의 사랑스럽고 값비싼 선물을 받는 것이 망설여졌었다. 이런 후한 선물을 받는 것은 미네소타주 레이크 에덴 마을에서는 절대 흔한 일이 아니었다. 마을에 부유한 사람들이라곤 몇 안 되고 대부분은 열심히 일을 해서 근근히 수입을 얻는 터라 값비싼 것에 돈을 쓸 여유는 없었기 때문이다. 한나와 안드레아, 미셸 역시 그런 사람들이었다.

박사님은 한 주 내내 결혼식 파티 관계자들에게 선물하는 것은 전통이라며, 자신의 마음이 담긴 선물을 받아달라고 자매를 설득했다. 박사님의 들러리를 제외하고 결혼식 파티에 관한 모든 것을 한나와 안드레아, 미셸이 계획한 것은 사실이었다. 게다가 엄마를 위한 깜짝 결혼식 준비를 도와준 데에 대한 감사의 선물이라고도 했다. 그런 설명과 함께 박사님은 세 자매를 의상실로 데려가 클레어에게 인계했다.

스웬슨가 자매들은 클레어의 고급 의상실에서 쇼핑하는 일은 별로 없었다. 세 사람 모두 그렇게 여유 있는 형편은 아니었기 때문이다. 물론 한나가 운영하고 있는 베이커리 카페에서 안락한 생활을 할 만한 수입을 벌고 있긴 하지만, 고급 디자이너 의상을 구매하는 것은 한나의 우선순위 목록의 저 밑으로 밀려나 있었다. 스웬슨가의 둘째인 안드레아는 디자이너 제품들을 좋아하긴 했지만, 파트타임으로 부동산 중개 일을 해서 버는 돈은 고스란히 두 딸을 위한 대학 학자금 통장으로 들어가고 있었다. 안드레아의 남편도 물론 일을 하고 있다. 빌은 위넷카 카운티 경찰서의 서장인데, 그의 월급은 전부 가족의 생활비로 사용되고 있었다. 제일 막냇동생 미셸은 맥칼레스터 대학에 다니고 있는데, 아르바이트해서

번 돈으로 학비와 책값, 생활비를 대기도 빠듯했다.

한나는 엄마의 결혼식에 입고 갈 의상으로 우아한 사파이어블루빛의 드레스를 살짝 만져보았다. 안드레아와 미셸은 똑같은 스타일의 드레스를 골랐는데, 모두 푸른빛 계열의 빛깔을 띠고 있었다. 그중에서도 한나가 고른 드레스 색깔이 제일 돋보였는데, 그 사파이어블루빛은 한나의 붉은 머리카락과도 환상적으로 잘 어울렸다. 미셸의 드레스는 그보다 좀 더 밝은 색깔로, 미셸의 갈색머리에 붉은색과 금색으로 몇 가닥 넣은 하이라이트를 더욱 돋보이게 했다. 반면 안드레아의 드레스는 제일 옅은 푸른빛으로 안드레아는 마치 겨울왕국의 공주 같았다. 금발머리를 틀어 올려 망에 넣은 뒤 그 위에 큐빅으로 장식한 판을 찌르니 그야말로 왕족이 따로 없었다.

오늘 밤 엄마는 라스베이거스에 있는 오키드 리틀 예배당에서 박사님과 결혼식을 올릴 것이다. 축하객은 박사님의 들러리와 스웬슨가 세 자매가 유일하다. 하지만 우리의 예비 신부는 박사님이 세 자매를 불러 함께 조찬을 하자고 초청할 때까지도 박사님이 이런 깜짝 여행을 계획하고 있는지 까맣게 모르고 있었다. 그 조찬은 의상을 갖춰야 하는 일이 없을 때는 레인보우 레이디 자원봉사단 재킷과 바지를 입고 병원에 출근하는 엄마의 행색을 우려한 안드레아의 아이디어였다.

엄마가 병원에 도착하면 박사님이 엄마를 그 길로 대기 중인 리무진에 태워 바로 공항으로 향할 생각이다. 박사님은 미셸과 안드레아, 한나를 공항까지 데려다줄 리무진을 또 한 대 빌려둔 참이었다. 그렇게 모두가 공항에 도착하면 박사님이 다섯 명을 위해 미리 준비해둔 샴페인 조찬을 함께할 것이다.

엄마는 이런 일이 일어날 것이라고는 꿈에도 생각지 못하고 있을 것이다. 박사님은 이미 여러 번 즉흥 저녁과 깜짝 선물로 엄마를 놀라게 했던 전적이 있는데, 지금껏 엄마는 그런 깜짝 이벤트에 무척 즐거워했다. 이번 것은 지금껏 중 가장 큰 이벤트가 될 것이다!

미리 계획해둔 시나리오에 왠지 모르게 긴장되는 건 한나도 어쩔 수 없었다. 이 모든 일을 박사님과 세 자매가 함께 공모했다는 사실을 엄마가 알게 된 후에 일어날 일은 둘 중 하나다. 몹시 화를 내며 박사님과의 결혼 자체를 취소해버리거나 이 로맨틱한 즉흥 이벤트에 기뻐하며 자매들 역시 계획을 도왔다는 사실에 감격해하시거나.

한나는 몇 가지 이유로 후자 쪽에 손을 들었다. 가장 중요한 사실은 엄마가 박사님을 돌이킬 수 없을 정도로 사랑하고 있다는 것이었다. 박사님이 함께 도망가자고 한다면 엄마는 조금도 망설이지 않을 것이다. 한나의 마음 속에서는 후자로 결론 날 가능성이 90% 이상으로 상승하고 있었다. 어쩌면 100%에 가까울지도 모른다. 하지만 마음이 놓이지 않는 부분이 하나 있었는데, 그것은 바로 자신의 결혼식을 직접 계획하고 준비할 기회를 빼앗은 데 대해 엄마가 크게 실망할지도 모른다는 것이었다.

"그런 일은 없을 거야!"

한나는 확신하기라도 하는 듯 큰 목소리로 말했다. 엄마는 무슨 일이 있어도 박사님과 지구 끝까지 함께할 것이다. 두 사람을 보고 있으면 한나도 그렇게 서로만을 바라보는 진심 어린 사랑에 대한 열망이 생기곤 했다. 지난 일을 돌이켜보면, 그것이 바로 한나가 노먼이나 마이크의 프러포즈를 받아들이지 못한 이유이기도 했다. 두 사람 모두 사랑했기 때문이다. 하지만 그 사랑은 가슴이 콩닥콩닥 뛴다거나 한나가 그토록 바라는, 그 사람 없으면 못 살 것 같은 절박한 종류의 것은 아니었다. 한나는 평생 단 한 번만이라도 완벽하게 사랑하는 완벽한 남자가 완벽한 날 밤 자신을 찾아와 함께 도망가자고 유혹해온다면 좋겠다고 생각했다.

내가 너무 많은 걸 바라는 건가? 세상에 완벽한 사랑이라는 건 없는 것일까? 거기에 조금 못 미치는 사랑에 안주하길 거부한다면 충만한 삶을 살고 있다고 말할 수 없는 것일까?

그때 노크소리가 들렸고 한나는 생각에서 퍼뜩 깨어났다. 한나는 여행가방을 닫고 한나의 발끝을 쪼르르 쫓아오는 모이쉐를 매단 채 서둘러 현관으로 향했다. 현관에 도착해서는 살짝 숨이 가빴다.

"어서 와요, 노먼."

한나는 벌컥 문을 열었다.

"문구멍으로 내다보지 않았어요, 한나."

노먼이 안으로 들어서며 한나를 점잖게 나무랐다.

한나는 웃음을 터뜨렸다.

"아침 8시 30분에요? 게다가 노먼이 8시 30분에 온다고 했잖아요. 지금껏 약속시간 어긴 적이 없어요."

"알았어요."

노먼은 살짝 부끄러워하는 듯했다.

"내가 너무 오버했나 보네요. 그래도 꼭 문구멍으로 확인하는 거 잊지 않았으면 좋겠어요. 내가 한나가 만나고 싶지 않은 사람일 수도 있잖아요."

"그럴 리가요!"

한나는 그를 꼭 껴안았다.

"내가 노먼을 만나고 싶지 않아 하다니 말도 안 돼요. 노먼, 당신은 항상 만나고 싶은 걸요!"

노먼도 한나를 껴안았다. 한나의 말에 기분이 좋은 듯했다. 사실 노먼의 이야기는 일리가 있었다. 한나는 현관문을 열어주기 전에 반드시 문구멍으로 방문자를 확인하는 습관을 들여야만 했다.

"르야아아옹!"

"안녕, 친구."

노먼이 허리를 숙여 모이쉐를 쓰다듬었다.

"커들스가 집에서 널 기다리고 있어. 낮엔 열심히 놀고 밤엔 열심히 잘 준비 되었겠지?"

모이쉐는 노먼을 잠시 올려다보더니 이내 고양이 타워로 다가가 횃대 위로 휙 올라가서는 이내 입에 쥐 인형을 물고 다시 내려왔다.

"그것도 가져가고 싶어?"

노먼이 쥐 인형을 건네받아 복도 쪽으로 던졌고, 모이쉐가 이내 달려가 물어왔다.

"좋아."

노먼이 쥐 인형을 다시 건네받았다.

"그럼 이건 내 주머니에 넣어뒀다가 이따가 집에 도착하는 대로 줄 게…… 알았지?"

"르아아아옹!"

한나는 사람과 고양이의 교감 모습을 흐뭇하게 바라보았다. 노먼은 정말 모이쉐와 잘 지냈다. 물론 그건 마이크도 마찬가지다. 한나 인생의 두 남자 모두 모이쉐를 좋아했다. 모이쉐 역시 두 사람을 똑같이 좋아했기 때문에 한나 일생일대의 결정을 내리는 데에는 전혀 도움이 안 됐다. 모이쉐는 사람들을 좋아했다…… 엄마만 빼고. 하지만 박사님과 사랑에 빠진 이후로 엄마는 한결 부드러워졌고, 모이쉐도 엄마에게 전보다는 훨씬 더 얌전하게 굴었다.

"여행가방 내가 들고 나갈까요?"

노먼이 물었다.

"고맙지만, 괜찮아요. 리무진 기사가 올라와서 직접 실어줄 거라고 했거 든요. 그리고 지금 내가 짐을 내가면 모이쉐가 속상해할지도 몰라요."

"그렇군요. 난 또 한나 혼자 들고 내려가야 하나 해서 물어봤어요."

노먼은 현관 옆 문고리에서 모이쉐의 목끈과 목줄을 집어들었다.

"가자, 모이쉐. 이제 커플스 만나러 가야 할 시간이야."

한나는 노먼이 모이쉐의 목에 목끈을 매는 것을 가만히 바라보았다. 모이쉐는 캐리어에 들어가는 건 죽도록 싫어했지만, 목끈 매는 것은 좋아 했다. 아마도 캐리어 안에 갇혀 있는 것보다는 노먼의 차 뒷좌석이나 한 나의 쿠키 트럭 뒷좌석을 어슬렁거리는 것이 훨씬 좋기 때문일 것이다.

노먼은 끈에 줄을 연결한 다음 자리에서 일어났다.

"그럼, 좋은 시간 보내요, 한나. 결혼식 열풍에 너무 휩쓸리지 말고 요…… 적어도 돌아올 때까지는요."

"걱정말아요. 그러지 않을 테니."

한나는 미소를 지었다.

"그리고 카지노 열풍에도 휩쓸리지 않을 생각이에요. 잃어도 괜찮을 만큼의 돈만 준비했거든요. 얼마 안 돼요!"

"그럼 내가 좀 빌려줄까요?"

"아뇨, 이렇게 해야 유혹을 덜 받거든요. 사실 카지노가 그렇게 기대되지는 않아요. 거기 있는 동안 할 게 그것밖에 없으니까 생각해둔 것뿐이지."

"그곳에서 할 일을 내가 줄게요."

노먼은 주머니에서 봉투를 꺼내 한나에게 건넸다.

"한나 거예요."

한나는 봉투를 열어 종이 티켓 몇 장을 꺼냈다.

"이건…… 쇼 티켓이잖아요!"

"맞아요. 태양의 서커스 티켓 세 장이랑 비틀즈 추억 콘서트 세 장, 그리고 뉴 아이리쉬 쇼밴드 티켓 세 장이에요."

"이렇게 멋질 수가!"

한나는 노먼의 목에 팔을 두르고 그를 힘차게 끌어안았다.

"정말 너무 멋져요, 노먼. 미셸이 태양의 서커스 보고 싶단 이야기를 수도 없이 했거든요. 비틀스는 안드레아가 너무 좋아하는 밴드고, 뉴 아이리쉬 쇼밴드 소식은 신문에서 읽은 적 있어요. 춤 공연이 정말 환상적일 거예요."

"나도 거기서 아이디어를 얻은 거예요. 신문사에 문의했더니 라스베이거스 관광청을 통해 티켓을 예매하면 특별 할인을 해준다고 하더라고요."

문득 노먼은 자신을 현관 쪽으로 밀고 있는 모이쉐를 내려다보았다.

"녀석이 얼른 커들스를 만나고 싶은가 봐요."

"맞아요. 오늘 아침에 내가 커들스 이름을 입에 담자마자 지금껏 한 번도 들어본 적 없는 측은하고, 간절한 울음소리를 내더라니까요."

"내가 한나 생각을 할 때처럼 말이죠."

노먼이 또다시 팔을 뻗어 한나를 끌어안았다.

"좋은 시간 보내요, 한나. 그리고 여기 일은 걱정 붙들어 매요. 한나 집도 내가 잘 살피고, 없는 동안 모이쉐도 아주 잘 돌보고 있을 테니까요."

한나가 여행가방을 거실로 막 끌고 나왔을 때 현관문에 또다시 노크소리가 들렸다. 한나는 노면이 뭔가 잊고 간 것이 있나보다 생각하며 문구멍을 통해 밖을 내다보고, 방문자가 누구인지 확인하고는 살짝 한숨을 내쉬었다.

"안녕, 한나."

한나가 문을 열자 마이크가 인사를 건넸다.

"잘했어요!"

"뭘요?"

"현관문 열기 전에 문구멍을 내다본 거요. 정말 잘한 일입니다. 모두가 그렇게 한다면 범죄율이 훨씬 줄어들 텐데요."

한나는 앞서 이러한 점을 일깨워준 노면에게 마음속으로 감사의 인사를 한 다음 마이크를 안으로 안내했다.

"잘 다녀오라고 인사하러 온 거예요?"

"그것도 있고, 다른 일도 있죠."

마이크가 한나를 품에 꼭 안았다.

"한나에게 갈 때 꼭 가져가라고 줄 게 있어요. 비행기 타는 것이 이번이 처음이잖아요. 그래서 행운의 부적을 하나 가져왔습니다."

한나는 마이크가 건네는 꾸러미를 받아 조심스럽게 윗부분을 살짝 열어보았다. 설마 로드킬로 죽은 토끼 발(토끼 발은 행운을 가져온다는 의미가 있다)을 가져온 건 아니겠지. 하지만 마이크라면 또 모를 일이다.

"마음에 들어요?"

마이크가 활짝 웃으며 물었다.

"정말…… 아름다워요."

한나는 조그마한 보석상자에 들어 있는 펜던트를 바라보며 빠르게 진심으로 대답했다.

"은으로 만든 네잎클로버에요. 은으로 만든 토끼 발이랑 조그마한 말굽 같은 것들도 많았는데, 이게 제일 나은 것 같더군요. 샤론 생각도 그랬고요. 한나에게는 이게 잘 어울릴 거라고 했어요."

"샤론이요?"

"보석가게에서 일하는 점원이요. 그 이야기를 듣는 순간 공감이 됐습니다. 네잎클로버는 토끼 발이나 말굽보다 찾기 어려우니까 말입니다. 그리고 샤론 말에 의하면 그 은 안에 진짜 네잎클로버가 있다고 하더군요."

"어쨌든 진짜인지 알아보려고 이 예쁜 걸 쪼갤 생각은 없어요!"

한나는 펜던트를 머리 위로 들어 올려 손가락 끝으로 살짝 건드려보았다.

"고마워요, 마이크. 정말 예뻐요."

"한나가 그렇게 얘기할 거라고 샤론도 그랬습니다. 자기도 이걸 보자마자 무척 갖고 싶었다고 하더군요."

마이크가 샤론에게도 똑같은 펜던트를 사주었는지 한나는 묻지 않기로 했다. 진심으로 궁금하지 않았다. 마이크는 간단히 말해, 바람둥이였다. 아일랜드 사람이 아님에도 불구하고 듣기 좋은 소리 하는 데 있어서는 시릴 머피보다 더한 아첨꾼이었다!

"안 그랬습니다."

마이크가 말했다.

"뭘 안 그래요?"

"샤론에게 사주지 않았다고요."

한나는 살짝 미간을 찌푸렸다.

"물어보지 않았는데요."

"물어볼까 생각하고 있었잖아요. 한나 속마음이 아주 크고 똑똑하게 들렸습니다. 이건 오로지 한나만을 위한 것이에요. 특별한 거란 말입니다. 한나가 특별하듯이."

한나는 아무 말 없이 그를 껴안았다. 마이크는 경찰 업무를 이행할 때만 아니면 꽤 달콤한 남자였다. 한나는 은 펜던트가 마음에 꼭 들었고 마이크에게 다시 한 번 감사 인사를 해야 할까 생각하는 찰나에 노크소리가 들렸다.

"내가 나갈게요."

마이크가 문구멍도 내다보지 않은 채 문을 벌컥 열었다.

한나는 문구멍 앞에서 남자와 여자의 차이가 도대체 무엇이냐고 물으려 했지만, 미셸의 한껏 들뜬 얼굴을 보니 말이 나오지 않았다.

"안녕, 마이크."

미셸이 여행가방을 들고 안으로 들어서며 인사했다.

"준비 끝난 거야, 언니?"

"다 됐어. 오는 길에 안드레아한테도 들렀어?"

열린 현관문 옆에 서 있던 마이크가 방문자 전용 주차장을 가리켰다.

"서장님이 방금 내려줘서 여행가방을 끌고 오고 있네요. 리무진도 막 들어왔고요. 길옆에 주차를 했군요."

"잘됐네요!"

한나는 비행기를 탈 생각에 벌써부터 긴장되었다. 지금껏 한 번도 타 본 적이 없기 때문에 어떤 기분일지 상상도 되지 않았다. 발 아래로 허공뿐인 하늘에 떠 있을 거라는 사실이 겁이 났지만, 기대가 되기도 했다.

"가방은 내가 들겠습니다."

"리무진 기사님이 와서 가져갈 거예요."

한나가 말했다.

"괜찮아요. 그냥 내가 하면 돼요."

마이크는 두 개의 여행가방을 들고 계단을 내려가기 시작했다.

"한나?"

"네, 마이크."

"현관문을 이중으로 잠그는 것 잊지 말아요."

"하지만 데드볼트가 딱 맞지 않아요."

"완벽하게 맞물리지 않아도 걸쳐만 놓는 것도 괜찮을 거예요. 그냥 내 말대로 좀 해요, 한나. 문단속은 중요한 문제입니다."

한나는 한숨을 내쉬었다.

"알았어요, 마이크. 그렇게 할게요."

"경찰은 다 똑같다니까."

마이크가 시야에서 사라지자마자 미셸이 투덜거렸다.

"내가 도와줄게, 언니. 나 전에도 언니 집에 이중잠금해본 적 있어. 이건 두 사람이 같이 해야 돼."

"고마워, 미셸."

한나가 열쇠를 넣고는 미셸이 손잡이를 들어 올리는 사이 줄이 맞지 않은 데드볼트를 돌려넣었다. 세 번의 시도 끝에 볼트는 완벽하게 들어맞았다.

"마이크는 맨날 이중잠금 하라고 잔소리라니까."

한나는 열쇠를 지갑에 넣은 뒤 커다란 숄더백을 집어 들며 한숨을 내쉬었다. 그런 뒤 미셸을 따라 계단을 내려갔다.

"정말 성가신 일인 데다가 우리 집에는 딱히 훔쳐갈 만한 것도 없는데."

"마이크는 경찰이잖아. 경찰들은 전부 그런다니까. 로니도 내가 집을 비울 때마다 이중으로 잠그라고 얼마나 야단인지 몰라. 내 룸메이트가 두 명이나 남아 있는데도 말이야. 형부도 오늘 아침 안드레아 언니한테 꼭 현관문 이중으로 잠그라고 당부했을 거라는 데에 5달러 걸게."

한나는 웃음을 터뜨렸다.

"내기는 못하겠지만 네 말이 사실일 것 같다. 법 집행 관련 일을 하는 사람들은 안전의식이 투철하게 마련이니까."

"그렇지 않아."

계단 끝에서 미셸이 뒤돌아 한나를 향해 미소를 지으며 말했다.

"아니라고?"

"오늘 아침에 로니가 얘기해줬는데, 그건 안전 문제하고는 전혀 상관 없어. 도난이나 절도 사건이 한 건이라도 발생하면 그 건에 관해 보고서를 작성해야 하는데, 그 보고서 작성 일이 그렇게 귀찮다고 하네."

"와우!"

기내로 이어진 경사로를 지나며 미셸은 약간 갈라진 목소리로 환호성을 질렀다.

"이건 자가용 비행기야. '사이테이션 X' 모델인 것 같아."

"좋은 거야?"

앞서 걷던 안드레아가 뒤돌아 물었다.

"그럴 걸. 모르긴 몰라도 이 비행기 예약하는 데 박사님이 돈 엄청 쓰셨을 거야. 다른 사람들이 없는 걸로 봐서는 아예 전세를 내신 것 같은데."

"다른 승객들은 아직 도착 전인가 보지."

한나가 말했다.

"우리 다섯만 타기에는 비행기가 너무 크잖아."

"기장과 부기장도 있지."

안드레아가 지적했다.

"스튜어디스나 스튜어드가 있을 수도 있고. 그렇다면 전부 일곱 명에서 여덟 명이야."

"기장이랑 부기장은 아니지."

미셸이 말했다.

그러자 한나는 막냇동생을 향해 놀랍다는 표정을 지었다.

"왜 아니야? 그럼 비행기 운전은 누가 하고?"

"기장, 부기장은 그들만의 공간이 있기 때문에 승객으로 구분하지 않는다고. 내 생각대로 이 비행기가 정말 사이테이션 X라면 탑승 가능 인원이 일곱 명에서 열두 명 정도일 거야."

"비행기에 대해서 어떻게 그렇게 잘 알아?"

안드레아가 물었다.

"여름방학 때 허버트 험프리 공항 터미널에서 일한 적이 있어. 거긴 개인 전용 공항이어서 비행기들도 팔콘이나 리어제트, 그리고 세스나 시테이션 같은 중간 크기 제트기였지."

안드레아는 동생의 설명에 감동받은 듯했다.

"그 일 참 멋지다!"

"그렇지도 않아. 내가 일한 데는 공항 터미널에 있는 노스우즈 커피숍이었는데, 내가 종일 한 일이라고는 테이크아웃용 컵에 커피를 따르는 것이었거든. 메인 게이트 바로 옆에 위치해 있었기 때문에 기장들이 커피 마시러 들르곤 했지."

막냇동생의 누구도 못 말릴 호기심은 한나도 잘 알고 있는 바였다.

"그래서 비행기에 대해서 그 사람들에게 계속 물어본 거야?"

"그렇지. 그래서 이 비행기가 사이테이션 X라고 확신하는 거야. 정말 그 모델이라면 우리는 완전 수지맞은 거야. 시속 600마일로 나는 초고속 모델이거든."

"그럼 분당 16킬로미터를 날아간다는 얘기잖아!"

한나가 살짝 탄성을 지르며 말했다.

"그래, LA에서 뉴욕까지 네 시간이면 갈 수 있어. 일반 비행기보다 한 시간이 빠른 거라고."

"그렇다면……."

한나는 태연한 표정을 지으려 했지만 쉽지 않았다.

"궁금한 게 있어, 미셸. 그렇다면 우리는 여길 출발하기도 전에 라스베이거스에 도착하는 거겠네?"

미셸이 한바탕 웃음을 터뜨렸다.

"아마도. 서둘러, 언니. 얼른 안에 들어가보고 싶어. 완전 화려할 거야."

"엄마도 부디 그렇게 생각하셔야 할 텐데."

통로 끝에 다다랐을 무렵 한나가 깊은 한숨을 내쉬며 말했다.

"엄마 반응이 어떨지 조금 걱정돼."

"언니만 걱정되는 거 아니야."

안드레아가 말하고는 미셸을 돌아보았다.

"넌 걱정되지 않아?"

"사서 고민하다니 바보 같은 일이야. 이미 주사위는 던져졌잖아. 이제 와서 걱정해봤자 소용없다고."

"그래도 만약 우리한테 엄청 화내시면 어쩌지?"

안드레아가 물었다.

"라스베이거스까지 가는 동안 그 불편한 침묵을 어떻게 감당하라고."

앞서 가던 한나가 안드레아를 돌아보았다.

"엄마가? 우리한테 화가 나서 입을 닫아버리실 거라고?"

비행기 안으로 막 발을 내딛으려는 찰나 엄마의 웃음소리가 들렸다. 박사님의 중후한 바리톤 웃음소리가 이내 뒤따랐고 한나는 큰 안도의 한숨을 내쉬었다.

"라스베이거스에서 즉석 결혼식 올리는 것에 엄마도 찬성하셨나 봐. 얼른 우리도 들어가보자."

안으로 들어서자마자 눈앞에 벌어진 광경에 세 자매는 송장처럼 굳고 말았다. 안은 둥근 테이블을 둘러싸고 좌석들이 둥그렇게 마련되어 있는 고급 칵테일 라운지처럼 되어 있었다. 엄마와 박사님은 널찍한 선실 뒤편에 앉아 손에 샴페인이 든 크리스탈 잔을 들고 환하게 미소짓고 있었다.

"언제 도착하나 했다!"

엄마가 핀잔을 주었지만, 말투는 나긋하기만 했다.

"박사랑 내가 이 샴페인을 맛보고 싶어서 어찌나 혼이 났는지. 그래도 너희들이 올 때까지 기다려야 할 것 같아서 참고 있었단다. 너희가 이 깜짝 이벤트를 계획하는 데 큰 도움을 줬다고 해서 말이야."

"자, 이제 우리가 이렇게 왔어요."

한나가 테이블에 놓인 은색 쟁반으로 다가가 샴페인 잔을 들어 보이며 엄마에게 미소를 지었다.

"이거 페리에주에인가요?"

한나는 엄마가 좋아하는 샴페인 이름을 댔다.

그러자 박사님은 고개를 가로저었다.

"아니, 뵈브 클리코란다. 좋아하는 샴페인 좀 바꿔보라고 내가 권했지."

"엄마가 페리에주에를 좋아하는 건 단지 병 윗부분에 그려진 조그마한 흰색 꽃 때문이에요."

미셸 역시 샴페인 잔으로 손을 뻗으며 말했다.

"그렇지 않아!"

엄마가 이의를 표했지만, 이내 웃음을 터뜨렸다. 지금 엄마의 기분이 최고라는 걸 누구라도 알 수 있었다.

"오, 맞아요."

안드레아도 잔을 들고는 엄마를 향해 씩 웃으며 살짝 인사를 해 보였다.

"지난번 야드세일(중고가정용품 판매) 때 기억나요? 내가 유리 식기들 내놓는 걸 도왔잖아요. 그때 빈 페리에주에 병만 두 상자였어요. 개당 1달러에 팔려고 했잖아요."

"꽃병으로 쓰면 얼마나 예쁜지 아니?"

엄마가 방어하고 나섰다.

"특히 하얀 꽃다발을 꽂아두면 그만이란다. 그리고 이 병 말이다."

엄마는 주황색 라벨이 붙어 있는 평범한 초록색의 샴페인 병을 가리키며 말했다.

"이 병은 전혀 예쁘지 않아."

그러자 박사님이 웃음을 터뜨렸다.

"그거야 예쁠 필요가 없으니까. 맛을 보면 이 샴페인이 최고라는 걸 알 수 있을 거야. 어서, 로리. 얼른 건배하고 맛을 보자고."

"당신을 위해, 박사."

엄마가 건배 제의를 한 뒤 자신의 잔을 박사님의 잔과 땡그랑 부딪혔다.

세 자매도 모두 잔을 한 번 든 뒤 내렸다. 그리고 엄마의 얼굴에 미소가 번졌다.

"샴페인 맛이 마음에 드는 모양이군, 그렇지?"

엄마의 미소를 눈치챈 박사님이 물었다.

"아주 괜찮아."

"페리에주에보다?"

"흠…… 그래! 당신 말대로야. 이게 더 나아. 병만 조금 더 예뻤다면 금상첨화였을 거야."

"내, 당장 그 회사에 서신을 보내지."

박사님이 까탈스러운 예비 신부를 바라보며 약속했다.

"그럼 이제 양보하는 건가, 로리?"

"그건 절대 아니지. 당신 취향에 대한 칭찬일 수는 있어도 양보한 건 아니야."

"하지만 난 기꺼이 승복했는 걸."

박사가 또다시 엄마의 잔에 자신의 잔을 부딪혔다.

"당신과 결혼하려 하잖아, 안 그래?"

"이런!"

엄마는 여전히 미소를 짓고 있었지만, 한나는 서둘러 경고하고 나섰다.

"두 분 잠깐만요. 샴페인과 어울릴만한 걸 갖고 왔는데, 그것부터 드셔야겠어요."

한나는 무릎을 굽혀 비행기에 가지고 탄 아이스박스의 지퍼를 열었다. 그러고는 덮개를 돌돌 말아 뒤로 넘긴 다음 포일로 감싼 접시를 꺼냈다.

"초콜릿이냐?"

엄마가 애절할 정도로 절박한 목소리로 묻는 바람에 한나는 그만 웃음을 터뜨리고 말았다.

"네, 엄마. 엄마가 좋아하는 메이플과 퍼지예요. 엄마를 위해 특별히 메이플 퍼지 샌드위치 쿠키를 만들어봤어요."

"이렇게 착한 딸이 있나."

포일을 벗긴 접시를 건네는 한나를 향해 엄마가 말했다. 그런 뒤 쿠키 하나를 집어 한 입 베어 물고는 이내 황홀한 표정을 지었다.

"여기, 이것 좀 먹어봐, 박사."

미셸도 쿠키를 한 입 베어 물고는 행복감이 가득한 탄식을 내쉬었다.

"한나 언니의 쿠키를 사랑하는 이와 함께 나눈 여인이야말로 진정한 사랑을 아는 자이니."

"그거 명언이야?"

안드레아가 물었다.

"명언이 되기에 손색이 없구나."

박사가 말했다.

"쿠키가 정말 맛있어, 한나."

"감사해요. 모두들 많이 드세요. 이건 첫 번째 접시에 불과하니까요. 두 번째 접시가 아직 아이스박스에 남아 있답니다. 축하 자리에 웨딩케이크가 없는 대신 쿠키를 많이 준비했어요."

"네 쿠키가 있는데 웨딩케이크가 다 무슨 소용이겠니?"

엄마가 또 하나를 집으며 말했다.

"게다가 이 샴페인과도 아주 잘 어울리는 맛이야."

엄마가 박사님을 돌아보았다.

"샴페인 한 병 더 있지?"

"다른 한 병은 아침식사 때 마실 거야."

"아침식사 메뉴가 뭔데요?"

미셸이 물었다.

"미니애폴리스 베이커리에서 공수한 크로아상과 모트 식품점에서 훈제 연어를 준비했네. 특제 커피도 세 병 챙겨왔고."

"꼼꼼히도 준비했네!"

엄마가 박사님을 칭찬했다.

"이제부터는 전적으로 당신에게 맡기겠어."

그러자 박사님은 한나를 향해 고개를 돌렸다.

"다들 들었지. 여러분 어머님이 선언을 하셨으니 이대로 밀고 나가는 거야."

"행운을 빌어요!"

한나는 두 동생들과 함께 웃음을 터뜨렸다. 뭐든 직접 나서서 계획하는 걸 좋아하는 엄마를 뒤로 물러선 채 다른 사람에게 맡기도록 설득할 수 있는 사람은 박사님이 유일할 것이다.

"이제 우리 다섯뿐이구나."

엄마가 입을 열었다.

"샴페인 두 병에는 다섯 명이 딱 맞지. 세 병이 있다고 했었던가?"

그러자 박사는 애정 어린 미소를 지어 보였다.

"두 병 외에 한 병이 더 있긴 한데, 이건 결혼서약을 마칠 때까지 아껴둘 생각이야. '네, 맹세합니다'는 딱 두 구절이지만, 샴페인에 너무 취한 나머지 엉뚱한 대답을 하면 안 되지 않겠어?"

메이플 퍼지 샌드위치 쿠키

오븐은 예열하지 마세요. 반죽을 충분히 숙성시켜야 하거든요.

재료

백설탕 2컵 / 소금기 있는 버터(실온에서 녹인 것) 1과 1/2컵(340g)

거품 낸 계란 2개(포크로 저어주세요) / 메이플 시럽 1/2컵

메이플 농축액 혹은 향신료 1/2티스푼 / 바닐라 농축액 1티스푼

소금 1티스푼 / 베이킹소다 1티스푼 / 베이킹파우더 1티스푼

다목적 밀가루 4컵(측량할 때 컵을 잘 내리쳐주세요) / 반죽 코팅용 백설탕 1/2컵

한나의 첫 번째 메모: 메이플 시럽을 측량할 때 측량컵 안에 들러붙음 방지 스프레이를 뿌려주어야 시럽이 들러붙지 않습니다.

한나의 두 번째 메모: 메이플 농축액이나 향신료를 구하지 못했어도 걱정 마세요. 그래도 메이플 맛이 날 테니까요. 농축액이나 향신료를 넣었다고 해서 맛이 크게 강해지진 않거든요.

만드는 법

1. 전자믹서기(손으로 해도 되지만 믹서기가 있으면 훨씬 편하답니다)에 설탕을 넣습니다.

2. 부드러워진 버터를 넣고 낮은 속도로 섞습니다. 그런 다음 중간 속도로 올려서 혼합물이 보슬보슬하게 섞이도록 해주세요.

3. 거품 낸 계란을 넣고 다시 섞어줍니다.

4. 메이플 시럽과 메이플 농축액 혹은 향신료나 바닐라 농축액을 넣고 잘 섞어줍니다.

5. 소금과 베이킹소다, 베이킹파우더를 넣고 섞어줍니다.

6. 밀가루를 반 컵씩 더하면서 잘 반죽합니다.

7. 믹서기에서 안에 붙은 반죽을 고무주걱으로 긁어냅니다. 그리고 마지막으로 손으로 한 번 더 반죽합니다.

8. 반죽 윗면을 빈틈없이 비닐랩으로 덮은 다음 그릇째로 냉장고에 1시간 동안 보관합니다.

9. 1시간 후 오븐을 175도로 예열하고, 틀은 오븐의 중앙에 둡니다.

10. 반죽 코팅용으로 사용할 백설탕 1/2컵을 측량한 뒤 오목한 그릇에 담습니다.

11. 쿠키 틀에 들러붙음 방지 스프레이를 뿌리거나 기름종이를 깔아줍니다.

12. 반죽을 호두 크기 정도로 떼어 공 모양으로 굴립니다(리사와 저는 2-티스푼 국자를 사용했어요).

13. 공 모양의 반죽을 백설탕 위에 굴린 다음 준비해둔 쿠키 틀에 올립니다. 일반 크기의 틀에 12개 정도의 반죽이 올라갈 겁니다.

14. 철제 주걱으로 반죽을 납작하게 누릅니다.

15. 완성된 틀을 오븐에 넣고 175도의 온도로 10~12분간 굽습니다. 먹음직스러운 황갈색을 띠면 완성입니다.

16. 오븐에서 틀을 꺼내 2분간 식힌 다음 식힘망으로 옮겨 완전히 식힙니다(쿠키를 틀에 오래 두게 되면 바닥에 들러붙습니다).

이제 퍼지 필링을 만들 차례입니다.

표지 필링

재료

유지방 함량이 높은 크림 1/3컵(휘핑크림) / 중간 달기의 초콜릿 170g(납작한 판 모양의 초콜릿이 없다면 초콜릿칩 꾸러미 170g짜리를 사용해도 됩니다)

소금 1/4티스푼 / 슈가파우더 1/4컵(측량할 때 컵을 여러 번 내리쳐주세요. 큰 덩어리가 보이지 않는다면 체질하지 않아도 괜찮습니다)

17. 소스팬을 중간 불에 올려 가장자리에 보글보글 방울이 올라올 때까지 끓입니다.

18. 작은 그릇에 초콜릿을 잘게 쪼갭니다.

한나의 세 번째 메모: 사실 초콜릿칩을 사용하게 되면 초콜릿을 일부러 쪼갤 필요가 없다는 장점이 있습니다.

19. 끓인 크림을 초콜릿 위에 붓고 그 위에 소금을 뿌립니다. 열에 강한 소재의 주걱으로 휘저은 다음 조리대 위에 올려놓습니다.

20. 1~2분간 기다린 다음 한 번 더 섞어줍니다. 부드럽게 저어질 때까지 이 과정을 반복하세요.

21. 초콜릿 필링이 실온 정도로 식을 때까지 조리대 위에 놓고 기다립니다.

22. 이제 퍼지 필링이 부드럽고 발림성이 좋아질 때까지 슈가파우더를 추가합니다.

23. 쿠키와 초콜릿 필링 모두 충분히 식었으면, 한쪽 쿠키 위에 필링을 바르고 또 한쪽의 쿠키를 위에 덮습니다. 두 개의 평평한 쿠키가 필링에 서로 잘 붙을 수 있도록 합니다(쿠키가 평평하지 않고 둥근 모양이라면 그 안을 채울 필링이 훨씬 더 많이 필요할 거예요!).

24. 퍼지 필링이 어느 정도 '고정'될 때까지 메이플 퍼지 샌드위치 쿠키를 식힘망에 얹어둡니다.

한나의 네 번째 메모: 장담하건데, 필링이 안착되길 기다리기가 무척 힘이 드실 거예요. 리사와 저도 늘 그전에 먹어버리고픈 유혹을 느끼곤 하거든요!

리사의 메모: 쿠키단지에서 이 쿠키를 만들어 내놓으면 10분도 되지 않아 완판되고 만답니다. 대부분은 컷앤컬 미용실의 버티 스트롭이 매일 아침마다 와서 사가기 때문입니다.

에어컨이 빵빵하게 가동되고 있는 라스베이거스 맥캐런 국제공항 밖
으로 나서자마자 뜨겁고 건조한 바람이 스웬슨가 자매와 엄마를 맞아주
었다. 박사님은 그들을 기다리고 있던 리무진 기사와 함께 앞서 걷고 있
었다. 기사는 그들의 짐을 리무진에 실은 다음 타운카와 리무진을 픽업
하는 곳에서 기다리고 있을 것이다.

　"박사님의 들러리와는 공항에서 만나기로 한 줄 알았는데."

　한나는 어깨에 내리쬐는 햇살에 즐거워하며 말했다.

　"계획이 좀 바뀌었단다."

　엄마가 대답하면서 왠지 모르게 한나의 눈을 피하는 것이 느껴졌다.

　"오긴 오는 거죠, 그렇죠?"

　묻는 안드레아의 음성에는 긴장감이 있었다. 대관절 무슨 일인 거지?

　"그래, 올 거다. 후속 비행기 편으로 와서 예배당에서 만나기로 했단
다."

　엄마는 하던 말을 멈추더니 따뜻한 공기를 훅 들이마셨다.

　"뭔가 좋은 냄새가 나는구나. 꽃향기인가?"

　한나는 웃음을 터뜨렸다.

　"그건 딥우즈 오프(살충제) 냄새에서 벗어났기 때문일 거예요. 이런 날
씨에는 어디서든 벌레 퇴치제 냄새를 맡는 데에 익숙해져 있잖아요."

　"그럴지도 모르겠구나."

엄마는 옅은 미소를 지어 보이고는 미셸을 향해 고개를 돌렸다.

"넌 라스베이거스에 와본 적 있지 않니?"

"딱 한 번이요. 2년 전 봄 방학 때 와봤어요."

"2년 전에?"

엄마가 미간을 찌푸렸다.

"그때 나한테는 친구와 함께 보낸다고 했잖아?"

"친구와 함께 보냈죠. 마고 있잖아요. 그 부모님이 여기 라스베이거스에 사시거든요. 아버지는 카지노의 피트 보스(게임 감독자)고 어머니는 블랙잭 딜러세요."

"하지만 그때 넌 카지노장에 들어가기에는 너무 어린 나이였잖아…… 그렇지?"

"네, 엄마. 카지노에는 레스토랑도 있어요. 그 말은 곧 누구나 입장할 수 있단 얘기죠. 다만 미성년자는 게임을 하거나 술을 마시는 게 금지될 뿐이에요. 뷔페가 얼마나 근사했는데요. 특히 스트립 지역이요. 마고가 쿠폰북을 갖고 있어서 매일 5달러 이하로 다양한 뷔페를 즐길 수 있었어요."

"그래도 술을 마시거나 게임을 하진 못했단 말이지."

엄마는 어쩐지 행복해 보였다.

한나는 동정 어린 시선으로 막냇동생을 바라보았다.

"하지만 이제는 가능하죠."

미셸은 엄마에게 미소로 답하고는 이내 이어질 엄마의 잔소리를 예측하고 한 발 옆으로 물러섰다.

"물론 그래봤자 저렴한 슬롯이나 포커머신이나 하겠지만요. 그리고 게임용으로 준비한 돈이 떨어지면 그만할 거예요."

"현명한 생각이야."

안드레아가 말하고는 몇 미터 떨어진 곳에 주차를 하고 있는 흰색의 스트레치 리무진(차체를 길게 늘린 고급 리무진)을 가리켰다.

"저기 박사님이야."

1~2분도 지나지 않아 모두들 리무진에 올라탔다. 한나가 제일 안쪽으로 들어갔고 이내 동생들이 뒤를 따랐다. 박사님과 엄마가 반대편 자리에 앉아 손을 꼭 잡고 있는 모습을 보며 한나는 미소를 지었다.

곧 차가 움직이고 리무진은 시내로 향했다. 한나는 거리를 지나며 부드럽게 흔들리는 야자수 나무, 반짝이는 수영장, 화려하게 줄지어 있는 열대 식물들과 다채로운 색깔의 부겐빌레아를 내다보았다.

"우리 마을에는 라일락 나무가 있잖아. 여기서는 아마 자라지 못할 거야."

한나의 부러운 표정을 제대로 읽어낸 미셸이 말했다.

"마고 말이 라스베이거스는 크리스마스에 특히 슬프대. 크리스마스 때 라스베이거스에 오는 사람들은 달리 갈 곳이 없는 사람들이 대부분이래. 다들 가족들과 함께 크리스마스를 보내지만 그런 가족이 없는 사람들은 이곳에서 스팀 테이블에 올려진 칠면조 요리를 먹거나 알록달록 전구가 반짝이는 인공 크리스마스 트리와 스트리폼으로 만든 스노우맨이나 구경해야 하겠지."

한나는 잠시 생각에 잠겼다.

"그것 참 우울하네."

"그렇지. 그래서 진짜 크리스마스 트리와 진짜 눈을 함께 즐길 수 있는 가족이 있다는 게 얼마나 감사한지 몰라."

"듣고 보니 생각난 건데."

엄마가 박사님의 손을 꼭 잡으며 말했다.

"올해 크리스마스는 어디서 보내지? 박사 집? 아님 우리 집?"

"그건 그때 가서 생각하자고, 로리. 크리스마스는 아직 세 달이나 남았잖아."

"설마 크리스마스 때도 일하는 건 아니겠지."

엄마가 근심스러운 표정을 지었다.

"유행병만 돌지 않는다면. 9월 말에 새 인턴이 오기로 되어 있거든."

"그럼 그 친구 교육하는 데 시간을 쏟아야겠는데."

엄마가 말했다.

"그렇지도 않아. 말린이 나 대신 맡아주기로 했으니까. 말린이 그 친구를 만나봤는데, 우리 병원에 안성맞춤인 사람인 것 같다더군. 잘 적응한다면 인턴을 또 한 명 들여도 될 것 같아."

"하지만 인턴용 아파트는 두 개뿐이잖아."

"그렇지. 하지만 내 아파트가 있잖아. 이제 병원에서 많은 시간을 보내지 않아도 될 것 같으니 내 아파트는 필요 없을 거야."

엄마는 미소를 짓기 시작했다.

"정말? 박사의 아파트를 포기하는 거야?"

"포기하는 건 아니지. 새로운 주임에게 넘기려는 것일 뿐."

"말린 앨드리치?"

"그래. 그만한 자격이 돼, 로리. 내가 던져준 과제들도 모두 잘 해결했고 나만큼이나 잘 병원을 운영할 수 있을 거야…… 어쩌면 나보다 더 나을지도 모르지. 이제는 개인 시간을 내서 결혼생활을 즐겨볼까 해."

"아주 좋아!"

박사님을 끌어안는 엄마의 표정은 한나가 지금껏 본 중 제일 행복했다.

"말린도 알고 있어?"

"아직. 당신과 먼저 상의하려고 기다리고 있었어."

"고마운 이야기이긴 한데…… 어째서?"

"당신은 꽤 분별력 있는 사람인데다 병원에서도 나만큼이나 말린을 오래 봐왔잖아. 그러니 당신 생각은 어때? 당신이 보기에도 말린이 그 책임들을 감당할 수 있겠어?"

"그렇고말고. 말린이라면 무슨 일이든 잘 해결할 수 있을 거야. 꽤 능력도 있는데다가 병원 사람들 모두 말린을 좋아하니까. 더 중요한 것은 말린을 존경까지 하고 있으니 다들 말린의 지시라면 잘 따를 거야."

"그렇다면 결정났군. 자, 팔라조에 도착했네."

"꼭 한번 와보고 싶었어."

리무진이 둥근 진입로로 들어선 뒤 입구에서 승객들을 토해내고 있는 차들의 행렬에 합류하는 가운데 엄마가 차창 밖을 내다보며 말했다.

"정말 근사해, 박사! 정말 즐거운 일정이 될 거야."

"그래봤자 3박이야, 로리."

"그치만…… 박사가 10일이라고 하지 않았어?"

"맞아. 오늘이 목요일이니까 오늘밤, 금요일, 토요일 밤을 여기서 묵을 거야. 그런 다음 일요일 아침에 차가 다시 우리를 공항까지 데려다줄 거고 그 길로 바로 시애틀로 날아갈 거야."

"시애틀?"

엄마는 놀란 표정이었지만, 한나는 그런 엄마의 표정에서 기대감 어린 흥분을 엿볼 수 있었다.

"시애틀에는 왜?"

"거기서 배를 타야 하니까."

엄마는 기분 좋은 웃음을 지었다.

"무슨 배?"

"주얼호. 노르웨이 크루즈 라인의 일부지. 미국의 마지막 국경을 보러 당신을 알래스카에 데려갈 생각이야. 항상 개썰매도 타보고 빙하도 만져보고 싶었거든."

그러자 엄마는 몸을 부르르 떨었다.

"하지만…… 난 파카도 가져오지 않았는데!"

"오, 가져왔어. 클레어가 당신을 위해 겨울 크루즈 여행용 의상들을 완벽하게 챙겨주었지. 지금쯤 객실에 가져다두었을 거야. 객실을 패밀리 스위트로 예약했거든. 클레어를 잘 알아서 하는 말인데 아마 당신 옷장 두 개는 필요할 거야."

엄마는 웃음을 터뜨렸다.

"그럴지도 모르겠어. 그럼 고래와 북극곰도 보는 건가?"

"당연하지. 무스도 볼 수 있고, 어쩌면 팀버늑대와 엘크도 볼 수 있을지 모르지."

"오, 이런! 카메라를 챙겼어야 했는데!"

"안드레아가 챙겼어. 이 리무진 트렁크에 실은 여행가방에 들어 있을 거야."

"고맙구나, 안드레아!"

엄마가 둘째 딸을 향해 미소를 지었다.

"별말씀을요, 엄마."

안드레아가 대답했다.

"잊은 것 없이 잘 챙겨 왔어야 할 텐데요."

"그랬을 거다, 얘야. 뭔가 빠진 게 있다면 여기서나 아니면 보트에서 구입하면 될 게야."

"배야."

박사님이 엄마의 말을 정정했다.

"크루즈를 보트라고 했다가는 거기 사람들이 화를 낼 걸."

"정말?"

엄마는 혼란스러운 표정으로 박사님을 쳐다보았다.

"크루즈 타본 적 있어?"

"아니, 한 번도. 아버지 돌아가시고 나서 어머니가 몇 번 크루즈 여행을 다니셨지. 소금기 섞인 바람을 맞으면 활기가 생기고 배를 탈 때마다 10년은 젊어지는 기분이라고 하셨어."

"그것 참 솔깃한 이야기인데."

엄마가 말했다.

"계속 배에만 머무르면, 나도 20살 신부로 돌아갈 수 있으려나?"

"당신은 지금도 20대 같아. 여전히 어린 숙녀고, 나의 어른스러운 여인기도 하지, 그리고……"

"그만!"

엄마가 끼어들었다.

"당신 표현 속에 나는 점점 나이 먹고 있잖아. 그만하면 됐어. '늙은이' 라는 단어가 나올까 봐 겁이 날 지경이야."

박사님은 웃음을 터뜨렸고, 놀랍게도 엄마 역시 결국 웃음을 터뜨리고 말았다. 한나가 알고 있는 한 엄마는 지금껏 한 번도 나이에 대해 농담을 한 적이 없다. 엄마는 늘 실제 나이보다 젊은 척했는데, 박사님과 사랑에 빠진 지금은 모든 겉치레를 내려놓은 듯했다. 어쩌면 엄마의 의료기록에 실제 나이가 분명하게 기재되어 있고, 따라서 박사님은 이미 엄마의 실제 나이를 잘 알고 있기 때문일지도 모르겠다. 아니면, 아마도, 정말 아마도 사랑하는 남자와 결혼한 지금 이제 더 이상은 젊은 척할 필요가 없어졌기 때문일지도 모르겠다.

5분 뒤, 한나와 미셸, 안드레아는 엘리베이터를 타고 18층으로 올라가고 있었다. 속도가 제법 빨라 세 사람은 숨이 살짝 막히는 듯했다. 엘리베이터에서 내린 뒤 방향 표지를 따라 아름다운 카펫이 깔린 긴 복도를 지나고 마침내 전자키가 든 종이꽂이에 데스크 직원이 프린트해준 호수의 방에 다다랐다.

"여기네."

안드레아가 문 앞에 멈춰서 말했다.

"언니는 우리 옆방이야. 언니는 혼자 싱글을 사용해. 미셸이랑 나는 더블을 쓸게."

순간 한나는 둘 중 한 명에게 방을 바꾸자고 제안해볼까 생각했다. 방을 혼자 쓰는 것보다 룸메이트가 있는 게 좋을 것 같았다. 하지만 자신의 객실을 열어보고는 이내 생각을 바꿨다. 한나의 방은 넓고 좋았다.

"전망이 좋네."

한나는 침실에서 나와 휑한 거실을 지나 발코니로 나서며 호흡을 가다듬었다. 한나의 머리 위로 믿을 수 없게 빛나는 푸른 하늘에는 하얀 뭉게구름이 마치 솜사탕처럼 몽실몽실 흘러가고 있었다.

한나는 아래를 내려다보았다. 18층 아래로 커다란 수영장의 강렬한 푸른빛이 태양빛을 받아 반짝거렸고, 주변은 아름다운 열대 식물과 꽃들이 둘러싸고 있었다. 그 한쪽에는 초가지붕을 얹은 차양막 아래로 커다란 자쿠지도 있었다. 수영장 구역은 커다란 야자수로 둘러싸여 있었는데, 개미만 한 사람들이 수영복 차림으로 썬베드에 나른하게 누워 있었다. 실제로 수영장에 들어가는 사람은 없는 듯했다. 한나는 수영장 물이 과연 따뜻할까 궁금해졌다. 하지만 이내 혼자 웃음을 터뜨리고 말았다. 당연히 따뜻하겠지. 고급 호텔인데 이 라스베이거스에서 그 정도 서비스를 빠뜨릴 리 없다. 텔레비전에서 광고도 본 적이 있다. 썬베드의 사람들은 휴가가 끝나 다시 차가운 기후 속으로 돌아가기 전까지 태닝에 집중하는 것일 테다.

그때 문에서 노크소리가 들렸고 한나는 다시 안으로 들어가 서둘러 문을 열었다. 한나의 여행가방을 가져온 호텔 짐꾼이었다.

잠시 후, 짐꾼은 몇 달러를 손에 쥔 채 자리를 떴고 한나는 침대 옆 여행가방용 선반에 가방을 올려놓았다. 그러고는 막 지퍼를 여는데 객실의 전화벨이 울렸다. 한나는 침대 옆 협탁에 놓인 전화기의 수화기를 집어 들었다.

"여보세요?"

"한나!"

엄마의 목소리였다.

"네가 나가기 전에 통화가 돼서 다행이구나."

"어딜 나가요?"

"어디든. 너희들 모두 이곳저곳 둘러보고 싶을 게 아니냐. 내가 부탁할 게 좀 있는데 말이다."

"뭔데요, 엄마?"

"총체적 난국이다, 얘야. 지금 박사 몰래 통화하느라 욕실에 있는데 말이다. 안드레아에게 이리로 좀 와서 내 머리와 메이크업 좀 도와달라고 해라. 결혼식에 입을 드레스 입는 것도 말이다. 너와 미셸은 그동안 박사를 맡고. 예배당에 도착하기 전까지 신랑이 신부 모습을 보면 안 되지 않겠니. 그러면 불운이 온다고 하잖아."

"알았어요."

전에 없이 미신을 신경쓰시다니. 한나는 조금 의아했다.

"안드레아에게 얘기할게요. 근데 저랑 미셸은 박사님과 뭘하고 있죠?"

"어디든 모시고 가거라. 아니면 배가 고프니 결혼식 하기 전에 뭘 좀 사달라고 하려무나. 흔쾌히 사줄게야."

"그냥 박사님에게 결혼식 전에 신부를 보게 되면 불운이 온다고 얘기하면 안 돼요?"

"절대 그러지 마라!"

엄마가 당황스러운 목소리로 외쳤다.

"미신 같은 걸 믿느냐고 날 놀려댈 게 분명해."

"알았어요, 엄마."

한나는 마침내 포기하고 말았다. 어쨌든 오늘은 엄마의 날이니 말이다.

"안드레아 방에 가서 엄마에게 가보라고 할게요. 미셸과 저도 박사님 모시러 같이 올라갈까요?"

"좋은 생각이다. 우리 객실은 신혼부부용 스위트룸인데 제일 꼭대기 층에 있단다. 동생들 데리고 어서 오려무나. 박사가 함께 있으니 짐도 풀 수가 없구나. 결혼식과 관련된 미신이 너무 많아서 말이야. 그것도 불운을 가져온다나 어쩐다나."

"불운이 오는 일은 없을 거예요, 엄마. 박사님과 결혼하시는 것 자체가 이제 평생 행운을 누릴 일만 남았다는 뜻이잖아요."

"그런 소리 마라! 부정 탈라!"

한나는 웃음을 터뜨렸다.

"알았어요. 이제 다신 그런 얘기 안 할게요. 애들 데리고 곧 올라갈게요."

"나도 마침 출출하던 참이었어."
박사님이 마지막 남은 햄버거 조각을 입에 넣으며 말했다.
"게다가 이거 정말 맛있구나. 이게 뭐라고 했지?"
"버거도그요."
미셸이 대답했다.
"주방에서 일하는 남자와 얘기해봤는데, 자기 아이디어래요. 자기 아이들이 어렸을 적에 햄버거를 구워줄까, 핫도그를 구워줄까 물어보면 늘 결정을 못해서 그 두 가지를 합친 메뉴를 만들어야겠다고 생각했다네요."
"이건 나도 만들 수 있을 것 같아."
한나가 말하고는 미셸을 쳐다보았다.
"아마 로니도 만들 수 있을 걸. 집에 가면 한번 해봐야겠어. 내년에 에덴 호수에서 있을 6월 4일 피크닉의 날에 선보이면 아주 히트를 칠 거야."
그러자 미셸이 고개를 끄덕였다.
"맞아. 경찰서에서는 항상 바비큐를 해왔으니까. 맛은 어떤 것 같아, 언니? 내 생각에는 햄버거 패티 두 장을 끼워넣고 가운데 잘게 다진 핫도그를 넣은 것 같아."
"달콤한 피클 풍미에…… 겨자 소스도 들어가 있는 것 같은데."
박사님이 덧붙였다.
"케첩과 섞은 겨자 소스에요."
맛을 알아 챈 한나가 말했다.
"햄버거 패티에는 아주 잘게 다진 양파가 들었고."
"햄버거 패티 두 장이라."
박사님은 생각에 잠긴 듯 말했다.
"굽는 동안 어떻게 서로 안 떨어지게 할 수가 있지?"

"가장자리를 눌러서 서로 붙이는 거예요."

한나가 말했다.

"어떤 햄버거 패티로도 가능해요. 다만 안에 재료를 너무 많이 넣지 말아야겠죠."

"안에 버섯과 블루치즈가 든 햄버거도 그런 식으로 만드는 거야?"

미셸이 물었다.

"그럴 걸."

한나는 마침내 마지막 남은 햄버거 조각을 입에 넣고는 다시 메뉴판을 들여다보았다.

"디저트 먹을 사람 있어요?"

박사님이 고개를 끄덕였다.

"나. 로리에게도 뭔가 사다주자꾸나. 디저트라면 자다가도 벌떡 일어날 정도로 좋아하니까."

"저희는 사다드릴 수 있죠."

한나가 주어를 강조하며 말했다.

"하지만 박사님은 안 돼요. 지금 엄마는 결혼식과 관련된 온갖 미신에 마음 쓰고 계신다고요. 결혼식 전에 신랑이 신부를 보면 불운이 올 거라고 믿고 계세요. 사실 이 이야기 하면 안 되는데, 엄마한테는 아는 척하지 말아주세요."

"이미 눈치채고 있었지."

박사님이 크게 한숨을 내쉬었다.

"얼마나 긴장을 하고 있는지. 이런 계획을 세운 것 자체가 잘못인가 하는 생각도 드네. 레이크 에덴에서 원래대로 계획을 진행했더라면 지금보다는 훨씬 차분한 모습이었을 텐데 말이야."

"그렇지 않아요!"

한나가 단호하게 말했다.

"지금 잘하고 계시는 거예요, 박사님. 엄마도 지금 행복한 시간을 보

39

내고 계세요. 결혼식을 올릴 생각에 긴장하고 계시는 것뿐이죠. 그리고 아마도……."

한나는 문득 말을 멈추었다. 혹여나 이 이야기로 박사님이 마음 아파하지는 않을까 걱정이 되었다.

"자네들 아버지 생각이 날 거란 말이지."

박사님이 한나가 미처 말하지 못한 이야기를 꺼냈다.

"당연히 그렇겠지. 분명 생각이 날 거야. 그게 자연스러운 걸. 그래서 아까도 내가 알래스카행 크루즈 이야기로 분위기를 띄워보려고 했던 거라네."

"괜찮을 거예요."

미셸이 박사님의 어깨를 토닥였다.

"크루즈 여행에 얼마나 기대를 하고 계신다고요. 일단 식을 올리고 나면 괜찮아지실 거예요. 원래 결혼식 전 신경과민 같은 거 있잖아요. 그럴 때 어떻게 해야 하는지는 안드레아 언니가 아주 잘 알고 있죠."

"샴페인?"

박사님이 추측했다.

"초콜릿."

한나가 대답했다.

"안드레아에게 메이플 퍼지 샌드위치 쿠키가 담긴 아이스박스를 넘겼어요. 초조해하실 때는 쿠키의 맛좋은 엔도르핀 섭취만이 답이거든요."

박사님은 잠시 말이 없더니 이내 목청을 가다듬었다.

"근데 그거 아는지 모르겠다만, 사실 그 이야기에는 아무런 의학적 근거도 없……."

"듣지 않을래요!"

한나가 끼어들었다.

"제가 아는 건 적어도 엄마에게는 그 방법이 먹힌다는 거예요. 스트레스 받으실 때는 초콜릿 몇 조각 드리면 금세 말짱해지시곤 했으니까요."

"알았어. 로리에게 통한다는 게 중요한 거겠지. 로리가 초콜릿 좋아하는 건 잘 알고 있으니까."

박사님은 다시 메뉴판을 들여다보았다.

"핫 퍼지 선데(버터, 우유, 설탕, 초콜릿 따위로 만든 뜨거운 시럽을 얹은 아이스크림)가 있구만. 이걸 포장해 가야겠어."

"좋은 생각이에요!"

한나가 말했다.

"안드레아에게는 코니 아일랜드 샌드위치를 사다줘야겠어요. 안드레아가 참치 좋아하는데, 이 샌드위치에 참치가 들었네요. 디저트는 아마 안 먹을 테니 핫 퍼지 선데는 엄마 혼자 다 드셔도 될 거예요. 이따 미셸에게 시켜서 갖다주게 해요."

"자네는?"

"전 박사님을 가까이 모시라는 특별 지시를 받았거든요."

그러자 박사님이 웃음을 터뜨렸다.

"자네 엄마에게서 말인가?"

"네, 방에서 나오기 전에 엄마가 마지막으로 하신 말씀이 박사님을 즐겁게 해드려서 박사님이 이 결혼식 못하겠다고 다시 레이크 에덴으로 돌아가는 비행기 잡아타는 불상사가 발생하지 않도록 해드리라는 것이었어요."

"내가 그럴 리가 있나!"

"저도 그렇게 생각해요. 근데 엄마는 여전히 걱정이 되시나 봐요. 그러고나서 또 한 가지 하신 말씀이 오늘 밤 박사님과 결혼식을 올리지 못한다면 시름시름 앓다가 죽어버리고 말 거라는 거였어요."

버거도그

야외에서 구우실 때는 그릴을 중간 정도의 불로 예열해주세요.
프라이팬에서 구울 때는 중간 불에 올리되, 네 장의 더블 햄버거 패티가 올라갈 만한 커다란 프라이팬이나 전자 그릴을 사용해주세요.

재료

잘게 다진 소고기 1과 1/2파운드(680g) / 소금 1/2티스푼

신선한 고추 간 것 1/2티스푼 / 핫소스 조금(마이크를 위해서는 좀 더 맵게 만드는 게 좋겠어요) / 잘게 다진 양파 1테이블스푼 / 소고기 핫도그 2개

겨자 소스 2티스푼 / 케첩 2티스푼 / 잘게 다진 스위트 피클 1티스푼

햄버거용 빵 4장 / 햄버거에 곁들일 상추, 잘게 썬 토마토와 피클(선택사항)

빵에 바를 마요네즈 혹은 그 외 개인적으로 좋아하는 소스(선택사항)

만드는 법

1. 커다란 그릇에 다진 소고기, 소금, 고추 간 것, 핫소스를 넣고 잘 섞어줍니다.
2. 잘게 다진 양파를 넣고 깨끗한 손으로 잘 섞어줍니다.
3. 햄버거 패티 8장을 올릴 수 있을 정도로 크게 기름종이를 찢어(포일이나 들러붙음 방지 스프레이를 뿌린 양피지도 괜찮습니다) 작업대 위에 올려놓습니다.
4. 1센티 두께로 8장의 패티를 만듭니다. 모양이 잡혔으면 준비해둔 기름종이에 올려놓습니다.
5. 핫도그를 듬성듬성 잘라 믹서기에 넣고 갈아줍니다. 핫도그가

잘게 갈렸으면, 작은 그릇에 옮겨 담습니다.

6. 겨자 소스, 케첩, 스위트 피클을 갈아둔 핫도그 위에 붓고 잘 섞어줍니다.

7. 핫도그를 숟가락 가득 퍼서 공 모양을 만들어줍니다. 모두 네 개의 공을 만들어주세요.

8. 공 모양이 다 만들어졌으면, 햄버거 패티 4장 위 가운데에 얹습니다.

9. 각 패티 위에 또 다른 패티를 얹고 가장자리를 손가락으로 꾹꾹 눌러 패티가 서로 붙도록 해주세요.

10. 중간 불에 버거도그를 굽습니다. 굽는 동안 뒤집기는 딱 한 번만 합니다.

11. 레어 상태의 굽기를 좋아한다면 각 면당 3분간 구우면 되고, 미디움은 4분, 웰던은 4분 30초 정도 구우면 됩니다.

12. 프라이팬이나 전기그릴을 사용해서 구울 때에는 프라이팬 혹은 전기그릴을 중간 불에서 예열한 다음 위에서 언급한 요리 시간을 따라주세요.

13. 버거가 구워지는 동안 빵을 준비합니다. 취향에 따라 그릴 위에서 한 번 구워도 되고, 마요네즈나 그밖에 개인적으로 좋아하는 소스를 발라주기만 해도 됩니다.

14. 버거가 원하는 익힘으로 다 구워졌으면, 빵 한 쪽에 올린 뒤 상추, 토마토, 피클을 얹고 다시 빵으로 덮어 손님에게 가져갑니다.

코니 아일랜드 샌드위치

오븐은 121도로 예열합니다. 틀은 오븐의 중앙에 둡니다.

(121도는 오타가 아니라, 정말이에요. 샌드위치는 낮은 불에 올려야 하거든요)

재료

조그마한 큐브 모양 덩어리로 자른 아메리칸 치즈 1/2파운드(226.7g)

육수와 함께 포장된 참치 142g 통조림 2개(물을 잘 따라버려 주세요)

삶은 계란 3개 분량 다진 것 / 잘게 다진 초록색 피망 2티스푼

피멘토(작고 빨간, 맛이 순한 고추)가 들어간 올리브 잘게 다진 것 2티스푼

양파 잘게 다진 것 2티스푼 / 스위트 피클 다진 것 2티스푼

마요네즈 1/2컵 / 커다란 핫도그용 빵 6개(전 위에 깨가 뿌려진 것을 선택했어요.

일반 핫도그용 빵과 똑같은데 좀 더 크고 길답니다)

한나의 첫 번째 메모: 먼저 삶은 계란과 초록색 피망, 피멘토가 들어간 올리브, 양파를 잘게 다진 뒤 밀봉이 가능한 비닐백에 넣고 샌드위치 조합할 때가 될 때까지 냉장고에 보관해두세요.

만드는 법

1. 큐브 모양의 치즈와 참치를 커다란 그릇에 넣고 섞습니다

(포크로 섞으면 훨씬 쉽답니다).

2. 다진 계란과 피망, 올리브, 양파를 넣고 섞어줍니다.

3. 스위트 피클 다진 것을 넣고 섞어줍니다.

4. 윗부분에 고무주걱으로 마요네즈를 넣은 뒤 그 주걱을

사용해 잘 섞어줍니다.

5. 핫도그용 빵을 열고 섞은 것을 아래쪽 면에 반 채운 뒤 빵을 덮습니다.

6. 알루미늄 포일로 빵을 각각 둘러쌉니다.

7. 포일로 싼 코니 아일랜드 샌드위치를 놓고 방으로 잘라 자른 면이 위로 가도록 베이킹 팬에 얹습니다.

8. 121도의 온도에서 30분간 굽습니다. 치즈가 녹아 흘러내릴 정도면 완성입니다.

9. 샌드위치는 따뜻할 때 손님상에 냅니다. 아이들이 무척 좋아하는데 포일 포장이 되어 있어 혼자서 독차지하며 먹을 수 있기 때문이에요. 그 밖에도 피크닉에 가져가거나 공원이나 해변으로 놀러나갈 때 준비하면 좋은 메뉴랍니다. 물론 따뜻하게 먹어야 하니 보온이 되는 가방도 함께 준비해야겠죠.

"오, 한나! 내가 끔찍한 짓을 저지른 것 같구나!"

박사님이 마련한 리무진 안 한나 옆자리에 앉은 엄마가 맏딸의 팔을 붙잡으려 손을 뻗으며 말했다.

"박사님과의 결혼에 이견이 생기신 거예요?"

"오, 아니! 그런 게 아니다! 내가 괜한 걸 숨긴 것 같구나. 그래서는 안 되는 거였는데……."

"엄마!"

안드레아가 엄마의 팔을 붙잡았다.

"그만 됐어요, 엄마. 우리 모두 엄마가 옳은 일을 하신 거라고 말했잖아요. 분명 언니도 그렇게 생각할 거예요."

"그게 뭔지 안다면야 아마도."

"우리가 말이다……."

"더 이상 말하지 말아요, 엄마!"

미셸이 엄마의 입단속을 하고 나섰다.

"괜찮다니까요. 그러니까 이제 그만 떨쳐버리고 자연스럽게 내버려둬요."

"뭘 내버려둬?"

한나는 코끼리의 극히 일부분을 더듬거리며 그 모양이 어떤지 추측해 보는 장님이 된 것 같은 기분이었다.

"세 사람 지금 무슨 이야기를 하고 있는 거야?"

"아무것도 아니야, 언니. 그냥 흘러가게 둬."

안드레아가 말했다.

"그래,"

미셸도 나섰다.

"오키드 리틀 예배당에 거의 다 왔으니까. 가보면 알 거야."

알다니, 뭘? 한나의 마음이 외쳤다. 하지만 한나는 입을 꾹 다물었다. 물어봤자 대답해주지 않을 것 같았다. 하지만 리무진에서 내려 엄마와 동생들을 따라 예배당으로 들어서는 내내 한나는 궁금해 미칠 지경이었다.

"딜로어 님이시군요."

접수대에 있던 여자는 로실크로 만든 베이지 색상의 정장을 갖춰 입은 엄마를 보자 물었다.

"정말 사랑스러우세요. 신랑이 이야기했던 것보다 훨씬 더 예쁘신대요. 신랑이 아주 멋진 분이시더군요. 매너도 좋으시고요. 게다가 신랑 들러리는 정말."

여자는 하던 말을 멈추고 크게 한숨을 내쉬었다.

"제가 20년만 젊었어도 그대로 택시에 밀어 태우고 우리 집으로 납치해 갔을 거예요."

"그렇다면, 20년 더 젊지 않은 게 다행이네요."

엄마가 말하며 작게 한 번 웃었다.

"이 결혼식이 법적으로 유효하려면 그 사람이 필요하거든요. 이 순간을 너무 오래 기다렸던 터라."

"신랑이 얘기해주시던데요. 보자마자 첫눈에 반하셨다고. 근데 이미 결혼을 한 유부녀였다고 말이에요."

여자는 접수대 밑에서 상자를 하나 꺼냈다.

"들러리 코사지를 준비했어요."

그녀는 그중에서 가장 큰 흰색 상자의 뚜껑을 열었다.

"그리고 여기 부케가 있고요. 예쁘지 않나요?"

여자가 난초로 만든 부케를 꺼내자 안드레아가 입을 살짝 벌렸다.

"너무 예뻐요, 엄마!"

"정말이에요."

미셸도 고개를 끄덕이며 말했다.

한나는 미소를 지었다.

"정장이랑 너무 잘 어울려요. 난초가 이렇게 꽃 색깔이 다양한 줄 몰랐어요."

"레인보우 난초 부케랍니다."

여자가 말했다.

"아주 비싼 거예요. 전에 딱 한 번 봤는데, 정년퇴직한 전직 시장님이 훨씬 어린 신부를 맞이한 결혼식이었죠. 뭔가 감동시켜 주려고 노력했던 것 같은데, 생각대로 잘 되지 않았어요. 이 부케를 보고는 '이 웃기게 생긴 꽃들은 뭐예요, 자기?' 라고 했다니까요. 신랑이 난초라고 대답하니까 하는 말이, '적어도 향기라도 좋았으면 좋겠네요. 그것말고는 영 볼게 없으니' 라더군요."

그녀가 한나와 안드레아, 미셸을 쳐다보았다.

"제가 코사지 달아드릴까요?"

"감사하지만, 저희가 할 수 있어요."

한나가 코사지에 달린 기다란 핀을 긴장해서 쳐다보며 말했다. 가짜 진주 핀을 달고 있는 낯선 이에게 공격당할 위험을 감수하고 싶지 않았다.

"언니 건 내가 달아줄게."

안드레아가 말하고는 한나가 네, 아니오 대답하기도 전에 재빠른 손동작으로 한나의 드레스에 하얀색 난초 코사지를 달았다.

"다음은 미셸 차례."

미셸의 드레스에도 이내 코사지가 달렸고, 마지막으로 안드레아는 자신의 코사지를 달았다.

"정원 정자에서 남성분들이 기다리고 계세요."

접수대 여자가 말했다.

"사진사도 거기서 대기하고 있고요. 예식 전에 사진 몇 장 찍을 거예요."

여자는 상자에서 부케를 꺼내 엄마에게 건넸다.

"여기 받으세요. 정자는 옆 정원의 오른쪽 끝에 있어요."

한나는 엄마와 동생들을 따라 옆 정원으로 통하는 문으로 향했다. 차에서 내린 순간부터 어쩐지 계속 찜찜한 기분이 들었다. 이건 순전히 엄마와 안드레아, 미셸이 나에게 비밀로 하고 있는 일에 대한 불안감 때문이다. 뭔가 음모가 있음에 틀림없다. 도대체 그게 뭘까? 아마 박사님도 가세한 일일 거다. 그것에 대해 모르고 있는 사람은 한나뿐이다. 눈을 감은 채 숫자 100까지 세다가 눈을 떠보면 함께 놀던 친구들은 어디론가 숨어버리고 없는, 마치 숨바꼭질의 술래가 된 듯했다.

정자가 있는 정원은 건물의 바로 오른편에 자리하고 있었다. 정원에 들어선 세 자매의 눈에 정원을 둘러싼 갖가지 색깔의 꽃과 무성한 화초들이 단번에 들어왔다. 정자는 오후의 햇살을 받아 하얗게 빛나고 있었는데, 그쪽에서 무슨 소리가 들렸다. 하나는 박사님이다. 한나는 확신할 수 있었다. 그렇다면 다른 두 개의 목소리는 사진사와 박사님의 들러리일 것이다.

미지의 목소리들 중 하나는 젊고 살짝 하이톤을 유지하고 있었다. 20대 중반 나이의 목소리였다. 한나는 아마 사진사일 거라고 생각했다. 물론 하이톤의 목소리만으로 나이나 성숙도를 예상할 수는 없지만, 그런대로 괜찮은 추측이라 생각했다.

세 번째 목소리는 어딘지 모르게 익숙했다. 누구인지 생각이 나질 않았다. 한나는 사랑스러운 장미향을 맡기 위해 발걸음을 멈추고 기쁨에 두 눈을 감은 채 귀를 기울였다. 그래, 세 번째 목소리는 분명 박사님의 들러리다. 존경심이 절로 우러나오게 만드는 어른스러운 목소리다. 동생들이 정자를 향해 앞서 걷는 동안 한나는 잠시 멈칫했다. 세 번째 목소리에 대한 막연한 친숙함이 한나의 센서에 경보를 울려대고 있었다. 내가 아는 사람인가? 엄마와 동생들이 계획한 서프라이즈가 설마 과거의 남자를 데려오는 것이었을까? 그것이 맞다면 도대체 누구를?

한나의 머릿속에 온갖 가능성들이 스쳐지나갔다. 하지만 사실 옛 남자들이 그렇게 많지는 않았기 때문에 오래 생각할 것도 없었다. 고등학생 때 딱 한 번 해본 데이트는 아빠가 자리를 마련해준 것이었다. 클리프 슈먼이 한나에게 졸업파티의 파트너가 되어달라고 부탁했을 때 한나는 뛸 듯이 기뻤다. 하지만 아빠가 클리프에게 한나와 함께 졸업파티에 가주는 대신 여름 방학 동안 철물점에서 아르바이트를 할 수 있게 해주겠노라고 약속했다는 사실을 뒤늦게 알게 되었다. 어쨌든 클리프는 운명의 상대는 아니었다. 그에 대해 제일 마지막으로 들은 소식은 결혼한 뒤 세 명의 아이들과 함께 시카고에 살고 있다는 것이었다.

대학생 때 경험했던 두 번의 데이트에 대해서는 아무도 모른다. 아무에게도, 심지어 친구들에게도 털어놓지 않은 일이었다. 왜냐하면 두 번 모두 한 번의 데이트였는데, 두 남자 중 누구에게서도 애프터 신청을 받지 못했기 때문이다. 그나마 로맨스였다고 칭할 수 있는 남자는 오직 한 명뿐이다. 문학부 조교수였던 브래드포드 램지. 한때는 그가 한나 일생일대의 남자라고 생각했지만, 앞날에 대한 달콤한 약속들이 전부 거짓말이었다는 것을 깨달았던 그 절망스러웠던 날 밤에 모두 와장창 깨져버리고 말았다.

이제 단 한 가지 가능성만이 남았다. 그 생각을 하니 한나는 호흡이 빨라지고 심장이 평소보다 더 빨리 뛰는 것 같았다. 설마 동생들과 박사님이 로스 바튼을 여기에 데려온 건가? 하지만 그럴 리 없다. 로스와는 어젯밤에도 통화를 했는데 말이다. 박사님의 들러리를 하기 위해 오늘 라스베이거스로 날아올 계획이었다면 어젯밤 통화에서 일언반구 없었을 리 없다!

증조할머니 엘사가 종종 이야기했던 대로, 밍기적거리지 말자. 그 말은 곧 혼자만의 상상에 빠져 결백한 사람들에게 괜한 음모를 덮어씌우는 것이 아닌지 망설이지 말고 빨리 확인하라는 뜻이다. 그러니 한나도 이 길로 바로 정자로 돌진해 박사님의 들러리의 정체를 알아내야만 한다. 한나는 어깨를 펴고 몇 걸음 더 서둘러 걸어 엄마와 동생들을 거의 따라잡았다. 그런 뒤 그들 뒤로 한 두 발자국 정도만 뒤쳐진 채 정자로 들어섰다.

"한나! 오늘 모습 정말 환상적인데!"

세 번째 목소리가 말했고 한나는 입을 떡 벌릴 수밖에 없었다. 하지만 바보처럼 보일까 걱정스러워 이내 꾹 다물었다. 동생들과 엄마, 박사님까지 이런 모의를 하다니! 한나의 눈앞에는 로스가 서 있었다. 마지막으로 봤을 때보다 조금 더 나이 들고 어딘가 모르게 잘생겨진 모습이었다. 강인한 체격에 정장 차림은 마치 청바지에 샴브레이 셔츠를 입었을 때와 다름없이 잘 어울렸다. 한나는 얼굴에 미소가 번지는 것을 느낄 수 있었다. 그의 짙은 색 머리카락은 빗질을 한 직후에도 바람에 살짝 날린 듯 자연스러웠고, 초롱초롱한 푸른 눈동자는 순진무구했으며, 왼쪽 볼에는 사랑스러운 보조개가 잡혔다.

"로스!"

한나는 숨을 몰아쉬었다. 혼자만 비밀을 모르고 있다는 사실에 조금 짜증이 나기도 했지만, 이 자리에 와 있는 그를 보니 반가운 마음이 드는 것은 어쩔 수 없었다.

"까맣게 모르고 있었어, 로스. 네가 박사님의 들러리였다니!"

그는 웃음을 터뜨렸고 한나는 그를 만난 기쁨이 온 몸에 퍼지는 듯한 기분을 느꼈다.

"이리 와, 한번 안아보자. 정말 오랜만이잖아."

로스가 팔을 뻗었고 한나는 그의 품에 안겼다. 이런 반가운 포옹 요청을 거절할 이유가 없다. 대학 시절 그가 머스크랫 레인에 있는 아파트에 살고 있다는 사실을 알게 된 이후 잠 못 들었던 여러 밤들에 그 말을 듣기를 비밀스럽게 빌었다. 독립영화 '체리우드의 위기'를 제작할 당시 그가 레이크 에덴에 들렀던 일도 있다. 영화를 찍는 내내 그는 정신없이 바빴고 스트레스도 많이 받았다. 촬영에 바쁜 건 당연했고, 아마추어 배우들의 연기를 교정하느라, 그리고 무엇보다 당시에 영화감독이 살해당하는 바람에 그는 정신이 혼미할 지경이었다. 물론 그 이후로도 그를 만나긴 했다. 그가 미니애폴리스를 거쳐 어딘가로 향하는 길에 잠시 들른 것이있는데, 아쉽게도 함께 보낼 시간은 그리 길지 않았다. 야심한 어느날 밤 혼자일 때 한나는 오래전 일이었던 로스와의 스파크가 아직도 유효할지 같이 한번 시간을 보내보고 싶다고 생각해본 일이 있었다.

"끼고 있네!"

로스가 호주에서 한나에게 보내준 블루 사파이어 반지를 만지며 말했다. 그가 반지를 알아보는 것이 한나는 기뻤다. 받자마자 거의 매일같이 끼고 다닌 반지였다. 보석의 색을 보면 그의 푸른 눈이 떠오르곤 했다. 그는 마치 한 번도 떨어져 지낸 적이 없는 듯 한나의 등에 친숙하게 팔을 둘러 포옹했다. 그의 애프터셰이브의 깔끔한 향이 느껴졌고, 자신의 뺨에 와 닿은 열기와 단단한 팔의 힘이 느껴졌다. 내가 그리워했던 것만큼 그도 나를 그리워했을까?

이 포옹이 영원하길 바랐지만, 이내 센 남부 억양의 목소리가 훼방을 놓고 말았다.

"이봐요들!"

한나가 고개를 드니 한눈에 봐도 가짜처럼 보이는 엘비스 가발을 쓴 남자가 두 사람을 쳐다보고 있었다.

"여기서 결혼하는 사람이 누구요? 저기 두 사람인 줄 알았는데."

그는 엄마와 박사님을 가리켰다.

"이제 보니 여기 두 사람일지도 모르겠군요."

한나는 두 볼이 붉어졌다. 포옹을 너무 오래 하고 있었나? 하지만 이내 로스가 웃음을 터뜨렸고, 한나도 동참했다.

"저 분들이세요."

한나가 박사님과 엄마를 가리켰다.

"저희는 그냥 오랜만에 만난 거라서요."

"아주 오랜만이지."

로스가 미소를 지으며 말했다.

"나한테 어울리지 않을 정도로 길었어. 하지만 이제 같이 시간을 보낼 거야. 한나 옆 객실에 3일간 묵을 예정이니까."

한나도 3일 일정이었다! 한나는 다시 한 번 얼굴에 미소가 번지는 것을 느낄 수 있었다. 진심으로 로스와 다시 만나보고 싶었다. 아무런 결과도 얻지 못할지라도, 친구를 많이 둔다는 건 좋은 일이니까.

"좋아요, 그럼."

가짜 엘비스가 돌아섰다.

"전 안으로 들어갈게요. 여러분들도 곧 입장하세요."

"목사님은 아니지, 그렇지?"

가짜 엘비스가 자리를 뜨자마자 엄마가 물었다.

한나는 아무렇지도 않은 표정을 하고 있기가 힘이 들었다. 차마 로스를 쳐다볼 수가 없었다. 그도 엄마의 말을 들었을 텐데 서로 눈이 마주쳤다가는 웃음이 터져나올 것 같았다.

"아니야."

박사님이 대답했다.

"비디오 예술가인데 우리 DVD를 찍어줄 거야. 그걸 레이크 에덴으로 가져가서 결혼식 피로연에 틀 생각이야."

"이해가 안 되네."

엄마가 로스를 쳐다보며 말했다.

"왜 로스에게 부탁하지 않았어? 그가 전문가인데."

"왜냐하면 로스는 오늘 밤엔 전문 들러리 역을 해야 하니까. 다른 일 때문에 들러리 역할에 충실하지 못하면 안 되잖아. 당신과 결혼하려고 수십 년을 기다렸는데, 아무것도 날 막을 수 없다고."

"오."

엄마는 탄식하며 박사님 옆으로 바짝 붙었다.

"박사는 참 로맨틱해. 그렇다면 얼른 가서 결혼하자고. 그리고 우리 결혼식 곡으로는 〈러브 미 텐더(Love Me Tender)〉를 연주해달라고 해줘. 우리 사진사 가발이랑 아주 잘 어울리는 노래일 것 같으니. 결혼식이 끝나고는 곧장 호텔로 돌아가서……."

"로리!"

박사님이 경고했다. 그러자 엄마는 살짝 큭큭거렸고 세 자매는 흐뭇한 미소를 지었다. 사실 엄마의 이야기는 십대 소녀나 할 법한 이야기였다.

"바보같이 굴지마, 박사."

엄마가 박사님의 팔을 토닥였다.

"난 가서 저녁식사를 하자고 이야기하려던 거니까. 박사가 가져온 훌륭한 샴페인에 캐비어를 곁들여 먹고 싶어."

"콜드 덕(버건디와 샴페인을 같은 비율로 탄 술)에 앤쵸비는 어때?"

이내 누그러진 박사님이 빙긋 웃으며 엄마에게 물었다.

"그것도 좋지."

엄마는 조금도 망설이지 않고 대답했다.

"먹고 마시는 동안 내가 박사의 아내일 수 있다면 뭘 먹어도 좋아."

예배당의 통로를 걸으며 한나의 다리는 살짝 후들거렸다. *이건 내 결혼식일 수도 있어.* 한나의 마음이 말했다. *내가 신부고 로스가 신랑인 거야.*

"너, 괜찮은 거지?"

로스가 한나에게 나지막이 물었다.

"오, 그럼!"

로스가 자신의 마음을 들여다볼 수 없는 게 다행이라고 생각하며 한나가 대답했다.

"엄마랑 박사님, 정말 잘 어울리셔."

연단 앞에서 두 사람은 갈라졌는데, 한나는 왼쪽으로 돌아 엄마 옆에, 로스는 오른쪽으로 돌아 박사님 옆에 섰다. 미셸과 안드레아는 그 뒤를 따라 함께 통로를 걸어 한나 옆에 자리했다. 모두가 연단 앞까지의 짧은 여정을 끝내고 각자의 자리를 찾자 프레슬리와 섞인 듯한 멘델스존이 악단과 함께 연주하는 〈러브 미 텐더〉가 예배당 안에 울려퍼졌다. 한나는 동생들과 시선을 주고받으며 셋 모두 터져나오려는 웃음을 꾹 참느라 몸이 흔들거렸다. 이내 로스가 다 들릴 정도로 큰 소리로 큭큭거렸고, 박사님이 웃음을 터뜨리자 엄마도 이내 킥킥거리고 말았다.

"그만해, 전부!"

엄마는 모두를 조용히 시키기 위해 쉿하는 소리를 냈다.

"캐리가 여기 없는 걸 다들 감사하게 생각해야 해. 안 그랬음 우리 다같이 노래도 불러야 했을 테니!"

엄마의 말에 세 자매는 참았던 웃음이 폭발하고 말았다. 세 자매 모두 엄마와 로드 부인이 아노카에 있는 한 가라오케에서 열린 노래경연대회에서 도저히 들어줄 수 없는 목청으로 〈바이 바이 러브(Bye, Bye Love)〉를 노래해 대상을 탔던 날 밤의 일이 떠올랐다.

이윽고 박사님이 그들을 이상야릇한 표정으로 바라보고 있는 목사를 향해 고개를 돌렸다.

"긴 하루였습니다."

박사님이 설명했다.

"근데 그보다 더 길어지려 하고 있네요. 어서 시작합시다."

목사는 연단에 서서 연신 사진을 찍고 있는 사진사를 향해 말했다.

"그만 끝내지, 행크."

곧 예배당 안은 고요해졌고, 목사가 누구에게나 익숙한 성혼선언문을 읽기 시작하자 한나는 안도의 숨을 내쉬었다. 엄마의 대답이 먼저였다. 엄마는 딸들을 향해 미소를 지어 보이고는 이내 박사님을 바라보았다.

"맹세합니다."

엄마는 크고 명료한 목소리로 대답했다. 다음은 박사님의 차례였고, 박사님도 엄마와 똑같이 대답했다. 박사님은 엄마를 평생 사랑하고 아끼겠다고 맹세한 뒤 엄마의 손등에 입맞춤했다.

한나는 문득 아빠 생각이 났다. 아빠도 이 결혼에 대해 알았다면 분명 승낙하셨을 것이다. 아빠는 엄마를 진심으로 사랑했고, 엄마도 역시 아빠를 사랑했다. 한나는 이내 로스를 바라보았다. 그는 미소를 짓고 있었고, 여러 번 눈을 깜빡거렸다. 로스도 한나만큼이나 이 결혼에 행복해하고 있는 것이 분명했다. 한나는 뺨에 흘러내린 눈물을 닦았고, 동생들 역시 눈물을 훔쳤다. 아름다운 결혼식이었고, 아름다운 결합이었다. 한나는 엄마가 마침내 일생 두 번째 사랑을 찾았다는 데 행복감을 느꼈다.

"언니!"

미셸이 부르는 소리에 한나는 눈을 깜빡이며 현실로 돌아왔다.

"왜, 미셸?"

"언니는 캐비어 안 좋아하는 줄 알았어."

"안 좋아하지."

"그럼 캐비어와 사우어크림을 잔뜩 올린 토스트를 왜 네 조각째 먹고 있는 거야?"

안드레아가 물었다.

"내가?"

"그래."

엄마가 즐거운 듯 확인시켜주었다.

"네가 그걸 먹는 걸 우리 모두 지켜봤단다."

한나는 충격에 사로잡혔다. 한나가 종종, *그래봤자 생선 알에 불과하다*고 비꼬는 그 비싼 진미를 직접 맛봤다면 기억 못할 리 없다!

"그렇다면 이제 술은 그만 주셔야 할 것 같아요. 샴페인을 너무 많이 마신 듯해요."

"그렇지 않아."

엄마가 말했다.

"넌 아직 한 모금도 마시지 않았잖아. 우리는 벌써 두 번째 잔을 채웠는데 말이다."

"오."

한나는 로스가 무엇 때문에 이렇게 오래 걸리는 것일까 궁금해하며 레스토랑의 입구 쪽을 바라보았다. 모두 호텔의 고급 레스토랑으로 향하는 사이 로스는 전화 한 통화만 하고 오겠다며 객실로 올라간 것이다.

"나도 우리 그이랑 사랑에 빠졌을 때 저랬지."

안드레아가 엄마와 미셸과 눈빛을 주고받으며 말했다.

"사랑에 빠지면 누구든 혼이 나간다니까."

"난 사랑에 빠지지 않았어!"

한나는 기혼자 동생을 쳐다보았다.

"마침 이야기가 나와서 말인데, 난 여기 있는 모두가 좀 전에 계획한 일에 그렇게 행복하지 않다고. 다들 로스가 올 걸 알았으면서도 나한테 이야기해주지 않았잖아. 그런 식으로 따돌림 당하는 건 싫어."

"우린 그저 널 놀래켜주고 싶었을 뿐이란다."

엄마가 설명했다.

"네가 로스를 보면 좋아할 것 같아서 말이다."

"사실이긴 해요. 로스를 만나니 반가웠어요."

"그렇다면 다행이군."

한나의 뒤편에서 남자의 목소리가 들렸다. 고개를 돌리며 한나는 자신의 얼굴이 테이블 위의 장미꽃처럼 붉게 달아오르는 것을 느꼈다. 로스가 돌아왔다. 내가 한 이야기를 전부 들은 모양이다.

"내가 박사님의 들러리라고 너한테 털어놓을 뻔한 위험한 순간이 얼마나 많았는지 몰라."

로스가 한나 옆에 앉아 한나의 손을 잡으며 말했다.

"어젯밤에 통화했을 때도 하마터면 얘기할 뻔했다니까."

한나는 잠시 생각에 잠겼다.

"뭔가 할 말이 있는 것 같긴 했어. 그냥 느낌이 말이야. 물어봤었어야 했는데. 그러려고 했지만, 네가 곧 보자고 하기에 난 또 네가 조만간 레이크 에덴에 들를 계획인가보다 생각하고 말았지."

"맞아. 레이크 에덴에 1~2주 정도 있을 거야. KCOW 방송국과 면접이 잡혔거든. 거기서 KCOW 방송국만의 프로그램을 제작해줄 사람을 찾는다고 해서."

엄마는 놀란 표정이었다.

"몰랐구나! 나랑 전화 통화할 때 그런 이야기는 안 했잖아."

한나는 미간을 찌푸렸다. 로스가 엄마와 연락을 주고받는 사이인 줄 몰랐다. 엄마가 한 번도 이야기한 적이 없었기 때문이다.

"저도 로스한테서 지난 주에 들었어요."

안드레아가 인정했다.

"하지만 면접 일정이 확실히 잡힐 때까지는 비밀로 해달라고 해서 저도 어쩔 수 없었어요."

"나한테는 얘기해줄 수 있었잖아."

미셸이 로스를 돌아보며 말했다.

"지난주에 나랑 스카이프(인터넷 전화)로 이야기했을 때만 해도 아무 언급 없었으면서."

"면접에 괜히 징크스가 될까 봐 그랬어. 그 일자리를 꼭 잡고 싶거든. 취직이 되면 레이크 에덴에 자리잡을 수 있을 거야. 난 레이크 에덴에서 살고 싶어."

"할리우드를 버리고?"

세계 엔터테인먼트 산업의 메카인 곳을 떠나 따분하기 이를 데 없는 레이크 에덴에 자리잡고 싶다는 로스의 말에 한나는 놀라움을 금치 못했다.

"할리우드에서 살아보고 나니 더더욱."

한나는 여전히 혼란스러웠다.

"하지만 난 네가 그곳을 좋아하는 줄 알았는데. 스튜디오며 그곳에서 만난 사람들 이야기를 할 때면 꽤 신나 보였거든. 레이크 에덴에서는 지루하지 않겠어?"

"레이크 에덴은 전혀 지루하지 않아. 너랑 네 가족들이 있잖아. 할리우드의 빠른 흐름은 감당하기 힘들어, 한나. 높은 물가는 말할 것도 없고. 안정적인 수입이 들어오는 안정적인 직업이 이제 나한테는 천국처럼 달콤하게 느껴져."

"하지만…… 캘리포니아에 친구들도 많잖아. 항상 그 친구들 이야기를 했으면서."

그러자 로스는 어깨를 으쓱했다.

"그래, 맞아. 근데 레이크 에덴에도 친구는 있어. 우선 네가 있고, 네 가족들이 있고, 박사님이 계시잖아. 레이크 에덴에서 영화를 찍으면서 만나 알게 된 사람들도 있고. 난 정말 이 일을 하고 싶어, 한나. 레이크 에덴이야말로 내가 정말 원하는 곳이야."

한나는 아무 말도 하지 않았다. 숨쉬기조차 두려울 정도였다. 로스는 마치 한나 때문에 레이크 에덴에 오고 싶다고 이야기하는 것 같다. 하지만 혹시 자신의 생각이 틀렸을지도 모른다는 생각에 한나는 물어볼 수 없었다. 식사 후에 좀 더 사적으로 이야기할 기회가 있을 것이다. 단둘이 있을 때. 근데 과연 단둘이 있을 짬이 있을까?

"난 오리 요리를 먹을래."

미셸이 탁 소리와 함께 메뉴판을 덮으며 말했다.

"안드레아 언니는?"

"난 치킨 꼬르동 블루(빵에 치킨 조각과 치즈, 햄 등을 넣은 요리). 좋아하는 건데 샐리네 거랑 비교해서 맛이 어떤지 궁금해."

"난 붉은 고기 요리가 좋겠어."

박사님이 미소를 지으며 엄마 쪽으로 고개를 돌렸다.

"식사는 무엇으로 하겠습니까, 나이트 부인?"

그러자 엄마가 웃음을 터뜨렸다.

"순간 당신 어머니 이야기를 하는 줄 알았어. '나이트'라는 성에 얼른 익숙해져야 할 텐데. 이 새로 탄생한 나이트 부인은 생강-아티초크 샐러드와 연어 크루트(연어파이), 디저트로는 독일식 초콜릿 컵케이크를 먹겠어."

"독일식 초콜릿 컵케이크가 있어?"

박사님의 얼굴이 미소로 환해졌다.

"나도 독일식 초콜릿 케이크 좋아하는데."

"그렇다면 컵케이크도 당연히 좋아하시겠네요."

한나가 말했다.

"컵케이크는 케이크의 축소판이니까요."

미셸이 메뉴판의 디저트 페이지들을 넘기며 말했다.

"봐봐. 컵케이크 메뉴가 엄청 많아. 이렇게 다양한 종류는 처음 봤어. 케이크 메뉴의 전부를 다 컵케이크 메뉴로도 만들었나 봐."

"하나만 빼고."

한나가 지적했다.

"어떤 거?"

"메뉴에 엔젤 푸드 컵케이크는 없을 걸."

"알파벳 순으로 되어 있으니까."

미셸이 메뉴의 제일 상단을 살폈다.

"맞아, 언니. 엔젤 푸드 컵케이크는 없어. 왜 없지?"

"그건 엔젤 푸드 케이크를 구우려면 특별한 형태의 팬이 필요해서 일 거야. 컵케이크 크기의 번트 팬은 봤지만, 컵케이크 크기의 엔젤 푸드 케이크 팬은 못 봤어."

"일반적인 컵케이크 팬에는 만들 수 없는 거야?"

안드레아가 물었다.

"잘 모르겠지만, 아마 안 될 걸. 엔젤 푸드 케이크 팬은 가운데에 관이 있어야 케이크가 골고루 익거든."

"근데 번트 팬도 가운데에 관이 있잖아. 그건 컵케이크 크기로도 있는 걸로 아는데. 나도 몇 개 갖고 있고."

"너한테 컵케이크용 번트 팬이 있다고?"

한나는 놀랄 수밖에 없었다. 안드레아가 오븐으로 만들 수 있는 거라곤 위퍼스내퍼 쿠키 몇 종류밖에 없었기 때문이다. 그게 안드레아의 특기 메뉴였다. 하지만 한나가 알기로 안드레아는 지금껏 단 한 번도 케이크를 만들어본 적이 없다. 포장되어 나오는 케이크 믹스로도 말이다.

"갖고는 있는데, 사용해본 적은 없어. 내가 케이크나 컵케이크 안 만드는 거 언니도 알잖아."

"그럼 왜 산 거야?"

"산 게 아니라, 시이모님한테 결혼 선물로 받았어."

안드레아가 한나에게 말했다.

"언니한테 필요해? 난 앞으로도 사용할 일 없을 것 같은데."

"주면 고맙지, 안드레아."

"알았어. 집에 가서 어디 흠집 난 곳이 없는지 살펴보고 직접 쿠키단지로 갖다줄게."

한나는 어리둥절해졌다.

"한 번도 안 썼다면서 무슨 흠집?"

"애들한테 모래놀이 할 때 갖고 놀게 했거든. 트레시가 그걸로 베시한테 작고 귀여운 모양의 진흙 파이를 만들어줬어. 위에는 민들레로 장식까지 했다니까. 베시 눈에는 진짜 케이크처럼 보였는지 정말로 먹으려고 해서 내가 트레시에게 그만 만들게 했더랬지."

한나는 로스를 바라보았다. 그는 아무렇지도 않게 한나의 어깨에 팔을 둘렀고, 한나는 묘한 예감에 몸을 떨었다. 빨리 단둘이 남고 싶었다. 그래야 나에 대한 감정이 정확히 어떤 것인지 물어볼 수 있을 테니 말이다. 이건 우정일까, 아니면 그 이상의 무엇일까? 한나는 매우 혼란스러웠지만, 샴페인을 한 모금 마시자 조금은 나아졌다. 일단 메뉴판을 살피며 무슨 음식을 주문하면 좋을지부터 고민하는 것이 좋겠다. 한나의 인생 계획보다는 그 편이 훨씬 쉬울 테니 말이다.

독일식 초콜릿 케이크

오븐은 175도로 예열합니다. 틀은 오븐의 중간에 둡니다. 12개의 머핀 컵에 들러붙음 방지 스프레이를 뿌리거나 기름종이를 각각 얹습니다.

조앤 플루크의 메모: 이것 역시 리한나의 레시피랍니다. 악마의 케이크 살인사건 때에 피어 크런치 파이 레시피를 제공해준 분이시죠.

재료

필링 재료:

실온에 부드러워진 크림치즈 8온스(226g) / 큰 계란 1개 거품낸 것(포크로 저어주세요)

백설탕 1/3컵 / 코코넛 농축액 1/2티스푼(선택사항)

중간 달기의 초콜릿칩 2/3컵 / 다진 피칸 1/2컵 / 소금 1/8티스푼

한나의 첫 번째 메모: 이 컵케이크에는 프로스팅이 없답니다(프로스팅까지 얹으면 오버스러울 수 있어요!). 하지만 전통 독일식 초콜릿 케이크 프로스팅에 들어가는 코코넛이 그리운 사람들이 있을지도 모르겠네요. 코코넛 맛이 아쉽다면, 필링에 코코넛 농축액을 넣어보세요. 코코넛 농축액이 없다면, 없는 대로도 괜찮고요.

만드는 법

1. 작은 그릇에 크림치즈, 계란, 백설탕을 넣고 부드럽게 잘 섞어줍니다. 코코넛 농축액을 넣고 다시 한 번 섞어줍니다. 물론 코코넛 농축액 과정은 선택사항입니다.
2. 초콜릿 칩과 피칸, 소금을 넣고 섞어줍니다.

3. 그릇을 작업대 옆에 잠시 밀어놓고, 이제 컵케이크 반죽을 만듭니다.

컵케이크 반죽 재료:

베이커스 저먼 스위트 초콜릿 4온스(113g) / 소금기 있는 버터 1컵(226g)

큰 계란 4개 / 1과 2/3컵 백설탕 / 1/2티스푼 베이킹소다

다목적용 밀가루 1컵(측량할 때 컵에 꽉 눌러 담아주세요) / 바닐라 농축액 1티스푼

만드는 법

1. 베이커스 저먼 스위트 초콜릿의 1온스(28g)짜리 사각 초콜릿 네 개를 반으로 쪼갭니다(그래야 더 빨리 녹거든요).
2. 버터는 네 조각으로 자릅니다(이렇게 해야 더 빨리 녹습니다).
3. 전자레인지용 그릇에 초콜릿과 버터를 넣고 '강'에서 1분간 돌립니다. 1분간 기다린 다음 초콜릿이 잘 녹았는지 저어보세요.
4. 초콜릿이 완전히 녹지 않았으면, 다시 전자레인지에 넣어 30초 더 돌립니다. 잠시 기다렸다가 다시 저어보세요. 초콜릿이 모두 녹을 때까지 같은 과정을 반복합니다. 초콜릿과 버터 녹인 것을 작업대 옆에 잠시 밀어두거나 불을 켜지 않은 가스레인지 위에 올려두어 실온으로 식힙니다.

한나의 두 번째 메모: 작은 소스팬을 사용해 가스레인지의 낮은 불에서 만들 수도 있어요.

5. 큰 그릇에 계란을 넣고 고운 색이 돌 때까지 휘저어줍니다.

6. 설탕을 조금씩 더하면서 계속 휘저어줍니다.

7. 밀가루와 바닐라 농축액을 넣고 섞습니다.

8. 초콜릿과 버터 녹인 것이 담겨 있는 그릇을 만져봅니다. 계란을 익힐 정도로 뜨겁지 않다면 반죽에 조금씩 더하면서 계속 반죽합니다.

9. 반죽기에서 그릇을 꺼내 마지막으로 손으로 반죽합니다. 그런 뒤 머핀 틴에 반죽을 떠 담을 베이킹용 스쿱 혹은 숟가락을 찾습니다(리사와 저는 #2(약 473㎖) 크기의 베이킹용 스쿱을 사용했답니다).

10. 머핀 틴의 3/4가량 올라오도록 반죽을 채웁니다.

11. 둥근 티스푼으로 필링을 떠서 각 컵케이크의 중앙에 채웁니다.

12. 175도의 온도에서 30분간 굽습니다. 팬을 오븐에서 꺼내 식힘망이나 불을 켜지 않은 가스레인지로 옮겨 식힙니다. 컵케이크가 완전히 식을 때까지 틴에서 빼지 마세요(리한나 말로는 강한 의지가 필요할 거라네요. 냄새가 너~무 유혹적이거든요!).

리한나의 메모: 하나로는 도저히 만족할 수 없을 만큼 맛있는 컵케이크랍니다. 아주 진하고 깊은 맛이 나지요. 소풍 때 준비해도 좋은 메뉴에요!

"언니 객실 문에 노크했는데, 아무 응답이 없었어."

다음날 아침식사를 위해 내려온 한나에게 안드레아가 말했다.

"그때가 몇 시였는데?"

"11시 30분. 미셸이랑 나는 잠이 안 와서 달밤의 수영을 즐겼지."

한나는 자신이 어디 있었는지 거짓말을 해야 할 이유를 찾지 못했다.

"응답을 안 한 게 아니라 못한 거야. 그때 난 방에 없었거든. 로스의 방에 있었지."

"정말?"

미셸의 얼굴에 환한 미소가 번졌다.

"잘됐다! 안 그래도 난 혹시 언니가 거기에 있는 건 아닐까 생각했었어."

그러자 안드레아의 눈이 휘둥그레졌다.

"그럼 로스의 방에서 뭘 했는데?"

"그의 최근 프로젝트를 봤지. KCOW 방송국에서의 면접에 쓸 단편 영화 DVD를 가져왔더라고. 나더러 보고 평가를 해달라고 해서."

"그럼 자정까지 로스의 영화 비평을 하고 있었단 말이야?"

미셸이 실망한 표정으로 물었다.

"자정까지는 아니야. 새벽 2시가 넘어서 끝났거든."

"로맨틱은 개나 준 거야?"

미셸이 불평했다.

"로스한테 영화 비평은 내일 할 테니 지금은 동굴 수영장에 가서 달밤 수영을 즐기자고 했어야지."

"그것 참 깜찍한 아이디어지만, 그렇게 얘기할 수 없었지."

"왜?"

안드레아가 묻고서는 이내 미간을 찌푸리기 시작했다.

"수영복은 가져왔겠지, 그렇지? 내가 챙기라고 했잖아."

"가져왔어. 근데 수영복 보형판이 전부 죽어 플라스틱 천당으로 가고 말았지 뭐야. 정말이지, 로스가 내 수영복 입은 모습을 봤다면, 결코 로맨틱하지 않았을 거야!"

"그럼, 아침식사 한 다음에 같이 쇼핑가자."

안드레아가 말했다.

"아주 우아하고 섹시한 수영복으로 새로 골라줄게."

"좋아. 하지만 과연 그런 수영복이 있을까?"

"라스베이거스잖아. 여기에는 없는 게 없지."

안드레아가 가방에서 핸드폰을 꺼냈다.

"어디서 쇼핑하면 좋을지 인터넷에서 검색해볼게."

안드레아가 핸드폰을 조작하는 동안 미셸은 말이 없다가 이내 한나를 향해 말했다.

"그러니까 로스의 방에 새벽 2시까지 같이 있었는데, 줄곧 그냥 영화만 봤단 말이지?"

한나는 미셸의 질문을 깔끔하게 피해 갈 수 있는 방안을 생각하며 옅은 미소를 지었다.

"대답해줄 수 없어. 숙녀는 입이 무거운 법이거든."

"동생들한테도 말이야?"

한나 얼굴에 띤 미소가 살짝 짖궂게 변했다.

"그래, 동생들한테도."

한나가 대답했다.

"정말 근사하다, 한나. 수영복이 정말 잘 어울려. 맛있는 레모네이드 한 잔 어때?"

"좋지."

한나가 로스를 향해 미소를 지었다.

"안드레아는?"

로스가 물었다.

"네, 부탁해요."

"나도."

미셸은 로스가 묻기도 전에 대답했다.

"내가 같이 가서 들고 오는 거 도와줄게."

"내가 뭐랬어!"

로스와 미셸이 멀찍이 사라지자 안드레아가 말했다.

"수영복 새로 산 게 다행이지 않아?"

"그래, 덕분에 통장에 내 잔고는 줄었지만, 어쨌든 다행이야."

"따분한 검정색 수영복보다 어두운 청록색으로 하길 잘했지?"

"그래, 이게 훨씬 나아."

"좋았어, 그럼!"

안드레아는 물에 발을 담그며 즐거운 듯 보였다.

"이거야말로 힐링 아니겠어? 레이크 에덴에서는 지금 같은 철에 수영복을 입을 수 있는 데가 없잖아. 물에 발을 담갔다가는 동상에 걸려버릴 테니."

한나는 안드레아의 말에 동의하려다가 문득 레이크 에덴에서 수영복을 입기 안성맞춤인 장소가 떠올랐다.

"아, 레이크 에덴에도 한 군데 있어."

"그래? 거기가 어딘데?"

"앨피온 호텔 콘도의 펜트하우스에 있는 유리돔 밑에 말이야. 돔 안에는 온도 조절 장치가 있어서 겨울에 수영장을 데울 수 있다고 했잖아."

"맞다! 엄마에게 그 펜트하우스를 사라고 했는데 그만 어떤 회사에서 사버렸지. 근데 그 계약 건이 뭔가 석연치 않아."

"무슨 계약 건? 난 전혀 모르는 얘긴데. 네가 나한테 말 안 해줬어. 누군가 구매 의사를 밝혔어?"

"누군가가 아니라, 어떤 거지. 호위 말에 따르면, 나이트라이프 LLC라는 회사래. 회사명이 꼭⋯⋯."

안드레아가 적당한 단어를 찾느라 잠시 멈칫했다.

"뭔가 적절치 않은 느낌이야. 무슨 말인지 알겠지?"

"나이트라이프 LLC라."

한나는 회사명을 되뇌어보았다.

"무슨 말인지 알겠어. 애프터아워스 클럽(술을 판매할 수 있는 시각을 넘어서까지 영업하면서 무알콜이나 카페인 음료를 파는 나이트클럽)이나 에스코트 서비스(유료로 말동무나 매춘부를 알선하는 회사)를 제공하는 회사 이름 같아."

"그렇지. 나도 호위에게 그렇게 말했는데, 나보고 그런 곳은 아니니 걱정하지 말라고 했어. 그 회사 소유주가 누군지 알면 아마 내가 반가워할 거라면서 말이야. 얘기해준 건 거기까지가 전부야."

안드레아는 다시 멈칫하더니 생각에 잠겼다.

"잠깐만. 혹시 나이트라이프 LLC가 로스와 그의 영화 투자자들의 회사는 아닐까? 레이크 에덴에 정착하고 싶다고 했잖아. 로스라면 돈 있는 사람들도 분명 많이 알고 있을 테고."

"그렇겠지. 하지만 레이크 에덴 부동산과 관련이 있을 것 같진 않아. 로스한테서 투자자들 이야기를 들은 적 있는데, 대부분 뉴욕이나 LA 사람들이라 연극이나 독립영화, 콘서트 같은 엔터테인먼트 산업의 파이낸싱 투자에만 관심이 있다고 했어."

"온다, 온다."

로스와 미셸이 가까이 다가오자 안드레아가 말했다. 두 사람은 각각 종이 쟁반에 두 잔의 음료를 얹어 가져오고 있었다.

"여기."

로스가 한나에게 레모네이드 하나를 건네고, 안드레아에게 다른 하나를 건넸다. 로스는 미셸의 쟁반에서 자신의 레모네이드를 집어 들고는 한나의 옆에 앉았다.

"특별히 뭔가를 추가했지."

"술?"

이렇게 이른 시각에 술을 마셔도 괜찮을까 생각하며 한나가 물었다. 그러자 로스는 고개를 가로저었다.

"라즈베리 시럽. 그걸 넣으면 핑크 레모네이드가 되거든. 핑크 레모네이드에는 보통 그레나딘이나 크랜베리 주스가 들어가지만, 내 생각엔 라즈베리를 넣는 게 더 나은 것 같아."

한나는 한 모금 마셨다.

"정말 이게 더 맛있어. 크랜베리 주스로 만든 핑크 레모네이드는 먹어봤는데, 그레나딘 넣은 건 처음이야."

"근데 그레나딘이 뭐야?"

미셸이 물었다.

"데킬라 선라이즈에도 넣는 걸 봤는데, 빨간색이더라. 혹시 체리를 말하는 거야?"

한나는 고개를 가로저었다.

"아니, 석류로 만든 시럽이야. 내 입맛에는 좀 안 맞는 뒷맛이 있지."

"하지만 데킬라 선라이즈는 좋아하잖아, 안 그래?"

로스가 물었다.

한나는 어깨를 으쓱했다.

"모르겠어. 한 번도 마셔본 적 없으니까."

"내가 만들어줄게."

로스가 말했다.

"단, 내가 레이크 에덴에 가면 네가 이야기했던 그 탠저린 케이크를 만들어주겠다고 약속하면."

"내 탠저린 드림 케이크 말이야?"

"그래 그거. 난 귤 좋아하거든."

"기꺼이 만들어주지. 난 케이크 만드는 거 좋아하니까."

로스는 기쁜 듯했다.

"그렇다면 계약 성사야. 너랑 함께 시간을 보낼 일도, 네 탠저린 케이크 먹을 일도 모두 고대하고 있을게."

한나는 미셸과 안드레아가 서로 시선을 주고받는 것을 보았다. 두 사람이 각자 타월을 들고 수영장을 향해 저 멀리 사라질 때까지 그것이 무슨 의미인지 알아채지 못했다. 동생들은 한나에게 로스와 단둘이 있을 시간을 주려는 것이다. 한나는 나중에라도 두 사람에게 고맙다고 인사해야겠다고 생각했다.

"어머님과 박사님이랑 저녁식사 하기 한 시간 전에 칵테일 바에서 만날래? 너한테 데킬라 선라이즈가 맞는지 알아보고 싶어."

"그럴게."

한나가 대답하면서 자신이 너무 즉각 대답한 것은 아닐까 걱정스러웠다. 다른 남자라고는 아무도 없는 쉬운 여자로 보인 건 아닐까. *하지만 나한테도 다른 남자가 있잖아.* 한나의 마음이 지적했다. *레이크 에덴에서 나를 기다리고 있는 노먼과 마이크가 있어.*

"왜 그렇게 조용해?"

로스가 물었다.

"데킬라 선라이즈 시음에 대해 다시 생각해보는 거야?"

"아니, 아니야. 새로운 도전 좋아해."

"나도. 우리 둘 다 모험형 영혼을 가진 것 같다."

한나는 하마터면 웃음을 터뜨릴 뻔했다. 대부분의 사람들은 한나에게 너무 조심성이 많은 성격이라고 하는데, 모험정신이 있다는 이야기를 들은 것은 처음이었다. 어쩌면 변하고 있는 건지도 모르겠다. 만약 그게 사실이라면, 그건 모두 로스 때문일 것이다.

"아마도."

한나는 핑크 레모네이드 잔의 가장자리 너머로 로스를 향해 미소를 지어 보이며 말했다.

저녁식사를 위한 옷으로 갈아입고 있는데 객실 문에 노크소리가 들렸다.

"잠시만!"

한나는 크게 외치고서는 바지 정장의 상의를 머리 위로 써 입은 뒤 신발을 신고 문을 열었다.

"엄마!"

문 앞에 서 있는 엄마를 보고 한나는 깜짝 놀랐다. 노크를 한 사람이 미셸이나 안드레아일 줄 알았기 때문이다.

"들어가도 되겠니?"

엄마가 물었다.

"그럼요. 박사님과 무슨 일 있는 건 아니시죠?"

"전혀. 난 아주 완벽하게 행복하다. 그러니 내 걱정은 하지 않아도 된다, 얘야. 내가 걱정하는 건 너야."

어-오! 한나의 마음이 경고했다. *또 뭔가 있어!*

"왜요, 엄마?"

한나는 실제 느끼는 것보다 훨씬 더 차분한 목소리로 물었다.

"마이크와 노먼 말이다. 여기 온 이후로 두 사람한테서 연락이 있었니?"

"아뇨, 아무한테서도 전화 못 받았어요."

한나는 심장박동이 빨라지는 것을 느꼈다.

"모이쉐한테 무슨 일 있어요?"

"오, 아니다. 내가 아는 한 아무 문제 없어. 난 그냥……."

엄마는 하던 말을 멈추고는 한나에게 가져온 샴페인 병과 유리잔을 건넸다. 엄마의 표정이 몹시 불편해 보였다.

"한 잔씩 따라보거라. 이게 필요할 것 같구나. 엄마와 딸 간의 대화를 해야 하니 말이다."

그 정도 설명으로도 한나에게 충분했다. 한나는 샴페인을 들어 두 개의 유리잔에 따랐다. 한 모금 이상은 마시지 않을 생각이었다. 정신을 바짝 차리고 있어야 하는 상황인 것 같기도 했고, 곧 로스와의 데킬라 선라이즈 데이트에 나서야 하기 때문이었다. 하지만 엄마는 뭔가 몹시 심각해 보였다.

엄마는 한나가 가리킨 의자에 앉아 샴페인 잔을 건네 받고는 한 모금 마신 뒤 무거운 한숨을 내쉬었다.

"박사는 내가 괜한 문제를 일으킨다며 나서지 말라고 했다만, 그래도 와서 너와 이야기를 좀 해봐야겠다고 했다."

"뭐에 대해서요?"

한나가 물었다. 하지만 사실 알고 싶지 않았다. 앞으로 이루어질 대화의 그 어느 한부분도 기대되지 않았다.

"그게, 애야…… 단도직입적으로 말하는 게 좋겠구나. 로스에 대해 마이크와 노먼에게 어떻게 설명할 건지가 걱정이 되는구나."

"로스의 무엇에 대해서 말할 때요?"

"어제 새벽 2시까지 로스의 방에 있었다는 이야기를 할 때 말이다."

"배신자들!"

한나는 나지막이 중얼거리며 샴페인을 한 모금 마셨다.

"안드레아와 미셸이 엄마의 신혼방까지 달려 올라가서 주절주절 다 얘기한 모양이네요."

"음…… 그런 건 아니다, 애야. 내가 전화해서 물어봤어."

한나는 호흡을 가다듬기 위해 샴페인을 또 한 모금 마셨다.

"왜 그러셨어요?"

"그거야 네가 걱정됐으니까. 경솔하게 행동하는 건 아닌지 말이다."

"정말, 엄마! 난 이제 서른이 넘은 어른이라고요. 제가 로스의 방에서 뭘 했고, 뭘 안 했는지는 엄마가 상관할 일이 아니에요!"

"안다, 하지만 마이크와 노먼은 어쩔 계획인지에 대해 물어보고 싶었다."

한나는 분노의 대꾸를 잠시 옆으로 밀어두었다.

"전 아무 계획도 없어요, 엄마. 도대체 지금 이 상황은 뭐예요? 엄마가 지금 내 연애에 대해 좌지우지하시려는 거예요?"

"아니! 절대 그러려는 게 아니다! 난 다만 걱정이 되었을 뿐이야. 네가 로스와 이…… 이 막간의 썸을 타고 있는 것이 반갑기는 하다만, 너무 지나친 나머지 배 밖으로 휩쓸려 나가지 않았으면 좋겠구나."

"배 밖으로 휩쓸려 나가요? 크루즈를 타는 건 엄마지, 내가 아니에요."

엄마는 옅은 미소를 지었지만, 전혀 즐겁다거나 기뻐 보이지 않았다.

"배 밖으로 휩쓸려 나가지 말라니, 정확히 무슨 뜻이에요, 엄마?"

엄마는 깊은 한숨을 쉬었다.

"네가 마이크의 프러포즈를 거절했다는 거 알고 있다. 노먼의 프러포즈도."

"맞아요."

"두 사람 모두 너와 결혼하고 싶어 해, 한나. 아마도 두 사람 중 한 사람만 선택해 결혼할 수 없다는 네 생각이 옳을지도 모르겠다. 하지만, 로스와의 일이 네가 정말 원하는 방향이 맞는지 확신할 수 있었으면 좋겠구나."

"로스와의 무슨 일이요?"

"난 널 잘 안다, 한나. 네 엄마니까. 이 지구상에서 그 누구보다 널 오래 알아왔지. 앞으로 후회할 실수 같은 건 하지 않도록 조심하라는 거다. 이 엄마와 딸 간의 대화가 그다지 좋은 생각이 아니었을지는 모르겠지만, 어쨌든 난 시도할 수밖에 없었다. 이제 그만 가봐야겠구나. 박사가 기다리고 있을 테니. 단, 가기 전에 너에게 할 말이 하나 더 있다. 마이크나 노먼에게 로스 이야기를 하기 전에 충분히 오랫동안 심도 있게 생각거라."

"그러니까 라스베이거스에서 있었던 일은 여기 라스베이거스에 남겨두란 얘긴가요?"

한나는 방송에서 나오던 라스베이거스의 광고 문구를 그대로 따라했다.

"진부한 표현이긴 하다만, 그래. 바로 그런 뜻이야. 이제 정말 가봐야겠다, 한나. 오랜만의 대화 반가웠다."

엄마는 그저 날 위하는 것일 뿐이라고 마음속으로 계속 되뇌이며 한나는 엄마를 문 앞까지 배웅했다.

"사랑한다, 얘야."

엄마는 큰딸을 포옹했다.

"나만큼 너도 행복해졌음 좋겠구나. 이 정신없이 돌아가는 결혼식의 들뜬 분위기에 발목이 잡혀 돌아가는 다리를 태워버리는 불상사는 없었으면 해. 로스는 네 짝이 아닐 수도 있다. 아직은 모를 일이니, 부디 성급한 결정은 내리지 말 거라."

"잘 알아들었어요, 엄마. 확신이 들 때까지는 그 어떤 결정도 내리지 않을게요. 그리고 전 아직 확신이 들지 않았으니 박사님과 엄마는 안심하고 계셔도 돼요."

"고맙다, 얘야. 저녁식사는 7시란다. 박사가 우리에게 줄 서프라이즈가 있다고 하더라."

"그때 봬요."

한나는 약속하고는 엄마의 등 뒤로 문을 닫았다. 그런 뒤 돌아서서는 가까이 있는 벽면에 걸린 전면 거울을 바라고는 인상을 찌푸렸다. 그리고 남은 샴페인을 욕실 개수대에 버렸다.

"너랑 이야기할 게 좀 있어, 한나. 다들 우리를 엮어주려고 하는 것 같지 않아?"

칵테일 바의 조그마한 테이블 너머로 한나의 얼굴을 바라보며 로스는 매우 심각한 표정을 지었다.

"그래, 맞아. 그만했으면 좋겠는데."

"그럼 넌 나랑 엮이는 걸 원치 않는 거야?"

"그런 게 아니야!"

한나가 격렬하게 고개를 저었고, 그 바람에 한나의 빨간 곱슬머리가 위아래로 흔들거렸다.

"강요당하는 게 싫을 뿐이야. 나한테 이래라저래라 하는 거 정말 싫어."

"완벽하게 이해해."

로스가 한나의 손을 잡았다.

"나도 싫은 건 마찬가지야. 물론 이래라저래라 하는 건 좋지만."

"그게 좋다고?"

한나가 묻고는 이내 후회했다.

"이번 경우에는 별로 신경 안 써. 너라면 늘 좋아했으니까, 한나. 대학 때 너도 알고 있었잖아. 늘 같이 다니면서 옛날 영화 봤던 거 생각나?"

한나는 미소를 지었다.

"생각나지."

"영화 명대사를 누가 많이 맞혔는지도 기억해?"

"너."

"너도 많이 맞혔어. 네가 학교를 떠났을 때엔 우린 거의 동점이었잖아."

로스가 말을 멈추고 음료를 한 모금 마셨다.

"네가 떠난 후로는 좋지 않았어, 한나. 네가 얼마나 그리웠는데. 린다 하고만은 충분하지 않았다고."

"그치만 넌 린다를 사랑했잖아."

"사랑한다고 생각했지. 하지만 네가 레이크 에덴으로 떠나고 나서 깨달았어. 내가 사랑했던 여자는 린다가 아니라 바로 너였다는 걸."

한나는 아무 말도 하지 않았다. 아니, 할 수가 없었다. 그저 믿을 수 없다는 표정으로 그를 바라볼 뿐.

"그렇게 보지마. 사실이야. 그때 난 널 사랑했어, 한나. 그걸 깨닫는 데 오래 걸렸을 뿐이지. 그리고 깨닫게 되었을 때, 이미 너는 떠나고 없었어."

"넌 린다와 약혼까지 했었어."

"알아. 린다에게 그런 약속을 했는데, 그걸 깨트린다는 건 린다가 결코 이해하지 못할 거라 생각했지. 졸업하자마자 결혼하자고 약속했었으니까."

"하지만 결혼하지 않았고."

"그래, 하지만 그건 내 선택이 아니었어, 린다였지. 린다는 결혼을 보류하고 싶어 했어. 배우로서의 경력을 더 쌓고 싶다고 말이야. 그러다 톰 리치몬트와 사랑에 빠지게 됐고 그 사람과 결혼했지."

"그래서 기분이 어땠어?"

"상처받았지……."

로스가 하던 말을 멈추고 심호흡을 했다.

"그러면서도 안도가 되었어. 린다와의 결혼이 옳지 못하다고 생각했었으니까. 린다에게 프러포즈를 한 톰에게 감사한 마음이었지. 그가 내 인생 최대의 실수로부터 날 구해줬어."

"그래도 린다는 널 사랑했어."

"그때는 그랬지. 하지만 우린 어렸고, 어른이 되었을 때에는 이미 서로에 대한 감정이 변해 있었어. 그때는 사랑이나, 약속에 대해서 잘 몰랐어. 그저 그 순간순간 무언가를 발견하며 살았을 뿐이지, 너도 그랬잖아, 한나. 넌 브래드포드와 그 순간들을 함께 했잖아."

한나는 데킬라 선라이즈를 한 모금 마셨다. 맛은 좋았지만, 한나는 잔을 옆으로 밀어두었다.

"그래, 좋았던 순간도 있고, 나빴던 순간도 있었지. 하지만 그 모든 순간들이 우리를 지금만큼 성장하게 했어."

두 사람 사이에 침묵이 흘렀다. 하지만, 불편하지 않았다. 한나는 마침내 로스의 손을 꽉 잡으며 입을 열었다.

"이런 이야기 하게 되어서 기뻐."

"나도. 정치인들이 항상 투명성에 대해 이야기하는데, 우리 사이도 그렇게 투명했으면 좋겠어, 한나. 어떤 비밀도 거짓말도 없기로, 우리 사이에는."

"우리 사이엔."

한나가 로스의 말을 되풀이했다. 그런 뒤 몸을 앞으로 기울여 약속을 봉인하는 의미로 그와 키스를 나눴다.

"어제 두 사람, 비틀즈 추억 콘서트장에 안 보이던데."

로스와 한나가 아침식사를 위해 내려오자 안드레아가 말했다.

"그거야 가지 않기로 했으니까."

한나는 젤리와 토스트 몇 장을 집어 들었다.

"그럼 뭐했어?"

안드레아가 물었다.

"대신 수영장에 갔었어."

로스가 대답했다.

"콘서트 끝난 다음에 우리도 수영장에 갔었는데, 못 봤어."

안드레아가 말했다.

안드레아가 쉽사리 질문 공세를 멈출 것 같지 않아 한나는 또다시 신경질이 났다.

"시간이 엇갈렸나보지."

"몇 시에 갔었는데?"

안드레아가 물었다.

"넌 몇 시에 갔었는데?"

한나가 받아쳤다.

"들들 볶지 마, 안드레아. 어차피 엄마에게 전부 이야기할 거잖아."

그 말에 안드레아의 얼굴이 붉어졌다.

"미안."

안드레아가 중얼거렸다.

"난 그냥 언니가…… 그게……."

"상처받지 않았으면 좋겠다고."

미셸이 안드레아의 말을 대신 마무리해주었다.

"우리는 로스가 좋아. 정말이야. 우린 실제로 두 사람을 엮어주려고 하고 있잖아. 근데 그거에 대해서 두 사람 다 괜찮은 건지 확인하고 싶었어."

"이해해."

로스가 다시 대화에 끼어들었다.

"나도 한나가 상처받는 건 원치 않아. 하지만 우리한테 시간을 좀 줘. 한나와 나는 정말 오랜만에 만난 거라 우리 둘이 풀어가야 할 것들이 많아."

"그래, 맞아."

한나가 지원사격에 나섰다.

"너희 둘이 우리의 행동 하나하나를 모니터한다면, 조만간 짜증이 날 것 같아. 내 보호자 노릇은 그만하라고. 알았지?"

잠시 침묵이 흐르고 이내 안드레아와 미셸이 고개를 끄덕였다.

"잘 알았어."

안드레아가 대답했다.

"그간 지나치게 간섭했다면 미안해."

미셸이 뒤이어 말했다.

"언니 문제에 우리가 필요 이상으로 보호적이었던 것 같아."

"농담이겠지!"

한나가 비꼬는 투로 외쳤다. 그러고는 이내 후회했다. 우리 가족은 전부 참견쟁이들이다. 거기에는 의심의 여지가 없다. 하지만 정말 미셸의 말대로 그 모든 것이 한나를 보호하려는 생각에서 나온 것일 거다.

"지난 일은 다 잊자고."

로스가 제안했다.

"우리 모두 같은 것을 바라는 것은 확실하니 말이야. 서로를 겨냥하는 대신 오늘밤 계획이나 세워보자. 라스베이거스에서의 마지막 밤이니까 다 같이 뭔가 특별한 걸 해보자고. 밤 시간 동안만이라도."

"태양의 서커스."

노먼이 한나에게 줬던 티켓을 떠올리며 미셸이 말했다.

"TV에서 본 적 있는데, 다들 실제로 보는 게 훨씬 더 감동적이래."

"난 좋아."

로스가 동의했다.

"그럼 내가 가서 티켓 네 장 예매할까?"

"한 장만 더 있으면 돼."

한나가 말했다.

"노먼이 미리 예매해줬거든. 우리한테 세 장이 있어."

"좋아. 그럼 한 장은 내가 구해볼게. 프론트 데스크에 가면 구할 수 있을 거야."

로스가 멀어지는 모습을 지켜보며 한나는 생각에 잠겼다. 노먼의 이름을 언급했을 때 그의 얼굴에 살짝 스쳐지나가던 그것은 설마 질투였을까?

"와우!"

미셸이 눈썹을 지켜 올렸다.

"언니가 노먼 이야기를 하니까 싫어하네."

안드레아도 고개를 끄덕였다.

"나도 눈치챘어. 로스가 질투하나 봐."

한나는 아무 말도 하지 않았지만, 묘한 만족감 같은 것이 살짝 느껴졌다. 한나에 대한 로스의 감정이 한나가 바라는 바대로라면 당연히 약간의 질투심 혹은 적어도 이전 남자친구에 대한 거북스러움 정도는 느꼈을 것이다.

이전 남자친구? 이성이 한나의 문장을 콕 지적하고 나섰다. *그럼 이제 노먼과 마이크는 지나간 사람이 된 거고, 로스만 현재진행형이란 말인가?*

한나는 마음속의 질문을 무시했다. 레이크 에덴에 돌아간 뒤 생각하는 것이 더 나을 것 같았다. 대신, 한나는 자신을 괴롭히는 다른 이슈를 꺼냈다.

"내가 집에 돌아간 뒤에 마이크와 노먼에게 무슨 이야기를 할지에 대해 엄마가 걱정하고 계셔."

"엄마뿐만이 아니야!"

안드레아가 말하고는 이내 한숨을 내쉬었다.

"증조할머니가 늘 말씀하셨잖아. 계란을 한 바구니에 전부 담지 말라고."

"엄마도 그렇게 생각하고 계셔. 그러니까 엄마한테 내가 새벽 2시까지 로스의 방에 있었다는 이야기를 하면 안 되는 거였어."

안드레아는 몹시 미안해하는 표정을 지었다.

"미안해, 언니. 내 잘못이야. 어쩌다 말이 튀어나왔는데 다시 주워 담을 수 없더라. 달밤의 수영이 어땠냐고 물으시면서 왜 언니는 부르지 않았냐고 하시잖아. 언니도 부르려고 했는데, 방에 노크해도 대답이 없었다고 했지."

"맞아, 바로 그렇게 된 거야."

미셸이 안드레아를 옹호하며 나섰다.

"언니가 자고 있던 것 같다고 했는데, 엄마가 곧이곧대로 듣지 않았어. 한나는 깊이 잠드는 편이 아닌데, 대답이 없었다면 로스와 같이 있었던 건지도 모르겠다면서, 안드레아 언니한테 한나가 어디 있었는지 아느냐고 하셨어."

"거짓말할 수 없었어."

안드레아가 미안함과 죄책감이 한데 섞인 목소리로 말했다.

"엄마한테 한 번도 거짓말한 적 없단 말이야. 차라리 나 대신 미셸에게 물어보셨으면 좋았을 걸."

"너 같으면 거짓말했겠어?"

한나가 미셸에게 물었다.

"아마도. 하지만 엄마는 날 붙들고 늘어지셨을 거야. 엄마가 사람을 어떻게 들볶는지 언니도 알잖아."

"오, 그럼. 알고말고. 그리고 그 상황이 어떻게 해서 벌어지게 됐는지 이제 완벽하게 이해했어."

안드레아는 희망에 찬 얼굴로 물었다.

"그럼 이제 우리한테 화 풀린 거지?"

"너희들한테 화나지 않았어. 이해한다고 했잖아. 난 그저 엄마가 내일에 조금 덜 신경 쓰셨으면 하는 바람이야."

잠시 침묵이 흐르고 이윽고 미셸이 목청을 가다듬었다.

"괜한 걸 묻는 걸지도 모르겠지만, 노먼과 마이크에게는 어떻게 이야기할 생각이야? 결혼식 사진을 볼 텐데. 박사님이 피로연 때 걸 포스터를 만들고 계시잖아. 그럼 로스가 박사님의 들러리로 서 있는 것도 보게 될 거라고."

"그때가 되면 내가 알아서 할게."

한나는 자신이 느끼는 것보다 더 자신감 있는 목소리로 말했다.

"로스와 시간을 보냈다고 해서 내가 죄책감 느껴야 할 이유는 없어. 마이크는 수없이 많은 여자들을 만났고, 노먼도 사실 베브 박사와 결혼하려고 했잖아. 둘 중 어느 누구와도 책임 있는 데이트를 하고 있진 않으니까."

"그건 사실이야. 그러고 보니 언니는 아직 제대로 데이트해본 적이 없네…… 그렇지?"

무척이나 머뭇거리는 미셸의 질문에 한나는 웃음을 터뜨렸다.

"맞아, 아직까지는 그렇지. 하지만 그건 내가 정확히 원하는 상대를 아직 만나지 못했기 때문이야."

"지금까지는."

안드레아가 꼬집고 나섰다.

"그럼 로스가 그 상대인가, 언니?"

"모르겠어. 내가 아는 건 그와 같이 있는 게 좋다는 거야. 로스와 나는 오랜 시간 친구였어. 대학 때는 3년 넘게 로스와 린다의 집 근방에 살면서 일주일에 네 번 이상 만나서 함께 어울렸어. 그 이상 만날 때도 있었고."

"하지만 대학 다닐 때 언니는 브래드포드 램지와 만나고 있었잖아."

단순히 만나기만 했던 건 아니지. 한나의 마음이 지적했지만, 한나는 그대로 무시하기로 했다.

"그래봤자 몇 달이야."

한나가 막냇동생에게 경고의 눈빛을 쏘며 말했다. 한나와 미셸이 동일한 한 명의 교수와 어떤 일에 연루되었었는지 안드레아가 굳이 알 필요가 없다.

"로스가 온다."

한나가 그가 오는 방향으로 손을 흔들며 말했다.

"티켓을 구했는지 모르겠네."

"여기."

로스가 한나에게 봉투를 건네며 말했다.

"제일 좋은 자리로 네 장 구했어. 쉬는 시간 동안 무대 뒤편으로 가서 공연하는 사람들과 만나볼 수도 있어."

한나는 봉투를 열고는 얼굴을 살짝 찌푸렸다.

"하지만…… 우리한테 티켓 세 장이 있잖아. 근데 네 장을 구매했다니."

"노먼이 준 티켓보다 더 좋은 거야. 프리미엄 티켓이라니까. 애피타이 저에 공짜 음료에 아까 이야기한 무대 뒤편 방문도 포함이야. 그것뿐만 이 아니라 다른 관객들 틈바구니에 낄 필요도 없어. 이 티켓만 있으면 우리만의 특별한 출구로 공연장에서 나올 수 있다고."

"그럼 다른 표보다 훨씬 비싸겠는데."

한나가 말했다.

"그렇긴 하지만, 괜찮아. 너한텐 이만한 가치가 있으니까."

로스가 미소를 지었고 한나는 온 몸에 온기가 퍼지는 것을 느꼈다. 하지만 한편으로는 노먼이 선물한 티켓에 대한 죄책감도 들었다.

"이 티켓은 어떻게 해야 할지 모르겠네."

"다른 사람한테 줘."

안드레아가 제안했다.

"우리 옆방에 가족이 함께 놀러왔잖아. 그 딸이 '태양의 서커스' 보고 싶 다고 하는 것 같던데. 지금 옆 테이블에 앉아서 아침식사를 하고 있어."

한나는 가방에서 봉투를 꺼내 미셸에게 건넸다.

"그 사람들한테 티켓 필요한지 물어봐. 가지도 않을 건데 버리기는 아깝잖아. 그리고 돌아오는 길에 웨이트리스한테 메뉴판 좀 갖다달라고 해 줘."

미셸은 분명히 놀란 표정이었다.

"아직도 배가 고파?"

"그건 아닌데, 구운 도넛 한번 먹어보고 싶어. 종류가 여럿 있더라고."

"구운 도넛?"

로스가 어리둥절한 표정을 지었다.

"도넛도 굽는 줄은 몰랐네. 항상 튀기기만 하는 줄 알았는데."

"그러게!"

안드레아가 말했다.

"그래서 트레시도 자주 못 먹게 하거든. 매주 일요일에 한 번 도넛을 사주고, 방과 후에 내가 일하는 사무실에 찾아오는 매주 수요일에 한 번 프렌치 프라이를 사주지."

미셸이 환한 미소를 지으며 자리로 돌아왔다.

"내가 티켓 갖겠냐고 물어봤을 때 주디의 얼굴을 언니도 봤어야 해."

미셸이 한나와 로스에게 설명했다.

"주디는 그 집 딸 이름인데, 열 살이래. 안드레아 언니랑 수영장에서도 만나서 그 엄마랑 잠깐 이야기 나눴었거든. 주디가 얼마나 좋아하는지 의자에 앉은 채로 펄쩍펄쩍 뛰더라니까."

미셸이 한나에게 메뉴판을 건넸다.

"여기 있어. 우리 담당 웨이트리스가 보이지 않아서 주디랑 그 부모님이 이미 주문을 마쳤다기에 거기서 받아 왔어."

한나는 메뉴판을 펼쳐 구운 도넛이 있는 페이지를 찾았다. 목록을 읽어 내려가면서 한나는 그 어마어마한 종류에 감탄해 마지 않았다.

"초콜릿, 딸기, 체리, 바닐라, 레몬, 그리고 콘페티라는 것도 있어."

"체리."

안드레아가 단번에 결정하고는 미셸에게 말했다.

"넌?"

"메이플이 없으니까 대신 레몬 할래."

"로스는?"

한나가 로스에게 물었다.

"콘페티. 재미있는 이름인데 뭔지 한번 보고 싶어."

"그럼 난 초콜릿으로 할게."

한나가 결정했다.

"역시 그럴 줄 알았어."

미셸이 말했다.

"먹어보고 맛있으면 엄마에게 드릴 거 더 주문할테니 네가 좀 갖다드려."

한나가 설명했다.

5분 후, 네 사람 모두 도넛을 먹고 커피를 마시느라 분주했다. 도넛을 제일 먼저 다 먹은 사람은 로스였다. 그는 마지막 남은 커피까지 모두 들이키고는 만족스러운 한숨을 내쉬었다.

"정말 맛있다."

"으음."

한나도 마지막 남은 도넛 조각을 오물거리며 동의의 뜻으로 중얼거렸다.

"내 거 정말 최고야. 레시피 얻을 수 있을까. 사실 경쟁 될 일도 아니잖아. 여긴 네바다주고 쿠키단지는 몇 백 킬로미터나 떨어진 미네소타주에 있는데."

"내가 물어볼게."

로스가 제안했다.

"저기 우리 담당 웨이트리스다."

그는 저쪽 편 테이블을 향해 손짓했다.

"이 도넛 만든 사람 소개시켜줄 수 있는지 물어볼게."

"과연 로스가 레시피 구할 수 있을까?"

로스가 자리를 뜨자 미셸이 물었다.

"아마도."

안드레아가 커피 컵을 내려놓으며 대답했다.

"완전 잘생겼잖아."

미셸이 고개를 끄덕였다.

"매력적이기까지 하지. 로스를 보면 로니가 생각 나. 여자를 기분 좋게 해주려면 무슨 말을 해야 하는지 잘 알고 있다니까."

"그게 바로 아일랜드인 특유의 매력이지."

한나가 말했다.

"그래서 로스를 보면 로니 생각이 나는 거야. 로스의 어머니가 아일랜드 사람이거든. 사진 본 적이 있는데, 정말 아름다우셔. 아버지도 잘생기셨고."

그때 로스가 손에 봉투를 들고 이쪽을 향해 걸어왔다.

"로스가 레시피를 손에 넣은 것 같네."

미셸이 말했다.

로스는 미셸이 막 이야기할 때쯤 테이블에 도착했다.

"레시피 두 개를 얻었지."

그가 말했다.

"하나는 구운 초콜릿 도넛 레시피고, 다른 하나는 구운 바닐라 도넛 레시피야. 담당 요리사가 그러는데, 초콜릿 빼고 다른 도넛은 만드는 방법이 같대. 반죽에 몇 가지 재료만 더하고, 글레이즈만 다르게 하면 된다던 걸."

"쉬워 보이네."

한나가 말했다. 그런 뒤 로스가 건넨 봉투를 받아 재빨리 레시피 내용을 읽어보았다.

"쿠키단지에서 만들어봐도 되겠어."

"요리사가 도넛 만들 때 사용했던 팬도 보여줬어."

로스가 말했다.

"이 메뉴가 점점 유명해지고 있어서 홈베이킹 마켓에 가면 더 작은 크기의 팬도 판대."

"언니 수영복 샀던 쇼핑센터에 주방용품점도 있었잖아."

안드레아가 기억을 떠올렸다.

"미셸이랑 거기 전화해서 도넛 팬이 있는지 물어볼게."

"만약 있다고 하면, 우리가 가서 사올게."

미셸이 제안했다.

"오후에 어차피 별 계획도 없었으니까."

한나는 자신을 바라보고 있는 로스를 쳐다보았다. 한나가 보자 그가 윙크를 했고 한나는 재빨리 시선을 아래로 떨어트렸다. 부디 빨개지는 얼굴에서 그 어떤 힌트도 그에게 주지 않았기를 바라며.

"몇 개나 필요해, 언니?"

미셸이 물었다.

한나는 다시 레시피를 들여다보았다.

"팬 하나에 몇 개의 도넛이 들어가느냐에 따라 다르겠어. 그 요리사가 보여줬다는 큰 크기의 팬은 리사와 나한테도 있으니까, 그 크기는 됐고, 쿠키단지에서는 좀 더 작은 반죽의 도넛을 만들어보고 싶어. 어차피 대부분의 홈베이킹 마켓 체인점에서는 상업용 오븐 크기의 팬을 팔지 않거든."

한나는 잠시 생각에 잠겼다가 이내 결정을 내렸다.

"홈베이킹 팬은 아마 하나에 6~8개의 도넛이 들어갈 거야. 대략 컵케이크 팬 크기 정도 될 것 같고, 내 생각이 옳다면 여섯 개 부탁할게. 우리 각각 두 개씩 가지면 되겠다. 돈은 나중에 쿠키단지에서 낼게. 스탠이 내 세금 정산해줄 때마다 베이킹 장비에 돈을 더 써야 한다고 했거든."

"쿠키단지가 나한테 도넛 팬 두 개를 쏘겠다고?"

안드레아가 놀란 얼굴로 물었다.

"그게 우리가 할 수 있는 최소한이야."

한나가 말했다.

"넌 위퍼스내퍼 쿠키 레시피 다섯 개를 우리한테 넘겼잖아. 손님들이 얼마나 좋아한다고."

그때 웨이트리스가 계산서를 가져왔고 세 자매 중 누군가가 검은색 계산서철에 미처 손을 뻗기도 전에 로스가 그것을 낚아챘다.

"내가 살게."

"하지만 우리가 빚진 게 많은데."

미셸이 반대했다.

"어제 우리 아침식사도 샀잖아."

"내일 아침식사도 기꺼이 대접하지."

그가 약속했다.

"그게 공평해. 난 누군가와 함께 있는 게 좋아. 혼자 아침식사 하기는 싫거든."

"나도."

한나가 말하고는 혹시 이 말이 로스에게는 매일 아침식사를 같이하자는 말로 들리진 않았을까 이내 후회했다. 그에게 잘못된 사인을 주고 싶진 않았다. 아니, 잘못된 사인이 아닌 건가? 한나도 확신할 수 없었다.

"고마워, 로스."

안드레아가 의자에서 일어나며 말했다.

"잘 먹었어."

미셸도 일어서며 인사했다.

"나중에 수영장에서 볼 수 있으면 봐. 로니랑 통화했는데, 어젯밤에 레이크 에덴은 기온이 5도나 떨어졌었대. 집에 돌아가기 전에 수영장을 좀 더 만끽하고 싶어."

안드레아도 고개를 끄덕였다.

"나도 마찬가지야. 그럼 나중에 봐."

과연 그럴 수 있을까. 한나는 생각했다. 물론 소리 내어 말하진 않았다. 안드레아와 미셸이 자주 출몰하는 수영장에 모습을 보이지 않기란 식은 죽 먹기였다. 한나를 바라보는 로스의 눈빛이 너무도 로맨틱해 한나는 어서 빨리 다시 그와 단둘이 있고 싶어졌다.

구운 초콜릿 도넛

오븐은 175도로 예열합니다. 틀은 오븐의 중앙에 둡니다.

재료

달지 않은 코코아 파우더 2/3컵 / 다목적용 밀가루 1과 3/4컵

백설탕 3/4컵 / 베이킹파우더 1티스푼 / 베이킹소다 1티스푼

타르타르 크림 1/2티스푼 / 소금 1/2티스푼 / 큰 계란 2개

우유 1/2컵 / 사우어크림 1/3컵 / 바닐라 농축액 2티스푼

소금기 있는 버터 녹인 것 1/2컵(113g) / 중간 달기의 초콜릿 칩 1컵(170g)

만드는 법

1. 12구 도넛 팬에 들러붙음 방지 스프레이를 뿌립니다.
2. 전자믹서기에 코코아파우더와 다목적용 밀가루를 넣고 낮은 속도로 섞어줍니다.
3. 설탕을 넣고 여전히 낮은 속도로 섞어줍니다.
4. 베이킹파우더, 베이킹소다, 타르타르 크림, 그리고 소금을 넣고 잘 섞어줍니다.
5. 계란을 하나씩 넣으며 섞어줍니다.
6. 우유, 사우어크림, 바닐라 농축액을 넣고 잘 섞어줍니다.
7. 믹서기가 돌아가는 동안 반죽이 부드러워질 때까지 녹인 버터를 뿌립니다.
8. 믹서기에서 고무주걱으로 옆면에 붙은 재료들을 잘 긁어

냅니다. 반죽은 손으로 한 번 더 반죽해줍니다.

9. 초콜릿 칩을 넣은 다음 고무주걱으로 잘 섞어줍니다.

10. 도넛 팬에 반죽이 3/4정도 높이까지 차도록 붓습니다.

11. 175도의 온도에서 12~15분간 굽습니다. 가운데 부분에 꼬챙이를 찔렀을 때 묻어 나오는 것이 없이 깨끗하면 완성입니다.

12. 오븐에서 팬을 꺼내 식힘망으로 옮겨 1~2분간 식힙니다.

13. 테이블 나이프로 가장자리를 한 번 훑어 도넛이 잘 빠져나올 수 있도록 합니다. 그런 뒤 도넛을 빼내 식힘망에 얹습니다.

슈가/코코아/시나몬 코팅 재료:

백설탕 2테이블스푼 / 달지 않은 코코아파우더 1/2티스푼

시나몬 1/2티스푼(선택사항)

만드는 법

1. 자루에 백설탕, 코코아파우더, 시나몬을 재빨리 채워줍니다(시나몬은 선택사항입니다). 도넛이 아직 따뜻할 때 코팅해야 합니다. 그래야 잘 달라붙거든요.

2. 재료들이 잘 섞이도록 자루를 흔든 다음 아직 따뜻한 도넛을 한 번에 하나씩 자루에 넣어 흔들어줍니다. 그런 뒤 도넛을 꺼내 식힘망 위에서 완전히 식힙니다.

3. 이 방법 대신 초콜릿 아이싱으로 코팅하는 법도 있습니다. 하지만 그러기 위해서는 도넛을 완전히 식혀야 합니다. 따뜻한 도넛에 프로스팅을 했다가는 아이싱이 옆으로 흘러내릴 테

니까요(제가 해봐서 알아요!).

중간 달기의 초콜릿 칩 1컵(170g) / 소금기 있는 버터 2테이블스푼

크림 2테이블스푼

만드는 법

1. 도넛을 담을 수 있을 만큼 커다란 전자레인지용 그릇에 중간 달기의 초콜릿 칩과 소금기 있는 버터, 그리고 크림을 넣습니다.

2. '강'에서 1분간 데워줍니다.

3. 전자레인지에 1분간 그대로 그릇을 두었다가 열에 강한 고무 주걱으로 초콜릿 칩이 잘 녹았는지 확인합니다. 아직 녹지 않았다면 아이싱이 부드러워질 때까지 30초간 더 돌립니다.

4. 도넛의 윗부분을 초콜릿 아이싱 그릇에 담가주세요. 그런 뒤 기름종이에 얹어 식힙니다.

> 조앤 플루크의 메모: 도넛 전체를 아이싱하고 싶다면 아이싱 그릇에 도넛을 담근 뒤 포크로 뒤집어주시면 돼요. 한 번에 하나씩 작업하여 기름종이에 옮깁니다.

5. 도넛 위에 다진 견과류를 뿌리고 싶다면, 초콜릿 아이싱이 굳기 전에 하세요. 견과류 외에 취향대로 다른 재료들을 뿌릴 수 있답니다. 코코넛 가루 같은 것도 괜찮겠지요.

6. 코팅이 굳어질 때까지 도넛을 그대로 놓아둡니다. 그런 뒤 맛있게 즐기면서 먹습니다.

7. 만든 첫날 바로 먹는 것이 가장 좋지만(저희 집에서는 늘 그 자리에서 다 없어지기 때문에 고민한 적이 없지만요!), 만약 남은 것이 있다면, 뚜껑이 있는 용기에 넣어 보관했다가 다음날 아침에 아침식사로 먹으면 좋습니다.

조앤 플루크의 메모: 전 구운 도넛 전용 팬을 팬 제작사인 윌튼에서 직접 주문해 구입했답니다. 연휴 시즌에는 쉽게 찾을 수 있지만, 평소에는 주방용품점에서도 찾기가 힘들더군요. 근처 가게에서 구하지 못했다면 인터넷에 '구운 도넛 전용 팬(baked doughnut pans)' 이라고 검색해보세요.

구운 도넛(어떤 종류든 가능)

오븐은 175도로 예열합니다. 틀은 오븐의 중앙에 둡니다.

재료

다목적용 밀가루 2컵 / 백설탕 3/4컵 / 베이킹파우더 2티스푼

타르타르 크림 1/2티스푼 / 소금 1/2티스푼 / 시나몬 1/2티스푼

육두구 가루 1/4티스푼(물론 갓 가루를 낸 것이 좋습니다) / 큰 계란 2개

우유 1/2컵 / 사우어크림 1/4컵 / 바닐라 농축액 2티스푼

소금기 있는 버터 녹인 것 1/2컵(113g)

만드는 법

1. 12구 도넛 팬에 들러붙음 방지 스프레이를 뿌립니다.
2. 전자믹서기에 다목적용 밀가루와 설탕을 넣고 낮은 속도로 섞어줍니다.
3. 베이킹파우더, 베이킹소다, 타르타르 크림, 소금, 그리고 육두구 가루를 넣고 잘 섞어줍니다.
4. 계란을 하나씩 넣으며 섞어줍니다.
5. 우유, 사우어크림, 바닐라 농축액을 넣고 잘 섞어줍니다.
6. 믹서기가 돌아가는 동안 녹인 반죽이 부드러워질 때까지 녹인 버터를 뿌립니다.
7. 특별한 맛이 나는 도넛을 만들고 싶다면, 다음의 목록을 보고 원하는 재료를 넣어주세요:

오렌지 도넛: 오렌지 제스트 1티스푼

레몬 도넛: 레몬 제스트 1티스푼

커피 도넛: 인스턴트 커피가루 1티스푼

피넛버터 도넛: 피넛버터 1컵(170g)

버터스카치 도넛: 버터스카치 1컵(170g)

화이트 초콜릿 도넛: 화이트 초콜릿 칩 1컵(170g)

체리 도넛: 물기를 뺀 마라스키노 체리 다진 것 1/2컵

크랜베리 도넛: 말린 크랜베리 다진 것 1/2컵

조앤 플루크의 메모: 오렌지나 레몬 도넛을 만들 때는 오렌지 혹은 레몬 농축액 1티스푼과 바닐라 농축액 1티스푼을 더해주세요. 도넛에 맛을 내기 위해 칩을 사용한다면, 믹서기에서 꺼내 칩을 넣고 손으로 반죽해주세요.

반면, 제스트를 사용할 때는 녹인 버터와 함께 반죽에 넣어주세요.

8. 도넛 팬에 반죽이 3/4정도 높이까지 차도록 붓습니다.

9. 175도의 온도에서 12~15분간 굽습니다. 가운데 부분에 꼬챙이를 찔렀을 때 묻어 나오는 것이 없이 깨끗하면 완성입니다.

10. 오븐에서 팬을 꺼내 식힘망으로 옮겨 1~2분간 식힙니다.

11. 테이블 나이프로 가장자리를 한 번 훑어 도넛이 잘 빠져나올 수 있도록 합니다. 그런 뒤 주방용 장갑을 끼고 팬을 잡은 다음 팬에서 도넛을 빼내 식힘망에 얹습니다.

12. 도넛에 간단히 코팅하고 싶다면 백설탕 3테이블스푼을 자루에 채운 다음, 도넛이 아직 따뜻할 때 코팅해주세요. 그래야 코팅이 잘 달라붙거든요.

13. 따뜻한 도넛을 한 번에 하나씩 자루에 넣어 흔들어줍니다. 그런 뒤 도넛을 꺼내 식힘망 위에서 완전히 식힙니다.

14. 이 방법 대신, 슈가파우더 글레이즈, 과일맛 슈가파우더 글레이즈, 칩 아이싱으로 코팅하는 방법도 있습니다. 우선 글레이즈 혹은 아이싱을 하기 전에 도넛을 완전히 식혀주세요(따뜻한 도넛에 프로스팅이나 글레이즈를 했다가는 전부 흘러내린답니다).

슈가파우더 글레이즈 재료:

슈가파우더 2컵(큰 덩어리가 보이지 않는 이상 체질하지 않아도 됩니다)
우유 1/4컵 / 바닐라 농축액 1티스푼

과일맛 슈가파우더 글레이즈 재료:

슈가파우더 2컵 / 과일주스 1/4컵 / 향미증진 농축액 1티스푼

만드는 법

1. (오렌지 맛을 내고 싶다면 오렌지 주스를 넣고, 레몬 맛을 내고 싶다면, 레몬주스를 넣으세요. 체리 맛은 마라스키노 체리 주스, 크랜베리 맛은 크랜베리 주스를 넣으면 됩니다. 취향에 따라 오렌지와 레몬 제스트를 1/2티스푼 넣어도 좋습니다) 도넛을 담글 수 있을 만큼 큰 소스팬에 글레이즈 재료들을 넣고 중간 불에서 글레이즈가 부드러워질 때까지 저어줍니다.

2. 불에서 소스팬을 내려 완전히 식은 도넛을 담근 뒤 포크로 한 번 뒤집어줍니다. 글레이즈를 마쳤으면 포크로 도넛을 꺼내 기름종이 위에 얹어 건조시킵니다.

3. 글레이즈가 굳은 뒤에 다시 한 번 소스팬에 담가도 됩니다(소스팬의 글레이즈가 굳었을 때는 다시 한 번 가열해주세요).

칩 아이싱 재료:

산뜻한 종류의 칩 1컵(170g) / 소금기 있는 버터 2테이블스푼 / 크림 2테이블스푼

만드는 법

1. 도넛을 담을 수 있을 만큼 큰 전자레인지용 그릇에 칩과 소금기 있는 버터, 크림을 넣습니다.

2. '강' 에서 1분간 데워줍니다.

3. 전자레인지에 1분간 그대로 그릇을 두었다가 칩이 잘 녹았

는지 확인합니다. 아직 녹지 않았다면 아이싱이 부드러워질 때까지 30초간 더 돌립니다.

4. 도넛의 윗부분을 재빨리 아이싱 그릇에 담가주세요. 그런 뒤 아이싱을 한 면을 위로 향하도록 기름종이에 얹어 식힙니다.

조앤 플루크의 메모: 도넛 전체를 아이싱하고 싶다면 아이싱 그릇에 도넛을 담근 뒤 포크로 뒤집어주시면 돼요. 하나씩 작업하여 기름종이에 옮깁니다.

5. 도넛 위에 다진 견과류를 뿌리고 싶다면, 초콜릿 아이싱이 굳기 전에 하세요. 견과류 외에 취향대로 다른 재료들을 뿌릴 수 있답니다. 코코넛 가루 같은 것도 괜찮겠지요.

6. 코팅이 굳어질 때까지 도넛을 그대로 놓아둡니다. 그런 뒤 맛있게 즐기면서 먹습니다.

새날의 시작을 알리며 하늘이 조금씩 밝아지기 시작할 무렵 한나는 잠에서 깼다. 실질적으로 아직 휴가 중이긴 했지만, 세 살 버릇 여든까지 간다고, 늘 일찍 일어나는 것이 버릇이 된 것이다. 침대에서 일어난 한나는 수영복을 입고 호텔에서 숙박객들에게 제공하는 가운을 걸쳤다.

　잠시 후, 한나는 로스의 방에 들어갔다. 응접실을 가로질러 창가로 향한 한나는 커튼을 열어 젖히고 여닫이문을 연 다음 발코니로 나섰다. 동쪽을 향하고 있는 발코니에서는 막 해가 떠오르고 있는 지평선이 보였다. 그곳에 서서 가만히 바라보고 있자니 빛이 점점 밝아지더니 이내 한나의 발아래 있는 모든 풍경이 선명해지기 시작했다. 처음 동이 트기 전 수영장은 안개가 가득 낀 어렴풋한 직사각형이었다. 수면 위로 반사된 하늘 역시 벽돌처럼 보이게끔 만든 수영장 주변을 둘러싼 콘크리트 벽보다 살짝 더 밝은색이었다.

　그때 잿빛 하늘에 묻혀 있던 옅은 색이 처음으로 지평선에 나타나기 시작했다. 먼저 태양의 영향을 받은 주황빛이 약간 섞인 옅은 노란색이 점점 밝아지더니, 지금껏 모습을 드러내지 않은 태양이 하늘에 조금씩 떠올랐다. 그리고 곧이어 마법같은 순간이 이어졌다. 언제나 한나의 심장이 살아 있음에 대한 기쁨으로 요동치는 순간. 바로 태양이 그 위풍당당한 화려함을 뽐내며 지평선 위로 솟아 그 아래 모든 풍경들은 멋진 색깔로 채색했다. 그와 동시에 새들이 새날이 왔음을 알리기 위해 노래를 불렀고, 한나는 자신의 허리를 감싸는 로스의 두 팔을 느꼈다. 그의 입술이 그녀의 뒷목덜미를 부드럽게 쓸어내렸고 한나는 이보다 더 완벽한 순간이 있을까 생각했다.

"일출 보는 것 좋아해."

그가 부드럽게 말했다.

"부활하는 느낌이 들거든. 과거의 저질렀던 잘못과 실수들은 모두 잊어버리고 새롭게 다시 시작할 수 있을 것 같아. 그리고 다시 시작하는 이 날은 내가 하려고만 하면 내 생애 가장 멋진 날로 만들 수 있잖아."

한나는 아무 말도 하지 않았다. 그럴 필요가 없었다. 한나는 그저 고개를 돌려 그에게 키스했다.

"아침 수영할까?"

그가 그녀를 꼭 안으며 물었다.

"너무 이른가?"

"별로 이르지 않아."

한나는 그의 손을 잡으며 대답했다.

이제 집에 가야할 시간이었다. 한나는 돌아가고 싶지 않았다. 빈 여행가방을 침대 위에 펼쳐놓고 옷장에서 옷가지들을 하나씩 꺼내기 시작한 한나의 눈에는 눈물이 고였다. 옷을 얼마 정리하지 못했을 때 노크소리가 들렸다.

한나의 얼굴에 미소가 번졌다. 아마 로스일 것이다. 헤어진 지 20분밖에 되지 않았지만, 내가 로스를 그리워한 만큼 그도 날 그리워한 게 분명하다.

하지만 문을 열고 문 앞에 서 있는 사람을 확인한 한나의 얼굴에서는 미소가 살짝 사라지고 말았다.

"안녕, 엄마."

"안녕, 얘야. 들어가도 되겠니?"

"그럼요."

한나는 문을 활짝 열었고, 엄마가 안으로 들어섰다. 방 안을 둘러보던 엄마의 시선이 열린 여행가방에 가 닿았다.

"벌써 짐을 싸는 거야?"

"네, 이따 로스와 동생들이랑 같이 브런치하기로 했거든요. 공항까지 로스가 데려다준대요."

"잘됐구나. 박사와 내가 데려다주려고 했다만, 로스가 간다고 하니, 우리는 그럴 필요가 없겠다. 여러모로 능력 있는 남자로구나, 한나."

"네, 맞아요."

얼마 간 침묵이 이어지다가 마침내 엄마가 한숨을 내쉬었다.

"난 정말이지 이 엄마와 딸 간의 대화에 능숙하지 못한 것 같다."

오, 이미 알고 있는 사실이에요. 한나는 속으로 생각했다. 한나는 입가에 자꾸만 미소가 지어지려는 것을 굉장한 노력을 기울여 어떻게든 참아냈다.

"네가 어떤 결정을 내리든 난 찬성이라는 이야기를 해주고 싶었다."

엄마가 이어서 말했다.

"물론 개인적인 선호도는 있다만, 어쨌든 네 생각이 중요하니까."

한나는 참지 못하고 물었다.

"노먼과 마이크를 말씀하시는 거예요?"

"그래, 라스베이거스에서는 좋은 시간 보냈니, 한나?"

이번에 한나는 제대로 미소를 지었다.

"네, 그랬어요. 아주 멋진 휴가였어요, 엄마."

"딱 한 가지 마음에 들지 않는 건 계속 여기에 있고 싶은데, 이제 그만 집으로 돌아가야 한다는 거겠지?"

"견과류 껍질 안에 넣는 것처럼 요약하자면 바로 그거예요. 그나저나 '견과류 껍질'이란 표현이 어디서 유래한 건지 아세요?"

"지금은 아니다, 한나. 지금 이야기 중이잖니. 그 이야기는 나중에 들으마. 네가 멋진 휴가를 보낸 이유 중 하나가 로스인 건지 궁금하구나."

"네, 맞아요."

한나가 간결하게 대답했다.

"좋아! 근데 이 말을 어떻게 해야 할지 모르겠다."

"괜찮으니 말씀해 보세요, 엄마."

"인정하기 싫다만 사실 박사와 내가 뚜쟁이 노릇 좀 했다. 혹시 알았니?"

"알고 있었어요."

"그래, 효과가 있었니?"

한나의 얼굴에 행복한 미소가 번지더니 이내 평소 한나답지 않은 행동을 했다. 엄마를 꽉 껴안은 것이다.

"네, 엄마. 효과가 있었어요."

"그럼 사랑에 빠진 거야?"

한나는 잠시 생각했다.

"그런 것 같아요."

"매일 1분 1초도 그와 함께 있고 싶은 마음이냐?"

"네."

"그가 없이는 도저히 버텨내지 못할 것 같고? 다만 일주일이라도?"

"네."

"그럼 마이크는?"

"마이크가 왜요?"

"마이크 없이 보내는 일주일을 떠올려보면 우울해지느냔 말이다."

한나는 잠시 생각에 잠겼다.

"아뇨, 별로요. 내가 마이크에 대해 생각할 때는 누군가 그의 이름을 언급했을 때뿐인 걸요."

"노먼은 어떠냐? 노먼에 대해서도 생각해봤니?"

"마이크보다는 좀 더 많이 생각이 났는데, 그건 아무래도 노먼이 모이쉐를 돌보고 있기 때문인 것 같아요."

"그렇다면 됐다. 정말로 네가 로스와 사랑에 빠진 것 같구나."

한나는 심호흡을 했다.

"그게 정말이라면, 이제 전 뭘 해야 하죠?"

"앞으로 무슨 일이 일어날지 기다려보거라. 그리고 네 마음이 시키는 대로 해. 이것만 기억하면 된다, 한나."

엄마는 매우 심각한 표정이었다.

"세상에는 온갖 종류의 사랑이 있지만, 박사와 나 같은 사랑을 경험하는 운 좋은 사람들은 많지 않단다. 내가 해줄 수 있는 말은 마음이 시키는 대로 그 사랑을 꼭 붙잡으라는 것뿐이구나. 손가락 사이로 그 사랑을 놓치지 말 거라, 애야. 그렇게 잃어버리기엔 사랑이란 너무 소중한 거니까."

이제 갈 시간이었다. 비행기가 기다리고 있었고 안드레아와 미셸은 이미 탑승한 상태였다. 한나는 로스를 돌아보며 한숨을 내쉬었다.

"가기 싫어."

"나도 보내고 싶지 않아."

그는 한나에게 키스했다. 공공장소에 어울릴 법한 점잖은 키스였지만, 이내 한나의 어깨에 팔을 두르며 그는 다시 한 번 한나에게 키스했다.

한나는 눈물이 차오르는 것을 느꼈다. 엄마에게 했던 말은 사실이었다. 로스를 떠나고 싶지 않았다. 단 1분 1초도. 그의 품에 영원히 머물고 싶었다.

"한나?"

한나는 막 아래로 떨어지려는 눈물을 삼키며 고개를 들고 대답했다.

"응, 로스?"

"우리 정말 괜찮은 걸까? 그러니까, 이 관계가 정말, 정말 괜찮은 걸까?"

한나의 옅은 미소가 한나의 얼굴 전체를 환하게 밝혀주었다. 로스는 나를 사랑한다! 한나 역시 그를 사랑했다. 이건 기적이었다. 마치 세상의 그 어떤 일도 할 수 있을 것 같은 기분이었다. 한나는 행복했고, 로스의 손만 잡으면 활주로를 내달릴 수도, 하늘로 솟구칠 수도 있을 것 같았다.

"한나?"

로스가 근심어린 얼굴로 한나는 바라보았다.

한나는 그를 꼭 끌어안았다.

"그래, 로스. 정말, 정말 괜찮을 거야."

그런 뒤 한나는 약속의 징표로 그에게 키스했다.

"르아아아옹!"

한나의 품에서 풀쩍 뛰어내려 거실로 도망치며 모이쉐는 짜증섞인 울음 소리를 냈다.

"미안, 모이쉐."

한나는 사과했다. 이제 막 시작되려 하는 하루에 대한 걱정 때문에 나도 모르게 녀석을 너무 꽉 안은 듯했다. 한나는 남은 커피를 마신 뒤 빈 컵을 테이블 끝에 내려놓고 고양이 룸메이트에게 설명하기 시작했다.

"네가 포옹을 싫어한다는 거 알아. 널 겁줄 생각은 아니었어. 오늘 있을 일 때문에 내가 좀 긴장했나 봐. 그뿐이야."

"아아아아옹."

소파 뒤쪽으로 뛰어올라 좋아하는 자리를 되찾으며 녀석의 울음소리는 한결 부드러워졌고, 심지어 갸르랑거리기까지 했다. 포옹 사정거리 안에 재진입한 걸 보니 녀석은 한나의 사과를 받아들인 듯했다. 모이쉐는 그곳에 앉아 한나가 앞으로 무얼할까 바라보았다.

"나도 알아."

한나가 살짝 한숨을 내쉬며 말했다. 심지어 모이쉐도 오늘 아침이 평소와 다르다는 것을 알고 있었다. 우선, 해가 훌쩍 떠올라 있었고, 시간은 한나의 평소 출근시간인 새벽 5시를 3시간이나 넘긴 아침 8시였다. 그리고 평소 한나는 아침에 눈 뜨자마자 부엌에 가서 모이쉐의 사료를 챙기고, 테이블에 앉아 커피를 마신 뒤 간단한 샤워를 끝냈다. 그러고는 외출복으로 갈아입은 뒤 모이쉐에게 고양이 간식 몇 개 던져주고 트럭 열쇠를 챙긴 뒤 집을 나서곤 했다.

"오늘 아침은 달라."

한나는 꽉 막힌 목구멍 틈새로 간신히 입을 열었다.

"오늘 내 재판이 열리기 때문에 일찍 출근할 필요가 없어. 호위가 데리러 오기로 했으니까, 같이 위넷카 카운티 법원에 가면 되는 거야."

모이쉐는 울음소리도, 갸르랑거리는 소리도 아닌 묘한 소리를 냈다. 지금껏 한 번도 들어본 적 없는 소리에 한나는 자신이 처한 곤경에 대해 녀석이 한껏 동정을 표현을 하고 있는 것이라고 해석했다.

"괜찮을 거야."

한나가 녀석을 안심시켰다.

"호위 말이 오늘은 배심원 선정(형사재판에 참여할 만 20세 이상의 배심원을 선정하는 것)만 하는 거라고 했으니까 저녁에는 집에 돌아올 거야…… 아마 평소보다 일찍."

모이쉐는 그 어떤 반응도 보이지 않았다. 그저 멍한 고양이 표정으로 한나를 바라볼 뿐이었다. 한나는 그래도 녀석이 알아듣고 있는 것이라 확신했다. 적어도 그렇게 믿고 싶었다.

"걱정할 거 없대. 그러니까 너도 걱정하지 마."

"르야아옹."

이건 분명 한나의 말에 대한 응답일 테다.

"그래, 걱정하지 않을 수 없겠지. 하지만 넌 이따 저녁에 내가 집에 돌아온 뒤에 있을 일만 신경 쓰면 되겠어. 오늘 재판이 끝나면 미셸과 안드레아에게 전화해서 집으로 오라고 한 다음에 같이 포장 중국음식 먹을 거야. 오늘 쿠키단지 일을 나 대신 둘이 도와주고 있거든."

"르야아옹?"

모이쉐의 대답은 분명 의문형이다. 한나는 확신했다.

"그래, 포장 중국음식. 네가 새우 좋아하는 건 안드레아와 미셸도 알고 있어. 어젯밤에 통화할 때 새우 넉넉히 포장해 오겠다고 했는 걸. 다 같이 근사한 가족식사 시간을 갖는 거야."

문득 모이쉐의 표정이 변했다. 눈은 놀란 듯 휘둥그레지고, 등 뒤의 털이 곤두서기 시작했다. 모이쉐의 반응에 순간 한나도 당황했지만, 이내 무슨 말을 해야 할지 깨달았다.

"진정해, 모이쉐. 가족식사라고 했지만, 엄마는 안 오셔. 여전히 크루즈를 타고 알래스카를 여행 다니는 중이신 걸. 오늘은 아마 수상 비행기를 타고 빙하를 보기 위해 타쿠 포인트로 가는 날일 거야. 해안가에서 구운 연어로 점심식사를 하고 말이야."

"르아아아아옹!"

한나는 웃음을 터뜨렸다. 이번에도 모이쉐가 잘 알고 있는 특정 단어를 언급했다.

"그래, 내가 '연어'라고 했지. 연어 간식 몇 개 줄게. 그런 다음에 난 그만 가봐야 해. 호위가 곧 도착할 거야. 시간 약속에 철저한 사람이니까."

한나는 부엌에 있는 간식 통에서 간식을 꺼낸 뒤 소파 뒤편에 앉아 기다리고 있는 모이쉐에게로 다가갔다. 녀석은 행진곡 박자에 맞춰 흔들리는 메트로놈 바늘처럼 꼬리를 앞뒤로 흔들거리고 있었다.

"여기 있어."

한나는 물고기 모양으로 생긴 연어맛 나는 고양이 간식을 흔들어 보인 다음 녀석의 옆에 놓아두었다.

"내가 돌아올 때까지 그거면 충분하겠지."

고양이는 미소를 지을 수 없다고들 하지만, 간식을 내려다보는 녀석의 표정은 분명 신이 난 표정에 가까웠다. 녀석은 이내 시선을 들어 한나를 쳐다보며 큰 소리로 갸르랑거렸다.

"별말씀을. 그럼 이따 저녁에 봐. 안드레아와 미셸과 같이 저녁 먹자. 그리고 모이쉐…… 네가 좋아하는 사람 중 한 명이 일주일 안에 집에 올 거야. 로스 기억하지? 예전에 영화 촬영 때문에 우리 마을에 있었잖아."

"르아아옹."

기억이 난다는 것인지 안 난다는 것인지 알 수 없어 한나는 아무 대꾸도 하지 않았다. 그때 모이쉐는 로스를 마음에 들어 했다. 촬영 스태프들이 쿠키단지로 점심식사를 하러 왔을 때 로스가 직접 모이쉐의 목에 목줄을 채워 그들에게 데리고 나가기도 했다. 스태프들의 뜨거운 관심을 모이쉐는 꽤 즐기는 듯했다.

한나는 모이쉐의 볼을 마지막으로 긁어주고는 현관으로 향했다. 가고 싶지 않지만, 가야만 했다. 한나는 잠금장치를 풀고 문을 열어 밖으로 나선 뒤 등 뒤로 문을 닫고는 문이 잘 잠겼는지 확인했다. 그런 뒤 그 자리에 가만히 서서 눈가에 고이는 눈물을 애써 참아보았다. 사소한 일에 쉽게 눈물 흘리는 성격이 아닌데, 최근 들어 꽤 자주 눈물이 나고 있었다. 만약 이 눈물이 사랑의 부산물이라면 한나는 어서 빨리 그 눈물을 제어하는 방법도 배우고 싶었다.

'바보같기는!'

한나는 자신을 꾸짖으며 계단을 내려가기 시작했다. 거실 창에서 모이쉐가 내다보고 있지는 않은지 고개를 들어 확인해보고 싶었지만 꾹 참았다. 한나는 코트의 단추를 채우며 녀석은 분명 간식을 먹느라 바쁠 거라고 자신에게 말했다.

미네소타의 아침은 쌀쌀했다. 9월 셋째 주에 들어선 오늘 아침은 평소보다 더 날이 차가웠다. 아파트 건물 주변으로 난 인도 위를 걸으며 한나는 몸을 부르르 떨었다. 아파트 동 사이를 구분하는 화분에서 활짝 피어난 노란색과 짙은 주홍색의 국화에는 살짝 얼음이 얼어 있었다. 곧 조경사가 뿌리까지 파내는 작업을 거쳐 겨울 동안 다른 곳에 보관할 것이다. 그리고 화분에는 겨울철 눈이 내려 하얗게 뒤덮인 풍경 속에서도 푸르름을 잃지 않은 상록수들이 자리하게 될 것이다.

미네소타의 첫눈은 언제나 예측불가였다. 10월에 접어든 이후에는 어느

때 첫눈이 내려도 이상하지 않았다. 미네소타에서는 할로윈에 눈이 내려도 전혀 이상한 일이 아니었다. 그래서 미네소타에 사는 엄마들은 아이들의 할로윈 의상 안에 반드시 따뜻한 코트와 두터운 바지를 챙겨 입혀야만 했다.

미드웨스트에 사는 사람은 1.5미터 넘게 쌓이는 눈에 늘 대비해야 했다. 물론 초겨울에는 대부분 녹아내리긴 하지만, 길옆에 쌓아놓은 눈더미는 차 높이보다 훨씬 높은 게 보통이었다. 눈이 내리는 시즌은 10월부터 시작해 4월 말이 되어야 끝났으니, 6개월간 계속되는 셈이다. 엄마와 박사님은 5월에도 눈보라가 휘몰아쳤던 1970년대의 어느 해를 떠올린 적도 있었다.

인도를 걸으며 한나는 코앞에 닥친 길고 긴 겨울에 대해 생각했다. 올해도 쿠키단지 앞 인도의 눈을 직접 치울 수 있을까. 운전 중 중과실 치사로 유죄 판결을 받아 감옥에 가게 되면 과연 동업자인 리사 혼자 가게를 운영할 수 있을까. 아파트 대출금에 대한 이자는 다달이 무엇으로 내야 하지? 모이쉐는 어떻게 되는 걸까? 노먼을 위해 커들스를 돌봐준 적이 있으니 모이쉐도 부탁해볼 수 있을까? 로스가 KCOW에 일자리를 구해 레이크 에덴으로 이사 오게 되면 그에게 내가 출소할 때까지 모이쉐를 돌봐달라고 부탁해도 좋을까? 감옥에 간다는 건 곧 로스와의 로맨스의 끝을 의미하는 건 아닐까? 노먼과 로스 모두 모이쉐 맡기를 거절한다면 가족 중 누군가가 대신 나서줄 사람이 있을까? 어젯밤 내내 이런 질문들이 머릿속에 떠올라 한나는 거의 잠을 이룰 수 없었다.

"사서 걱정하지 말자고!"

한나는 단호하게 말했다. 그런 뒤 재빨리 주위를 둘러보고는 근처 인도에 아무도 없다는 사실에 안도했다. 이웃들 중 한나의 이야기를 들은 사람은 없었다.

호위의 차가 약속했던 방문자용 주차장 첫 번째 자리에 서 있었다. 한나는 서둘러 검정색 렉서스로 다가갔다. 레이크 에덴의 잘 나가는 변호사에게 걸맞은 차였다. 호위는 자신의 의뢰인들에게 '레이크 에덴 최고의 변호사'라는 문구가 매 페이지 상단에 새겨진 수첩을 선물했는데,

사실 그건 그의 위트 넘치는 우스갯소리에 가까웠다. 왜냐하면 레이크 에덴에 변호사라고는 호위가 유일했기 때문이다.

"좋은 아침이에요, 한나."

한나가 가죽 시트가 덮인 조수석에 올라타자 호위가 인사했다.

정말 좋은 아침일까요, 호위? 한나는 속으로 생각했다.

"좋은 아침이에요. 콜팩스 판사님에게 드릴 커피는 챙기셨죠?"

"법원 가는 길에 잠깐 들를 거예요."

"좋아요. 커피 드릴 때 이것도 같이 드리세요."

한나는 그에게 조그마한 흰색 꾸러미를 건넸다.

"뭐예요?"

"더블 퍼지 브라우니 두 개요. 달달한 걸 먹으면 좋은 효과가 있을까 싶어서요. 근데 제가 드리는 거라고 이야기하면 안 돼요. 뇌물공여죄로 고소당하고 싶지 않거든요."

"알았어요."

호위는 뒷좌석에 꾸러미를 내려놓았다.

"저기, 한나…… 이 브라우니에 설마 독이 든 건 아니죠?"

"세상에, 그럴리가요!"

"그냥 확인해본 거예요. 어제 한나가 만든 더블 퍼지 브라우니 두 개를 먹었는데 정말 맛있었어요."

호위가 시동을 켜고 주차장을 빠져나오는 동안 한나는 또다시 몸을 부르르 떨었다. 이번에는 추위 때문이 아니라, 죄책감 때문이었다. 어쨌든 쿠키 트럭 때문에 한 사람이 죽었다. 비록 참작할 만한 사유는 있었다 하더라도 사람이 죽은 사실만큼은 변명의 여지가 없었다. 앞이 보이지 않을 만큼 세찬 비와 함께 끊임없이 번개가 치던 여름 폭풍 중에 벌어진 일이었다. 조수석에는 리사가 앉아 있었고, 한나는 세차게 쏟아지는 비와 번개로부터 피신하기 위해 나무가 빽빽한 숲을 찾아 헤매던 참이었다. 그리고 한나는 알지 못했다. 커브길을 돌자마자 쓰러진 나뭇가지가 길 한가운데를 막고 있는 줄을. 나뭇가지를 피하기 위해 갑작스레 핸들을 틀었고, 이내 통제력을 상실한 차가 길옆에 있던 남자를 치고 말았다. 사고이긴 했지만, 그 때문에 한 사람이 죽음에 이르렀고, 이제 그 잘못의 결과를 직면하러 가는 참이었다.

호위가 한나를 흘끗 쳐다보았다.

"긴장 풀어요, 한나. 다 잘될 거예요. 콜팩스 판사는 그렇게 나쁜 사람이 아니에요. 그저 무능할 뿐이지."

"내 기분 풀어주려고 하는 말이죠?"

한나가 참지 못하고 물었다.

"아뇨, 웃게 하려고 한 말이에요."

호위는 그녀에게 미소를 지어 보였다.

"한나는 이 일을 너무 심각하게 받아들이고 있는 것 같아요."

"그거야 재판장에 설 사람은 변호사님이 아니라 나니까요."

"아하. 그런 이유가 있었군요. 그래도 지금은 뒤로 기대고 긴장 풀어요. 재판은 생각보다 빨리 끝날 테니."

지금 당장 다리 교각에 차를 들이박는다면 정말 이 모든 게 빨리 끝나버리겠죠.

호위가 고속도로 진입로로 접어들자 한나는 생각했다.

더블 퍼지 브라우니

오븐은 175도로 예열합니다. 틀은 오븐의 중앙에 둡니다.

조앤 플루크의 메모: 작년에 출간된 《블랙베리 파이 살인사건》 편에서 맛있는 더블 퍼지 브라우니 레시피를 갖고 있는 분이 계시면 보내달라고 요청했던 적이 있어요. 그 이후 한나 팬들이 보내준 수많은 레시피들에 전 너무나도 감격했답니다. 그 모든 걸 만들어보는 데 몇 달이 걸렸고, 마침내 아주 깊고 진한 초콜릿 맛이 나는 브라우니 레시피를 발굴해냈답니다(이 과정에서 2킬로 넘게 살이 붙었지만, 아주 달콤한 시간들이었어요!).
이 레시피는 그 훌륭한 브라우니 레시피들에서 하나가 핵심들을 뽑아내 만들어낸 것이랍니다. 저한테 레시피를 보내신 분이라면, 그 레시피의 어떤 부분이 포함되었는지 금방 알 수 있으실 거예요.
아주 즐거운 겨울 한철 보내게 해주신 모든 분들께 감사드립니다!(뱃살이 붙게 해주신 것도요).

재료

다목적용 밀가루 1과 1/2컵 / 달지 않은 코코아 파우더 3/4컵

베이킹소다 1/2티스푼 / 소금 1/2티스푼 / 백설탕 1컵 / 황설탕 1컵

소금기 있는 버터 3/4컵(170g) / 중간 달기의 초콜릿 6온스(170g)

바닐라 농축액 1과 1/2티스푼 / 큰 계란 3개(포크로 휘저어 거품을 내주세요)

중간 달기의 초콜릿 칩 2컵

만드는 법

1. 9×13인치 크기의 케이크 팬에 두꺼운 포일을 깔아주세요. 그 위에 들러붙음 방지 스프레이를 뿌립니다.

2. 밀가루, 코코아 파우더, 베이킹소다, 소금, 백설탕과 황설탕을 전자 반죽기에 넣고 낮은 속도로 가동시키면서 섞어줍니다.

3. 소금이 있는 버터의 분량 절반을 전자레인지용 그릇에 담습니다.

4. 중간 달기의 초콜릿을 조각내어 버터 위에 뿌립니다.

5. 전자레인지 '강'에서 1분간 돌린 뒤 열에 강한 고무주걱으로 저어주세요.

6. 다시 그릇을 전자레인지에 넣고 1분 더 돌립니다.

7. 1분간 전자레인지 안에 그대로 놓아둔 뒤 꺼내 주걱으로 다시 저어줍니다. 부드럽게 저어지면 작업대 위에서 5분 이상 식히고, 부드럽게 저어지지 않으면 30초 더 전자레인지에 돌린 뒤 1분간 가만히 두었다가 다시 저어보세요. 부드럽게 저어질 때까지 이 과정을 반복합니다.

하나의 첫 번째 메모: 가스레인지에 올려 약한 불로 녹여도 되지만, 그럴 때는 눌어붙지 않도록 계속 저어줘야 하는 것 잊지 마세요.

8. 녹인 버터와 초콜릿에 바닐라를 넣고 잠시 식힙니다.

9. 반죽기에 계란을 넣고 중간 속도에서 재료들을 섞어줍니다.

10. 반죽기를 다시 낮은 속도로 내린 다음 아까 만든 초콜릿, 버터, 바닐라 농축액 혼합 재료를 천천히 반죽기에 부어줍니다. 재료들이 골고루 섞이도록 하되, 너무 오래 섞지는 마세요.

11. 초콜릿 칩을 잘게 조각냅니다(전 칼날을 부착한 믹서기를 사용했어요).

12. 반죽을 꺼내 손으로 초콜릿 칩 조각을 뿌리며 반죽합니다(아까 사용했던 고무주걱을 사용하셔도 됩니다).

13. 미리 준비한 팬에 브라우니 반죽을 담습니다. 반죽이 무척 될 겁니다. 남은 반죽을 고무주걱으로 싹싹 긁어 케이크 팬에 붓습니다.

14. 깨끗한 손바닥으로 반죽의 윗면을 부드럽게 만져줍니다. 그런 뒤 철제 주걱 뒷면으로 고르게 펼쳐주세요. 귀퉁이까지 반죽이 퍼지도록 신경 써주세요.

15. 175도로 예열한 오븐에 반죽을 넣어 정확히 23분간 굽습니다. 이 이상 오래 구우면 절대 안 돼요! 그랬다가는 진한 초콜릿 퍼지가 아닌 평범한 초콜릿 케이크 맛이 나는 건조한 브라우니가 되고 말 거예요!

16. 오븐에서 브라우니를 꺼낸 뒤 불을 켜지 않은 가스레인지 위나 식힘망으로 옮겨 식힙니다.

한나의 두 번째 메모: 완성된 제 브라우니 팬에는 언제나 딱 브라우니 한 개 크기의 빈 공간이 생기곤 한답니다. 프로스팅을 만들고 있는 동안 사라져버린다니까요. 전 아무것도 인정하지 않겠어요. 아무래도 브라우니 도둑이 몰래 들어와 제가 다른 곳을 보는 사이에 훔쳐 먹고 달아나는 것 같아요. 이제 밀크 초콜릿 퍼지 프로스팅을 만듭니다.

밀크 초콜릿 퍼지 프로스팅 재료:
소금기 있는 버터 2테이블스푼(28g) / 밀크 초콜릿 칩 2컵
가당연유(우유에 설탕을 첨가하여 농축한 연유) 통조림 1개(396g)(무가당 연유는 안 돼요)

17. 전자레인지용 그릇에 버터를 넣습니다.
18. 그 위에 밀크 초콜릿 칩을 넣습니다.

19. 14온스(396g)짜리 가당연유 통조림을 붓습니다.

20. 전자레인지 '강'에서 1분간 돌린 다음 다시 꺼내 열에 강한 고무주걱으로 저어줍니다.

21. 그릇을 다시 전자레인지에 넣고 1분 더 돌립니다.

22. 전자레인지 안에 1분간 그대로 놓아둔 다음 꺼내어(그릇이 뜨거울 테니 조심하세요!) 작업대 위에 올려둡니다. 열에 강한 주걱으로 부드럽게 저어주세요.

23. 부드럽게 저어지면 퍼지 프로스팅 완성입니다. 부드럽게 저어지지 않으면 다시 전자레인지에 넣어 '강'에서 30초간 돌려주세요. 그 뒤 1분간은 전자레인지 안에 그대로 놓아두고요. 부드러워질 때까지 이 과정을 반복합니다.

24. 더블 퍼지 브라우니를 프로스팅하려면 그저 브라우니 위에 프로스팅을 붓기만 하면 됩니다. 고무주걱으로 프로스팅을 깔끔하게 긁어 브라우니 위에 남김없이 붓습니다.

25. 프로스팅을 담았던 그릇은 제일 좋아하는 사람에게 주세요. 한 방울도 남기지 않고 싹 닦아 먹을 수 있도록요(혼자 있을 때 만들었다면, 그릇 옆에 묻은 프로스팅까지 마음껏 즐기세요).

26. 프로스팅을 마친 브라우니는 프로스팅이 굳을 때까지 실온에 놓아둡니다. 그런 뒤 포일로 덮어 서늘한 곳에 보관합니다.

호위는 게이트 카드로 주차장 문을 열고 변호사들 지정 주차 구역인 곳에 차를 세웠다. 팻말에는 '카운슬러 전용 구역'이라고 적혀 있었는데, 한나는 어째서 여기서는 아직도 변호사를 칭할 때 영국식 단어를 쓰는 것일까 의아했다. 이걸 보면 미국 변호사들이 우월감을 느끼기라도 하는 것일까? 그렇다면 조단 고등학교의 카운슬러(상담사)인 제리 왁스먼은 어떠한가. 그도 법정에 오면 이곳에 차를 세울 수 있는 것일까······?

　"한나? 갑시다."

　호위가 시동을 끄고 차에서 내려 한나의 문을 열어준 순간 한나는 한창 진행 중이던 생각에서 퍼뜩 깨어났다.

　"죄송해요."

　한나는 차에서 내리며 사과했다.

　"왜 길가에 안 세우고 여기에 차를 세웠어요?"

　"이곳이 더 보안이 좋아요. 기자들은 출입이 금지되는 곳이거든요. 그리고 저 문으로 나가면 바로 엘리베이터들을 탈 수 있어요."

　한나는 호위의 복수 표현을 눈치챘다.

　"엘리베이터가 하나가 아니에요?"

　"네, 사실 그 엘리베이터에 대해 사람들이 세금 낭비라면서 크게 불만을 표하고 있지만 우리는 주 법령을 따를 수밖에 없어요. 두 번째 엘리베이터는 장애가 있는 판사들을 위한 시설이거든요. 설치된 지 1년이 좀 안 됐어요.

그걸 타면 2층의 특수시설이 갖춰진 법원과 3층의 판사실에 갈 수 있죠."

"어떻게 작동해요?"

한나가 물었다.

"간단해요. 판사가 엘리베이터에 타서 휠체어를 고정시키면 엘리베이터가 2층과 3층으로 운행을 하죠. 2층을 누르면 엘리베이터의 뒷문이 열리면서 바로 판사석 뒤편으로 갈 수 있어요. 3층을 누르면, 곧장 특수 시설이 갖춰진 판사실로 연결되어 직접 휠체어를 타고 자기 책상까지 갈 수 있고요."

"정말 편리한 것 같네요."

"맞아요. 하지만 이곳 법원 건물은 꽤 낡아서 그런 시설을 갖추는 건 거의 건물 하나 새로 올리는 것과 맞먹었죠. 비용도 엄청 들었고요."

"정말 그랬겠어요. 하지만 장애를 가진 판사님들은 기뻐하셨을 것 같네요. 여기 그런 분들이 몇 명이나 근무하고 계세요?"

"아무도 없어요. 주 전체 사법 시스템을 통틀어 한 명이 있는데, 그 사람은 세인트 폴에 있는 램지 카운티 법원에 있어요. 그래서 납세자들 원성이 자자한 거죠. 주 법령에 의하면 그 법원에 장애인 판사가 있든 없든 무조건 그런 특수 설비를 갖춰야만 했으니까요."

"정부란."

한나는 그렇게만 말하고는 호위가 또 다시 게이트 카드를 사용해 주차장 벽면에 자리한 문을 열자 그의 뒤를 따랐다. 문 안쪽은 어린 시절 학교 식당이나 화장실에서나 보았을 법한 칙칙한 초록색 페인트가 칠해진 벽면의 좁다란 복도였는데, 장식이라고는 아무것도 없었다.

"재소자들을 여길 통해 데려가는 건가요?"

한나가 묻고는 이내 후회했다. 죄수가 되어 이 법정에 다시 나타나는 건 생각하고 싶지도 않았다.

"넵."

호위는 카드를 엘리베이터 옆 카드기에 미끄러뜨렸고, 이내 엘리베이터 문이 열렸다.

"하지만 지난 번 보석공청회 때문에 유치장에서 곧장 법원에 올 때는 이 통로를 사용하지 않았잖아요. 수송차가 길가에 세워줬고, 앞문 계단을 통해 올라갔었죠."

"그건 한나에게 특별 우대를 해준 거예요. 빌 서장님이 한나에게는 도주의 우려가 없다고 판단했거든요."

나를 이 통로로 들여보냈다가는 안드레아가 절대 가만히 있지 않을 거라는 걸 깨달은 거겠죠. 한나는 속으로 생각했다.

"그렇군요."

대신 간단하게 대답하고는 작은 엘리베이터 안으로 발을 디뎠다.

엘리베이터 문이 열렸고, 한나는 작은 대기실로 나섰다. 철제 고리가 달려 있는 긴 의자가 몇 미터 간격으로 늘어서 있었다. TV에서 수사물을 많이 봐왔던 터라 왜 의자에 철제 고리가 달려 있는지 한나도 잘 알고 있었다. 수갑을 찬 재소자가 대기실에 들어오면 한쪽 손목을 풀어 그 빈 수갑을 철제 고리에 연결하는 것일 테다.

"우리를 부를 때까지 테이블에 앉아 있읍시다."

호위가 두 개의 빈 나무 의자가 놓인 테이블로 안내하며 말했다. 그러고는 의자들을 가리켰다.

"어디 앉으실래요?"

"철제 고리가 안 달린 의자라면 뭐든 상관없어요."

호위는 잠시 멍하게 한나를 쳐다보다가 이내 웃음을 터뜨렸다.

"재밌네요. 유머 감각이 다시 돌아온 것 같아요. 그러면 일이 훨씬 쉬워지죠."

한나가 막 자리에 앉자 사무적으로 보이는 인상의 남자가 황급히 들어왔다. 그는 한나를 향해 고개를 끄덕해 보이고는 호위에게 말했다.

"좋은 아침입니다, 변호사님."

그는 호위에게 메모를 하나 건넸다.

"콜팩스 판사님께서 변호사님 오시면 이걸 전해주라고 하셨습니다."

"고마워, 데이브."

호위는 메모를 받아 재빨리 펼쳐 내용을 읽었다. 그러고는 이내 한나에게 말했다.

"요한슨 씨는 콜팩스 판사님의 서기관이에요. 사실, 데이브는 플레밍 판사님의 서기관인데, 콜팩스 판사님이 여기 계시는 동안은 콜팩스 판사님의 일을 봐드리고 있죠."

"만나서 반갑습니다, 요한슨 씨."

한나가 애써 미소를 지어 보였다.

"데이브라고 부르세요. 저도 만나서 반갑습니다, 스웬슨 양."

"한나에요."

데이브는 살짝 큭큭거렸다.

"여기서 만나는 사람들 대부분은 이렇게 예의바르지 않은데 말이죠. 정말 이런 분을 만나게 되어서 반갑습니다."

그는 호위에게 말했다.

"메모가 뭐라고 적혀 있는지 한나에게 알려주지 않으실 건가요?"

"알려줘야지. 거기 두 사람이 서로 예의바른 인사를 마치는 대로 그럴 생각이었어."

호위는 다시 메모를 내려다보았다.

"콜팩스 판사님께서 지금 골치 아픈 문제를 다루고 계신다는군요. 그 일이 해결되는 대로 한나랑 같이 사무실에서 보자고 하셨어요."

호위는 데이브에게 말했다.

"얼마나 걸리실지 알고 있나?"

"아뇨, 하지만 여쭤보죠. 우선은 판사님 사무실 옆에 있는 대기실로 안내하라는 지시만 받았습니다. 준비되시는 대로 전화하실 거예요."

"왜 우리를 보자고 하신 건지는 얘기 없으셨고?"

호위가 물었다.

"네, 오늘 판사님 기분이 별로……."

데이브는 멈칫했다. 적당한 단어를 찾느라 고심하는 듯했다.

"그냥 콜팩스 판사님이 오늘 아침에는 별로 말씀이 많지 않으셨다고 만 해두죠."

호위는 커피와 함께 한나의 더블 퍼지 브라우니가 든 하얀색 꾸러미 를 서기관에게 건넸다.

"이걸 판사님께 전해드리겠나, 데이브?"

"자이언트 라떼인가요?"

"바로 맞혔네. 그리고 브라우니도 몇 개 준비했지."

"이거면 판사님 기분이 한결 나아지시겠네요."

데이브가 미소를 지었다.

"곧장 달려가서 전해드릴게요. 몇 분 안 걸릴 겁니다. 금방 올게요."

서기관이 문을 닫고 나가자 한나와 호위는 서로 눈빛을 주고받았다. 말이 필요 없었다. 한나는 둘이 같은 생각을 하고 있다는 걸 알 수 있었 다. 콜팩스 판사의 오늘 기분은 좋지 않다. 이건 좋은 징후가 아니었다. 두 사람은 그저 아침식사로 준비한 그의 취향의 커피와 브라우니가 그의 기분을 한결 달콤하게 상승시켜 주기를 기도하는 수밖에 없었다.

데이브의 말은 사실이었다. 2분도 채 지나지 않아 그는 돌아왔다.

"판사님이 커피와 브라우니 고맙다고 하셨어요. 마침 오늘은 아침식사 할 짬도 없었다고 하시더군요. 조금만 더 있다가 변호사님한테 전화하겠 다고 전해달라셨어요."

한나와 호위는 서기관을 따라 복도를 지나 엘리베이터를 타고 3층으 로 올라갔다. 데이브는 대기실로 안내했고 두 사람은 안으로 들어가 자 리에 앉았다. 서기관이 막 자리를 뜨자 호위의 핸드폰이 울렸다.

"어-오!"

핸드폰 화면을 확인한 호위가 말했다.

"받아야 되는 전화예요, 한나. 밖에서 통화를 할 테니까 콜팩스 판사 님이 전화하시면 바로 알려줘요."

한나는 고개를 끄덕였다. 하지만 마음속으로는 대기실에 앉아 마냥 기다리고 있는 것보다 호위와 함께 복도에 서 있는 것이 훨씬 편할 것 같았다. 대기실의 나무 의자는 불편하기 짝이 없었다.

한나는 벽에 걸려 있는 시계의 초침이 흘러가는 것을 지켜보았다. 바로 옆에 있다는 판사의 사무실에서는 아무 소리도 들리지 않았다. 한나는 콜팩스 판사가 혹시 자신들을 불렀다는 사실을 잊고 그냥 가버린 것은 아닐까 의아스러웠다. 한나는 지금 자신이 이곳이 아닌 다른 곳에 있는 것이라면 얼마나 좋을까 생각했다. 사디스트(가학성애자)가 디자인한 게 분명한 딱딱한 나무 의자가 놓인 이 작은 공간에는 오래된 가구 냄새와 함께 퀴퀴한 땀과 두려움의 냄새가 풍겼다.

한나는 매우 굼뜨게 움직이고 있는 듯한 시계를 보지 않기 위해 눈을 질끈 감았다. 어젯밤에 잠을 별로 자지 못해 피곤하기도 했다. 의자가 이렇게 불편하지 않았다면 금세 곯아떨어졌을지도 모르겠다. 그랬더라면 적어도 시간은 빨리 흘렀을 것이다.

들리는 소리라고는 마치 최면을 거는 듯한 시계의 초침 소리뿐이었다. 한나는 머리를 앞으로 숙인 다음 밝은 형광등 불빛에 두 눈을 감았다. 그리고 요란한 굉음에 이어진 육중한 쿵 소리에 눈을 번쩍 떴다.

한나는 자리에서 벌떡 일어났다. 방금 소리는 판사의 사무실에서 들린 건가? 혹시 깜빡 잠이 들어 꿈을 꾼 건 아닐까?

깨금발로 판사의 사무실로 이어진 문으로 다가서며 한나의 심장은 쿵쾅거렸다. 별달리 큰 소리가 들리지 않았기 때문에 한나는 문에 귀를 가져다 댔다. 콜팩스 판사가 서류를 읽느라 종이를 넘기는 소리나 전화로 누군가와 통화하는 목소리가 들린다면, 그것으로 그가 무사하다는 걸 확인할 수 있을 것이다. 한나의 재판을 맡은 이 임시 판사는 플레밍 판사의 일을 잠시 대신 봐주고 있는 나이 많은 은퇴 판사였다. 그러니 실수로 미끄러져 넘어진 것일 수도 있다. 만약 그런 일이 발생했다면, 혼자서 일어나지 못할 수도 있다. 누군가의 도움이 절실히 필요한 상황일지도 모른다.

한나는 잠시 망설이다가 마침내 뭔가 행동하기로 결심했다. 원고가 판사의 사무실에 갑자기 들이닥친다는 건 있을 수 없는 일일 거다. 예의에도 어긋날뿐더러 향후 한나의 판결에 불이익이 올 수도 있다. 문에 노크를 한 뒤 대답을 기다리는 한나의 손이 미세하게 떨렸다. 갑작스러운 방문에 콜팩스 판사가 화를 낸다면, 굉음과 쿵 소리가 들려 판사님이 괜찮으신지 확인하기 위함이었다고 설명하면 될 것이다. 그 설명에 설마 토를 달 수는 없겠지!

사무실에서는 아무런 응답도, 그 어떤 소리도 나지 않았다. 한나는 심호흡을 한 뒤 다시 한 번 노크했다. 콜팩스 판사가 한나의 노크에 대답할 수 없거나 심지어 들어오라고 외칠 수도 없는 상황이면 어쩐다? 넘어질 때 머리를 무언가에 세게 부딪혀 의식을 잃은 채 바닥에 쓰러져 있는 것이라면? 한나는 무언가 해야만 했다. 그것도 지금 당장.

허락 없이 개인 사무실에 들어갔다가 판사의 노여움을 살 수도 있다는 사실을 한나도 잘 알고 있었지만, 더 이상 낭비할 시간이 없었다. 그래도 여러 도피구는 있을 수 있겠다. 한나는 우선 조심스럽게, 그리고 조용히 문을 살짝 밀어 연 다음 틈새로 안을 들여다보았다.

첫눈에 보기에 방은 텅 빈 듯했다. 움직이는 것도, 들리는 소리도 없었다. 그때 눈에 띈 무언가에 한나는 문을 활짝 열고 안으로 달려 들어갔다. 콜팩스 판사의 책상 한쪽 끝 바닥에 나무 망치가 떨어져 있었던 것이다. 거기서 몇 미터 떨어지지 않은 곳에는 짙은 붉은색의 무언가가 흥건하게 고여 있었는데, 아무래도 피 같았다!

한나는 망치가 떨어진 곳으로 가 피 웅덩이를 피해 책상 모퉁이를 돌았다. 거기에는 콜팩스 판사가 있었다. 그는 웅크린 채 쓰러져 있었고, 그의 손 근처에는 반쯤 먹다 남은 더블 퍼지 브라우니가 떨어져 있었으며, 그의 옆에 놓인 의자는 거꾸로 뒤집힌 채였다. 그의 머리를 보자 그 짙은 붉은색의 웅덩이가 어디서 흘러나온 것인지 단번에 알 수 있었다. 그것은 바로 콜팩스 판사의 피였던 것이다.

너무도 끔찍한 장면에 한나는 고개를 돌려 시선을 피했다. 소리가 들렸던 바로 그 순간 뛰어들어 왔더라면! 하지만 콜팩스 판사의 머리를 다시 한 번 보니 그래봤자 크게 달라질 것은 없었을 것이라는 생각이 들었다. 한나는 의사도 아닐뿐더러 망치로 가격 당한 듯한 판사의 두개골 측면의 부상은 그 어떤 후속 조치로도 콜팩스 판사는 소생할 수 없었을 것이라는 것을 말해주고 있었다.

도움을 요청해야 해! 한나의 놀란 마음이 외쳤고, 한나는 후들거리는 다리로 사무실을 가로질러 복도로 난 문으로 향했다. 그런 뒤 문을 열고 밖으로 나선 뒤 핸드폰을 귀에 가져다 댄 채 휴게실 근처를 서성이고 있는 호위를 향해 황급히 손짓했다.

호위가 통화를 끝낸 뒤 재킷 주머니에 핸드폰을 넣고 한나에게 다가왔다.

"판사님께 연락이 왔어요?"

그가 물었다.

한나는 입을 벌리고 대답하려 했지만, 목소리가 나오지 않았다. 고개를 설레설레 저으며, 목청을 가다듬어 필요한 단어를 간신히 내뱉었다.

"도움이 필요해요! 콜팩스 판사님이 죽었어요. 살해당했다고요!"

"끙음과 쿵 소리를 듣고 난 뒤 콜팩스 판사 사무실로 들어가기까지 시간이 얼마나 지났습니까?"

한나는 눈을 껌뻑이며 마이크의 얼굴을 올려다보았다. 여전히 충격에 사로잡혀 있는 터라 그 시간이 얼마쯤 되었는지 생각나지 않았다.

"모르겠어요."

"가늠해봐요."

"그렇게 길지 않았어요. 아마…… 2분? 길어봤자 3분?"

"좋아요."

마이크는 수첩의 앞 페이지를 넘겼다.

"콜팩스 판사가 왜 재판 시작 전에 한나를 보자고 했는지 압니까?"

"아뇨."

"레빈 씨는 알고 있나요?"

"모르겠어요. 호위는 서기관이 대기실에서 나가자마자 전화를 받으러 복도로 나가 있었거든요."

"한나가 판사실에서 나올 때까지도 통화 중이었고요?"

"네."

"두 사람이 같이 대기실에 있었을 때 걸려왔던 전화를 그때까지 받고 있었던 겁니까?"

한나는 미간을 살짝 찌푸렸다. 통화를 계속하고 있었든, 중간에 다른 전화가 왔든 그게 뭐가 중요할까? 하지만 이건 공적인 조사이니 대답해야 했다.

"모르겠어요. 복도로 나갔을 때 호위가 하는 말은 듣지 못했으니까요. 휴게실 옆에 서서 막 전화를 끊는 걸 봤을 뿐이에요."

"전화를 끊는 걸 들었다는 말입니까?"

"아뇨, 끊는 걸 봤다고요. 적어도 내가 보기에는 전화를 끊는 것 같았어요. 핸드폰을 다시 재킷 주머니에 넣었으니까요."

"그리고 한나는 콜팩스 판사가 죽었음을 알렸죠?"

"네. 호위가 사람을 불러 올 때까지 난 복도에서 기다렸어요. 난……
난 다시 사무실로 들어가고 싶지 않았어요. 그, 판사님의…… 그……."

한나의 목소리가 점점 작아지더니 이내 크게 몸서리쳤다.

마이크는 손을 뻗어 한나의 어깨를 토닥였다.

"괜찮아요, 한나. 이해합니다."

"대기실에도 다시 들어가고 싶지 않았어요. 문이 열려 있었는데, 보고 싶지 않더라고요…… 알죠?"

"당연히 보고 싶지 않았겠죠."

지금 방금 마이크의 태도는 날 조롱한 건가? 한나는 그의 표정을 살폈지만, 확실하지 않았다.

"그러니까…… 전에도 시체는 많이 봤지만, 이번에는……."

한나는 하던 말을 멈추고 침을 힘겹게 삼켜 내렸다.

"이번에는 특히 더 야만적이었어요."

"판사를 죽인 사람이 그를 증오한 것처럼 보였나요?"

"그런 것 같았어요. 개인적인 원한 같은 거요. 그리고 범인은 콜팩스 판사님 바로 옆에서 망치로 그를 가격했어요. 문가에서 총을 쏘거나 한 게 아니라요. 망치는 판사님 아버지의 것이었어요. 그분도 변호사였고요."

"어떻게 알았습니까?"

"보석청문회 때문에 법원에 있었을 때 호위가 이야기해줬어요."

"그 아버지의 망치가 살인도구로 사용되었다는 사실에 뭔가 의미가 있을 거라고 생각합니까?"

한나는 잠시 생각에 잠겼다.

"모르겠어요. 뭔가 연결점이 있을 가능성도 있죠. 우리가 범인을 잡게 되면 알 수 있지 않을까요."

마이크는 인상을 찌푸렸다.

"'우리'가 범인을 잡는다고요?"

한나는 한숨을 내쉬었다. 마이크를 비롯하여 경찰서 수사팀과 또다시 붙을 판이었다. 한나가 사건 수사를 돕는 것을 마이크가 환영할 때도 분명 있었지만, 평소에는 그렇지 않았다. 일관성 없는 그의 태도에 대해 한나도 그간 많이 생각해봤지만, 무엇 때문에 그러는 것인지는 한나도 알아내지 못했다. 물론 바람이 왜 불어오는지를 굳이 생각할 필요가 있을까마는.

"그러니까 내가 다시 말할게요."

마이크의 기분을 조심스럽게 살펴야 할 때라고 판단한 한나가 말했다.

"아까 내가 한 말은 그 이유를 확실하게 알기 위해서는 마이크와 수사팀 형사들이 먼저 사건을 해결해야 할 거라는 이야기였어요."

다행히 마이크의 인상이 다소 누그러졌다. 한나는 한시라도 빨리 조사를 끝내고 호위에게 가서 콜팩스 판사가 사라져버린 지금 내 사건 재판은 어떻게 되는 것인지 물어보고 싶은 마음뿐이었다.

"알겠지만, 한나가 제일 유력한 용의자입니다."

대기실에는 한나와 마이크, 단둘뿐이었는데도 마이크는 목소리를 한 껏 낮춰 말했다.

"뭐라고요? 내가 콜팩스 판사님을 왜요?"

"플레밍 판사가 돌아올 때까지 재판을 연기하기 위해서요. 콜팩스 판사의 역량에 대해 걱정하고 있었잖아요. 최근 마지막으로 한나의 집에서 같이 저녁식사 했을 때 그렇게 말하지 않았습니까."

"그게…… 그랬죠. 그렇게 느낀 것이 사실이니까 그런 말 했을지도 모른다는 거 인정해요. 하지만 이제 상황이 바뀌었어요."

"무슨 상황이 말입니까?"

한나는 재빨리 머리를 굴렸다. 왜 상황이 변한 것인지 한나는 잘 알고 있었다. 로스와 가까워진 지금 한나의 머릿속에 재판 같은 건 들어 있지 않았다. 로스가 KCOW 방송국과의 면접을 위해 레이크 에덴에 올 때쯤에는 재판이 전부 끝나 있길 바랄 뿐이었다. 물론 무죄 판결에 대한 기대와 함께.

"뭐가 바뀌었다는 겁니까, 한나?"

마이크는 대답을 기다리고 있었지만, 한나는 로스에 대해 이야기할 수 없었다. 언젠가는 마이크와 노먼에게도 이야기해야 하겠지만, 지금은 적당한 때도 아니고, 장소 역시 적합하지 않았다.

"재판을 기다리는 스트레스가 컸거든요."

한나는 꽤 진심을 담아 대답했다.

"가급적 이 모든 게 빨리 끝나길 바랐다고요."

마이크는 아무 말도 하지 않았다. 그저 고개를 끄덕인 뒤 몇 분간 수첩에 무언가를 끄적거릴 뿐이었다. 자신이 한 말이 그토록 흥미로운 것이었나 한나가 의아해하고 있을 즈음 마침내 그가 고개를 들었다.

"이제 필요한 건 다 들었습니다. 이제 가도 좋아…… 아, 잠깐만요."

그는 주머니에서 접힌 쪽지를 하나 꺼냈다.

"노먼이 전해달라고 했습니다. 오는 길에 만났거든요. 한나를 기다리겠다고 했지만, 집까지 에스코트할 사람이 있으니 걱정하지 말라고 했어요."

"여기까지는 호위와 함께 왔는데요."

한나가 쪽지를 주머니에 넣었다. 사적인 것일지도 모르니 나중에 읽을 생각이었다.

"압니다. 아까 오면서 주차장에서 차를 봤거든요. 호위가 복도에서 기다리고 있어요."

"호위는 로니가 조사하는 줄 알았는데."

"그랬죠. 조사는 끝났어요. 복도 휴게실 옆에서 기다리고 있어요."

한나는 혼란스러웠다. 마이크는 지금까지 내내 한나와 이곳 대기실에 있었고, 전화 한 통화 하지 않았다.

"그걸 어떻게 알았어요?"

"호위와의 조사가 끝나면 문자 보내라고 로니에게 지시했거든요."

마이크는 핸드폰을 내밀었고, 한나는 화면을 확인했다.

끝났습니다. 복도 휴게실 옆에서 한나를 기다리고 있어요.

"알았어요."

한나는 앉아 있기 고통스러웠던 나무 의자에서 일어섰다. 마이크와 이야기하던 중 조그맣게 딸랑 소리가 나면서 그가 핸드폰 화면을 확인했던 것이 기억났다. 아마 그때 로니의 문자를 확인한 모양이다.

복도로 통하는 문으로 향하며 한나는 자신의 핸드폰도 문자 메시지를 주고받을 수 있는 것으로 바꿔야 할까 고민했다. 엄마와 동생들이 2년 전부터 새 핸드폰으로 바꾸라고 닦달을 하던 터였다. 한나는 전화를 걸고 받을 수만 있으면 될 뿐, 아무리 편리하다고 해도 그 밖의 다른 기능은 필요 없다고 계속 주장하고 있었지만, 그럼에도 불구하고 엄마와 동생들의 말을 따르는 게 옳을지도 모르겠다. 세 사람 잔소리에 간신히 구매한 컴퓨터를 통해 효율적으로 레시피를 보관하고 플로렌스의 빨간부엉이 식료품점에서는 구할 수 없는 재료들을 인터넷에서 찾아볼 수 있다는 장점을 확실히 누리고 있는 한나였다. 처음에는 컴퓨터 역시 있어봤자 필요가 없다고 생각했지만, 이제 한나는 레시피를 깨끗하게 출력해서 사용하고, 구하기 힘든 식재료들도 찾아보곤 했다. 사용해보니 매우 편리한 것이 사실이었다. 그러니 이번에도 세 사람의 말을 따라 핸드폰을 바꾸는 것이 좋을 듯했다.

"한나?"

막 문을 열고 나가려는데 마이크가 한나를 불러 세웠다.

"네?"

"더 물어볼 것이 있으면 나중에 집에 들르겠습니다. 지금은 콜팩스 판사의 서기관의 조사가 남아서요. 그리고 부탁 하나만 들어줘요, 괜찮죠?"

한나는 마이크의 부탁이 뭔지 듣기 전까지 수락하지 않을 생각이었다. 예전에 안드레아의 부탁을 들어주겠다고 약속했다가 낭패를 봤었기 때문이다.

"무슨 부탁인데요?"

"또 다른 시체를 발견하기 전까지 한나의 그 시체발견 레이더를 끌 수 있는 방법을 찾아보길 바라요."

"노력해볼게요."

한나는 복도로 나섰다. 마이크는 지금 한나가 시체발견 레이더를 갖고 있다며 비난하고 있다. 과속 차량을 단속하는 레이더가 아닌 살인사건 피해자를 포착하는 레이더 말이다. 한나에게 시체발견 레이더가 있다면, 마이크에게는 먹을 것을 포착해내는 음식발견 레이더가 있다. 오늘 동생들과 함께 포장 중국음식을 펼치자마자 마이크가 초인종을 누를 것이 불 보듯 뻔했다.

"마이크일 거야."

쿵파오 새우를 숟가락으로 떠서 접시에 덜어둔 쌀밥 위에 얹으며 한나가 말했다.

"내가 접시 하나 더 준비할 동안 너희들이 나가볼래?"

한나는 찬장에서 접시를 하나 꺼내 젓가락과 함께 세팅을 끝냈다. 그런 뒤 거실로 나서다가 테이블 앞에 노먼이 앉아 있는 것을 보고 멈춰 섰다.

"안녕, 한나."

노먼이 미소를 지으며 인사했다.

"음식을 왜 이렇게 많이 샀어요? 내가 음식 가져가겠다고 했잖아요."

"그랬어요?"

"네, 쪽지에 썼잖아요. 마이크가 전해주겠다고 했는데."

"그건 받았어요."

"그럼 알고 있었겠네요?"

한나는 몹시 당황하고 말았다.

"그런 건 아니고. 그게…… 정말이지 인정하고 싶지 않지만, 나오는 길에 너무 우울해서 노먼의 쪽지 깜빡하고 읽지 못했어요. 미안해요, 노먼."

"괜찮아요. 충분히 이해할 수 있어요. 그럼 한 가지 문제만 남았네요."

"무슨 문제요?"

"중국 음식 포장을 해왔는데, 한나가 이미 이렇게 준비했으니, 다른 사람 다섯 명을 더 초대해야겠어요."

그때 때맞춰 초인종이 울렸고, 한나는 웃음을 터뜨렸다.

"그 문제도 해결되었네요, 노먼. 아마 마이크일 거예요."

"마이크를 초대했어요?"

"아뇨, 사건 관련해서 나한테 더 물어볼 것이 있으면 집에 들르겠다고 했거든요."

노먼이 큭큭거렸다.

"그럼 마이크가 집에 들르겠다는 그때가 바로 한나가 식사를 위해 식탁 앞에 앉을 때라고 생각했군요."

"우리 모두 예상했어요."

미셸이 말했다.

"그게 마이크의 패턴이거든요. 항상 우리가 뭔가를 먹는 중에 들러요. 아마 그때가 마이크가 유일하게 따뜻한 식사를 하는 때가 아닐까 싶네요."

"내가 나가볼게."

안드레아가 말했다.

"그럼, 난 접시를 하나씩 더 챙겨 올게."

이번엔 미셸이 자리에서 일어났다.

"젓가락을 가져올까, 아님 포크?"

"둘 다. 둘 중 하나 선택하게 하자."

한나는 노먼 옆에 앉아 차우맨을 조금 덜었다. 한나는 여러 가지를 조금씩 맛보는 걸 좋아했다. 누들 위에 소스를 뿌리는데 마이크가 들어왔다.

"앉아서 같이해요, 마이크."

미셸이 접시와 냅킨, 식기를 노먼의 자리 반대편에 세팅하며 말했다.

"그래도 괜찮습니까? 항상 식사 때만 들르는 것 같군요."

노먼이 마이크에게 말했다.

"오늘은 음식이 남아돌아. 안드레아와 미셸이 포장 음식을 가져왔는데, 나도 포장 음식을 사왔거든. 이걸 다 먹으려면 도움이 필요할 정도야. 어서 들자고, 마이크."

"고마워. 하루 종일 조사하느라 오늘 점심도 걸렀어. 정말 맛있겠는데."

"맛있어요."

안드레아가 말했다.

"란서 팰리스에서 사왔거든요."

"란서는 중국말로 '파랑'이란 뜻이야."

한나가 말했다.

"그래서 가게 밖에 파란색 거울을 붙여 놓은 거지."

"거기 술집이었을 때 생각나."

안드레아가 말했다.

"그 안에 완전 엉망이었는데, 지금은 멋지게 바뀌었더라."

한나는 인상을 찌푸렸다.

"잠깐. 안에는 언제 들어가봤어? 술집이었을 때 넌 고등학생이었잖아."

"아, 그래, 그랬지. 그때 내가…… 음…… 빌이랑 밤에 데이트를 하다가…… 비가 왔었어. 그의 차가 진흙탕에 빠져버린 거야. 밤에 나 혼자 차에 남겨둘 수 없어서 빌이 나를 데리고 같이 그 술집에 갔었지. 거기 있는 남자들 중에 차 미는 걸 도와줄 사람이 있나 해서."

"맞아요."

마이크가 알겠다는 미소를 보이며 말했다.

"그날 밤 일에 대해서 서장님한테 들었어요."

안드레아는 충격 받은 표정이었다.

"그이한테서 그날 이야기를 들었다고요?"

"난 그 파란 거울 마음에 들더라."

미셸이 화제를 돌리기 위해 황급히 다른 이야기를 꺼냈다.

"노먼은 어땠어요?"

노먼이 미처 대답하기도 전에 또 다시 초인종이 울렸다.

"네가 나가볼래, 안드레아?"

한나는 계속 당황하고 있는 안드레아를 구출해내기 위해 일부러 안드레아에게 손님 마중을 시켰다.

"문구멍 확인해요."

안드레아가 문을 막 열려고 하자 마이크가 경고했다.

"알았어요."

안드레아는 문구멍으로 밖을 내다보고는 의아한 얼굴로 사람들을 보았다.

"호위 레빈이에요. 이 사람이 무엇 때문에 왔는지 아는 사람 있어요?"

"아니."

한나가 대답했다.

"일단 문 열어줘. 그럼 용건을 알 수 있겠지."

안드레아는 문을 열었고, 호위가 안으로 들어와 테이블 위에 한가득 널린 접시들을 보고 미간을 찌푸리기 시작했다.

"죄송해요."

그가 사과했다.

"다들 식사 중이신 줄 몰랐네요."

"같이 드세요."

한나가 자리에서 일어나며 말했다.

"접시 하나 더 가져올게요."

호위는 머뭇거리는 표정이었다.

"고맙지만, 한나. 내가 끼어도 괜찮겠어요?"

"괜찮고말고요. 저희 여섯이 먹기에도 음식이 많았거든요."

"'란서' 팰리스에서 사온 거예요."

안드레아가 말했다.

"'란서'가 중국어로는 '파랑'이라는 거 알고 계셨어요?"

"사실, 알고 있었어요. 중국 음식점에 걸맞은 중국식 이름을 고민하고 있다기에 대신 찾아봐주었거든요."

"중국 사람들인데도 적당한 중국식 이름을 찾지 못했단 말이에요?"

안드레아가 놀라며 물었다.

"애덤 왕은 이민 3세예요. 그 부인도 이민 2세고요. 두 사람은 중국에 한 번도 가본 적도 없고, 중국어도 못하는 걸로 알고 있어요."

호위는 살짝 미소를 지었다.

"주방장을 본 적 없죠, 그렇죠?"

안드레아는 생각에 잠긴 듯한 표정이었다.

"그런 것 같아요. 주방까지 들어가보지 못했거든요."

"흠, 주방장 이름은 카를로스 페르난데스에요. 시티즈에 있는 중국 식당에서 일했는데, 평소 왕 부부가 좋아했던 식당이었나 봐요. 근데 그곳이 문을 닫게 되자 카를로스를 수석 주방장으로 데려온 거죠."

한나는 자신의 접시를 내려다보았다. 호위가 왜 찾아온 건지 알 수 없으니 긴장이 되어 입맛도 없어졌다. 한나는 단도직입적으로 물어보기로 했다.

"근데 왜 절 보러 오신 거예요, 호위?"

"나중에요, 한나. 우선 식사부터 합시다."

"절 찾아오신 이유가 좋은 일 때문인지 나쁜 일 때문인지 알기 전까지는 음식이 목에 넘어갈 것 같지 않아요."

"좋은 일이에요."

방금 전까지만 해도 맛없어 보이던 음식들이 단번에 돌변했다. 쿵파오 새우는 이제 군침이 돌 정도로 맛깔스러워 보였고, 차우멘 역시 그러했다.

"고마워요, 호위."

한나는 젓가락으로 살이 통통한 새우를 집어 올리며 미소를 지었다.

"디저트와 커피?"

모두가 식사를 마치자 한나가 물었다. 찬성을 표하는 화답이 밀려오자 한나는 미소를 지었다.

"오늘 디저트는 뭡니까?"

마이크가 물었다.

"중식당의 포춘쿠키?"

한나는 테이블에 놓인 하얀색 꾸러미를 가리켰다.

"포춘쿠키와 아몬드 쿠키가 저기 있긴 한데, 소금을 뿌린 캐슈와 밀크 초콜릿 위퍼스냅퍼도 준비되어 있답니다. 안드레아가 오늘 아침에 직접 만든 거예요."

"중식당 포춘쿠키와 아몬드 쿠키보다 위퍼스냅퍼가 훨씬 맛있겠는데요."

마이크가 안드레아를 향해 미소를 지었다.

"안드레아표 위퍼스냅퍼는 뭐든 다 맛있죠."

호위는 살짝 웃음을 지었다.

"안 그런 사람 어디 있나요. 아침 시간에 쿠키단지에 조금만 늦게 가도 전부 팔려버리고 없다니까요."

한나는 활짝 웃고 있는 안드레아를 바라보았다. 안드레아가 요리 실력으로 칭찬을 받는 것은 그리 흔한 풍경이 아니었다. 하지만 지금도 꾸준히 기본적인 레시피부터 배우기 시작해 나름의 맛있고 창의적인 방법으로 그걸 응용해보곤 하는 안드레아였다. 어쩌면 쿠키 베이킹에 소질이 있는지도 모른다. 쿠키는 샌드위치 만드는 것과는 확실히 다르니까! 건포도 식빵에 피넛버터와 민트젤리를 넣어 만든 샌드위치에서 경험했던 충격적인 맛을 위퍼스냅퍼에서는 한 번도 느껴본 적이 없었다.

"추워요, 한나?"

호위가 물었다.

한나는 고개를 가로저었다.

"아뇨…… 잠깐 다른 생각을 좀 하느라요."

"콜팩스 판사의 죽음 말입니까?"

마이크가 눈을 가늘게 뜨며 물었다.

"아뇨, 그것과는 전혀 상관없는 거였어요."

대답하는 순간 한나는 자신이 안드레아의 특제 샌드위치를 떠올리면서 자신도 모르게 몸을 떨었다는 사실을 깨달았다.

"어머님이랑 박사님께 연락 온 거 있어요?"

호위가 위퍼스냅퍼 쿠키를 하나 더 집어 들며 물었다.

"제가 연락 받았어요."

미셸이 핸드폰을 꺼냈다.

"오늘 아침에 주노에서 이메일을 보내셨어요. 이렇게요. *철에 맞지 않게 이곳은 따뜻하구나. 수륙양용 보트의 안내원은 반바지를 입었더라. 올해 들어 이렇게 따뜻한 게 세 번째라는구나.*"

"우리 셋한테 다 보내셨을 텐데."

안드레아가 한나에게 물었다.

"언니도 받았어?"

"아마도. 오늘 컴퓨터를 켜보지 않아서."

"스마트폰 하나 장만해요."

호위가 조언했다.

"메시지를 실시간으로 확인할 수 있잖아요. 난 스마트폰 없으면 일도 제대로 못해요."

노먼이 손을 뻗어 한나의 팔을 잡았다.

"한나의 조금 이른 크리스마스 선물로 뭘 준비해야 할지 알았어요. 내일 같이 쇼핑몰에 가서 온갖 기능들이 다 갖춰진 새 핸드폰 하나 골라봐요."

이건 집단 공세다! 그 생각이 들자 한나는 고집스럽게 새 핸드폰은 필요 없다고 주장하고 싶어졌다. 하지만, 정말로 새 핸드폰이 필요했다.

"어때요, 한나?"

마이크가 재촉했다.

"핸드폰 업데이트로 우리와 함께할 준비가 됐습니까?"

한나는 살짝 한숨을 내쉬었다.

"아마도요."

한나는 자존심을 꿀꺽 삼키며 인정했다.

"오늘 그런 핸드폰을 갖고 있었으면 편리했을 거예요. 그럼 전화로 모두에게 당시 돌아가는 상황에 대해 알릴 수 있었을 테니까요."

"하지만 당시 상황에 대해 한나도 전부 아는 건 아니었어요."

호위가 말했다.

"무슨 뜻이에요?"

"말해줄 테니, 너무 흥분하지 않겠다고 약속해요."

한나는 마이크를 돌아보았다.

"범인을 잡았어요?!"

마이크는 고개를 가로저었다.

"아직입니다."

"그럼 호위가 하는 말뜻을 마이크도 모르겠네요."

마이크는 고개를 흔들었고, 한나는 다시 호위를 쳐다보았다.

"좋아요. 호기심이 고양이 죽인다고, 그 호기심이 우리 전부를 죽이기 전에 얼른 이야기해줘요."

바로 그때 큐 사인이라도 받은 듯 모이쉐가 거실로 달려나왔고, 그 뒤를 커들스가 따랐다. 두 녀석은 한나가 커피 주전자가 쏟아질 세라 미처 붙들기도 전에 테이블 주변을 한 번 돌았다.

"다리 들어요!"

녀석들이 테이블 주변을 내달리기 시작하자 노먼이 경고했다.

"이제 갔어요."

고양이들이 테이블 구역을 벗어나 다시 부엌으로 들어가자 호위가 말했다.

"여기서 녀석들이 보이네요. 지금 부엌에서 물을 마시고 있어요."

"잠시 휴식 시간일 뿐, 곧 다시 돌아올……."

노먼이 하던 말을 멈추고 산라탕 그릇으로 손을 뻗었다.

"누가 치킨 차우멘 좀 잡아요."

호위를 제외한 모두가 노먼의 이야기를 눈치채고는 즉각 행동했다. 미셸은 굴소스를 뿌린 목이버섯 요리와 오렌지 소고기 요리를 집어 들었고, 마이크는 찻주전자와 핫갈릭 소스를 곁들인 돼지고기 볶음의 균형을 잡았다. 반면 안드레아는 쿠키가 담긴 접시와 치킨 차우멘을 집고, 한나는 한손에 커피 주전자, 다른 한손에는 블랙빈 소스를 뿌린 소고기 요리를 잡았다.

냠냠거리며 디저트를 즐기던 시간은 잠시 중단되고, 멀리서 들려오는 투다닥 소리에 모두 조용해졌다.

"저기 와요!"

노먼이 호위에게 말했다.

"바닷가재 소스를 얹은 새우 요리를 탐내고 있는 거예요."

노먼이 이야기를 채 끝마치기도 전에 녀석들이 다시 테이블 쪽으로 달려와 맴돌기 시작했고, 이내 모이쉐가 테이블 다리에 부딪혔다.

"다쳤어요?"

모이쉐와 테이블 다리와의 추돌이 우연한 사고라고 믿었는지 호위가 놀란 얼굴로 물었다.

한나는 웃음을 터뜨렸다.

"전혀요. 녀석이 일부러 그러는 거예요. 뒷다리 쪽으로 부딪혔잖아요.

조심해요! 여기로 또 오고 있어요."

고양이들이 빠른 속도로 거실을 가로질러 소파에 펄쩍 뛰어오르는 모습을 모두가 지켜보았다. 두 녀석은 다시 거실을 가로질러 와 테이블 주변을 빙빙 돌기 시작했다. 그리고 한나가 예견한 대로 모이쉐가 또다시 테이블 다리에 부딪혔다.

"정말이군요!"

호위가 조금은 의아한 어투로 말했다.

"근데 왜 이러는 거죠?"

"노먼의 집에서 이런 방법으로 로니의 스테이크를 한 조각을 얻은 적이 있었거든요."

한나가 설명했다.

"로니가 자기 접시를 제때 붙들지 못하는 바람에요. 간헐적 강화는 같은 행동을 반복하게 만들죠."

"그 말은 즉, 녀석들이 또 그런 일이 발생하기를 바라고 있다는 거예요?"

"맞아요. 저녁식사 후에 부엌에서 각각 새우 한 마리씩 받아먹게 될 거라는 걸 알고 있거든요. 따라서 새우 두 마리가 남아 있을 거라는 것이 예상되었을 거예요. 고양이들은 참을성이 없거든요."

"이제 다들 긴장 풀어도 되겠어요."

모이쉐와 커들스가 소파 뒤편으로 풀쩍 뛰어올라 앉는 것을 본 노먼이 알렸다.

"커들스의 눈빛에 질주 광기가 사라졌어요."

한나는 모두를 위해 커피를 따른 뒤 호위에게 말했다.

"고양이 마라톤이 시작되기 전에 말하려고 했던 게 뭐였어요?"

"이제 법정에 설 필요가 없게 됐다고요."

"정말이에요?"

"네, 사무실에서 전화를 받았는데, 한나에 대한 혐의가 모두 기각되었대요."

"플레밍 판사님이 돌아오신 거예요?"

한나가 추측했다.

"아뇨, 콜팩스 판사님이 오늘 아침에 한나 혐의에 대해서 모두 기각하셨어요. 서기관이 외부 서류함에서 그가 서명한 서류들을 발견했어요."

한나는 몹시 놀랐다. 정말, 진정으로 이제 끝이란 말인가?

"판사님이 우리를 만나기도 전에 기각 결정을 내리셨단 말이에요?"

"그런 것 같아요. 서기관이 관련 부분을 읽어줬어요. 이 사건의 경우 정상을 참작할 수 있을 만한 상황이 있었다고 판단했고, 심지어 검사 사무실이 이런 사건을 기소하는 데 세금을 낭비해서야 되겠느냐고 꾸짖기까지 하셨어요."

한나는 호위의 마지막 이야기에 관심을 기울였다.

"그럼 콜팩스 판사님의 조카가 난처해진 건가요?"

"데이브는 그렇게 생각하는 듯해요. 그 사람, 플레밍 판사와 함께 수년 동안 일을 했으니까 법원에서의 웬만한 소문은 다 알고 있죠. 채드가 처음부터 이 사건을 끌고 들어온 것 때문에 상사한테 난처하게 됐나보더라고요. 콜팩스 판사님이 공개적으로 지방 검사를 비난한 것이기 때문에 채드의 상황이 아주 어렵게 됐어요."

한나는 미셸이 커피 주전자를 들어보고는 빈 것을 확인한 뒤 부엌으로 가져가는 모습을 지켜보았다. 부엌 쪽에서 물소리가 들리는 것으로 보아 사려 깊은 막냇동생이 새 커피를 끓이려는 모양이었다. 한나는 미셸에게 부엌에 있는, 일명 '사건 파일'이라고 부르는 자신의 수첩을 가져다달라고 부탁했으면 좋았을 텐데 생각했다. 수첩의 용의자 명단에 채드 노튼을 첫 번째로 올릴 작정이었다. 콜팩스 판사가 한나의 사건을 기각하려 한다는 사실을 채드 노튼이 미리 알았다면, 기각 서류에 서명하는 것을 막기 위해 자신의 이모부인 콜팩스 판사를 충분히 죽일 만한 동기가 된다.

"근데 노튼이 지방 검사직에 지원했더라고요. 자기 상사와 경쟁이 붙은 거죠."

호위가 노먼에게 말했다.

"로드 메칼프 말이, 레이크 에덴 신문사에서 지원자 명단을 입수했는데, 거기에 채드 노튼의 이름이 있었다고 해요."

노먼은 작게 웃었다.

"지금 자신에게 뭐가 최선인지 노튼이 알았다면, 당장 지원 취소하고, 지금 있는 자리나 보존하려고 애썼을 거예요. 콜팩스 판사님의 결정에 대해 알려진 후에 그가 과연 이길 수 있을까요."

"그것 때문이 아니더라도 이기지 못할 거예요."

안드레아가 말했다.

"한나 언니를 지지하는 사람들이 많잖아요. 그 사람들 전부 이번 사건이 웃기다고 생각했단 말이에요."

"맞아요. 어이없는 일이었죠. 플레밍 판사가 있었다면, 일이 이렇게까지 되지도 않았을 겁니다."

그때 미셸이 부엌에서 나와 한나에게 수첩을 건넸다.

"여기 언니 '사건 파일' 가져왔어. 채드 노튼의 이름을 용의자 명단에 올리고 싶어 할 것 같아서."

"용의자로 또 누구를 올렸습니까?"

마이크가 물었다.

"아직 아무도 없어요. 지금 바로 채드 노튼을 올리려고요."

"한나 이름도 적는 게 좋겠네요. 한나에게도 동기가 있잖아요."

한나는 마이크를 1~2초간 쳐다보았다.

"말도 안 돼요!"

한나가 마침내 입을 열었다.

"나한테는 동기가 없어요. 판사님이 사건을 기각하셨잖아요."

"하지만 판사님 사무실에 들어가기 전까지는 그 사실을 몰랐잖습니까."

한나는 열까지 숫자를 셌다. 하지만 불행하게도 숫자세기는 그리 오래가지 못했다. 한나는 이글거리는 눈빛으로 마이크를 쏘아보았다.

"맞아요. 그때까지는 그 사실을 모르고 있었죠."

"그렇다면 판사님 사무실에 들어섰을 때 동기는 여전했던 것 아닙니까."

"네."

"그럼, 우리 간섭쟁이 아가씨, 자신의 이름도 올려야 하는 거 아닌가요?"

"지금 날 뭐라고 부른 거예요?"

"간섭쟁이 아가씨요. 지금부터 한나의 새 별명입니다. 항상 우리 경찰 사건에 간섭하길 좋아하니, 아주 잘 어울리는 별명이잖습니까. 그리고 원래 한나는 살인 동기가 있는 사람들은 누구든 용의자 명단에 올리지 않았어요?"

한나는 심호흡을 하며 어떻게든 감정을 다스리려 애썼다.

"네, 보통 그렇게 했죠."

"그럼 아까 말한 대로 한나 이름도 올려야죠."

한나는 그를 향해 인내심 어린 눈빛을 보냈다.

"생각해봐요, 마이크. 내가 날 수사할 수는 없잖아요!"

"내가 할 수 있죠. 내 명단에는 여전히 한나가 있습니다."

테이블 주변으로 눈에 보일 듯 선명한 긴장감이 돌았고, 절대 깨어질 수 없을 것 같은 침묵이 계속되었다. 한나는 모두들 한나가 무어라고 이야기하기를 기다리고 있다는 사실을 깨달았다. 이 불편한 순간에서 어떻게든 벗어나 다시 화목하고 즐거운 가족 식사 시간으로 되돌려야만 했다. 한나는 분노를 삼키며 말했다.

"뭐, 내가 마이크 명단에 올라와 있다면, 부디 제일 상단에 자리하게 해주길 바라요."

노먼이 큭큭거리자 팽팽하던 긴장이 깨져버렸다. 이내 마이크도 웃음을 터뜨리며 한나의 손을 토닥였다. 한나는 쉽사리 물러서지 않을 작정이었지만, 어쩔 수 없었다. 불편함의 앙금이 여전히 방 안 곳곳에 남아 있긴 했지만, 오늘 밤 더 이상의 긴장을 야기할 필요는 없었다. 한나의 오늘 하루는 온갖 근심으로 가득했으니 말이다. 한나는 마법같은 순간이동으로 캘리포니아로 넘어가 로스와 함께할 수 있다면 좋겠다고 생각했지만, 그런 일은 불가능하기에 우선은 마이크에게 또다시 이런 식으로 나온다면 다시는 내 집에 들이지 않겠다고 말하고 싶은 충동부터 억누르는 수밖에 없었다.

한나는 애를 썼다. 정말로 이해하려 애썼다. 한나는 마이크가 나에게만 까다롭게 구는 것이 아니라고, 본디 사람들을 의심하는 것은, 그 상대가 나라고 할지라도, 그의 직업이며, 마이크의 그런 태도 덕분에 그가 훌륭한 형사로 활약할 수 있는 것이라고 스스로에게 말했다. 하지만 애를 썼음에도 불구하고 마음이 잘 다스려지지 않아 한나는 마이크는 그만 포기하고 노먼에게 집중하기로 했다.

노먼 역시 한나의 편을 들어주지 않았다. 그저 자기 자리에 앉아서 마이크가 한나를 괴롭히는 것을 지켜만 봤을 뿐이었다. 노먼은 날 사랑한다고 하지 않았던가? 사랑하는 여자가 곤경에 처하면 당연히 나서서 방어해줘야 하지 않는가?

지금과 비슷한 상황이 전에도 있었다. 한나는 속을 부글부글 끓이며 생각에 잠겼다. 처음에는 서서히 끓어오르던 것이 지금에 이르러서는 폭발 일보 직전이었다. 마이크와 노먼은 나를 사랑한다고 했지만, 둘 중 어느 누구도 한나를 위해 적극적으로 나서지도 보호해주지도 않았다.

한나는 마음속에서 뭉실뭉실 피어오르는 울적한 기분을 떨쳐내려 노력했지만, 만약 로스가 이 자리에 있었다면 어떻게 했을까 궁금해지는 것은 어쩔 수 없었다.

"무슨 일이야, 언니?"

미셸이 가까이 다가와 한나의 귓가에 속삭였다.

"전부."

한나는 조용히 말했다.

"집에 돌아온 후로, 모든 것이 정지된 기분이야. 변한 것이 아무것도 없어. 새로 생겨난 것도 아무것도 없고. 미친 소리처럼 들리겠지만, 내 인생 쇄신의 기한이 지나버린 것 같아."

소금을 뿌린 캐슈와 밀크초콜릿 위퍼스내퍼

오븐은 예열하지 마세요-굽기 전에 반죽을 충분히 식혀야 하거든요.

재료

초콜릿 케이크 믹스 1상자(대략 509g-9×13 크기의 케이크 판에 들어갈 정도의 분량이 필요해요)

큰 계란 1개 / 녹인 휘핑크림 2컵 / 밀크초콜릿 칩 1컵

소금을 뿌린 캐슈 잘게 다진 것 1/2컵(다진 후에 측량하세요)

슈가파우더 1/2컵(반죽 코팅용입니다-큰 덩어리가 없으면 체질하지 않아도 됩니다)

마라스키노 체리 18~24개(꼭지를 뗀 다음 반으로 잘라주세요)

만드는 법

1. 케이크 믹스 분량의 약 반을 커다란 그릇에 담습니다.
2. 중간 크기의 그릇에 계란을 깨 넣고 휘저어줍니다.
3. 녹인 휘핑크림 2컵을 붓고 섞어줍니다.
4. 계란과 휘핑크림 섞은 것을 아까 부어둔 케이크 믹스 그릇에 넣고 모든 재료가 잘 섞이도록 저어줍니다. 단, 휘핑크림의 공기가 지나치게 빠지지 않도록 적당히 저어주세요.
5. 위에 밀크초콜릿 칩을 뿌립니다.
6. 그 위에 다진 캐슈 반 컵을 뿌립니다. 다시 재료들을 잘 섞어주세요. 이번에도 너무 많이 섞으면 안 됩니다!
7. 남은 케이크 믹스를 모두 붓고 고무주걱으로 뒤적이면서 잘 반죽합니다. 재료가 적당히 섞일 정도로만 반죽해주세요.

이 과정에서는 쿠키 반죽에 가능한 한 많은 공기를 담아두는 것이 중요하답니다. 공기가 충분히 들어가야 쿠키가 입에서 녹아내릴 정도로 부드럽게 구워지거든요.

한나의 첫 번째 메모: 이 반죽은 무척 끈적거립니다. 그러니 쿠키 형태를 만들기 전에 차게 식혀두면 작업하기 좋아요. 비닐랩으로 윗면을 씌운 다음 냉장고에 1시간 정도 보관해주세요.

8. 쿠키 반죽이 1시간 동안 충분히 식었으면 오븐을 175도로 예열합니다. 틀은 오븐의 중앙에 둡니다. 오븐이 적정 온도로 예열될 때까지 반죽은 냉장고에 그대로 넣어둡니다.

9. 오븐이 예열되는 동안 쿠키 틀에 기름종이를 덮은 다음 들러붙음 방지 스프레이를 뿌립니다.

10. 오븐이 준비되었으면 냉장고에서 반죽을 꺼냅니다. 티스푼으로 반죽을 둥글게 떼어 슈가파우더가 담긴 그릇에 넣고 손가락으로 살살 굴려 코팅합니다. 슈가파우더로 코팅한 반죽을 쿠키 틀에 올립니다.

11. 체리 조각을 둥근 면이 위로 가게 각 반죽 위에 얹습니다.

한나의 두 번째 메모: 슈가파우더 코팅을 할 때는 한 번에 반죽 한 개씩 작업해주세요. 두 개 이상 코팅 그릇에 담으면 서로 달라붙거든요.

안드레아의 메모: 쿠키 반죽 볼을 가급적 많이 만들고 남은 반죽은 다시 냉장고에 넣어두세요. 저희 집에는 2단 오븐이 있어서 위퍼스냅퍼 쿠키를 한 번에 틀 2개씩 만들 수 있거든요.

12. 175도의 온도에서 10분간 굽습니다. 다 구워진 쿠키는 틀 위에서 2분 정도 식힌 다음 식힘망으로 옮겨 완전히 식힙니다(기름종이를 깔아두었으면 이 작업이 훨씬 간편해집니다. 쿠키를 하나씩 옮길 필요 없이 기름종이째로 들어서 식힘망으로 옮기면 되거든요).

13. 쿠키가 완전히 식었으면 중간에 기름종이를 끼운 채 서늘하고 건조한 곳에 보관합니다(냉장고는 서늘하긴 하지만 건조하진 않아요!).

무언가 코를 간질이고 있다. 눈을 뜬 한나는 얼굴 바로 앞에 와 있는 모이쉐와 맞닥뜨렸다. 어찌나 가까운지 녀석의 수염이 한나의 콧날을 쓸어내리고 있었다.

"지금 몇 시야?"

한나는 잠에서 덜 깬 목소리로 묻고는 자신이 얼마나 바보같은 질문을 했는지 깨달았다. 설사 모이쉐가 말을 할 수 있다고 해도 시계를 보는 방법은 모를 것이다.

혹시 그것도 가능할까? 녀석의 거친 혀가 한나의 뺨을 핥는 와중에 한나는 생각했다. 한나가 빨리 일어나길 바라는 것이 분명하다. 배가 고픈 모양이다. 근데 진짜 지금 몇 시나 된 걸까?

최대한 힘을 낸 한나는 침대에 일어나 앉았다. 침실 창문을 통해 햇살이 쏟아져 들어오고 있었다. 이상한 일이다. 한나가 아침에 일어나 가게에 나갈 준비를 할 때면 밖은 항상 깜깜했는데 말이다. 한나는 고개를 돌려 알람시계를 쳐다보았다. 6시 50분이다. 늘 습관적으로 일어나던 시간보다 몇 시간이나 늦었다. 알람이 울리지 않은 건가?

한나는 시계 뒤편을 더듬어 알람을 위해 설정해놓은 버튼을 찾았다. 버튼은 안으로 쑥 들어가 있었다. 어젯밤에 알람 맞추는 걸 잊어버린 건가? 아니면 미셸이 이른 시간에 방에 몰래 들어와 일부러 버튼을 눌러 알람을 꺼버린 걸까?

모이쉐가 어찌나 큰 소리로 갸르랑거리는지 마치 액셀 페달이 작동하지 않는 차 소리 같았다. 확실히 녀석의 밥 때가 지난 것이 맞다. 늘 한나 몫의 커피 한 잔 따른 뒤 녀석의 밥을 챙겼으니까······.

한나의 생각이 중간에 우뚝 멈추고 말았다. 커피 냄새가 났다. 확실했다. 공기 중에 감미로운 향기가 떠돌았다. 사과 냄새 같기도 했다. 그리고 시나몬도. 육두구 냄새도 난다. 그리고 또 무언가 있다. 더 진하고 풍미 좋은 무엇. 설마 카다멈?

바로 그거다. 한나가 좋아하는 향신료, 카다멈. 한나는 침대 옆으로 다리를 늘어뜨린 뒤 발로 슬리퍼를 찾아 더듬었다. 불이 켜져 있는 것을 보니 미셸이 일찍 일어나 뭔가 믿을 수 없을 만큼 맛있는 것을 만들어놓고는 먼저 쿠키단지에 나간 것이 분명하다. 이 얼마나 멋진 막냇동생인가!

"이리와, 모이쉐! 미셸이 뭘 만들었나 가보자."

한나는 양피로 테가 둘러진, 좋아하는 모카신을 신고 부엌으로 향했다. 잠기운은 이미 저 멀리 달아나버렸고, 입에는 군침이 돌고 있었다. 미셸이 한나에게 뭘 남겨두고 갔는지 궁금해서 참을 수 없을 지경이었다.

"아침식사용 빵 같은 건가 봐."

부엌 작업대 위에 놓여 있는 빵 한 덩어리를 바라보며 한나가 말했다. "너한테는 새우가 더 좋았겠지만, 그건 아니야. 냄새가 너무 좋거든."

"르아아아옹!"

한나는 빈 먹이그릇 앞에 앉은 모이쉐를 쳐다보았다.

"알았어."

한나가 말했다.

"우선 내 커피부터 따르고 키티 크런치 챙겨줄게."

아침식사용 빵 옆을 지나며 한나는 빵이 자신을 부르는 듯했지만, 고양이 룸메이트 챙기는 것이 먼저였다. 녀석의 먹이그릇과 물그릇을 채워주면서 한나의 위장도 모이쉐의 갸르랑거리는 소리만큼이나 큰 소리로 으르렁거렸다.

"내 차례야."

한나는 커피를 한 모금 마셨다. 하루 중 최고의 순간. 커피는 놀라울 만큼 깊고 좋은 맛이 났다. 한나는 또 한 모금 마신 뒤 곧장 작업대로 가서 미셸의 깜짝 아침 선물을 한 조각 잘랐다.

빵은 진하면서도 촉촉한 것이 애플파이를 연상시켰다. 한나는 해가 갈수록 비싸지는 가격에도 불구하고 애플파이를 만들 때면 반드시 카다멈을 넣었다. 많이도 필요 없었다. 반 티스푼 정도면 시나몬과 육두구와 함께 섞어 사용할 수 있었다. 이렇게 만든 엄마표 애플파이는 사실 증조할머니에게서 물려받은 레시피대로 만든 것인데, 쿠키단지에서 아주 인기가 좋았다.

잠시 후, 한나는 부엌 테이블에 앉아 빵을 한 입 베어 물었다. 냄새만큼이나 맛도 좋았다. 아니, 냄새보다 더 좋았다. 미셸에게 레시피를 얻어야겠다. 손님들도 분명 좋아할 것이다.

그때 테이블에 놓인 쪽지가 눈에 띄었고, 한나는 내용을 읽기 시작했다.

> 좋은 아침 언니. 리사가 데리러 왔어. 같이 먼저 가게에 나가 있을게. 오늘은 쉬고 싶을 만큼 잤겠어? 수다가 나와. 가게 일은 우리 둘이 알아서 할 테니까.
>
> 로스가 전화했었어. 마을에 예정보다 빨리 올 거래. 면접은 이번 주 목요일로 당겼다나 봐. 그 일정이 언니한테는 괜찮은지 궁금하다니까 정오 지나서 로스에게 전화해봐.
>
> 테이블에 있는 빵은 애플소스 브레드야. 연기 수업 때 만난 친구들 중 한 명에게서 받은 레시피인데 할머니에게서 물려받은 거래. 언니 입맛에 맞으면 좋겠어. 그냥 먹어도 맛있지만, 버터를 발라 먹거나 토스트를 해서 먹어도 괜찮아.
>
> 그럼 이따 쿠키단지에서 봐. 리사가 어제 이야기를 듣고 싶대. 그래야 가게에서 사람들에게 이야기해줄 수 있을 테니까.

쪽지 하단에는 '미셸'을 뜻하는 M의 서명이 되어 있었고, 제일 밑에는 추신이 하나 더 붙었다.

한나는 완전히 순진무구한 표정으로 한나를 올려다보고 있는 모이쉐를 돌아보았다.

"너 딱 걸렸어."

한나가 말했다.

"미셸이 네 밥 챙겼다잖아."

하지만 모이쉐의 표정에는 조금의 변화도 없었다. 마치 갓 태어난 아기 고양이마냥 천진난만한 얼굴이었다. 한나는 한숨을 내쉬고는 고개를 설레설레 저었다. 녀석에게 속아 넘어간 것을 이제와서 어쩔 도리가 없었다. 녀석의 먹이그릇은 또다시 깨끗해졌다. 다음번에도 만약 동생이 먼저 일어나 나간다면, 모이쉐의 아침식사를 챙기기 전에 꼭 미셸의 쪽지부터 읽으리라.

한나는 미셸과 함께 애플소스 브레드를 구웠고, 쿠키단지 작업실은 향긋한 냄새로 가득찼다. 베이킹 도구들을 모두 설거지한 뒤 한나는 두 사람 몫의 커피를 따르고 작업실 중앙에 놓인 스테인레스 작업대 앞에 앉아 쉬어 마땅한 휴식시간을 즐겼다.

"리사가 이야기를 시작할 참인가 봐."

홀에서 들려오던 사람들의 말소리가 뚝 끊긴 것을 눈치챈 미셸이 말했다.

"밖에 손님들로 꽉 찼어. 언니가 오븐에 애플소스 브레드 넣는 동안 밖에 나가봤는데, 앉을 자리가 없더라니까."

"놀랄 일도 아니지. 다들 리사의 이야기 듣는 걸 좋아하잖아. 손님들 중에서 리사의 이야기를 반복해서 들으려고 두 번, 세 번 오는 사람들도 있어."

"아무래도 리사는 레이크 에덴 플레이어스에 가입해야 될 것 같아."

미셸이 낡은 신발 수리점을 작은 공연장으로 바꿔 종종 공연을 올리곤 하는 아마추어 극단의 이름을 댔다.

"리사가 거기 들어가면 관객 엄청 끌 거야. 더 큰 공연장으로 바꿔야 할지도 모르지. 리사는 타고난 배우라니까."

"콜팩스 판사님의 죽음에 대해 다들 알고 계세요?"

리사의 목소리가 홀에서부터 작업실까지 분명하게 들려왔다. 사람들의 '네' 소리가 웅성웅성 들리자 리사는 말을 이었다.

"그 현장을 처음으로 발견한 게 한나라는 것도요?"

"한나한테는 시체발견 레이더가 있잖아요. 항상 제일 처음으로 현장을 발견하죠!"

누군가가 낮은 목소리로 외치자 몇몇 손님들이 웃음을 터뜨렸다.

이건 시릴 머피다. 한나는 그의 아일랜드식 악센트를 알아들을 수 있었다.

"맞아요."

리사가 말했다.

"그럼 한나가 어제 아침에 일어났을 때부터 시작해볼까요. 어제는 한나에게는 평소와 다른 날이었어요. 여기 계신 분들 중에는 그 이유를 아실 것 같은데."

"법원에 가는 날이었죠."

어떤 여자가 대답했다.

이번에도 귀에 익은 목소리였지만, 정확하게 꼽을 수 없었다. 버티 스트롭이거나 회계사의 부인인 롤리 크래머일 것이다.

"맞았어요, 버티."

리사가 말했다.

"호위가 아파트에 와서 한나를 데리고 같이 법원에 가기로 했기 때문에 한나는 몹시 긴장이 되었죠."

"그 점은 내가 증명할 수 있어요."

호위 레빈이 말했다.

"내가 농담을 두 번이나 던졌는데도 웃지 않았거든요."

한나는 미셸에게 말했다.

"리사 이야기가 끝나는 대로 호위 좀 이리로 데려와줄래? 할 이야기가 있어."

"콜팩스 판사님 배경에 대해서 물어보려고?"

"맞아."

한나는 놀랐다. 그간 한나의 수사를 도우면서 미셸도 제법 많이 배운 모양이었다.

"콜팩스 판사님 가족에 대해 알고 있는 게 있는지 궁금하고, 그가 맡았던 사건들 중에서 뭔가가 그의 살인에 영향을 줬을 수도 있을 것 같아."

"좋은 생각이야. 오늘 아침에 인터넷으로 검색을 좀 해봤어."

한나는 깜짝 놀랐다. 그 이른 시각에 컴퓨터 검색까지 했다면 미셸은 어제 거의 밤을 샌 것이나 마찬가지다.

"가게 나오기 전에 말이야?"

"아니, 리사의 차에서 여기까지 오는 길에. 스마트폰을 사용했지."

"그렇군."

한나가 대답했다. 이것 역시 스마트폰을 사서 사용법을 배워야 하는 이유 중 하나였다. 트레시에게 사용법을 가르쳐달라고 하면 어떨까? 그래서 자신이 구식 핸드폰만 고집하는 고리타분한 사람이 아니라는 것을 공개적으로 밝힐 수 있다면?

"플로렌스의 웹사이트에서 식료품 몇 가지 주문했어. 내일 밤에 내가 식사를 준비할 테니까 언니는 디저트를 맡아."

"좋아."

여러 종류의 디저트들이 한나의 머릿속을 춤추듯 맴돌았다.

"식료품도 스마트폰으로 주문했어?"

"응. 집에 가는 길에 빨간부엉이 식료품점에 들러서 가져가기만 하면 돼."

미셸은 벽에 걸린 시계를 쳐다보았다.

"리사 이야기 끝나자마자 로스에게 전화해. 벌써 정오야."

"고마워. 지금 바로 할게."

"리사 이야기 안 들어도 돼?"

"괜찮아. 나야 현장에 있던 사람이니 무슨 일이 있었는지는 잘 알고 있으니까. 마이크와 리사에게 전부 이야기했으니, 두 번이면 족해."

"알았어. 그럼 난 홀에 나가서 리사 이야기 들을래."

한나는 미소를 지었다.

"아주 좋은 핑계야."

"무슨 핑계?"

"로스와 편하게 통화하라고 일부러 자리를 피해주는 거잖아."

"그게, 맞아…… 기분 상한 건 아니지?"

"괜찮아. 네 세심함을 칭찬하는 거야."

"엄마도 그렇게 세심하셔야 할 텐데!"

미셸이 자리에서 일어서며 말했다.

"예전에 내가 남자친구랑 통화할 때 엄마는 내가 하는 말을 다 듣고 계셨거든."

"그래, 하지만 네가 생각하는 방식으로는 아니었어."

"문가에서 듣고 계셨던 게 아니었다고?"

"부엌에 전화기가 한 대 더 있었잖아. 기억 나?"

미셸이 고개를 끄덕이자 한나가 하던 말을 이었다.

"거기서 들으셨어."

"언니가 봤어?"

"부엌에서 직접 봤느냐고 묻는 거라면, 내 대답은 '아니오'야. 하지만 엄마가 그렇게 하신 건 분명해. 언젠가 한번 내가 친구와 통화를 하다가 식기세척기가 헹굼모드로 전환되는 신호음을 들은 적이 있거든. 그 소리가 방까지 들렸을 리는 없고, 그건 곧 부엌 전화기가 들려 있었다는 거지."

"엄마한테 그 이야기 직접 한 적 있어?"

"아니, 그냥 내 친구들한테 엄마가 그렇게 하고 있다고 알려주고 레이크 에덴 소문 핫라인을 타고 돌지 말아야 할 이야기들은 절대 하지 않도록 주의했어."

"똑똑한데."

미셸이 쿠키가 가득 찬 단지를 들고 홀로 나가며 말했다.

"내가 여자친구들이랑 공부하는 대신 남자애랑 영화 보러 간다는 걸 엄마가 어떻게 그렇게 귀신같이 알아채는지 늘 궁금했다니까."

미셸이 자리를 뜨자 한나는 타이머를 확인했다. 애플소스 브레드 완성까지는 1~2분 정도 남았다. 한나는 타이머가 울리기를 기다렸다가 오븐에서 빵을 꺼내 식힘망으로 옮겼다. 로스와의 통화를 끝마칠 때쯤 빵은 팬에서 꺼내도 좋을 만큼 식었을 것이다. 적당히 온기가 도는 빵을 손님들에게 깜짝 시식용으로 선보일 생각이었다.

한나는 향긋한 빵내음을 맡으며 무선 전화기를 들고 뒷문 밖으로 나섰다. 손님들 모두 미셸의 애플소스 브레드를 좋아할 것이다. 그리고 조만간 밀어닥칠 주문을 소화하려면 반죽을 여러 개 만들어놓아야 하는 건 아닌가 생각했다.

애플소스 브레드

오븐은 175도로 예열합니다. 틀은 오븐의 중앙에 둡니다.

재료

소금기 있는 버터 3/4컵(170g—실온 정도로 녹여주세요)

부드러운 크림치즈 226g(네모나게 포장된 것을 사용해주세요) / 백설탕 2컵

큰 계란 2개(포크로 휘저어 거품을 내주세요) / 바닐라 농축액 1티스푼

베이킹파우더 1/2티스푼 / 베이킹소다 1/2티스푼 / 소금 1/2티스푼

시나몬 가루 1티스푼 / 육두구 가루 1/2티스푼(갓 갈아낸 가루가 제일 좋아요)

카다멈 가루 1/4티스푼(선택사항) / 사과퓨레 1과 1/2컵

다목적용 밀가루 3컵(체질하지 마세요) / 다진 견과류 1컵(저는 피칸이나 호두를 사용
한답니다)

한나의 첫 번째 메모: 손으로 반죽해도 되지만 전자 반죽기가 있으면
훨씬 편하답니다.

만드는 법

1. 버터, 크림치즈, 설탕을 넣고 잘 섞어줍니다.
2. 거품 낸 계란과 바닐라 농축액을 넣고 잘 섞어줍니다.
3. 베이킹파우더, 베이킹소다, 소금, 시나몬 가루, 육두구
가루, 카다멈 가루(이건 선택사항이에요)를 넣고 잘 섞어줍니다.
4. 사과퓨레를 측량한 다음 반죽기에 넣고 잘 섞어줍니다.

5. 밀가루를 1컵씩 넣으면서 한 번씩 반죽해줍니다.

6. 반죽기를 끄고 반죽을 꺼냅니다. 옆면에 붙은 반죽들을 고무주걱으로 깨끗하게 긁어낸 다음 손을 사용해 마지막으로 한 번 더 반죽합니다.

7. 다진 견과류를 넣은 뒤 고무주걱으로 잘 섞어줍니다.

8. 빵틀에 들러붙음 방지 스트레이를 뿌립니다(제가 갖고 있는 팬은 길이 8인치, 넓이 4인치, 깊이 3인치 크기였어요). 작은 크기의 빵틀이라면 세 개 정도 사용하시면 됩니다(제가 사용했던 작은 크기의 빵틀은 길이 5인치, 넓이 4.5인치, 깊이 2인치였어요).

9. 반죽을 마지막으로 손으로 한 번 섞어준 뒤 커다란 숟가락을 사용해 준비해놓은 빵틀에 반죽을 붓습니다. 반죽을 담았으면 고무주걱으로 윗면을 평평하게 매만져줍니다.

10. 175도의 온도에서 60~70분간 구워주세요. 빵 가운데 부분에 기다란 꼬챙이를 찌른 다음 꺼내보았을 때 묻어나오는 것 없이 깨끗하면 완성입니다(전 70분을 구웠어요).

11. 작은 빵틀 세 개를 사용했다면 175도에서 25~35분간 구워주세요. 마찬가지로 빵 가운데 부분을 기다란 꼬챙이를 찌른 다음 꺼내보았을 때 묻어나오는 것 없이 깨끗하면 완성입니다.

한나의 두 번째 메모: 빵의 윗면이 너무 빨리 갈색으로 변하면, 팬 위로 포일을 잘라 덮은 다음 마저 구워주세요.

12. 완성된 애플소스 브레드는 팬에 담긴 채로 식힘망으로 옮겨 팬의 바닥이 만질 수 있을 정도의 온도로 떨어질 때까지

식힙니다. 그런 뒤 팬 가장자리를 칼로 떼어내어 빵을 느슨하게 만들어줍니다.

13. 팬에서 빵을 꺼내 식힘망에 똑바로 올려놓습니다.

한나의 세 번째 메모: 토스트를 만들거나 버터를 발라 먹어도 맛있는 빵이랍니다. 돼지고기나 햄 샌드위치를 만들어도 좋아요.

한나의 네 번째 메모: 이 빵을 머핀으로 만들고 싶다면 오븐을 190도로 예열하고 틀은 오븐 중앙에 둡니다. 미리 기름칠을 한 머핀 틴에 (들러붙음 방지 스프레이를 뿌리거나 기름종이를 넣어도 좋습니다) 반죽을 담고 25분간 구워주면 됩니다. 윗면이 먹음직스러운 황금빛을 띠면 완성이에요(미니 머핀이라면 15~20분 정도만 구워주세요).

한나는 그의 목소리가 듣고 싶어 견딜 수 없을 지경이었다! 로스 생각에 분주했던 나머지 쌀쌀한 9월의 나날들이 전보다 더 추워졌다는 사실조차 깨닫지 못하고 있었다. 조금씩 바람이 불어오고 있으니 그야말로 스웨터의 계절이 다가오고 있었다. 하지만 한나는 그만큼의 기온 차를 느끼지 못했다. 등 뒤로 뒷문을 닫은 다음 쿠키 트럭 옆으로 들어가 트럭에 몸을 기댄 뒤 차가운 공기를 깊게 들이마셨다. 그런 다음 쿵쾅거리는 심장으로 전화번호를 눌렀다.

세 번째 신호음에서 로스가 전화를 받았다.

"한나!"

한나가 자신이 누구라고 밝히기도 전에 로스가 반갑게 맞아주었다.

"나인 줄 어떻게 알았어?"

"발신자 표시가 뜨잖아."

"레이크 에덴에 좀 더 앞당겨서 오게 되었다고 미셸한테 들었어."

"맞아. 방송국에서 면접 날짜를 당겼어."

"잘됐다!"

한나는 머리 위에 몰려 있던 구름들이 흩어지면서 환한 햇살이 내리쬐는 듯 무채색의 세상이 단번에 아름다운 풍광으로 바뀌었다.

"면접은 얼마나 걸릴 것 같아?"

"1시간에서 2시간 정도는 걸리지 않을까 해. 4시쯤에 끝날 거야."

"그럼 저녁식사는 6시에 하면 될까?"

"좋지."

로스의 목소리는 따뜻했다.

"어디서 먹을 거야?"

"우리 집. 미셸이 식사 준비를 하고, 난 디저트를 만들기로 했어."

"탠저린 케이크?"

"역시 내 예상대로네. 플로렌스에게 특별히 탠저린 주문을 넣어놓았어. 오늘쯤 도착할 거야. 공항에 데리러 나갈까?"

"아니야, 차를 렌트하기로 했어. 우리 컵케이크 빨리 보고 싶네. 고작 이틀 지났을 뿐인데, 보고 싶어."

"나도 보고 싶어."

"참, 블루문 모텔에 방 예약했어."

"우리 집에서 지내도 되는데."

"네가 그렇게 얘기할 것 같았지만, 그건 좋은 생각이 아닌 것 같아서."

"그 말은……."

한나의 눈에서 눈물이 흐르는 것을 느낄 수 있었다. 한나는 잠시 멈추고 눈물을 닦아냈다.

"그 말은 나랑 같이 있기 싫단 뜻이야?"

"그럴리가! 당연히 너랑 같이 있고 싶지! 레이크 에덴에 있는 동안 너와 한시도 떨어져 있고 싶지 않은 걸. 하지만 네 입장도 고려해야지. 마을에서 네 입지가 위태로워지는 건 원치 않아."

"그럼 내가 블루문으로 갈까?"

로스는 웃음을 터뜨렸다. 나지막하고 섹시한 그의 웃음소리에 한나는 숨이 멎을 지경이었다.

"자세한 건 만나서 이야기하자. 이제 50시간밖에 안 남았어."

시간을 세고 있었다니! 한나의 미소가 환희에 넘쳤다. 평생 처음 느껴

보는 감정에 한나는 전율했다.

"나도 시간을 세고 있었어."

한나가 인정했다.

"집에서 데킬라 선라이즈 만들어놓고 기다릴까? 레이크 에덴 호텔의 샐리한테 만드는 방법을 배웠거든."

"라스베이거스에서 마셔봤을 때 그렇게 마음에 들었어?"

"아주! 정말 맛있었어. 그 이후 밤 시간들은 더 좋았고."

한나는 말을 뱉자마자 후회하고 말았다. 내가 너무 적극적인가?

"다행이네."

로스가 말했다.

한나는 숨을 크게 들이마신 다음 차분하게 내뱉었다. 한나가 너무 적극적인 것은 아니다. 대답하는 로스의 음성에는 진심어린 애정이 담겨 있었다. 한나는 머리끝부터 발끝까지 따뜻해지는 것을 느꼈다.

"암튼 집에서 데킬라 선라이즈 만들어놓을까?"

"그것보다 네 키스가 더 좋겠는데."

"동감이야."

한나가 상상에 살짝 몸을 떨며 말했다. 저녁식사로 무엇을 먹을까 막 물어보려는 찰나 작업실에서 한나를 부르는 소리가 들렸다.

"그만 가봐야겠어, 로스. 작업실에서 호위를 만나기로 했거든."

"어젯밤에 콜팩스 판사님이 살해당하기 전 네 사건을 기각했다고 하지 않았어?"

"맞아."

"근데 변호사를 왜 또 만나는 거야?"

"호위가 예전에 콜팩스 판사님이랑 일한 적이 있거든. 판사님의 사생활이나 그간 맡았던 사건들에 대해 물어볼 것이 있어서."

"그럼 이번에도 사건 수사하는 거야?"

한나가 인정하자 로스는 웃음을 터뜨렸다.

"내가 바보같은 걸 물어봤네. 너라면 당연히 수사하겠지. 네가 판사님 시체도 발견했으니까. 네가 수사한다고 마이크가 또 엄청 화났겠는데."

"좋아하진 않아. 게다가 마이크는 날 수사하고 있어."

"널? 왜?"

"내가 시체를 발견했으니까. 그리고 당시 나는 판사님이 내 사건을 기각시킨 줄 모르고 있었거든. 그러니까 나한테도 살해 동기가 있었다는 거야."

"하지만 네가 한 짓이 아니잖아. 마이크가 그런 생각을 했다니 믿을 수가 없어! 네가 그런 일을 할 사람이 아니라는 것쯤은 알아야 하잖아!"

마이크의 태도에 로스는 분노하고 있었다. 한나는 서둘러 해명했다.

"마이크가 정말 내가 했다고 믿어서 그러는 건 아닐 거야. 우선 동기가 있을 만한 사람은 결백이 증명될 때까지 의심하고 보는 게 그의 방식이니까."

"터무니없는 소리야! 생각해봐, 컵케이크. 마이크가 네 친구라면, 당연히 널 믿어야 하는 거잖아."

한나도 그런 생각을 하던 참이었지만, 당장은 무어라 대답할 수 없었다. 그저 로스의 다음 말을 기다릴 밖에.

"내 생각에는 마이크가 밀당을 하고 있는 것 같아. 아마 질투하고 있을지도 몰라."

"너를?"

"어쩌면. 우리가 라스베이거스에 만난 사실을 마이크도 알고 있어?"

"아니, 엄마랑 박사님, 동생들밖에 모르지. 아직 아무한테도 이야기 안 했거든."

"왜?"

"그냥 나 혼자만의 비밀로 담아두고 싶어서. 당장 누군가와 공유하기에는 너무나 새롭고 놀라운 변화거든."

"이해해. 그래도 어쨌든 나는 마이크가 질투하고 있다고 봐. 네가 자기 사건을 척척 해결해내는 것에 분개하고 있을지도 몰라."

한나는 어깨가 절로 으쓱해졌다.

"정말 그렇게 생각해?"

"그래. 살인사건 해결은 네가 잘하는 것 중 하나니까."

로스는 잠시 멈췄다가 다시 이야기를 이어갔다.

"내가 거기 가면 이 사건에 대해 뭔가 도울 일이 있을지도 몰라."

"어쩌면."

한나의 영혼은 금방이라도 공중으로 붕 떠서 날아갈 것만 같았다. 로스는 내 수사를 돕고 싶어 한다. 내 인생의 일부가 되고 싶어 하는 것이다. 한나 역시 그의 인생의 일부가 되고 싶었다.

작별인사를 한 뒤 한나는 전화를 끊었다. 뒷문을 열고 작업실로 들어서면서 한나의 기분은 한결 좋았다.

"안녕, 호위."

한 손에는 커피 컵을, 앞에는 냅킨 위 애플소스 브레드를 놓아둔 채 작업대 앞에 앉아 있는 호위를 보고 한나가 인사했다.

"너무 오래 기다리신 거 아닌지 모르겠어요."

"전혀요. 마침 쉴 수 있어 좋았어요. 이따 파산 신청 서류들을 작성해야 하는데, 그거 정말 골치 아픈 작업이거든요. 이 애플소스 브레드 한 조각 더 먹을 수 있어요? 정말 맛있네요."

"가실 때 하나 포장해드릴게요. 사모님이 좋아하실 거예요."

"우리 둘 다 좋아하는 맛이에요. 키티는 레시피를 궁금해할지도 모르겠군요."

"얼마든지요. 전 레시피를 공유하니까요."

호위는 홀로 통하는 문을 가리켰다.

"리사는 정말 대단하지 않아요? 다들 의자 끄트머리까지 몸을 빼고 앉아 리사의 이야기를 듣고 있어요. 한나는 정말 다이내믹한 삶을 살고 있네요."

"맞아요."

한나는 로스와의 비밀 로맨스가 머릿속에 떠올랐다.

"계속해서 사건 피해자들만 발견하다보니, 이제는 제 인생이 조금만 덜 다이내믹했으면 하는 바람이에요."

"무슨 말인지 알겠어요. 어제는 정말 힘든 하루였죠. 콜팩스 판사님을 그렇게 좋아하진 않았지만, 일이 그렇게 되어서 정말 유감스럽더군요. 죽기 전에 우리를 위해서 그렇게 애써주셨잖아요."

"저도 마찬가지예요. 그래서 호위와 할 이야기가 있다고 한 거예요. 억울하게 돌아가신 것이니 범인을 잡아서 정의의 심판을 받도록 해야죠?"

"그런 일인 줄 예감했어요. 콜팩스 판사님의 배경에 대해 깊이 파헤치기 전에 그 애플소스 브레드 하나 더 먹어도 될까요? 따뜻할 때 먹었던 것처럼 식어서도 맛있는지 보려고 기다리고 있었는데, 더는 못 참겠어요."

"차게 먹어도 맛있어요."

한나는 작업대로 가서 호위를 위해 한 조각 더 잘랐다.

"미셸이 아침에 한 덩어리를 구워서 전 식은 것으로 아침식사를 대신했거든요. 동생 말로는 버터를 발라서 토스트를 해 먹어도 맛있다고 해요."

"샌드위치로도 훌륭하겠는데요. 생각해봐요, 한나. 마요네즈 조금에 스위스 치즈 한 장, 크림치즈를 듬뿍 바른 훈제 칠면조를 넣고……."

호위는 말을 멈추고 침을 꿀꺽 삼켜내렸다.

"정말 맛있겠어요."

"그러네요."

한나도 동의하며 그의 앞에 빵 두 조각이 담긴 접시를 내려놓았다.

"이제 시작해도 될까요?"

"그럼요. 뭘 알고 싶어요?"

"콜팩스 판사님 가족에 대해서 말해주세요."

한나는 앞치마 주머니에서 사건 파일 수첩과 펜을 꺼냈다.

"미안해요, 한나. 판사님에 대해서 많이 알고 있진 않아요. 우선 결혼은 했고, 아이도 있고, 이 근방 로펌에서 일했던 적도 있다고 들었어요. 우리 법원에서만 수많은 사건들을 맡았다고 이야기하시는 걸 들은 적도 있고요."

"그 아이에 대해서 얘기해줘요."

"아들 하나에요."

"나이는요?"

호위는 어깨를 으쓱했다.

"모르겠어요. 콜팩스 판사님 연세가 70세가 넘었으니까 그 아들은 아마도 결혼을 해서 아이도 낳았겠네요."

한나는 부지런히 메모했지만, 이보다 더 많은 정보가 필요했다.

"판사님에 대해서 더 알려면 어떻게 해야 할까요?"

"인터넷 검색을 해봐요. 공인이니까 뭔가 나올지도 모르죠. 그리고 어쩌면……."

호위는 하던 말을 멈추었다가 이내 고개를 끄덕였다.

"그래요. 그 방법이 있네요."

"뭔데요?"

"파산 신청 서류 작성할건데 나랑 같이 법원에 들어가요. 그러면 데이브 요한슨과 우연히 마주칠지도 몰라요. 그럼 그때 콜팩스 판사님에 대해 물어보는 거예요."

"하지만 그 사람은 저를 잘 모르잖아요. 근데도 판사님의 개인적인 이야기를 저한테 해줄까요?"

"초콜릿이 든 쿠키를 선물하면 얘기해줄 거예요. 초콜릿이라면 정신을 못 차릴 만큼 좋아하거든요."

"그러면 더블F 더블M 크런치 쿠키를 포장해 가야겠네요. 새 레시피로 만든 거거든요."

"그거면 되겠네요. 좋아요. 기꺼이 하겠어요."

한나는 어리둥절해졌다.

"하다니, 뭘요?"

"시식이요. 애플소스 브레드를 다 먹긴 했지만, 그래도 쿠키 시식할 배는 남아 있어요."

한나는 웃음을 터뜨리며 식힘망에서 호위를 위해 쿠키 하나를 집었다.

한나의 베이킹을 좋아해주는 호위에게 고마울 따름이었다. 그는 종이 냅킨에 쿠키를 담아 건넨 뒤 그가 쿠키를 한 입 베어 무는 것을 지켜보았다.

"완벽해요!"

호위가 말했다.

"이거 마음에 들어요, 한나. 바삭바삭하고 초콜릿도 정말 많이 들어갔네요. 안에 뭘 넣은 거예요?"

"M&M이랑 시리얼요."

"그러면 M&M으로 겉을 코팅해서 이렇게 바삭바삭한 건가요?"

"그것도 있고 시리얼의 역할도 커요. 코팅 때문인지 시리얼 때문인지 저도 확실하게는 모르겠네요. 아마 둘 다이지 않을까요."

"저녁식사 입맛을 버리지 않는 한에서 내가 분석해보죠. 키티가 오늘 라자냐를 만들겠다고 했는데, 적어도 두 조각 이상 먹지 않으면 아주 실망할 거예요. 오늘 아침에 트리플 스렛 블랙퍼스트를 먹는 게 아닌데 그랬어요. 그래도 한나를 위해 쿠키 한 개 더는 괜찮을 것 같네요……."

그는 말을 멈추고는 씩 미소를 지었다.

"단지 분석해보고 싶은 마음에서에요."

"당연하죠."

한나는 다시 식힘망으로 돌아가 쿠키를 한 개 더 집었다. 수년 간 호위를 알고 지냈지만, 그는 한 번도 살이 찐 적이 없다. 한나는 그가 어떻게 해서 계란 세 개, 베이컨 세 조각, 소시지 세 개에 그래이비로 훈제한 비스킷 두 개를 먹고 세 시간도 지나지 않아 애플소스 브레드 세 조각과 쿠키 두 개까지 먹고도 살이 찌지 않을 수 있는 것인지 그 비밀이 궁금했다. 저녁식사로 먹을 라자냐 두 조각은 없는 셈치더라도 말이다!

"정말 맛있네요!"

데이브 요한슨이 한나의 독특한 베이커리 꾸러미에 손을 넣어 쿠키를 또 한 조각 꺼내며 말했다.

"아주 실력 있는 제빵사라고 호위에게서 이야기 들었지만, 정말 이런 맛은 처음이에요."

"감사해요."

한나는 콜팩스 판사님에 대해 언제 물어보면 좋을까 고민하며 대답했다.

데이브는 호위가 좋아하는 커피전문점에서 주문한 특대 사이즈의 카푸치노를 들고 크게 한 모금 들이켰다.

"좋아요. 어서 궁금한 거 물어보세요. 호위 말로는 콜팩스 판사님의 사건을 수사하고 계신다고 하던데."

한나는 법원까지 오는 길에 미리 작성한 질문 목록을 꺼냈다. 첫 번째 질문 묶음은 채드 노튼에 관한 것이었다. 그에게 자기 삼촌을 살해할 만한 동기가 있는지 말이다.

"콜팩스 판사님이 서명한 제 사건 기각 서류를 언제 발견하셨어요?"

데이브는 의자 뒤로 등을 기댔다.

"잠깐만요! 지금 저를 수사하는 거예요?"

"아뇨."

한나가 예상했던 반응이었다.

"그 서류가 작성된 시간대를 추측해보려는 거예요."

"좋아요, 그럼."

데이브는 한나의 대답에 만족한 듯 보였다.

"사건 현장에서 사람들이 떠난 직후에 발견했어요. 판사님의 사무실을 정리하러 가다가 외부 서류함에 서류가 있는 걸 봤죠. 내용을 살펴보자마자 콜팩스 판사님 사무실에 있는 전화기로 호위에게 전화해 사실을 알렸고요. 그런 다음 기각 내용이 빨리 처리될 수 있도록 즉시 서류를 접수했어요."

한나는 미소를 지었다.

"고마워요, 데이브. 제 생각도 그랬을 것 같았는데 한 번은 물어볼 수밖에 없었어요. 콜팩스 판사님이 그 서류에 서명한 사실을 알고 있었던 사람이 있을까요?"

"판사님이 직접 누군가에게 이야기하지 않은 이상은 없을 거예요. 범인이 판사님과 이야기를 하려고 사무실을 찾았다가 외부 서류함에서 그 서류들을 발견하고 그를 죽이고 싶을 만큼 분노했는지도 모르고요."

한나는 힘겹게 침을 삼켜내렸다. 두 눈으로 사건 현장을 직접 목격한 한나로서는 콜팩스 판사님을 가격해 죽인 범인이 그만한 분노에 능히 사로잡혀 있었을 것이라고 믿을 수밖에 없었다.

"그런 행동 패턴을 보였을 법한 사람, 누구 짐작 가나요?"

"법정에 들어서기 고작 몇 분 전에 자기가 수개월간 매달려 온 사건이 기각됐다면 어떤 검사라도 분노할 거예요."

"막판에 사건이 기각되면 누구라도 분노할 거란 사실은 잘 알겠어요. 근데 아까 죽이고 싶을 만큼의 분노라고 했잖아요. 혹시 그럴 수 있는 인물, 누구 떠오르는 사람이 있어요?"

데이브는 살짝 당황하는 기색을 엿보였다.

"한나가 그 점을 짚고 넘어갈 거란 것을 예상했었어야 했는데 그랬군요. 네, 맞아요. 아주 예민하고 성미가 고약해 법정에서도 쉽게 발끈하곤 하는 전설의 검사보가 한 명 있긴 하죠."

"혹시 채드 노튼?"

한나가 추측했다.

"네, 사람들 말로는 그렇다네요. 내 앞에서는 한 번도 그런 모습을 보인 적이 없지만, 여기 돌고 있는 소문이, 자기가 간단히 해결할 수 있으리라고 생각했던 사건이 기각되니까 그 사건 담당 판사님 앞에서 그렇게 성질을 부렸다더군요. 그래서 그 판사님이 모욕죄로 그를 구속했고, 풀려나기 위해 채드는 판사님에게 사과하고 큰 액수의 벌금을 낸 뒤 분노조절장애 치료까지 받아야 했다죠."

"그의 성격에 대해 지금껏 제가 이야기 들은 것을 종합해보면, 그런 류의 일에 채드가 엄청 화를 내는군요."

"분명해요. 만약 그 일이 공개되었다면, 지금 그 사람, 자리 유지도 힘들었을 거예요. 하지만 공개되진 않았어요."

"왜요?"

"확실하진 않지만, 그 문제는 비밀에 붙여졌어요. 마치 아무 일도 없었던 것처럼요. 채드와 해당 판사님 외에는 아무도 몰랐죠."

"당신한테 이야기해준 그 사람이랑요."

"맞아요. 이 신성한 법정에는 여러 이야기들이 오가긴 하지만, 우리 모두 규칙을 알죠. 서로 간에 이야기는 해도 절대 외부인에게 이야기하진 않아요."

"지금 저한테 얘기하고 계시잖아요."

"당신은 콜팩스 판사님의 사건을 수사 중이니까요. 그리고 믿을 만한 사람이라고 호위에게서 들었어요. 범인을 잡을 수만 있다면 도움이 될 만한 정보든 뭐든 주고 싶어요."

한나의 두 눈이 휘둥그레졌다.

"평소 콜팩스 판사님을 좋아하지 않으셨던 것 같은데. 혹시 제가 틀렸나요?"

"틀리지 않았어요. 판사님은 이곳에서 짜증나는 인물, 그 자체였죠. 하지만 제가 근무 중인 동안 살해당하셨으니 저도 일부분 책임감을 느껴요. 제가 그때 판사님 사무실에 있었더라면, 이런 일은 일어나지 않았을 텐데요."

죄책감, 한나는 마음속으로 말했다. *콜팩스 판사님을 현장에서 보호하지 못했다는 데에 데이브는 죄책감을 느끼고 있다.*

"그곳에 있었어도 막지 못했을 수 있어요."

한나는 그를 위로하기 위해 말했다.

"제가 보기에는 그 범인의 분노가 누구도 말릴 수 없을 정도였던 것 같거든요. 다시 채드 노튼으로 돌아가서…… 그 사람이 또 폭력적으로 변했던 때가 있었나요?"

"듣기론 없어요. 있었다면 내 귀에 이야기가 들어왔을 거예요. 사람들이 나한테는 여러 이야기를 해주거든요."

"그렇다면 분노조절장애 치료를 받은 이후로는 법원에서 폭발한 적이 없다는 이야기네요."

데이브는 고개를 가로저었다.

"그런 적이 있었다고 해도, 이야기 듣지 못했어요."

"콜팩스 판사님의 개인 생활은 어땠어요? 가족은 있었나요?"

"첫 번째 부인에게서 얻은 아들이 하나 있었어요. 불행히도 지금은 이혼했고요. 그 아들은 음악가로 먹고 살려 한다던데, 이름은 세스예요. 하지만 이혼 뒤에 엄마의 성을 따랐죠."

"음악가로 먹고 살려고 한다고 했는데, 소질은 있어요?"

"그런 것 같지 않아요. 우리 직원 중 한 사람이 그의 노래를 들은 적이 있었는데, 별로라고 하더군요. 〈리퀴드 스틸〉이라는 밴드에서 노래를 부르고 있거든요."

한나는 수첩에 메모했다.

"그 사람에 대해서 또 얘기해줄 만한 것이 있어요?"

"마마보이에요. 콜팩스 판사님 말로는 그렇다네요. 안정적인 직장 없이 엄마인 쉴라에게 의지해 산다더군요."

"그분은 일을 하세요?"

"아뇨, 일하지 않아요. 그럴 필요가 없죠. 그 아버지가 돌아가실 때 평생 먹고 살아도 될 만큼 많은 유산을 남겼거든요. 그래도 콜팩스 판사님으로부터 매달 이혼 수당을 받았죠. 수당 지급일을 고작 하루 넘겼는데 그 사이 부인이 전화를 세 번이나 했다고 판사님이 말씀하셔서 나도 알게 됐어요. 나한테 이혼 수당을 직접 전해주라고 하더군요. 그래야 정확히 언제 받았는지 알 수 있다고요."

"부인의 성이 뭔데요?"

"우리 아내의 외할머님 성이랑 똑같더군요. 도트베일러."

한나는 수첩에 '쉴라 도트베일러'라고 적었다.

"수당을 직접 건네러 갔을 때 도트베일러 부인은 뭘하고 있던가요?"

"거실에 앉아서 커피와 함께 피넛버터와 바나나 샌드위치를 먹고 있었어요."

"어디 살고 있는지 기억하세요?"

"애넌데일 호숫가의 큰 집에서 살고 있어요. 여기서 한 시간이 조금 안 되는 거리죠. 주소를 드릴게요. 그때 판사님이 수당을 갖다준 뒤 나머지 일정은 알아서 쉬라고 하셨는데, 그 얘기 듣고 난 정말 멋진 분이라고 생각했죠. 물론 그날 하루치 일당이 제외됐다는 사실을 월급날 알게 됐지만요."

한나는 수첩의 빈 줄 위에서 펜을 들고 망설였다. 하루 쉬라고 해놓고 일당을 제해버린 것도 살인의 동기가 될 수 있지 않을까?

"그 수첩에 내 이름 적지 말아요."

데이브가 말했다.

"내가 한 짓은 아니에요. 알리바이도 있고요. 판사님이 살해당했을 때 나는 아내와 통화 중이었거든요. 통화 기록도 남았을 거예요. 원하면 경찰에게 말해 확인해봐도 좋아요. 통신사에서 개인에게는 통화 기록을 넘기지 않겠지만, 경찰에서 요청하는 거면 협조할 거예요."

"그럴 필요 없어요."

한나는 대답했다. 물론 머릿속으로는 개인의 호기심만으로 경찰에게 그런 부탁을 해도 될지, 미셸에게 말해 로니에게 부탁하게 하는 방법은 어떨지 생각하고 있었지만 말이다.

"콜팩스 판사님의 현재 부인의 이름은 뭐에요?"

"노라. 좋은 분이에요. 만난 적 있죠."

한나는 오묘한 생략을 눈치챘다. 데이브는 노라를 만난 적이 있고, 그녀를 마음에 들어 했다. 콜팩스 판사님의 이혼 수당을 전해주기 위해 쉴라도 만났지만, 데이브는 그녀가 마음에 드는지에 대해서는 이야기하지 않았다.

"콜팩스 판사님과 현재 부인 사이에 아이는 있나요?"

"아뇨."

"그럼 아들 하나뿐인 거에요?"

"사실…… 그것도 아니에요. 마가렛 조지라는 이름의 여자에게서 얻은 딸이 하나 있어요. 어느 날 오후엔가 그녀에 대해 추억하시는 이야기를 들은 적 있어요. 정말 좋은 사람이었고, 그 여자와 결혼하려 했는데, 지금 부인인 노라를 만나게 됐고, 그래서 결국 이렇게 됐다죠."

"콜팩스 판사님이 맡았던 사건들 중 중대한 건이 있었나요?"

"별로요. 이 근방의 대체 판사로만 다니셨으니까요. 중대한 사건들은 전부 정식 판사가 돌아올 때까지 연기됐어요."

한나는 수첩을 내려다보았다. 데이브 요한슨은 상당량의 정보를 제공했고, 이제 수사를 위한 좋은 출발을 할 수 있을 것 같았다. 이제 한 가지 질문만 남았다.

"채드 노튼 외에 콜팩스 판사님을 죽일 만한 동기가 있을 만한 사람이 또 누가 있을까요?"

데이브는 잠시 생각하다가 이내 고개를 가로저었다.

"없어요. 복수에 불타는 사람이 아니라면 가능성 없는데, 판사님은 여기서 그런 사건은 맡지 않으셨어요. 내가 당신이라면, 그의 사건 기록부터 확인하겠어요. 살인자도 결국에는 가석방되곤 하는 세상이니까요. 피해자들의 가족들이 있잖아요. 자신이 사랑하는 사람을 죽인 살인범이나 강간범이 너무 쉽게 풀려나는 것을 본 가족들 중 한 사람의 소행일 수도 있어요."

"좋은 생각이네요."

한나는 말했다. 물론 이미 다 생각해본 것들이긴 했지만 말이다.

"고마워요, 데이브. 정말 큰 도움이 됐어요."

"별말씀을요. 판사님이 그렇게 나쁜 사람은 아니었어요. 그저 작년부터 조금 짜증이 느셨던 것뿐이죠. 건강상의 이유일 수도 있어요. 몸이 안 좋을 때는 누구나 성미가 고약해지잖아요."

한나는 작별인사를 하고 호위를 만나기 위해 로비로 나왔다. 그가 아직 로비에 없어 한나는 의자에 앉아 사건 파일 수첩에 또 하나를 메모했다.

콜팩스 판사님의 건강에 대해 노라에게 확인할 것.

더블 더블M 크런치 쿠키

오븐은 175도로 예열합니다. 틀은 오븐의 중앙에 둡니다.

재료

백설탕 1컵 / 황설탕 1컵 / 소금기 있는 버터 1컵(226g—실온에서 부드럽게 녹여주세요)

베이킹소다 1티스푼 / 소금 1티스푼 / 바닐라 농축액 2티스푼

큰 계란 2개(포크로 휘저어 거품을 내주세요) / 시리얼 2컵 (Frosted Flakes)

밀가루 2와 1/2컵 / M&M 1컵(안에 견과류가 든 것은 안 됩니다)

한나의 첫 번째 메모: 쿠키단지에서 반죽을 할 때는 전자 반죽기를 사용했어요. 만약 집에 반죽기가 없다면, 나무 숟가락을 사용해 반죽해주세요.

만드는 법

1. 백설탕과 황설탕을 전자 믹서기에 넣고 가동해 섞어줍니다.
2. 부드러워진 버터를 넣고 섞어줍니다.
3. 베이킹소다와 소금을 뿌린 뒤 섞어줍니다.
4. 바닐라 농축액과 거품 낸 계란을 넣고 잘 섞어줍니다.
5. 시리얼 2컵을 측량한 뒤 비닐백에 넣고 손이나 밀방망이를 사용해 으깨어줍니다.
6. 믹서기에 으깬 시리얼를 넣고 섞어줍니다.

한나의 두 번째 메모: 시리얼 2컵은 으깨면 약 1컵 분량이 나올 겁니다.

7. 밀가루를 1/2컵씩 넣으며 반죽합니다.

8. 고무주걱으로 옆에 붙은 반죽을 긁어 합친 뒤 반죽기에서 반죽을 빼내 손으로 한 번 더 반죽합니다.

9. 고무주걱으로 반죽을 여러 번 뒤집어주면서 M&M을 넣어 섞습니다.

10. 작업대 위에 반죽을 1~2분간 놓아두어 휴지시킵니다.

11. 쿠키 틀에 들러붙음 방지 스프레이를 뿌리거나 기름종이를 깐 다음 그 위에 들러붙음 방지 스프레이를 뿌립니다.

12. 깨끗한 손으로 반죽을 떼어 호두 크기 정도의 공 모양으로 만든 뒤 준비해둔 틀 위에 올립니다.

13. 공 모양 반죽을 손으로 살짝 눌러 오븐에 넣었을 때 굴러 떨어지지 않도록 합니다(웃지 마세요. 리사가 집에서 이 쿠키를 만들 때 정말로 그런 일이 일어났다니까요. 리사가 키우는 강아지 딜런과 새미가 그 공 모양 반죽을 따라가 리사가 채 말리기도 전에 꿀꺽 삼키고 말았죠. 안에 초콜릿이 든 반죽이라 리사가 수의사 인 해거맨 선생님께 전화해서 괜찮을지 물어봤대요. 강아지에게 초콜릿은 좋지 않거든요. 근데 반죽 두 개 정도는 괜찮으니 걱정하지 말라고 하셨다네요).

14. 세팅이 끝났으면 175도의 온도에서 10~12분간 굽습니다. 틀 위에서 2분간 식힌 다음 식힘망으로 옮겨 완전히 식힙니다 (기름종이를 사용했다면 종이째로 들어 식힘망으로 옮기면 됩니다. 쿠키가 식으면 기름종이 에서도 잘 떨어지거든요).

한나의 세 번째 메모: 처음 구워본 쿠키가 너무 많이 퍼졌다면, 다음 번 반죽은 1시간 정도 냉장고에 넣어둔 뒤 구워보세요.

한나가 쿠키단지 뒷문으로 들어서자 노먼이 스테인레스 작업대 앞에 앉아 한나를 기다리고 있었다. 그의 손에는 커피 컵이 들려 있었고, 얼굴에는 환영의 미소가 가득했다.

"어젯밤에 이야기 나눌 시간이 없었던 것 같아서요."

노먼이 자신의 옆에 놓인 의자를 툭툭 치며 말했다.

"앉아요, 한나. 와서 라스베이거스에서 있었던 일이며, 결혼식 이야기 좀 해줘요."

"라스베이거스는 정말 멋졌어요. 미셸과 안드레아가 새 수영복도 골라준 덕분에 수영장에서 재밌게 놀았죠. 노먼이 선물한 쇼 티켓도 잘 봤어요."

"다행이네요. 결혼식은 어땠어요?"

"재밌었어요. 피로연 때 비디오 보면 알 거예요. 예배당은 작았지만, 훌륭했어요. 비디오 찍는 사람이 엘비스 가발을 썼던 것을 빼면요."

"오, 세상에!"

노먼이 웃음을 터뜨렸다.

"한나 어머님이 엄청 언짢아하셨겠는데요."

"아뇨, 매우 즐거워하셨어요. 그 가발이 매우 멋지다면서 행진 때 〈러브 미 텐더〉를 연주해달라고 했다니까요."

"설마요!"

"정말이에요. 아주 멋진 결혼식이었어요, 노먼. 엄마와 박사님이 정말 행복해 보이셨고요."

"두 분은 행복하실 자격이 충분하죠. 혹시 그밖에 흥미로운 사람을 만나진 않았어요?"

노먼이 알고 있다! 한나는 순간 너무 당황한 나머지 목구멍까지 심장이 올라오는 듯했다. 노먼이 로스에 대해 알게 된 것이다! 어떻게 해야 할까? 뭐라고 말해야 할까? 노먼의 마음이 다치지 않도록 잘 헤쳐나가야 할 텐데.

진실, 한나의 마음이 지시했다. *진실을 말해.*

한나는 그 지시가 정당하고 공평하다는 사실을 알고 있었다. 노먼에게 거짓말을 할 수는 없다. 하지만 조심스러운 마음이 지배적이었다. 어차피 다 이야기할 것이라면 좀 더 사적인 장소에서 이야기해야 하지 않을까. 로스를 다시 만났을 때 어쩌면 한나의 마음이 변할지도 모른다.

그럴 가능성은 없어! 한나의 마음이 조롱했다. *넌 지금 로스와 사랑에 빠졌잖아. 네가 노먼에게서 느끼는 감정과는 달라. 노먼은 친구지, 아주 멋진 친구. 네가 노먼을 사랑하고 있다는 사실만큼은 부인할 수 없어. 하지만, 수없이 생각해봤지만, 그와 결혼하고 싶을 만큼 사랑하는 건 아니야.*

내가 명확하게 생각하고 있는 걸까? 아니면 내 자신을 속이고 있는 걸까? 엄마의 결혼식이 매우 로맨틱했다는 사실을 고려해야만 한다. 엄마와 박사님이 함께 있는 모습을 보고 있자니 한나 역시 두 분처럼 사랑할 수 있는 누군가를 만나고 싶다는 생각이 간절해지지 않았던가. 라스베이거스의 로맨틱한 분위기 또한 고려해야 한다. 휴가 중이었고, 혼자 객실을 사용하고 있었다. 로스는 한 층 아래 스위트룸에 묵고 있었고 말이다. 한나가 로스에게 느꼈던 감정은 그저 휴가 동안의 환상에 불과할지도 모른다. 일상생활에는 전혀 현실감이 느껴지지 않는 환상. 한나는 로스에 대한 자신의 감정이 진짜인지 확실해질 때까지 노먼에게 이야기하는 것은 미루기로 했다.

합리화의 여왕이군. 한나의 마음이 냉소적으로 말했다. *그래서 이야기를 하겠다는 거야, 안 하겠다는 거야?*

안 할 거야. 한나 내면의 목소리가 대답했다. *진짜 사랑이라는 게 확*

실해질 때까지는 말하지 않을 거야.

실패의 위험을 줄이겠다는 거야?

한나는 빈정거리는 마음을 억누르기로 하고 마음의 소리에 귀를 닫았다.

"그런 사람은 없었어요."

한나는 자신의 대답이 너무 늦은 것이 아니기를 바라며 대답했다.

"박사님의 들러리를 제외하고요. 완전 깜짝 이벤트였다니까요."

"들러리가 누구였는데요?"

모르고 있구나. 한나는 안도의 한숨을 내쉬었다.

"로스 바튼이요."

한나가 대답했다.

"그 사람, 기억하죠?"

"당연히 기억하죠. 박사님이 원래 부탁하려고 했던 의대 친구는 어떻게 됐어요?"

" '국경없는 의사회'에 몸담고 있는데, 결혼식 때에 맞춰 고국에 돌아오기가 힘들었나봐요."

노먼은 골똘한 표정을 지었다.

"라스베이거스에서 진행 중이던 프로젝트라도 있었던 거에요?"

"확실하게는 모르겠지만, 거기 있는 동안 누군가를 만나긴 했어요. 할리우드 생활이 행복하지 않아서 다른 일을 찾아보고 있다고 했거든요."

"그럼 그 약속 때문에 라스베이거스까지 날아왔다는 건데, 정확히 무슨 일을 찾고 있대요?"

"모르겠어요. 우리한테 그렇게 자세히 이야기해주진 않았어요. 하지만 KOOW와의 면접 때문에 곧 레이크 에덴에 올 거라는 건 알고 있어요."

"잘됐네요. 좋은 사람이죠. 다시 만난다니 반갑네요. 마을에는 얼마나 머물 거래요?"

"그것도 잘 모르겠어요."

한나가 사실대로 대답했다. 로스가 이야기해주지 않았기 때문이다…… 아직까지는. 그리고 한나는 머릿속에 제일 먼저 떠오른 생각을 입에 담았지만, 곧 후회하고 말았다.

"목요일 밤에 미셸이 저녁 준비를 하기로 했는데, 로스를 초대했어요. 노먼도 올래요?"

"좋죠. 여기서 영화 촬영 끝낸 후로 한 번도 못 봤으니까. 또 음식이 있는 곳이라면 마이크도 아마 나타날 거예요. 일종의 귀향 주간 같겠어요."

그런 게 아닌데. 한나는 속으로 생각했다. 도대체 내가 무슨 생각으로 노먼을 초대했단 말인가?

"식사 시간이 몇 시예요?"

노먼이 물었다.

"커들스도 데려갈까요?"

"6시까지 와요. 커들스도 데려오면 좋죠. 모이쉐가 무척 좋아할 거예요."

"한나에게서 초대를 받았으니 말인데."

노먼이 미소를 지으며 말했다.

"오늘 밤에 레이크 에덴 호텔에서 같이 저녁 먹지 않을래요? 미셸과 로니도 이미 초대했고, 안드레아와 빌도 초대할 생각이에요. 한나 사건이 기각된 것을 다 같이 모여 축하하면 좋을 것 같아서요."

"그거 좋네요!"

노먼의 사려 깊은 속내에 한나는 진심으로 감동하고 말았다.

"마이크도 초대할 건가요?"

"그러는 게 낫겠죠. 어차피……."

"음식이 있는 자리니까!"

노먼과 한나가 동시에 외쳤고, 두 사람은 즐거운 웃음을 나눴다.

한나가 마지막 쿠키 반죽을 오븐에 막 밀어넣었을 때 미셸이 홀에서 작업실로 들어왔다.

"노먼이 호텔에서의 저녁식사에 언니도 초대했어?"

"응, 나도 노먼을 목요일 저녁 집으로 초대했거든."

"로스가 안 온대?"

"아니, 와. 면접이 늦어도 4시쯤 끝날 거라고, 곧장 우리 집으로 온다고 했어."

"그럼 노먼도 오고 로스도 온다는 거네."

"그래, 마이크도 어쩌면 올지도 몰라. 그 사람 항상……"

"음식이 있는 자리에 끼곤 하니까."

미셸이 웃음을 지으며 한나의 말을 대신 마쳤다. 하지만 이내 근심 어린 표정이 미셸의 얼굴에 서렸다.

"왜 그래?"

한나가 물었다.

"노먼과 마이크, 로스까지 함께하는 저녁식사 자리를 생각해봤어. 세 사람이 한자리에 있는 게 이상하지 않을까?"

한나는 잠시 생각에 잠겼다가 이내 고개를 가로저었다.

"그렇지 않아. 노먼도 마이크도 로스를 좋아하니까. 노먼은 귀향 주간 같겠다고까지 했는 걸."

미셸은 아무 말도 하지 않은 채 한나를 응시했다.

"왜?"

한나는 동생의 반응에 의아해하며 물었다. 그러자 미셸은 슬며시 한숨을 내쉬었다.

"가끔 언니는 세상 물정 모르는 애 같아. 특히 남자 문제에 있어서는 말이야. 언니가 지금 무슨 짓을 한 건지 정말 모르겠어?"

"무슨 소리야?"

"정말 아무것도 모르는구나. 세 명의 라이벌을 한자리에 모아놓는 것은 대놓고 비교 쇼핑을 하겠다는 거야!"

한나는 눈을 깜빡였다. 그리고 또다시 깜빡였다. 그리고 마침내 말했다.

"네 말이 맞을지도 모르지만, 난 그런 의도가 아니었어! 정말이야."

"언니 말 믿어. 단지 언니는 너무 모르는 것뿐이야."

"순진하다고 표현해줄래? 듣기에 그 편이 더 낫겠어."

"좋아. 언니는 순진해. 내가 고등학생 때보다 더 남자에 대해 몰라."

한나는 오랫동안 말이 없었다. 어쩌면 큰 실수를 저지른 것인지도 모르겠다. 그리고 불행하게도 그것을 어떻게 바로잡으면 좋을지 알 수 없었다.

"내가 어떻게 하면 될까, 미셸?"

"이제 와서 되돌릴 수 있는 길은 없어. 내가 조언할 수 있는 건 그날 언니는 그냥 가만히 앉아서 노먼과 마이크, 로스 세 사람이 알아서 어울리게끔 두어야 한다는 거야."

"이상해질 거라며!"

"그래, 어쩌면. 그건 언니와 로스가 어떻게 행동하느냐에 달렸어. 로스는 잘할 거야. 이런 상황에 대한 경험이 분명 있을 테니까."

한나는 동생의 추론을 지적했다.

"그러면 넌 지금 내가 불안하다는 거구나?"

"맞아. 뭔가 주의를 분산시킬 수 있을 만한 것이 필요해. 언니랑 세 남자뿐이니까 말이야. 내가 로니도 부를게. 그럼 좀 나을 거야. 그리고 안드레아 언니한테 전화해서 가게로 와서 같이 의논하자고 해야겠어."

"내가 전화할게."

한나가 말했다.

"어차피 할 이야기가 있었거든. 이따 트레시 학교 끝나고 쇼핑몰에 데려갔으면 해서."

"왜, 비교 쇼핑하게?"

미셸의 눈이 반짝이는 것을 보니 이건 분명 농담이다.

"이제 그만 좀 해. 오늘은 그만하면 됐어! 새 핸드폰 사러 가는 거야."

"드디어 암흑기에서 벗어나는 거야?"

"그런 셈이지. 그렇게 오래 걸리지 않을 거야. 새 핸드폰에 있어서는 트레시가 전문가니까 아마 옳은 길로 나를 안내해주겠지."

"의심의 여지가 없지. 전자기기에 관해서 트레시는 거의 천재적이니까. 안드레아 언니랑 통화할 때 또 초대할 만한 사람이 없는지 물어봐. 사람이 많을수록 주의도 더 분산되고, 긴장감은 줄어들 테니까."

미셸이 홀로 나간 뒤 한나는 물을 한 컵 들이켰다. 마치 대형 망치로 미간을 얻어맞은 듯한 기분이었다. 노먼을 초대함으로 인해 발생할 문제점들에 대해 한나는 심각하게 인지하지 못하고 있었다. 이제 열두 명이 넘는 손님들을 맞아야 하는 저녁식사 시간이 48시간밖에 남지 않았다. 그 말은 곧 한나에게는 준비해야 할 것이 더 많아졌다는 뜻이다.

"이제 다 된 것 같아, 언니."

안드레아가 말했다. 세 자매는 작업대 앞에 앉아 한나가 갓 구운 쿠키를 맛본 뒤 훌륭하다고 평하고 있는 참이었다.

"이제 손님 명단을 읽어봐. 충분한지 보게."

"너랑 빌, 미셸과 로니, 리사와 허브, 노먼, 마이크, 그리고 로스. 나까지 열 명이야."

"싱글인 여자 손님을 몇 명 더 불러야겠어."

미셸이 제안했다.

"마이크와 노먼의 주의를 분산시킬 수 있을 만한 여자 손님들 말이야. 다른 여자들이 있으면 두 사람이 그렇게 언니한테만 집중하지 않을 테니까."

"나도 동의."

안드레아가 말했다.

"엄마랑 박사님이 안 계신 게 아쉽네. 엄마가 계셨으면 주의 분산시키는 데는 아주 효과적이었을 텐데."

"그거 칭찬이야?"

한나가 물었다.

"글쎄. 어쨌든 엄마는 대화를 주도해나가려는 성향이 있잖아. 이번 경우 우리한테는 딱 그런 사람이 필요하다는 거지."

"나한테 좋은 생각이 있어."

한나가 말했다.

"트레시와 베시를 데려오면 어때? 여자 손님들만큼이나 효과가 좋을 것 같은데 말이야."

안드레아가 끙소리를 냈다.

"매우 그렇지. 특히 베시의 경우에는 더더욱 말이야. 최근 맥캔 유모가 베시에게 〈작고 작은 거미〉 동요를 가르쳐줬는데, 만나는 사람마다 그 노래를 같이 부르자고 야단이야. 트레시는 언니가 핸드폰 사는 거 도와줬다고 자랑이 늘어질 거고."

"그럼 트레시와 베시도 합류."

미셸이 확신에 찬 목소리로 말했다.

"아이들이야말로 주의 분산시키기에 안성맞춤 아니겠어. 노먼에게 커들스도 데려오라고 해."

"데려오기로 했어."

한나가 말했다.

"내가 그러라고 부탁했거든."

"그렇다면 '다리 들어' 타임이 오겠군. 아주 완벽한 주의 분산거리야. 미끼삼아 포크찹을 조금 떨어트려주자고."

"맥캔 유모도 초대하자."

안드레아가 제안했다.

"그래야 잘 시간 되면 애들을 데리고 집으로 먼저 갈 수 있잖아. 그이랑 나는 마이크와 노먼이 갈 때까지 남아야 할 테니까."

"좋은 생각이야."

미셸은 한나에게 유모 이름을 추가하라는 손짓을 했다. 한나는 수첩을 넘겨 조카들과 맥캔 유모 이름을 추가했다.

"이제 열세 명이야."

안드레아는 미간을 찌푸렸다.

"미신을 믿는 건 아니지만, 그래도 열세 명이라니, 뭔가 불길한데."

"어떤 문화권에서는 13이 행운의 숫자이기도 해."

한나가 말했다.

"우리 문화권에서는 아니잖아. 적어도 한 명 이상 더 초대해야겠어. 언니 집 테이블에 몇 명이나 앉을 수 있지?"

"어른 의자 열네 개에 베시를 위한 높은 의자 한 개 있어. 열다섯 명이 앉기에는 좀 좁겠지만, 가능은 할 거야. 트레시가 체격이 작으니까."

"어차피 커들스까지 하면 열넷이잖아."

미셸이 지적했다.

"모이쉐와 커들스도 훌륭한 주의 분산 요원이니까."

"게다가 테이블에 앉을 필요도 없지."

한나가 웃으며 말했다.

"네 말이 맞아, 미셸."

안드레아도 동의했다.

"이 정도면 언니를 난처한 자리에서 구해낼 만큼 사람 수는 충분해."

안드레아는 한나에게 말했다.

"내가 애플소스 얹은 돼지고기 가져올게. 우리 유모가 만든 메뉴야."

"애플소스라면 돼지고기랑 아주 잘 어울리겠어."

한나가 수첩에서 미리 선정해뒀던 메뉴들이 적힌 페이지를 넘기며 말했다.

"안드레아는 애플소스 돼지고기를 가져오고, 미셸은 릭 유어 찹스포크를 준비하기로 했지."

한나가 미셸에게 말했다.

"네 요리에 감자가 들어가던가?"

"감자랑 그레이비 소스, 양파랑, 피망, 버섯이 사이드로 들어가. 아주 맛있게 끈적거리는 메뉴야. 내 말이 무슨 뜻인지 알지? 그래서 그 그레이비 소스에 찍어 먹을 만한 빵 종류가 있으면 좋겠어."

"퀵 브레드 어때?"

한나의 제안에 안드레아는 의아한 표정을 지었다.

"퀵 브레드가 뭐야?"

"이스트를 넣지 않은 빵이야."

한나가 설명했다.

"세이버리 머핀이 퀵 브레드야. 비스킷도 그렇고. 사실 바나나 브레드도 그래. 근데 그건 포크찹이랑 어울리지 않아. 크랜베리 비스킷은 어때? 크랜베리는 돼지고기랑도 잘 어울리잖아."

"레시피가 있어?"

안드레아가 물었다.

"아니, 만들어봐야지. 오늘 오후에 시험삼아 한번 만들어봐야겠어."

"나, 사무실에 5시까지 있을 거야."

안드레아가 말했다.

"그러니까 맛 봐줄 사람이 필요하면 전화해. 몇 개 집에 가져가서 그 이한테 맛보일 수도 있어."

한나는 미소를 지었다. 빌의 평가가 어떨지는 이미 알고 있다. 비스킷이라면 어떤 모양과 형태든 무조건 좋아하는 빌이니 말이다. 물론 크랜베리를 좋아하는 것은 말할 것도 없다.

"좋은 생각이야."

한나는 안드레아에게 말했다.

"준비되면 전화할게."

오후 타임 커피를 들고 막 자리에 앉는데 리사가 빈 진열용 단지를 들고 작업실로 들어왔다.

"초대 고마워요, 한나. 허브와 기꺼이 가겠어요."

"좋아."

한나는 빈 의자를 가리키며 말했다.

"내가 노먼에게 저지른 바보같은 실수에 대해 미셸이 알려줬어?"

"네, 쿠키 나르고 손님들 커피 리필하는 동안 전체 이야기를 열 한 부분으로 나눠서 들었어요. 한나를 돕는 일이라면 뭐든 좋아요."

리사는 작업대 위에 놓인 말린 크랜베리 꾸러미를 쳐다보았다.

"보글스 만드려고요? 아니면 크랜베리 머핀?"

"비슷하긴 한데, 쿠키도 머핀도 아니고, 크랜베리 비스킷을 만들고 있어."

"시험삼아 만들어보는 거에요?"

리사가 추측했다.

"맞아. 괜찮게 만들어지면 목요일 저녁식사 때 선보일까 해."

그때 타이머가 울렸고, 리사는 한나를 따라 오븐으로 다가가 한나가 오븐 문을 여는 것을 지켜보았다.

"냄새가 좋아요."

리사가 말했다.

"잠깐만 기다리세요. 제가 빈 식힘망을 가져올게요."

리사가 식힘망을 밀고 돌아오자 한나는 머핀 팬 두 개를 꺼내 식힘망에 얹은 다음 다시 뒤돌아 또 다른 팬을 집는데 리사가 다시 입을 열었다.

"모양도 괜찮아요. 성공한 것 같은데요, 한나."

"확실히 알려면 먹어봐야지."

한나는 팬 두 개를 더 꺼내며 말했다. 팬을 식힘망 위에 올리며 한나는 리사의 말이 사실이라는 것을 깨달았다. 먹음직스러운 황금빛 색을 띤 비스킷은 냄새도 무척이나 좋아 입에 절로 군침이 돌았다.

"식을 때까지 기다릴 수 있을지 모르겠네요."

한나가 팬 두 개를 더 꺼내는 동안 리사의 시선은 식힘망의 꼭대기 층에 고정되었다.

"기다리다니, 뭘?"

한나와 리사가 고개를 돌리니 미셸이 문가에 서 있었다.

"한나가 만든 크랜베리 비스킷이 식기를 기다리고 있거든."

리사가 설명했다.

"생각보다 오래 기다려야겠는데."

미셸이 말했다.

"다들 콜팩스 판사님 이야기 들으려고 리사를 기다리고 있어. 버티 스트롭은 오늘만 벌써 네 번째야."

리사는 한나에게 말했다.

"제 것도 남겨주셔야 해요."

"약속할게. 별로 어렵지도 않은 일인 걸. 비스킷 팬을 여덟 개나 구웠으니 말이야."

리사는 서둘러 홀로 나갔고, 미셸은 리사가 들고 들어온 빈 진열용 단지에 피넛버터와 잼 쿠키를 채우기 위해 식힘망 쪽으로 다가왔다.

"좀전에 마이크가 왔어. 리사 이야기를 들으려고 왔다는데, 이야기 끝나면 언니 보고 가라고 할까? 직접 식사 초대 할래?"

한나는 신음에 가까운 소리를 냈다. 노먼에게 바보같은 실수를 한 터라 마이크에게도 엉뚱한 실수를 해버리는 건 아닐까 새삼 겁이 났다. 미셸에게 시켜 초대하라고 하고 싶었지만, 노먼도 한나가 직접 초대했으니 마이크 역시 제3자에게 맡기는 것보다는 직접 초대하는 것이 옳겠다 싶었다. 아주 조심스럽게, 주의해서 말하리라.

"알았어."

한나가 고개를 살짝 끄덕였다.

"마이크에게 내가 보잔다고 전해줘. 난 여기서 아까 아침에 법원에서 작성한 메모를 살펴보고 있을 테니까."

미셸이 나간 뒤 한나는 수첩을 꺼냈다. 데이브에게서 다섯 명의 용의자 이름을 알아냈다. 한 명은 채드 노튼. 그 이름은 이미 올려둔 바 있지만, 한나는 그 옆에 추가로 메모했다. '성질이 고약함', '분노조절장애 치료를 받은 적 있음'.

다음 용의자로 쉴라 도트베일러를 적었다. 아버지에게서 물려받은 유산으로 음악가인 아들을 부양하고 있다고 메모해두었다. 애넌데일에 산다는 쉴라를 반드시 찾아가봐야 하겠다.

　그 다음으로 세스 도트베일러가 한나의 용의자 명단의 세 번째 자리를 차지하고 있었다. '리퀴드 스탈' 공연 때에 미셸에게 부탁해 같이 세스를 만나러 가볼 생각이었다.

　그리고 콜팩스 판사님의 미망인인 노라 콜팩스가 있다. 한나는 그녀의 이름도 명단에 올렸다. 결백이 증명되기 전까지는 희생자의 가족 역시 유력한 용의선상에 오른다. 이제 두 명의 용의자가 남았다. 한나는 마가렛 조지와 그녀의 딸을 적었다. 이름을 적으며 한나는 미간을 찌푸렸다. 조지라는 성을 가진 여자를 언젠가 한 번 만난 적이 있는 것 같은데, 어디서 만났는지 기억이 나질 않았다. 아무래도 이곳 레이크 에덴이었던 것 같은데, 그것도 확실하지 않다. 여행 중인 엄마가 핸드폰을 받을 수 없다는 게 아쉬울 따름이었다. 마을에 대해서라면 속속들이 다 알고 있는 엄마이니 마가렛 조지라는 이름의 여자가 우리 마을에 살고 있다면, 엄마는 반드시 알고 있을 것이다.

　크랜베리 비스킷의 유혹적인 향기가 한나를 절로 자리에서 일어서게 했다. 한나는 무언가에 홀린 강아지처럼 그 향기를 따라 식힘망으로 다가가 제일 꼭대기층에 놓인 비스킷 하나를 손으로 만져보았다. 아직 열기가 남아 있긴 했지만, 한나는 개의치 않았다. 새 레시피가 성공했는지 빨리 확인해보고 싶었다.

　한나는 맨손으로 비스킷을 한 개 집어 저글링을 하듯 이손 저손으로 옮기며 작업대로 돌아왔다. 그런 뒤 비스킷을 쪼개어 내려둔 뒤 버터를 가지러 저장실로 가 버터 스틱 1개를 가지고 돌아왔다. 물론 부드러운 버터를 더 좋아했지만, 비스킷이 아직 뜨거우니 딱딱한 버터도 금세 녹아내릴 것이다.

　잠시 후 비스킷 조각에 버터를 발랐다. 한나의 생각대로 버터는 즉시 녹아버렸다. 한나는 자신의 창작물을 얼른 집어 한 입 베어 문 뒤 입 안이 데지 않도록 재빨리 씹었다. 부드러운 크랜베리의 맛이 아주 좋았다. 사실, 좋은 것 그 이상이었다. 한나의 크랜베리 비스킷은 믿을 수 없을 만큼 맛있다. 레시피는 성공적이다!

크랜베리 비스킷

오븐은 220도로 예열합니다. 틀은 오븐의 중앙에 둡니다.

재료

다목적용 밀가루 3컵 / 타르타르 크림 2티스푼 / 베이킹파우더 1티스푼

베이킹소다 1티스푼 / 소금 1티스푼 / 소금기 있는 버터 1/2컵(113g)

부드러운 크림치즈 8온스(226g) / 큰 계란 2개(포크로 휘저어 거품을 내주세요)

사우어크림 1컵(226g) / 우유 1/2컵(한나의 첫 번째 메모 참조) / 말린 크랜베리 1/2컵

한나의 첫 번째 메모: 물기가 있는 재료와 건조한 재료를 섞으면서 코티지 치즈와 같은 점성을 만들기 위해 우유 양을 조절해야 할 거예요. 이 비스킷을 여러 번 만들어봤지만, 1/2컵보다 덜 들어가거나 더 들어갔던 적은 없었어요. 꼭 그 분량을 똑같이 따를 필요는 없지만, 필요하다면 참고하시면 좋겠어요.

만드는 법

1. 베이킹 틀에 들러붙음 방지 스프레이를 뿌리거나 기름종이를 깔아주세요. 틀이 작을 때는 2개를 준비해주세요. 12개의 큰 비스킷을 구울 분량의 반죽이거든요.
2. 중간 크기의 믹싱볼에 밀가루, 타르타르 크림, 베이킹파우더, 베이킹소다, 소금을 넣고 섞어줍니다. 소금기 있는 버터를 파이 반죽에서 하듯이 듬성듬성 잘라 넣어줍니다.

한나의 두 번째 메모: 믹서기가 있다면 첫 번째 단계에서는 믹서기를 사용하면 좋습니다. 차가운 버터 1/2컵을 여덟 개의 덩어리로 잘라 건조한 재료와 함께 믹서기 바닥에 넣습니다. 칼날을 부착한 뒤 믹서기를 껐다 켰다 반복하여 옥수수가루처럼 될 때까지 가동합니다. 섞은 것은 중간 크기의 그릇으로 옮겨 다음 단계를 계속합니다.

3. 부드러운 크림치즈에 거품 낸 계란과 사우어크림을 넣고 잘 섞어줍니다.

4. 우유를 붓고 모든 재료들이 잘 섞이도록 저어줍니다.

5. 그 위로 말린 크랜베리를 뿌리고 골고루 섞어줍니다.

6. 둥근 숟가락으로 반죽을 떼어 미리 준비한 팬에 올립니다. 반죽 사이에 4센티 정도의 간격을 두세요.

7. 반죽을 다 올렸으면 손가락 끝에 물기를 묻힌 다음 반죽을 둥글게 다듬어주세요(저는 일부러 불규칙하게 반죽을 다듬는답니다. 모두가 이 비스킷이 빨간부엉이 식료품점에서 사온 것이 아닌 홈메이드라는 사실을 알 수 있도록요).

8. 220도의 온도에서 12~14분간 구워줍니다. 윗부분에 먹음직스러운 황금빛이 돌면 완성입니다. 틀 위에 적어도 5분간 놓아둔 뒤 철제 주걱으로 떼어냅니다.

9. 높이가 낮은 광주리에 담아내면 온기를 보존할 수 있습니다.

한나의 세 번째 메모: 남은 비스킷은 비닐백에 넣어 실온에 놓아두세요. 다음날 아침식사로 아주 좋답니다. 쪼개어 토스트를 한 다음 버터를 발라 먹는 거죠.

리사의 메모: 추수감사절 다음날 이걸로 터키 샌드위치를 만들 생각이에요. 허브가 무척 좋아할 거예요!

"안녕, 한나."

회전문을 통해 마이크가 작업실로 들어왔다.

"어떻게 지냈어요?"

"뭐, 괜찮아요."

한나가 대답했다.

"그나저나 라스베이거스는 어땠습니까?"

마이크가 물었다.

"만나자마자 물어보려고 했는데, 어제 법원에서 봤을 때는 생각해야 할 것들이 너무 많아서 말입니다."

나를 봤다기보다는 심문했다는 것이 더 맞는 표현이겠지. 한나는 마음속으로 외쳤다. *집에 왔을 때도 당연히 물어볼 시간이 없었을 테고. 내 심문을 이어가느라 분주했으니까!*

"라스베이거스 좋았어요."

한나는 간단히 그렇게만 대답했다. 마이크는 세심한 척하다가 이내 돌변하여 한나에게서 정보를 캐물을 것이 뻔하기 때문이다. 그게 그의 패턴이다. 마이크가 막 쥐를 덮치기 직전의 모이쉐처럼 순진무구한 표정을 하고 있었기 때문에 한나는 단번에 알 수 있었다.

"결혼식도 훌륭했고요."

"노먼에게서 들었습니다. 로스가 박사님의 들러리였다던데, KCOW 방송국에서 면접이 있어서 마을에 올 거라면서요?"

"맞아요."

"그럼 레이크 에덴으로 아예 이사 오는 겁니까?"

마이크의 목소리에서는 그 어떤 질투의 낌새도 느껴지지 않았다. 노먼 역시 아무런 감정 없이 마이크에게 단순 소식을 전한 모양이었다. 어쩌면 로스가 레이크 에덴에서 자리를 잡고 이사를 들어온다고 해도 둘 다 아무렇지 않을지도 모른다. 한나는 안도해야 할지, 기분 나빠 해야 할지 알 수 없어 그 문제에 대해서는 나중에 생각해보기로 했다.

"그렇게 될지 어떨지 모르겠어요. 어쨌든 마이크도 초대하려고 하는데. 미셸과 내가 로스를 위해 목요일 저녁에 작은 파티를 하려고 하거든요. 올 수 있어요?"

"그럼요. 로스를 다시 만나면 반가울 겁니다. 몇 시죠?"

"6시요. 6시 30분쯤 식사를 할 것 같아요."

"좋습니다. 근데 뭘 만들었어요, 한나? 뭔지 몰라도 냄새가 무척 좋군요."

쿠키를 시험해볼 좋은 기회! 한나는 즐거움에 입술을 비틀었다. 마이크는 쿠키 재료에 둔한 편이니 쉽게 알지 못할 것이다.

"시크릿 스파이스 쿠키를 구웠는데, 이제 먹을 수 있을 만큼 식었을 거예요. 한번 맛이나 볼래요?"

"그거 좋죠! 홀에서 러블리 레몬 바 쿠키 두어 개 먹었는데, 점심을 걸러서 그런지 그걸로는 부족했거든요."

한나는 식힘망 꼭대기 층에서 쿠키를 집어 마이크에게 가져갔다.

"여기 있어요. 리사의 이모인 낸시에게서 받은 새 레시피에요. 먹어보고 어떤지 얘기해줘요."

마이크는 한 입 베어 물고 씹었다.

"향신료 좋은데요."

마이크가 또 크게 한 입 베어 물며 말했다.

"정말 맛있어요. 독특하기도 하네요. 시나몬이랑 육두구, 정향 맛이 나는데, 내가 모르는 향신료도 더 섞인 것 같습니다."

"맞아요."

한나가 쿠키를 두 개 정도 더 가져오는 동안 마이크는 굶주린 늑대처럼 두 번째 쿠키도 먹어 치웠다. 한나는 작업대 위에 쿠키를 내려놓으며 말했다.

"케첩이에요."

"네?!"

"쿠키에 케첩이 들어갔다고요."

"햄버거에 넣는 그 케첩 말입니까?"

"네, 바로 그거요. 리사 이모님이 늘 이렇게 사람들을 속이신다고 하네요. 비밀 향신료가 뭔지 아무도 맞추는 사람이 없대요."

마이크는 또 하나의 쿠키를 조심스럽게 씹었다.

"케첩 맛이 나는 듯도 하고, 아닌 듯도 하고. 이건 절대 맞추지 못했을 거예요. 갈 때 두 상자 사서 경찰서에서 돌려야겠어요. 로니와 릭에게 맛보게 하고 싶군요! 안에 뭐가 들었는지 상상도 못할 겁니다. 이거 목요일 저녁식사 때 낼 건가요? 로스도 아마 맞추지 못할 것 같은데."

"아마 그렇겠죠. 이모님 말씀으로는 맞춘 사람이 아무도 없었대요. 목요일 저녁에는 탠저린 드림 케이크를 만들 거예요."

"그것도 좋죠! 콜팩스 판사님의 범인을 검거하는 일만 아니면 꼭 가겠습니다. 그러고 보니 생각난 건데, 수사는 어떻게 되어가고 있습니까?"

한나는 별것 없다는 듯한 표정으로 어깨를 으쓱했다. 뭘 알아냈느냐고 한나를 들들 볶기 전에 마이크에게 초대의 말을 전한 것이 다행이다 싶었다. 지체했다가는 초대하고 싶은 마음이 싹 사라졌을지도 모른다.

"그런대로 되고 있어요. 그렇게 진전은 없지만요."

"오늘 아침에 법원에서 데이브를 만나 건 진전이 있지 않았습니까?"

마이크도 알고 있었다. 한나를 예의주시하고 있었던 것이다. 한나는 그런 마이크가 마음에 들지 않았지만, 달리 어쩔 도리가 없었다.

"네, 가서 만났어요."

한나가 인정했다.

"어제 호위를 만났는데, 데이브가 법원에서 꽤 오랫동안 일했다고 하더라고요. 그와 이야기를 해보면 수사의 출발점을 찾을 수 있을 것 같았죠. 보니까 마이크도 그 사람을 만나본 것 같은데요?"

"법원에 있는 모든 사람들의 일거수일투족을 다 알고 있는 사람이더군요."

"그렇다네요."

시작이 좋다. 한나는 데이브가 마이크에게 무슨 이야기를 했는지 알아낼 요량이었다.

"데이브가 판사님의 첫 번째 부인에 대해서도 이야기하던가요?"

"네, 상처가 많았던 이혼이었다고 하더군요. 그 부인도 만나볼 생각입니다. 아들도 만나보고 싶고요. 이혼 가정의 아이들은 부모님의 부재로 인해 마음속에 원한을 품기도 하니까요. 그런 경우는 셀 수 없을 만큼 많이 봤습니다. 그 아들 이름이 세스였죠, 그렇죠?"

"데이브에게 그렇게 들었어요."

"다른 사람 이야기는 안 하던가요?"

"채드 노튼 이야기부터 했어요. 아주 성미가 고약하다고요. 법정에서 어떤 판사님에게도 대드는 바람에 그 판사님이 분노조절장애 치료를 받을 것을 명령했다고 해요. 그래서 채드 노튼도 용의자 명단에 올렸어요."

"그 사람은 내 명단에도 있습니다. 사실 지금 당장은 가장 유력한 용의자죠. 하지만 바뀔지도 모르겠습니다. 오늘 오후에 보자고 했거든요. 알리바이가 있는지 확인해보려고 말입니다."

"나한테도 결과를 알려줄래요?"

"왜요?"

"서로 정보 공유하는 것 아니었어요?"

"그렇긴 하지만, 한나는 일반 시민이라는 사실을 잊지 말아요. 경찰에서만 접근이 가능한 정보도 있는 겁니다."

맨날 그렇고 그런 이야기. 한나는 마음속으로 생각했다. 하지만 잠자코 앉아 마이크가 또 무슨 이야기를 할지 가만히 듣고 있었다.

"불공평한 건 알지만, 그게 규칙입니다. 선서를 한 경찰관으로서 그 규칙은 깨뜨릴 수가 없어요."

한나는 계속 잠자코 있어야 한다는 것을 알고 있었지만, 끝내 참지 못하고 입을 열었다.

"전에 깨트린 적 있잖아요."

"압니다. 하지만 앞으로는 그런 일 없을 거예요. 윤리적인 경찰이라면 결코 할 수 없는 일이죠."

마이크는 자신의 수첩을 내려다봤다.

"다시 본론으로 돌아가서, 용의자 명단에 다른 사람이 있습니까?"

한나는 자신이 얼마나 화가 났는지 마이크가 눈치채지 못하도록 시선을 아래로 떨궜다. 내 정보는 알고 싶어 하면서 자신의 정보는 주지 못하겠다니. 나에게 숨기는 것이 있는 걸까? 알아낼 방법은 한 가지뿐이다.

"다른 용의자가 있나니까요?"

마이크가 재차 물었다.

"명단은 이미 알려줬잖아요."

한나는 진심을 담아 말했다. 정말로 명단은 알려주지 않았던가. 전부 알려준 것은 아니지만. 정보 공유는 상부상조의 형태여야 마땅하다.

"이제 마이크가 화답할 차례예요. 마이크는 다른 용의자 있어요?"

마이크는 명단을 내려다보았다.

"아뇨, 지금은 그게 답니다."

그는 거짓말을 하고 있다! 아니면 데이브가 마가렛 조지와 그녀의 딸에 대해 이야기해주지 않았거나. 이유가 무엇이든 한나는 데이브에게서 얻은 정보를 마이크와 공유할 생각이 없었다. 적어도 엄마에게 마가렛 조지에 대해 물어보기 전까지는.

불편한 침묵이 흘렀고, 이내 회전문이 열리더니 트레시가 들어왔다.

"안녕, 한나 이모. 엄마가 이모랑 같이 쇼핑몰에 가서 새 핸드폰 골라주라고 해서요. 인터넷으로 미리 검색을 해봤는데, 완전 괜찮고 기능도 많은 기기를 발견했어요."

"핸드폰 사려고요?"

마이크가 물었다.

"원래 쓰던 핸드폰이 켜지지가 않아요. 이제 그만 업그레이드 할 때인가 싶네요."

마이크가 의심의 눈초리로 한나를 쳐다보았다.

"배터리 충전을 또 잊은 것 아닙니까?"

"모르겠어요. 뭐, 상관없어요. 어쨌든 이건 옛날 플립 폰이니 새 폰으로 교체해야 할 것 같아요."

"당연하죠!"

트레시가 한나 옆자리에 풀썩 앉으며 말했다.

"그 핸드폰은 거의 공룡급이에요."

"무슨 공룡?"

마이크가 물었다. 트레시는 잠시 생각에 잠겼다가 이내 미소를 지었다.

"브라키오사우르스요."

"왜 브라키오사우르스랑 비교하는 거야?"

한나가 물었다.

"우선 브라키오사우르스는 몸무게가 45메트릭톤(1000kg을 1톤으로 하는 중량단위)인데, 이모 핸드폰도 엄청 무겁잖아요. 덩치도 크고요. 브라키오사우르스는 키가 26미터까지 자란대요."

마이크는 휙 휘파람 소리를 냈다.

"엄청 크군!"

"맞아요. 조단 고등학교 축구장 길이의 3/4이 넘어요."

"맞아."

한나가 말했다.

"그렇게 큰 걸 지니고 다니고 싶지 않아."

"브라키오사우르스는 초식 동물이에요."

트레시가 말했다.

"식물밖에 안 먹지만, 엄청 많이 먹죠. 하루에 풀을 거의 400킬로그램 가까이 먹을 수 있대요."

"공룡 중에서 가장 큰 종인가?"

마이크가 물었다.

"아뇨, 티렉스가 가장 커요."

트레시가 한나에게 말했다.

"이모 폰을 브라키오사우르스와 비교한 또 하나의 이유는 그 종이 바로 여기 미국에서 살았기 때문이에요. 그리고, 그 최초의 화석을 농부가 발견했는데, 우리 마을 근처에도 농부들이 많잖아요."

"그것 참 괜찮은 이유들이구나."

한나가 말했다.

"네 이야기를 듣고 있으니까 더더욱 핸드폰을 바꿔야겠다 싶어. 이 브라키오사우르스 핸드폰을 계속 갖고 있다가 우리 집 근처에 초목이 남아나지 않으면 어떡해."

트레시가 킥킥거렸고, 한나는 흐뭇했다. 조카들의 웃음소리는 언제 들어도 기분이 좋았다.

"쇼핑몰까지 나랑 같이 갑시다."

마이크가 제안했다.

"나도 새 핸드폰을 사야 하거든요. 아침에 약간 사고가 있었어요."

"고맙습니다, 마이크 삼촌."

한나가 뭐라 대답하기도 전에 트레시가 나서서 그의 제안을 받아들였다.

"핸드폰이 어떻게 됐는데요?"

"아…… 그게…… 변기에 빠트렸어요."

"부끄러워하지 않으셔도 돼요."

트레시가 말했다.

"우리 아빠는 벌써 세 번이나 그랬는걸요. 이제 화장실 갈 때 핸드폰 들고 가지 말라고 엄마가 일렀는데, 아빠는 아침에 제일 먼저 이메일부터 확인해야 한다면서 고집을 부리세요."

"나도 똑같이 이메일 확인하느라 그랬단다."

"핸드폰과 화장실은 함께해서는 안 돼요."

트레시가 총명하게 말했다.

"우리 반에 캘빈 야노프스키라는 남자애가 있는데, 핸드폰을 그렇게 변기에 빠트렸다가 엄마에게서 한 달 동안이나 사용 금지를 당했대요! 지금 그 핸드폰 갖고 계세요?"

"경찰차에 있는 가방에 있어."

"아, 좋아라. 그럼 우리 경찰차 타는 거예요?"

마이크가 고개를 끄덕이자 트레시의 표정이 환해졌다.

"뒷좌석에 앉아서 완전 위험한 범죄자인 척해도 돼요?"

"얼마든지."

"감사합니다, 마이크 삼촌. 엄청 재밌을 것 같아요."

"그냥 그런 척 놀이를 하겠다는 거지?"

한나가 물었다.

"정말로 그런 범죄자가 되고 싶은 건 아니지?"

"당연히 아니죠!"

트레시는 정말 충격을 받은 듯한 얼굴로 외쳤다.

"로스 삼촌이 온다니까 연기 연습을 하고 싶었던 것뿐이에요. 마이크 삼촌도 그날 저녁식사에 올 거죠? 우리 가족도 전부 갈 거예요."

"그래, 네 이모가 알려줬어. 나도 갈 거야."

"한나 이모랑 같은 핸드폰 사면 제가 이모한테 새 핸드폰 사용법 가르쳐주는 걸 삼촌이 도와줄 수 있을지도 몰라요. 매뉴얼은 엄마 사무실에 있는 컴퓨터에 다운로드해 놓을게요. 그곳 프린터기가 더 빠르거든요."

트레시는 한나를 돌아보았다.

"신용카드 꼭 챙기세요, 이모. 새 핸드폰은 비싸요."

"지금 확인해볼게."

한나는 뒷문에 걸어둔 가방을 살피기 위해 자리에서 일어났다. 등 뒤로 여전히 트레시와 마이크의 대화를 들을 수 있었다.

"엄마가 리사 이모랑 허브 삼촌도 올 거라고 했어요."

트레시가 말했다.

"노먼 삼촌이 커들스도 데려온대요. 모이쉐랑 같이 또 쫓기놀이 할 것 같아요. 테이블 다리에 막 부딪히면서 말이에요."

한나는 미소를 지었다. 포크찹을 미끼로 던질 계획이니 녀석들이 쫓기놀이를 할 거란 것은 명백한 사실이었다.

"빨리 한나 이모 핸드폰 사러 가고 싶어요."

트레시가 신이 나 말했다.

"이모는 기계에 정말 약해서 도움이 많이 필요하거든요. 이렇게 다같이 쇼핑하러 가게 돼서 정말 좋아요."

"나도 그래."

마이크가 말했다.

"내 핸드폰도 바꿔야 될까 생각 중이야. 벌써 2년이나 됐거든."

"오래됐네요."

트레시가 말했다.

"통신사 무료 업그레이드 시점이 된 거예요?"

"아니, 아직. 내 돈으로 할까 해."

"그럴 필요 없을지도 몰라요. 핸드폰 가게에 가서 점원한테 확인해 봐요. 통신사를 바꾸면 새 핸드폰을 공짜로 얻거나 할인을 받을 지도 몰라요."

"그거 좋은 생각이구나. 그렇게 해볼게."

"변기에 빠트린 핸드폰도 잘 말려서 중고용품점에 가져다주고 세금 정산 때 공제 받아요. 우리 엄마가 핸드폰 바꿀 때마다 그렇게 하거든요. 한나 이모한테도 그렇게 하라고 얘기해줄 거예요."

"그건 중고용품점에 먼저 이야기해보고 결정하는 게 좋겠어."

"왜요?"

"공룡급 핸드폰은 안 받을지도 모르잖아."

"그래도 좋은 거예요, 마이크 삼촌!"

트레시는 살짝 큭큭거리더니 이내 해맑은 웃음을 터뜨렸다.

마이크 역시 웃음을 터뜨렸고, 두 사람의 웃음소리에 한나는 미소를 지었다.

두 사람의 웃음이 잦아들자 트레시가 다시 입을 열었다.

"우리한테 같이 가자고 해줘서 고마워요, 마이크 삼촌. 오늘 오후에는 날씨가 따뜻할 거라고 했으니 이모의 쿠키트럭은 분명 찜통일 거예요. 에어컨이 고장났거든요."

"나도 알아. 네 이모 트럭의 온도조절 장치는 거의 있으나마나하거든. 이를테면 4-100에어컨이라고 할 수 있지."

"그게 뭐예요?"

"네 개의 창문을 100킬로미터의 시속에서 내리는 거야. 그렇게 해야지만 땀을 식힐 수 있거든."

새 핸드폰은 구입하는 데는 그리 오랜 시간이 걸리지 않았고, 다시 가게로 돌아온 한나는 기분이 좋았다. 뒷문으로 작업실에 들어섰을 때 리사와 미셸이 마침 한나를 기다리고 있었다.

"샀어?"

미셸이 물었다.

"응, 아주 예뻐. 하지만 사용법을 배우려면 내일 밤까지 기다려야 돼."

"어째서?"

"트레시가 그때 가르쳐주기로 했거든."

"기다릴 필요 없어요."

리사가 매우 자신감 있는 표정으로 말했다.

"사용법은 인터넷에서 언제든 볼 수 있으니까요. 저도 새 핸드폰 살 때 인터넷을 찾아보는 걸요."

"리사한테는 좋은 방법이겠지만, 나한테는 아니야."

"왜요?"

"왜냐하면 어떻게 켜는지조차 모르니까. 그냥 트레시가 가르쳐줄 때까지 기다릴래."

미셸과 리사는 서로 시선을 주고받았다. 한나는 두 사람이 무슨 생각을 하는지 알 것 같았다.

"너희들 내가 완전 기계치라고 생각하고 있다는 거 알아. 그래, 맞아. 나 그래. 이 핸드폰도 나 혼자 어떻게 해볼 수도 있겠지만, 트레시를 기다릴 거야. 공룡급 핸드폰을 갖고 있던 이모한테 자기가 직접 새 핸드폰 사용하는 법을 가르쳐줄 거라는 사실에 얼마나 어깨가 으쓱해 있다고."

"정말 그렇겠어요!"

리사가 미소를 지으며 말했다.

"트레시는 궁금한 것이 많잖아요. 언젠가 한번은 오븐이 어떻게 작동하는지 물어보더라고요. 그래서 보여줬죠."

"나도 가르쳐준 거 있어."

미셸이 말했다.

"어제 트레시가 학교 끝나고 와서는 내가 대학교에서 댄스 수업을 받는다는 이야기를 들었다면서 댄스를 가르쳐달라는 거야."

"바로 그게 내가 기다리려는 이유야."

한나가 말했다.

"어른들은 트레시에게 늘 가르치기만 했는데, 이번에는 그 반대잖아. 트레시가 선생님이 되어서 나 같은 기계치에게 새 핸드폰 사용법을 가르쳐주는 경험을 해볼 수 있어."

시크릿 스파이스 쿠키

오븐은 175도로 예열합니다. 틀은 오븐의 중앙에 둡니다.

재료

다목적용 밀가루 2컵 / 베이킹소다 2티스푼

생강 가루 2티스푼 / 시나몬 가루 1티스푼 / 올스파이스 가루 1/2티스푼

소금 1/2티스푼 / 백설탕 1컵 / 토마토 케첩 1/3컵

소금기 있는 버터 1/4컵(59g) / 식물성 기름 1/4컵

당밀 1/4컵 / 큰 계란 1개(포크로 휘저어 거품을 내주세요)

바닐라 농축액 2티스푼 / 반죽 볼 코팅용 백설탕 1/4컵

만드는 법

1. 팬에 들러붙음 방지 스프레이를 뿌리거나 기름종이를 깔아 주세요.

2. 전자 믹서기에 밀가루를 담습니다(손으로 반죽할 경우 믹싱볼에 담아주세요).

3. 베이킹소다를 넣고 낮은 속도에서 반죽합니다.

4. 생강, 시나몬, 올스파이스 가루와 소금을 넣고 여전히 낮은 속도에서 반죽합니다.

5. 설탕을 넣고 계속 반죽합니다.

6. 전자레인지용 그릇에 케첩과 버터, 기름, 당밀을 넣고 '강'에서 30초간, 버터가 녹을 때까지 돌립니다.

7. 30초간 제자리에 놓아둔 뒤 재료들을 섞어줍니다.

8. 믹서기가 가동되는 중간에 케첩과 버터, 기름, 당밀 섞은 것을 붓고 함께 반죽합니다.

9. 계란을 넣고 중간 속도로 올려 반죽합니다. 그런 뒤 바닐라 농축액을 넣고 모든 재료들이 골고루 섞일 때까지 반죽합니다.

10. 반죽기에서 고무주걱으로 옆면에 붙은 것을 긁어내린 뒤 손으로 마지막 반죽을 합니다.

11. 움푹한 그릇에 설탕 1/4컵을 넣습니다.

12. 작은 국자(리사와 저는 가게에서 2티스푼 크기의 국자를 사용했어요)를 사용해 반죽을 공 모양으로 떼어냅니다. 반죽이 너무 질다면, 위에 비닐랩을 씌워 1시간 동안 냉장고에 보관합니다(이 경우 예열해둔 오븐 끄는 것을 잊지 마세요!).

13. 반죽을 한 번에 하나씩 설탕 그릇에 넣고 굴려 코팅합니다. 그런 뒤 미리 준비한 틀에 얹습니다.

한나의 메모: 리사는 다음 번에 만들 때는 일반 설탕 대신 슈가파우더를 사용해보려 한다더군요. 시각적으로 또 다른 효과를 줄 것 같다면서요. 하지만 그 대신 설탕의 씹는 맛은 없어질 겁니다.

14. 175도의 온도에서 10~12분간 굽습니다. 가장자리가 먹음직스러운 갈색을 띠면 완성입니다.

15. 오븐에서 틀을 꺼내 불을 켜지 않은 가스레인지나 식힘망으로 옮겨 2분간 식힙니다. 그런 다음 기름종이째 들어서 식힘망에 얹은 뒤 완전히 식힙니다.

"여기서는 항상 좋은 냄새가 난다니까!"

레이크 에덴 호텔 로비에 자리한, 돌로 만든 커다란 벽난로 옆을 지나며 미셸이 크게 숨을 들이마셨다.

"그거야 샐리가 요리를 잘하니까."

한나가 호텔 레스토랑 안에 자리한 안내대로 향하며 말했다.

"치킨 키에프 냄새가 나는 것 같아. 오늘 저녁에는 그걸 먹을까 봐. 샐리의 치킨 키에프는 최고잖아."

"나도 인정. 하지만 오늘의 스페셜이 뭔지 일단 확인하고 정해. 샐리의 스페셜 메뉴는 항상…… 스페셜하니까."

안내대에는 한나가 좋아하는 웨이트리스가 손님들을 맞이하고 있었다. 한나는 미소를 지으며 인사했다.

"안녕, 도트. 노먼 왔나요?"

"네, 오셨어요. 로니와 마이크도요. 안드레아는 방금 전화가 왔는데, 늦을 거라고 하세요. 방금 집에서 나왔으니 곧장 이리로 오겠다고요. 기다리지 말고 먼저 식사하시라고 전해 달라던데요. 저를 따라오세요. 노먼이 있는 테이블로 안내해드릴게요."

"고마워요, 도트."

한나가 그녀의 뒤를 쫓아가는 대신 그녀의 옆에 함께 걸으며 말했다.

"아기는 잘 커요?"

"이제 아기가 아니에요. 직접 한번 물어보세요. 그러면 자기는 이제 아기 아니라고, 다 컸다고 얘기할 거예요. 그래서 우리 엄마가 다 큰 아이는 기저귀를 차지 않는다고 하면서 팬티 입는 방법을 훈련시키고 계세요. 또 다 큰 아이는 변기를 사용한다고 일러줬더니 금세 배우는 거 있죠!"

"놀랍네요. 그래도 아직 어리잖아요, 안 그래요?"

"20개월이요. 변기도 제법 사용할 줄 알고…… 아직 실수할 때가 있긴 한데 그래도 꽤 잘하고 있어요. 엄마가 무척 놀라워하고 계시다니까요. 글을 알려주면 내년에는 책도 읽을 지경이에요."

도트가 노먼의 테이블에 도착해서는 발걸음을 멈췄다.

"여깁니다, 숙녀분들. 전 금방 돌아올게요."

"밤처럼 아주 예쁘게 걷는군(조지 고든 바이런의 〈She Walks in Beauty〉라는 시의 일부)."

미셸이 다가서자 로니가 말했다.

"난 시 인용하는 남자들 멋있더라."

미셸은 자리에 앉기 전에 로니의 머리 위로 짧게 키스를 했다.

"안드레아랑 빌을 기다리는 동안 에피타이저부터 먹는 게 어때요?"

노먼이 제안했다.

"좋은 생각이네!"

마이크가 말했다.

"점심을 건너뛰었더니 배고파 죽을 지경이야."

한나는 마이크가 가게의 커피 홀에서 쿠키 두 개를 먹고 작업실에서 네 개의 쿠키를 더 먹었던 사실을 폭로하지 않기로 했다. 마이크는 호위 못지않게 먹성이 좋다.

"안녕, 여러분."

노먼의 제안에 때마침 샐리가 테이블로 다가왔다.

"그럼 에피타이저로 베이크 브리 어때? 위에 버터와 프렌치 허브를 바르고, 갓 구운 빵을 곁들여. 자를 때 흘러내리는 브리에 찍어 먹게."

"전 그걸로 할래요."

한나가 재빨리 말한 뒤 테이블에 둘러앉은 사람들을 쳐다보았다.

"베이크 브리 주문할 사람 또 있어요?"

"저도요."

미셸이 말했다.

"나 오늘 치즈가 무척 땡기거든."

"난 육류가 먹고 싶은데요."

마이크가 샐리에게 조언을 구하며 말했다.

"그렇다면 풀드포크(돼지고기 목살이나 앞다릿살을 양념과 함께 장시간 푹 쪄낸 요리)와 체다 치즈, 구운 사과를 올린 플랫브레드(얇은 웨하스 모양의 크래커) 어때? 아니면 모짜렐라 치즈, 페타 치즈, 올리브유에 익힌 양파에 신선한 토마토 다진 것 위로 갓 딴 바질을 솔솔 뿌려 얹은 플랫브레드는? 둘 다 아주 맛이 좋아. 나도 오늘 점심으로 풀드포크 플랫브레드를 먹었어."

"그럼 둘 다 맛을 보죠."

노먼이 제안했다.

"그리고 와인도 주문하고 싶은데요. 화이트 와인은 어떤 종류가 있나요?"

"스톤 셀러 샤르도네랑 마투어 소비뇽 블랑, 아니면 로드니 스트롱 소비뇽 블랑을 추천할게. 전부 훌륭한 와인들이야."

"한나?"

노먼이 한나를 돌아보았다.

"어떤 게 좋겠어요?"

"샐리의 선택에 맡길게요. 베이크 브리와 어울릴 만한 와인을 잘 골라 줄 거라 믿어요."

"그렇다면 샐리?"

노먼이 그녀를 올려다보았다.

"마투어를 가져올게. 한나 마음에 들 거야. 미셸도 와인 들겠어? 이제 21살이 지났잖아."

미셸은 잠시 망설이더니 이내 고개를 끄덕였다.

"반 잔만요. 브리랑 맛보는 화이트 와인 맛이 궁금하네요."

"우리 남자분들은? 레드 와인 들겠어?"

"그러고 싶군요!"

마이크가 간절한 목소리로 말했다.

"하지만 불행하게도 돌아가는 대로 보고서 작성을 마쳐야 할 것이 있어서 말입니다."

"로니는?"

로니는 고개를 끄덕이고 있는 마이크 쪽을 흘끗 쳐다봤다.

"원하는 대로 해. 어차피 오늘 비번이니까 경찰서로 돌아갈 필요 없어."

"감사합니다."

로니는 대답한 뒤 샐리 쪽으로 고개를 돌렸다.

"전 딱 한 잔만 마실게요. 한 병을 다 딸 필요는 없는 것 같아요."

"그건 걱정마."

한나가 말했다.

"빌도 마실 테니까. 레드 와인 좋아하거든. 안드레아도 우리 화이트 와인 나눠 마실 것 같은데."

"분명 엄청 좋아할 거야."

미셸이 애써 한나의 시선을 피하며 말했다. 한나가 개인적으로 샤또 스크류탑이라고 부르는 와인을 안드레아가 몹시 추종하고 있다는 사실은 한나도 미셸도 잘 알고 있는 바였다. 안드레아는 자칭 와인 전문가였는데, 지난번에는 그 싸구려 와인을 맛보면서 '시트러스 향이 살짝 감도는, 섬세하면서도 장난스러운 맛'이라고 표현했었다. 그 와인이 사실 코스트 마트에서 대용량 병으로 10달러도 안 되는 돈으로 구매한 싸구려 와인이라는 사실을 알게 되면 안드레아는 쥐구멍에 들어가고 싶을 정도로 당황스러워할 것이다. 한나는 냉장고 제일 아래 선반, 커다란 피클단지 뒤에 그 병을 숨겨놓고는 절대 안드레아 스스로 와인을 따르게 하지 않았다.

"라스베이거스에서는 뭘 하면서 시간 보냈어요?"

샐리가 자리를 뜨자 노먼이 한나에게 물었다.

한나는 미셸쪽은 쳐다보지 않으며 대답했다.

"새로운 레시피 몇 개를 발견했어요."

"어떤 거요?"

마이크가 물었다.

"독일식 초콜릿 컵케이크요."

미셸이 대신 대답했다.

"진짜 맛있어요."

"나도 맛보고 싶네."

로니가 말했다.

"우리 어머니도 독일식 초콜릿 케이크 만들어주시곤 했어. 특기 메뉴 중 하나셨거든."

한나는 로니의 어머니인 브리짓 머피의 배경을 생각하면 이상한 일이라는 생각이 들었다. 브리짓 오시언은 고등학교 교환학생으로 아일랜드에서 이곳 레이크 에덴에 왔고, 그 기간 동안 시릴의 부모님 집에서 머물렀다. 브리짓이 다시 아일랜드로 돌아간 후에도 시릴은 그녀와 계속 연락을 주고받았고 마침내 아버지의 사업을 물려받게 되자 브리짓에게 전화해 레이크 에덴으로 와서 사무실 일을 봐줄 수 있겠냐고 부탁한 것이다. 브리짓은 그의 제안을 수락했고, 결국 지금까지 흘러오게 되었다.

"브리짓 특기 메뉴에 아일랜드 요리가 없다는 것이 놀라운 걸."

"저도 한번 물어본 적이 있는데, 늘 아일랜드식 디저트만 먹고 자랐으니 이제는 다른 것을 만들어보고 싶었다고 하시더라고요."

한나가 아일랜드식 디저트에 대해 물어보려는 찰나에 도트가 와인을 들고 나타났다. 도트는 빈 텀블러(굽이나 손잡이가 없이 바닥이 납작한 큰 잔)와 함께 와인이 가득 찬 카라페 두 개를 노먼에게 건넸다.

"여기 있어요, 노먼. 제가 따라드릴까요?"

"난 괜찮아요, 도트. 다른 분들 몫의 와인을 따줘요."

노먼의 카라페에 든 액체의 정체에 대해 모두들 알고 있었다. 그것은 바로 진저에일(생강 탄산수)이었다. 노먼은 술을 한 모금도 마시지 않았는데, 한나는 그 이유를 알고 있었다. 노먼이 언젠가 한나에게 비밀리에 이야기 해준 적이 있었는데, 한나는 아직 누구에게도 그 사실을 이야기하지 않았다. 노먼이 레이크 에덴으로 이사 오기 몇 년 전 시애틀에서 치과의사로 일하고 있을 때의 일인데, 어느 밤에 술에 너무 취해 그만 실수를 저지르고 말았고, 그 일로 어머니를 실망시킨 것은 물론 감옥까지 다녀오고 말았다. 그 일이 있은 이후로 노먼은 두 번 다시 술을 마시지 않았다.

"저기 빌과 안드레아가 오네요."

두 사람이 레스토랑 입구로 다가오는 것을 본 한나가 말했다.

"헤이."

빌이 테이블로 다가오며 인사를 건넸다.

"우리의 우수한 형사팀은 어떻게 지내셨나?"

"좋습니다."

마이크가 대답 고, 로니도 고개를 끄덕였다.

"한나, 미셸…… 그간 내가 너무 바빠서 라스베이거스에 돌아온 이후 둘 다 얼굴 볼 시간이 없었어. 그래도 안드레아에게서 아주 재밌는 시간 보냈단 이야기는 들었지."

"맞아요."

미셸이 대답했다.

"재밌었어."

고개를 살짝 젓고 있는 안드레아를 흘끗 바라보며 한나도 대답했다. 안드레아의 고갯짓이 무슨 의미인지 알 것 같았다. 안드레아가 한나와 로스와의 관계에 대해 아직 빌에게 이야기하지 않은 모양이다.

"노먼?"

빌이 말을 이었다.

"초대 고마워요. 치과에서 대면할 때 빼고는 항상 반가워요. 치과 치료는 정말 아프거든요."

"그렇지 않을 걸요."

노먼이 매우 진지하게 말했다. 하지만 그의 두 눈이 장난기로 반짝이는 것을 눈치챈 한나는 노먼이 농담을 던지려고 하는 걸 알 수 있었다.

"몰라요? 난 무통치료 전문 치과의사라고요."

테이블에 한바탕 웃음꽃이 폈고, 빌과 안드레아도 이내 웃음을 터뜨렸다.

안드레아가 입을 열었다.

"우리 때문에 다들 너무 오래 기다리게 한 거 아닌지 모르겠네요. 베시가 〈백설공주〉 만화영화를 보고 싶다고 해서 그걸 찾느라 한참이 걸렸어요. 아이들용 만화영화가 100가지가 넘거든요. 우리 집 서재는 이제 완전 아이들 영화관이 됐다니까요!"

두 사람이 자리에 앉자 노먼이 말했다.

"에피타이저랑 와인 몇 개 주문했어요."

그는 도트가 열어둔 병을 가리켰다.

"레드 와인 들겠어요, 빌?"

"좋죠. 오늘 일정은 끝났거든요."

"안드레아는 화이트 와인?"

안드레아는 고개를 끄덕였다.

"무슨 와인이에요?"

"마투아 샤비뇽 블랑."

도트가 대답했다.

"아직 맛을 보지 못했는데, 샐리가 아주 훌륭한 와인이라고 했어요."

안드레아는 미소를 지었다.

"샐리가 그렇게 얘기했으면, 정말 훌륭한 와인인가보네요. 와인에 대해 잘 알잖아요. 물론 한나 언니가 나를 위해 항상 준비하는 그 와인에 비할 수는 없겠지만. 내가 지금껏 맛본 것 중 그게 최고에요."

"고마워."

한나가 대답하며 머릿속으로는 빨리 화제를 다른 것으로 돌려야겠다고 생각했다. 한나의 시선이 안드레아의 사랑스러운 빨간색과 황금색 스카프에 가 닿았다. 저것이야말로 화제 전환거리로 안성맞춤이다.

"그 스카프 참 예쁘다, 안드레아. 그걸 보니 생각난건데…… 지난 번에 우리 집에 왔을 때 스카프 두고 가지 않았어?"

"아닌 것 같은데. 어떤 스카프인데?"

"실크고 길이가……."

한나는 미셸을 돌아보았다.

"그 스카프 길이가 얼마나 되는 것 같았어?"

"짐작이긴 한데, 1미터는 돼 보였어."

"긴 스카프를 몇 개 갖고 있긴 해. 그중 하나는 빌이 크리스마스 선물로 준 건데, 무슨 색이야?"

한나는 기억을 떠올리려 애썼다.

"초록색 바탕에 우아한 파란색 꽃무늬가 수놓인 거야."

"기하학적 무늬는 아니야."

미셸이 덧붙였다.

"큰 꽃무늬인데, 좀 추상적인 모양이야. 무늬 크기도 각각 다르고, 파란색의 색깔톤도 조금씩 다 달라."

"되게 예쁜 스카프인 것 같은데, 내 것은 아니야. 나한테 그런 스카프는 없었거든. 어디서 찾았는데?"

"모이쉐가 찾았어. 미셸이랑 내가 퇴근해서 집에 돌아와 보니 녀석이 그걸 거실까지 끌고 나왔더라고."

"그럼 엄마 것일지도 몰라."

안드레아가 추측했다.

"정장에 항상 스카프 두르셨잖아. 내가 엄마한테 문자 보내볼까?"

"괜찮아. 엄마 것이라면, 어차피 집에 오셔야 돌려드릴 수 있잖아. 그동안 우리 집에 왔던 사람들한테 한번 물어보지, 뭐."

"모이쉐가 그걸 어디서 찾았는지 모르는 모양입니다."

마이크가 말했다. 한나는 마이크의 형사 기질이 또다시 발동했다고 생각했다.

"네."

한나가 대답했다.

"처음부터 거실에 있었던 게 아닌 것은 확실해요. 그랬다면 훨씬 전에 내 눈에 띄었을 테니까요. 미스터리한 일이죠."

마이크가 미소를 지었다.

"한나는 미스터리 좋아하잖아요. 이번 건 같은 사소한 일도 잘 해결할 수 있을 것 같은데요. 그저 한나 집에 들렀던 여자들의 명단을 작성한 다음에 한 명씩 전화해 스카프 잃어버리지 않았느냐고 물어보면 되잖아요. 내가 자주 하는 일이 그런 것입니다만."

한나는 자신이 바보가 아니라고, 그 방법은 이미 해보았다고 따지고 싶었지만, 아무 말도 하지 않았다. 노먼이 주최한 파티를 망치고 싶지 않았다.

"조언 고마워요, 마이크."

한나는 자신의 인사가 너무 비꼬는 투로 들리지 않았기를 바라며 다정하게 대답했다.

"천만에요, 한나."

한나는 마이크의 표정을 살피고는 그가 한나의 목소리에서 그 어떤 이상한 낌새도 느끼지 못했음을 깨달았다. 만약 그가 한나에게서 이상한 낌새를 느꼈다면, 또다시 직설적인 반격에 나섰을 것이 분명하니 말이다.

"그런 걸 찾은 게 이번이 처음이 아니에요."

미셸이 말했다.

"하루는 띠 같은 것을 갖고 놀고 있더라고요. 가운이나 드레스에 묶는 허리띠인 것 같았는데."

"근데 나한테는 그런 색깔의 옷이 없었지."

한나가 덧붙인 뒤 마이크에게 말했다.

"그것도 녀석이 어디서 가져왔는지 모르겠어요."

"모이쉐에게 도벽이 있는 모양이네요."

노먼이 말했고, 모두들 웃음을 터뜨렸다.

"웨이트리스는 손님들의 사적 대화를 다른 곳에서 발설하면 안 되긴 하지만, 진짜로 그런 고양이가 있대요."

마침 화이트 와인병을 넣을 얼음통을 가지고 온 도트가 말했다.

"농담이겠죠!"

미셸이 깜짝 놀라며 도트에게 말했다.

"아니에요. 일이 늦게 끝날 때 가끔은 금방 잠들지 못하곤 하는데, 그때는 거실에 나와 차 한 잔 하면서 늦은 밤 뉴스 프로그램을 시청하거든요."

"나도 그래요."

마이크가 말했다.

"그러면 정신 쏟고 있던 일에서 좀 떨쳐날 수 있거든요. 그런 프로그램은 너무 지루해서 보고 있으면 금방 잠이 와요."

도트가 미소를 지었다.

"맞아요. 그렇게 차를 마시면서 앵커가 떠드는 이야기를 듣고 있다가 도벽 고양이에 대한 이야기를 듣게 됐어요."

"그래서 귀를 기울였군요."

미셸이 추측했다.

"네, 15분도 되지 않는 짧은 이야기였는데, 막 텔레비전을 끄고 침실로 들어가려는데 얼룩무늬 고양이가 입에 목걸이를 물고 있는 것을 보여주더라고요."

"조작된 사진 아니에요?"

노먼이 물었다.

"그건 아닌 것 같았어요. 어디에 사는 고양이였는지는 정확히 기억이 안 나는데 그 여주인이 말하기를 낮 동안 바깥 여기저기를 돌아다니다가 집에 돌아올 때는 누군가의 물건을 들고 오더래요. 그 고양이 이름이 티피였던 것 같은데, 티피가 그 이후로 계속 집에 약탈품을 갖고 오기 시작했고, 사람들에게 알려서 토요일에 다들 창고에 와서 자신이 도둑맞은 보석이나 옷가지가 없는지 확인해보라고 했다네요."

"그게 정말 사실일까요?"

한나가 물었다.

그러자 마이크가 어깨를 으쓱했다.

"아마도요. 까마귀류가 반짝이는 것을 물어다가 둥지에 가져다 둔다는 얘기는 들어봤는데, 고양이도 그럴 수 있겠다는 생각이 드는군요."

"전 다만 그럴 가능성을 이야기한 것뿐이에요."

도트가 빈 와인잔에 와인을 따른 뒤 가져온 얼음통에 화이트 와인을 집어넣었다.

"전 가서 에피타이저가 어떻게 되고 있는지 살펴볼게요. 금방 나올 수 있을 거예요."

"고마워요, 도트."

한나가 말했다.

"그리고 그 고양이 이야기도 고마워요. 모이쉐의 경우와는 다른 것 같지만, 어쨌든 재밌었어요."

"왜 모이쉐의 경우와 다르다고 생각합니까?"

도트가 자리를 뜨자 마이크가 물었다.

"녀석은 밖에 나가지 않았으니까요."

"어딘가에 느슨한 틈새가 있지는 않습니까?"

마이크가 물었다.

"그런 곳이 있을지도 모르겠지만, 있다고 해도 의미 없어요. 오늘 아침에도 집에서 나올 때 창문을 전부 닫았으니까요."

"모이쉐가 밖으로 나갈 수 있는 통로가 따로 있지는 않을까요?"

한나는 고개를 가로저었다.

"아뇨, 창문이 전부 다 잘 잠겼는지 매번 확인하니까요. 그리고 문 밖으로 나와서도 문이 잘 잠겼는지 꼭 확인한단 말이에요."

"그렇다면 아파트에 그 어떤 입구도 출구도 없다는 거군요?"

"네."

한나는 살짝 미간을 찌푸렸다. 마이크는 어느새 또다시 한나를 추궁하고 있었고, 한나는 기분이 좋지 않았다.

"계단도 하나밖에 없는 것 마이크도 많이 와봤으니 잘 알잖아요."

"건조기 통풍구는 어떻습니까? 밖으로 통해 있잖아요."

"맞아요."

한나가 인정했다.

"하지만, 건조기도 사용 후에는 항상 문을 닫아놓는 데다가 통풍구도 떨어지지 않고 잘 연결되어 있는 걸요. 어젯밤에도 사용했는데 아무 문제 없었어요."

"다락은요?"

"다락이 있긴 한데, 거기에 올라가려면 내 침실 옷방 천장에 붙은 조그마한 문을 통과해야 해요."

"최근에 그 문 확인해본 적 있습니까?"

한나는 잠시 생각에 잠겼다.

"사실…… 없어요. 오늘 집에 가는 대로 확인해봐야겠네요."

"만약 거기도 아니라면, 전화해요."

마이크가 기분 좋은 얼굴로 말했다.

"한 보안업체에서 테스트를 해달라며 맡긴 새 감시 장비가 있는데, 내가 가서 한나 집에 달아줄게요. 그러면 모이쉐가 집 밖으로 나가는지 안 나가는지 알 수 있을 겁니다."

"고마워요, 마이크."

한나가 이번에는 진심을 담아 인사했다. 모이쉐가 낮 시간 동안 밖에 나가는 것이라면, 그 경로를 차단해 녀석을 집 안에서 안전하게 보호하고 싶었다.

한나는 전화 부스 안에서 교회에 입고 갈 옷으로 갈아입고 있었다. 이 전화 부스는 레이크 에덴 시청 앞에서 볼 수 있는 종류의 전화 부스와는 다르다. 부스의 세 면은 밥 목사님의 교회 창문과 똑같은 스테인드글라스로 되어 있었는데, 깨끗한 유리가 끼워진 나머지 한 면을 통해 밖을 쳐다보니 바로 앞에는 신도석이 차례대로 자리하고 있었다.

　신도석은 이내 사람들로 채워지기 시작했다. 서두르지 않으면 예배가 시작해버리겠다. 한나는 전화 부스 안에서 자신과 함께 있는 로스를 쳐다보고는 그에게 턱시도 재킷을 건넸다. 이제 로스는 준비가 끝났다. 하지만 한나는 아직이다. 웨딩드레스는 어디 있지? 이 꼴로 결혼할 수는 없다!

　제일 앞 신도석에서 웃음소리가 들렸다. 버티 스트롭이다. 한나는 그녀의 웃음소리를 알아챌 수 있었다. 그 옆에는 로드 메칼프가 앉아 사진을 찍고 있었다. 내 모습이 내일 신문에 실릴 텐데 웨딩드레스는 어디에도 보이지 않는다. 전화 부스 안을 샅샅이 뒤져보아도 찾을 수가 없다. 집 옷장에 두고 온 것일까?

　그때 전화벨이 울렸다. 한 번, 두 번. 한나에게 다른 선택의 여지는 없었다. 전화를 받을 수밖에.

　한나는 침대 옆 협탁에 놓인 핸드폰으로 손을 뻗어 그것을 집었다. *침대 옆 협탁. 꿈이었구나.* 하지만 핸드폰은 계속 울리고 있었다.

　"여보세요."

한나는 침대에 일어나 앉아 꿈의 여운을 털어내려는 듯 머리를 흔들었다.

"한나? 내가 깨운 겁니까?"

마이크다. 이건 현실인가, 아니면 아직도 꿈속을 헤매고 있는 중인가?

한나는 더 이상 전화 부스에 있지 않았다. 평소에 잠잘 때 입는 잠옷 차림이었다.

"몇 시에요?"

한나는 가까스로 물었다.

"8시입니다. 쿠키단지로 전화했었는데, 미셸 말이 아직 한나가 나오지 않았다고 해서요."

한나는 알람시계를 쳐다보았다. 마이크의 말이 옳았다. 정말 8시다. 내가 푹 잘 수 있도록 미셸이 알람을 꺼놓은 것이 분명하다.

"아무래도 내가 잠을 깨웠나보군요, 그렇죠?"

마이크의 음성에 그에게선 흔치 않은 미안한 기색이 느껴졌다.

한나는 황급히 그를 안심시켰다.

"그렇긴 하지만 오히려 깨워줘서 고마워요. 얼른 일어나서 출근 준비를 해야 하거든요. 오늘 할 일이 엄청 많아요."

"우리 둘 다 그렇죠!"

마이크가 큰 소리로 한숨을 내쉬었다.

"다락으로 올라가는 문은 확인해봤습니까?"

순간 한나는 머릿속이 멍해졌다. 지금 무슨 이야기를 하고 있는 거지? 그러고는 이내 마이크가 다락문에 대해 물어봤던 일이 퍼뜩 떠올랐다.

"어젯밤에 집에 오자마자 확인해봤는데, 잘 닫혀 있었어요."

"그렇다면 모이쉐가 그걸 직접 열고 나갔다가 다시 들어와서는 스스로 닫았을 리는 없겠군요."

한나는 웃음을 터뜨렸다.

"똑똑한 녀석이긴 하지만, 그 정도로 똑똑하진 않아요."

"그렇군요. 그저 모든 가능성을 염두에 두었을 뿐입니다. 오늘 아침에 출근할 때 감시 장비를 가지고 왔는데, 괜찮다면 바로 가서 설치해줄게요. 10분이나 15분 정도밖에 안 걸릴 겁니다."

"그래주면 좋죠!"

"그럼 5분 안에 출발할게요. 20분쯤 걸리겠네요. 시간 괜찮죠?"

"아주 좋아요."

한나가 말했다.

"고마워요, 마이크."

5분 후, 한나는 첫 커피를 마신 뒤 샤워실로 들어섰다. 10분 후 옷을 갈아입고 부엌에 들어가 아침식사로 뭘 먹으면 좋을지 고민하다가 미셸이 소금통과 후추통 사이에 꽂아둔 메모를 발견했다.

> 오븐에 베이크 오트밀 있어. 리사가 오늘도 데리러 온다고 했고. 가게 일은 우리가 알아서 할테니 천천히 나와.

한나는 이중 오븐을 쳐다보았다. 아랫칸 오븐은 '보온' 설정으로, 안에 불도 켜져 있었다. 안에는 캐서롤용 그릇이 들어 있었는데, 분명 베이크 오트밀이 담겨 있는 듯했다. 근데 베이크 오트밀은 도대체 뭐지? 한 번도 들어본 적 없는 이름이었다. 그래도 맛있을 것이다. 한나는 알 수 있었다. 미셸이 만든 것은 뭐든지 맛있으니까.

한나는 이내 손에 숟가락을 든 채 오븐을 열었다. 그러자 환상적인 냄새가 한나를 유혹했다. 한나는 미셸이 창조한 아침식사에 숟가락을 집어넣었다. 식히기 위해 몇 번 분 다음, 한나는 마침내 베이크 오트밀을 맛보았다.

"시나몬."

한나가 큰 소리로 말했다.

"그리고 바닐라, 황설탕. 또…… 살구!"

그 모든 재료가 한데 섞인 향은 정말 최고였다. 미셸의 베이크 프룻 오트밀은 정말 맛있었다.

한나는 금방이라도 한 그릇 떠서 본격적으로 먹어보고 싶었지만, 꾹 참고 오븐에 다시 넣고는 대신 커피를 한 잔 더 따라 마셨다. 마이크가 올 때까지 기다렸다가 장비 설치가 끝나면, 같이 먹는 것이 좋겠다.

"네가 만든 베이크 오트밀 진짜 맛있었어."

막냇동생이 쿠키단지 작업실에 들어서자마자 한나가 말했다.

"마이크도 좋아했어. 아침에 와서 감시 장비를 달아줬거든. 아침을 못 먹었다고 하기에 한 그릇 줬지. 마이크는 오트밀 안 좋아한다고 했는데, 이 베이크 오트밀은 예외라고 하더라."

"마이크는 확실히 오트밀을 좋아할 것 같은 타입은 아니야. 근데 혹시 예의상 맛있다고 말한 건 아니야?"

"그건 아닐 거야. 두 번이나 더 달라고 했거든."

미셸은 웃음을 터뜨렸다.

"그럼 진짜 좋았던 게 맞네. 언니가 필요하면 레시피 줄게."

"좋아. 그나저나 쿠키 수량은 어때?"

"아직까지는 괜찮은데, 오후 손님이 몰리는 시간대에는 금방 동이 날 것 같아."

"그럼 얼른 베이킹을 시작해야겠네."

"좋은 생각이야. 내가 도울게."

"넌 저기 나가봐야 하지 않아?"

한나가 커피 홀로 통하는 회전문을 가리키며 물었다.

"괜찮아. 낸시 이모님이 와 계시거든. 리사를 도와주시겠다고 했어. 나중에 언니를 만나고 싶으시대."

"나도 뵙고 싶었어. 우리한테 제공해준 그 레시피들 정말 감사했거든. 가게에서 많이 활용하고 있잖아."

미셸은 미소를 지었다.

"금방 눈치채시더라. 리사한테 지금 서빙하고 있는 그 쿠키가 혹시 시크릿 스파이스 쿠키 레시피로 만든 것이냐고 물어보셨거든."

"리사가 맞다고 하니까 좋아하셨어?"

"단순히 좋아하신 것 이상으로 열광하셨지. 특히 손님들이 안에 든 비밀 재료가 뭔지 맞추는 데 재미를 붙였다고 말씀드리니까 엄청 기뻐하셨어."

"시크릿 스파이스 쿠키는 정말 훌륭한 레시피지. 물론 낸시 이모님에게서 받은 레시피가 다 그렇지만. 이사는 다 마치셨대?"

"이사는 했는데, 아직 짐을 다 풀지는 못하셨대. 지금 부엌 한쪽 벽에 전면 책장을 설치해줄 사람을 찾고 계셔."

한나는 깜짝 놀랐다. 부엌에 요리책을 보관하는 사람들은 많이 있지만, 전면 책장이 필요할 정도로 많은 요리책을 갖고 있는 사람은 없다.

"부엌에 전면 책장을 설치한다고?"

"그렇게 얘기하셨어. 한쪽 벽면을 꽉 채우고 천장까지 닿아 있는 엄청 큰 책장이 필요하시다고 말이야."

"왜 거실에 책장을 놓지 않고?"

"거실에도 당연히 놓지. 침실에도 그렇고."

"책을 도대체 얼마나 갖고 계신 거야?"

"안 그래도 내가 여쭤봤는데, 건장한 이삿짐 일꾼 두 명도 울고 갈 정도의 양이래."

한나는 웃음을 터뜨렸다.

"나 이모님이 마음에 들기 시작했어. 그럼 침실에, 거실까지도 모자라서 부엌에까지 책을 두신단 말이지?"

미셸은 고개를 가로저었다.

"아, 그게 아니라, 부엌 책장은 오로지 요리책만을 위한 공간이야. 게다가 레시피 보관을 위해서 파일용 캐비닛을 세 개나 장만하셨대."

"세상에나!"

"내 말이. 짐 정리 마치시는 대로 그 집에 가봐야겠어. 언니보다 레시피를 더 많이 갖고 계시는 것 같으니."

2시간 후, 한나는 뒤로 물러서서 자신의 작업 결과물을 살폈다. 식힘망이 쿠키들로 가득 찼으니 이제 쉬어야 할 시간이다. 커피 홀로 나가서 리사에게 쿠키 준비가 끝났다고 알리고, 낸시 이모님을 만나볼 생각이었다. 요령 있게 물어볼 수 있는 방법이 떠오르면 가게 일을 얼마 동안 더 도와주실 수 있는지 여쭤보고, 오랫동안 계실 수 있다고 한다면 미셸과 함께 콜팩스 판사님의 전 부인인 쉴라 도트베일러를 만나러 가볼 참이었다.

홀로 막 나서려는 찰나에 리사가 회전문을 통해 안으로 들어왔다.

"오, 잘됐네요!"

리사가 쿠키로 가득 찬 식힘망을 보며 말했다.

"쿠키가 동이 나고 있었거든요. 한나는 밖에서 이모를 만나볼래요?"

"기꺼이."

한나가 대답했다.

"여기 얼마나 더 계실 건지 혹시 알아?"

"레이크 에덴에요? 아니면 우리 가게에요?"

"우리 가게에 말이야. 홀 일을 좀 더 도와주실 수 있다고 하면, 미셸을 잠깐 빌려서 콜팩스 판사님 전 부인을 만나고 오려고."

"문 닫을 시간까지 흔쾌히 계셔줄 거예요. 사실 오히려 문 닫을 때까지 있어도 괜찮으냐고 아까 물어보셨는걸요. 허브를 만나고 싶으시대요. 허브도 이모를 만나보고 싶다고 했고요. 그래서 허브가 퇴근 후에 가게에 들르기로 했어요. 그런 다음에 같이 아버지랑 마지를 보러 가려고 했는데, 전화해서 이리로 오시라고 해야겠네요. 커피랑 같이 쿠키를 먹으면 좋겠어요."

"그럼 미셸 데려가도 괜찮은 거야?"

"괜찮으니까 두 분은 얼른 볼일 보러 가세요. 우리 이모가 새로운 사람들 만나는 걸 워낙 즐기시는 데다가 커피숍 돌아가는 분위기도 금방 익히셨거든요. 워낙 사교적인 분이라 오늘 오후에 정말 큰 도움이 됐죠.

한나가 괜찮다면 문 닫은 후에도 가게에서 쿠키를 만들려고 하는데요. 이모가 우리한테 보여주고 싶은 레시피가 있다고 하셔서요."

"괜찮고말고."

한나가 재빨리 대답했다.

"오, 잘됐다! 오늘 정말 멋진 하루가 될 것 같아요!"

리사가 행복해 하며 기운 찬 목소리로 말했다. 이미 9시간을 일했고, 앞으로도 3시간을 더 일해야 하는 사람이라고는 믿을 수 없을 만큼 씩씩한 모습이었다. 한나는 평생 처음으로 10년만 더 젊었으면 좋겠다고 생각했다. 오늘 하루 일한 지 6시간도 채 되지 않았는데도 벌써부터 푹신한 거실 소파에 앉아 멍하니 텔레비전이나 봤으면 좋겠다는 생각이 들었기 때문이다.

"마지에게 전화해서 오늘 저녁에 아버지 모시고 저희 집에서 식사하시지 않겠느냐고 여쭤봐야겠어요. 오늘 아침에 스파게티 소스를 한 냄비 가득 만들었거든요. 아버지가 좋아하시는 갈릭 치즈 브레드도 오븐에 구워놓았고요. 빨간부엉이 식료품점에 들러서 샐러드랑 디저트로 먹을 나폴리 아이스크림(색과 맛이 다른 2~4종류의 아이스크림을 겹친 것)만 사면 돼요."

"남은 쿠키 집에 가져가도 좋아."

한나가 말했다.

"아이스크림이랑 같이 먹으면 맛있잖아."

"좋은 생각이에요! 이모도 같이하기로 했어요. 일종의 가족 파티죠."

"재밌겠다."

수고스러울 것 같은 일에도 매우 들떠 하는 리사의 모습이 한나는 매우 인상적이었다.

"오, 정말 재미있을 것 같아요! 옛날 사진 앨범도 꺼낼 생각이에요. 아버지 컨디션이 좋으면, 옛날 가족들 이야기도 해주실 수 있을 거예요."

순간 한나는 잭 허먼 생각에 슬퍼졌다. 리사의 아버지인 그는 알츠하이머 진단을 받고 상태가 호전되었다가 다시 나빠졌다가를 반복하고 있었다. 그래도 컨디션 좋을 때는 예전 모습 그대로 무척 밝고 활기찬 모습이었다.

"아버지는 버스터 삼촌 이야기랑 낚시 이야기 하는 걸 제일 좋아하시거든요."

리사가 이어 말했다.

"낚시할 때 잡았던 물고기 크기는 얘기하실 때마다 조금씩 커지긴 하지만요!"

한나는 웃음을 터뜨렸다.

"낚시 이야기가 늘 그렇지, 뭐. 길이도 무게도 점점 늘어난다니까. 우리 아버지도 낚시 이야기를 즐겨 하셨는데 엄마가 늘 피라미 크기에서 시작해서 끝날 때는 고래 크기로 끝났다고 하셨을 정도라니까."

리사도 웃음을 터뜨렸다.

"낚시 이야기할 때 남자들은 다 똑같나봐요. 나랑 같이 홀에 나가요. 이모 소개시켜줄게요. 그런 다음에 미셸이랑 얼른 출발해요. 예전 콜팩스 부인에게 드릴 쿠키도 챙기고요. 쿠키를 가져가면 아무래도 커피를 내올 테고 그러면 자연스럽게 이야기를 시작할 수 있을 거예요."

한나는 미소를 지으며 고개를 가로저었다.

"물론 쿠키는 준비하겠지만, 쉴라 도트베일러에 대해 내가 들은 바로는 그 여자를 달콤함으로 사로잡으려면 쿠키단지의 모든 쿠키가 필요할 거야."

베이크 프롬 오트밀

오븐은 175도로 예열합니다. 틀은 오븐의 중앙에 둡니다.

미셸의 첫 번째 메모: 크누드슨 부인(목사님의 어머니)에게서 받은 레시피입니다. 시손녀인 쟈넬에게서 받은 레시피라고 하네요.

재료

큰 계란 2개 / 황설탕 1/2컵 / 베이킹파우더 1과 1/2티스푼

소금 1티스푼 / 바닐라 2티스푼 / 시나몬 1티스푼

소금기 있는 버터 녹인 것 1/2컵(112g) / 전지유 1컵

건조시킨 오트밀 3컵 / 건포도 혹은 말린 과일 1컵(선택에 맡깁니다)

크누드슨 부인의 첫 번째 메모: 쟈넬 말로는 그 가족들은 말린 블루베리 넣는 것을 제일 좋아했다고 해요.

만드는 법

1. 2쿼트 용량의 베이킹용 그릇에 가볍게 기름칠을 하거나 들러붙음 방지 스프레이를 뿌립니다.
2. 그 그릇에 계란 2개를 깨어 넣고 휘저어줍니다.
3. 황설탕과 베이킹파우더, 소금, 바닐라, 시나몬을 넣고 섞어줍니다.
4. 녹인 버터를 넣고 섞어줍니다.
5. 전지유를 넣고 섞어줍니다.

6. 오트밀을 뿌린 뒤 말린 과일도 넣습니다. 모든 재료들이 골고루 섞이도록 잘 저어줍니다.

7. 윗면을 덮지 않은 상태로 175도의 온도에서 25~30분간 굽습니다. 가운데 부분이 어느 정도 단단해지면 완성입니다(그릇을 잡고 살짝 흔들어보았을 때 가운데 부분이 흔들리지 않으면 완성이라는 뜻입니다. 만약 아직 액체 상태가 남아 있다면, 단단해질 때까지 더 구워주세요).

8. 바로 먹을 것이 아니라면, 오븐을 끄고 그릇 위를 덮어 다음 손님들이 도착할 때까지 오븐에 보관합니다.

9. 시리얼용 그릇에 오트밀을 담고 따뜻한 우유 혹은 크림과 함께 손님들에게 대접합니다. 아니면 신선한 과일을 섞은 바닐라 요거트와 함께 대접해도 좋습니다.

미셸의 두 번째 메모: 대학교 룸메이트는 라즈베리나 딸기를 넣어 만든 것을 좋아해요. 반면 로니는 과일을 넣지 않고 만들어서 나중에 바나나를 잘라 얹어 먹는 것을 좋아하더라고요.

크누드슨 부인의 두 번째 메모: 저는 토요일 밤에 반죽을 만들어서 윗면에 비닐랩을 씌우고 냉장고에 넣었다가 일요일 아침에 일어나자마자 비닐랩을 벗기고 실온에 30분 정도 놔두었다가 클레어와 밥이 주일학교와 아침 예배가 시작되기 전에 따뜻한 아침식사를 들 수 있도록 오븐에 바로 굽는답니다.

"여기 예쁘다."

소나무 숲 사이로 난, 잘 다듬어진 사설도로를 달리며 미셸이 말했다.

"이쯤되면 집은 어떨지 궁금한데."

"어쩌면 집은 못 볼지도 모르겠어."

한나가 말했다.

"왼쪽 방향을 봐."

"그게 무슨 말이야, 집을 못 본다니…… 어머!"

미셸은 화려하게 장식된 강철 대문이 길을 가로막고 있다는 사실을 알아차렸다. 한나는 브레이크를 밟아 길옆에 차를 세웠다.

"저 문을 통과하려면 계획이 필요하겠어. 초인종을 누르면 집 안에 있는 누군가와 연결이 될 테고, 누가 응답을 하든 우리가 왜 왔는지를 물을 거야. 그러면 뭐라고 대답하는 게 좋을까?"

"레이크 에덴에 있는 쿠키단지에서 도트베일러 부인 앞으로 쿠키 배달을 왔다고 하면 어때? 완전히 거짓말은 아니잖아."

"그건 안 돼. 그걸로 이 문을 통과할 수 있을지는 몰라도 도우미 중 한 명이 집 앞에서 우리한테 쿠키만 건네받고 들어갈 거야. 그러면 우리는 안에 들어 가보기는커녕 도트베일러 부인 얼굴도 못 보고 돌아가게 될 거라고."

"언니 말이 맞네. 그렇다면 어떻게 안에 들어가지?"

한나는 골똘히 생각했다.

"콜팩스 판사님이 특별히 주문한 쿠키라고, 판사님이 직접 맛보시고 맛있어서 선물하시는 거라고 하면 되겠어. 사실이기도 하니까. 호위가 판사님께 우리 가게 쿠키를 몇 번 가져다드린 적이 있거든. 그리고 마지막 이혼 수당을 늦게 지급한 것에 대해 사과하고 싶다고 하셨다고 하면 좋을 것 같아."

"그래도 쿠키만 건네받고 우리는 안 들여보내줄 것 같은데."

"아마도. 그렇다면 덧붙일 말이 또 하나 있지. 콜팩스 판사님이 도트 베일러 부인께 메시지를 남기셨다고 말이야."

"그러면 부인에게 전달할 테니 그 메시지를 적어달라고 하지 않겠어?"

"거기에 대한 대답도 있지. 콜팩스 판사님이 다른 사람에게 알리지 말고 직접 전하라고 하셨다고 할 거야."

미셸은 잠시 동안 말이 없었다.

"그 정도면 들어갈 수 있겠는데. 하지만 정작 메시지는 어쩔 거야? 부인한테 뭐라고 해?"

"거짓말했다고 해야지."

"뭐라고?"

미셸은 완전히 어리둥절한 표정이었다.

"거짓말이었다고 한다고. 그리고 왜 거짓말을 할 수밖에 없었는지 이야기할 거야. 그 후엔 협조해줄 것 같은데. 내가 물어보는 것에도 대답해주고."

"어디 두고봐야겠는 걸! 가자, 언니. 일단 해보자고."

5분 후, 한나와 미셸은 육중한 집의 서편 건물에 놀랄 만큼 안락한 의자에 앉아 있었다. 황금색 벨벳 커버에 다리가 가느다란 의자였다. 집은 저택이라고 부를 수 있을 만큼 거대했고, 한나가 앉아 있는 방은 엄마와 레전시 로맨스 소설의 팬이나 작가라면 마땅히 응접실이라고 칭할 만큼 품위가 넘쳤다.

복도 쪽에서 누군가의 발자국 소리가 들렸고, 미셸은 허리를 살짝 곧추세웠다.

"저기 오나 봐."

쉴라 도트베일러가 벌컥 문을 열어젖혔다. 마른 몸매의 그녀는 아름답고 값비싼 옷을 걸치고는 귀와 목, 손가락에도 값비싼 보석을 주렁주렁 달고 있었으며, 공들여 염색한 짙은 흑빛의 머리카락은 우아하게 손질되어 있었다. 그녀는 잔뜩 화가 난 표정이었는데, 그 바람에 꽤 돈을 들였을 법한 성형수술의 흔적이 여지없이 드러났다.

"당신은 도대체 누구고, 여긴 왜 온 거예요?"

"전 한나 스웬슨이라고 해요, 도트베일러 부인. 여긴 제 동생 미셸이고요. 레이크 에덴에서 '쿠키단지'라는 베이커리 카페를 운영하고 있는데, 바나나 프로스트 피넛버터 쿠키를 가져왔어요. 남편분이 주문하신 거랍니다."

"전 남편이겠죠."

"이혼 수당 지급이 늦어진 것에 대한 사과의 뜻이라고 생각되는데요."

"쳇…… 해가 서쪽에서 뜨려나!"

한나의 설명에 도트베일러 부인의 표정이 조금 부드러워진 듯도 했지만, 눈에 띌 만큼의 차이는 아니었다.

"그 사람, 죽었다는 걸 알 텐데요, 아닌가요?"

"네, 알고 있어요. 제가 직접 시신을 발견했으니까요."

도트베일러 부인은 깜짝 놀라며 뒤로 흠칫 물러섰다.

"정말인가요! 법원에서 죽었다고 들었는데."

"네. 제 사건 때문에 법원에 갔다가 판사님이 사무실에서 보자고 하셔서 기다리고 있었어요. 쿵 소리가 날 때 대기실에 있었고, 수사에 들어갔죠."

"수사요?"

도트베일러 부인은 두 눈을 가늘게 떴다.

"한나 스웬슨! 그 이름 들어본 적 있어요! 살인사건을 해결하고 다닌다는 그 참견꾼이로군!"

도트베일러 부인의 집에서 쫓겨나고 그녀의 인생에서 영원히 제명당하기 전에 어서 대화의 주도권을 잡아야만 했다.

"맞아요."

한나는 노부인의 눈을 똑바로 쳐다보며 말했다.

"부인의 표현은 마음에 들지 않지만, 어쨌든 사실이니까요. 전 살인사건 해결이 전문이니까 부인의 전 남편 사건도 해결하려고요. 판사님이 제 사건을 기각시켰거든요. 처조카가 직접 올린 건데도 말이죠. 큰 빚을 졌어요."

이번에는 정말로 도트베일러 부인의 표정이 한결 부드러워졌다. 그렇게 큰 차이는 아니었지만, 한나가 알아차릴 수는 있는 정도였다.

"당신 사건을 읽은 적 있어요. 정말 말도 안 되는 일이었죠. 노라는 바보 같은 여자예요. 그 가족들 전부 그러니 당연히 조카도 얼간이겠죠. 그래서 여긴 왜 온 건가요? 설마 내가 전 남편을 죽였다고 생각하는 건 아니겠죠?"

"부인만큼은 범인일 수가 없죠. 판사님이 당신을 떠난 데 대해 벌주는 걸 매우 즐기고 계셨잖아요. 왜 그런 기쁨을 스스로 포기하시겠어요?"

도트베일러 부인은 외마디 같은 짧은 웃음을 내뱉었다.

"얼마나 예리한지! 당신 말이 맞아요. 난 그간 제프리를 벌주고 있었죠. 그럼 내가 범인이 아니라는 걸 알면서도 여기는 왜 온 건가요?"

"답이 듣고 싶어서요. 콜팩스 판사님이 죽었든 살았든 아무 관심도 상관도 없는 사람에게서 듣고 싶은 답이었어요. 그 사람이 바로 부인이었고, 그래서 여기 찾아왔죠."

"그러니까 제3자가 필요했다는 거군!"

도트베일러 부인이 맞은편 의자에 앉았다.

"근데 내가 정말 무관심한 사람이라는 건 확실해요? 이혼 수당은 어쩌고. 그게 끊기는 건 내가 바라는 바가 아니었을 텐데, 안 그런가?"

"부인한테는 이혼 수당이 그렇게 간절하지 않았을 거라고 생각해요. 부인은 돈이 필요하지 않으니까요. 매달 전 남편에게 돈을 타내는 일 자체를 즐겼을 뿐이죠. 판사님의 목구멍에 걸린 가시같은 존재이길 바랐을 거예요."

"매우 사실이에요. 하지만 그런 게임도 이제 지겨워져서 지난날의 잘못에 대한 복수를 하고 싶어졌을지도 모르잖아요. 제프리는 사실 좀······ 바람둥이였거든요. 어쩌면 내가 그의 인생에 제일 중요한 사람이 아니라는 것에 질투심을 느꼈을지도 모르죠."

"그건 아니에요."

한나는 고개를 가로저으며 말했다.

"어째서? 결혼생활 동안 다른 여자와 바람을 피운 사실도 알고 있었는 걸요."

"부인께서 그 정도로 질투가 나고 화가 났다면, 이혼을 하는 대신 당장에 판사님을 죽였겠죠."

한나가 지켜보는 가운데 도트베일러 부인의 입가에 옅은 미소가 감돌았다.

"정말 소질있군요, 스웬슨 양. 슬슬 재미있어지려고 해요. 그 쿠키는 당신이 던진 질문들만큼 맛깔나나요?"

"직접 맛을 보세요."

한나는 상자를 열었고, 도트베일러 부인이 쿠키를 집어 오물거리기 시작하자 미소를 지었다.

"훌륭하군!"

쿠키 하나를 다 먹고 나자 부인이 말했다.

"차를 준비시켜야겠어요."

"차 대신 커피 어떠실까요, 도트베일러 부인?"

한나가 제안했다.

"피넛버터와 바나나에는 커피가 잘 어울리거든요."

"동의해요. 그리고 쉴라라고 불러요."

그녀는 미셸을 돌아보았다.

"미셸이라고 했죠? 말을 하기는 하나요?"

"언니가 허락할 때만요."

쉴라는 웃음을 터뜨렸다.

"자매지간이라 유머감각도 닮았나보군요. 일단 커피를 부탁한 다음에 제프리에 대한 추악과 관련된 사람들 이야기를 해줄게요. 난 제프리 험담하는 걸 무척 좋아하거든요. 몇 년 만에 가장 흥미진진한 오후가 되겠어요!"

바나나 프로스트 피넛버터 쿠키

오븐은 175도로 예열합니다. 틀은 오븐의 중앙에 둡니다.

재료

녹인 버터 1컵(226g) / 황설탕 2컵 / 백설탕 1/2컵

바닐라 농축액 1티스푼 / 베이킹파우더 1티스푼 / 베이킹소다 1과 1/2티스푼

소금 1/2티스푼 / 피넛버터 1컵 / 계란 2개(포크로 휘저어주세요)

소금 뿌린 땅콩 다진 것 1/2컵(다진 후에 측량하세요) / 밀가루 3컵

만드는 법

1. 전자레인지용 그릇에 버터를 넣고 갱에서 90초간 돌려 녹여주세요. 황설탕, 백설탕, 바닐라, 베이킹파우더, 베이킹소다, 소금을 넣고 섞어줍니다.

2. 소금 뿌린 땅콩을 측량합니다(측량컵 안쪽에 들러붙음 방지 스프레이를 뿌려주세요. 그래야 들러붙지 않습니다). 그런 뒤 아까 그릇에 담고 거품 낸 계란을 부은 뒤 소금 뿌린 땅콩 다진 것을 넣은 뒤 잘 섞어줍니다.

3. 밀가루를 1컵씩 더하면서 모든 재료들이 잘 섞일 때까지 반죽해주세요.

4. 쿠키 틀에 들러붙음 방지 스프레이를 뿌리거나 기름종이를 깔아주세요. 깨끗한 손으로 반죽을 호두 크기 정도로 떼어내어 공 모양으로 굴린 뒤 틀 위에 얹어줍니다.

5. 공 모양의 반죽을 철제 주걱이나 손바닥으로 살짝 눌러줍니다.

6. 175도의 온도에서 10~12분간 굽습니다. 윗부분이 황금색으로 변하기 시작하면 완성입니다. 틀 위에서 2분간 식힌 다음에 식힘망으로 옮겨 완전히 식힙니다. 쿠키가 다 식었다면, 이제 바나나 프로스팅을 만들 차례입니다.

바나나 프로스팅

재료

녹은 소금기 있는 버터 1온스(28g)

이유식용 으깬 바나나 1/2컵(전 거버를 사용했어요) / 바나나 농축액 1/2티스푼

아이싱용 설탕 3과 1/2컵(큰 덩어리가 보이지 않는다면 체질할 필요 없습니다)

만드는 법

1. 녹인 버터에 으깬 바나나를 넣고 잘 섞습니다.

2. 바나나 농축액을 넣고 잘 섞습니다.

3. 아이싱용 설탕을 1/2컵 넣고 재료들이 골고루 섞이도록 저어줍니다. 잘 섞인 프로스팅을 식힌 다음 또 한 번 저어준 뒤 발림성을 살펴가며 필요할 만큼 아이싱용 설탕을 더해줍니다.

4. 피넛버터 쿠키 위에 프로스팅을 바르되, 가장자리를 넘어가지 않도록 주의합니다. 그런 뒤 다시 식힘망에 올립니다.

5. 프로스팅이 굳을 때까지 30분간 기다려주세요. 그런 다음에 마음껏 즐기시면 됩니다! 이 쿠키는 실온에 보관해도 괜찮지만, 보관하실 때는 층층이 기름종이를 깔아 서로 분리시켜주셔야 합니다.

"내가, 아니면 언니가?"

미셸이 뒤따라 계단을 오르고 있는 한나를 돌아보며 물었다.

"너."

한나가 대답했다.

"그 식료품 꾸러미는 나한테 주고."

"알았어."

한나는 내일 있을 저녁식사 때 준비할 음식재료들이 가득 담긴 꾸러미를 미셸에게 건네받은 뒤 현관 앞에서 단단히 무장하는 모습을 지켜보았다.

"거실이 너무 조용한데. 혹시 잠든 건 아닐까?"

한나는 고개를 가로저었다.

"그럴 리 없어. 잠들었어도 우리가 올라오는 소리를 듣는 순간 잠에서 깼을 거야. 한번은 노먼이 우리 집에서 날 기다리고 있었는데, 내 쿠키 트럭이 주차장에 들어오는 소리가 들리자마자 신경을 잔뜩 곤두세웠다고 하더라."

"신경을 곤두세우는지 어떻게 알아?"

"귀가 쫑긋해지고, 꼬리를 앞뒤로 마구 흔드는 거지. 모이쉐가 노먼의 무릎에서 펄쩍 뛰어 내려와 현관으로 향하면서 갸르랑거리기 시작하기에 내가 왔다는 걸 알았대."

"인상적인데."

미셸이 현관 앞 층계참에서 다리를 적당히 벌리고 서서 자세를 취하며 말했다. 그런 뒤 열쇠를 꺼내 들고 한나를 돌아보았다.

"준비됐어?"

"준비됐어. 아마 모이쉐도 준비됐을 거야."

미셸은 앞으로 몸을 숙여 열쇠를 돌렸다. 문을 열자 오렌지와 흰색이 한데 섞인 털뭉치가 단단히 대기하고 있던 미셸의 품 안으로 휙 날아들었다.

그런 와중에 미셸은 쿵하는 소리에 더 가까운 헉 소리를 냈다. 전에도 한번 들어본 적이 있는 소리였다. 가족끼리 소풍을 갔을 때였는데 아버지와 삼촌들은 메디신 볼(운동용으로 던지고 받는 무겁고 큰 공)을 서로 주고받는 놀이를 하기로 마음먹었다. 언뜻 볼링공과 비슷해 보이지만, 가죽으로 겉을 덧댄 공이었고, 보통 5~6킬로그램에 달하는 무게와는 달리 당시 할아버지의 메디신 볼은 거의 13킬로그램에 육박했다. 유쾌하고 즐거운 놀이는 단지 몇 번의 주고받음 후에 완전히 사라져버리고 말았고, 그날 밤 엄마는 밤새 남편의 등에 통증완화용 연고를 발라야만 했다.

"모이쉐가 살이 쪘거나 내가 약해졌거나 둘 중 하나야."

미셸이 녀석을 안고 거실로 들어선 뒤 소파 뒤쪽에 내려놓으며 말했다.

"둘 다일지도."

한나는 짓궂은 미소를 지으며 동생을 놀렸다. 사실 미셸은 체력도 좋고 운동도 꽤 잘하는 편이었다.

"우선 옷 갈아입고, 잠깐 쉰 다음에 바로 케이크를 굽자. 로스가 부탁했거든. 탠저린을 그렇게 좋아한다고 하네."

한나는 모이쉐에게 밥을 먹인 뒤 침실로 들어가 안드레아가 일명 '홈드레스'라고 부르는 회색의 운동복 상하의로 갈아입었다. 한나가 다시 거실로 나왔을 때 미셸도 비슷한 복장으로 무릎에 모이쉐를 앉힌 채 소파에 앉아 있었다. 그 앞 커피 탁자에는 화이트 와인 두 잔이 놓여 있었다.

"너 이제 고작 21살이야."

한나가 말했다.

"벌써 한 번에 한 잔으로도 부족한 술꾼이 되어버린 거야? 그리고 우리 집 싸구려 와인에 얼음은 왜 넣은 거야?"

그러자 미셸이 웃음을 터뜨렸다.

"이거 언니 와인 아니야. 레몬 소다라고. 빨간부엉이 식료품점에서 플로렌스가 맛있다고 하기에 사봤어. 근데 아직 시원하지 않아서 얼음을 넣었고. 그리고 와인잔이 일반 유리잔보다 훨씬 예뻐서 와인잔에 담았어."

"얼음 넣었더니 좀 나아?"

"몰라. 많이 시원해지진 않은 것 같은데, 한번 맛보고 어떤지 얘기해줘."

한나는 조심스럽게 한 모금 마셨다.

"그래."

" '그래' 라니, 무슨 뜻이야?"

"그렇게 나쁘진 않다고. 꽤 괜찮은 것 같기도 하고."

한나가 또 한 모금 마셨다.

"사실, 마음에 든다. 피즈(알코올류에 레몬, 설탕 등을 넣고 탄산수를 탄 칵테일의 총칭)를 넣은 레모네이드 같아."

"맛 평가 고마워."

미셸이 미소를 지으며 말했다.

"그렇게 끔찍하진 않단 말이지? 이제 나도 한번 마셔봐야겠어."

"그럼 난 네 실험쥐였던 거야?"

"그렇다고 볼 수 있지."

미셸이 한 모금 마셨다.

"정말이야, 언니. 맛있어. 내일 6팩을 더 사야겠는 걸."

두 사람은 몇 분간을 친숙한 침묵 속에서 보냈다. 미셸이 목 뒤를 긁어줄 때마다 갸르랑거리는 모이쉐의 소리 말고는 아무런 소리도 들리지 않았다. 마침내 한나가 레몬 소다를 다 마신 뒤 자리에서 일어섰다.

"이제 그만 베이킹을 시작해야겠어. 더 앉아 있다간 졸 것 같아."

미셸도 자리에서 일어나 자신의 잔을 집어 들었다.

"지난 밤에 충분히 자지 않았어?"

"덕분에. 언니의 수면까지 살뜰히 챙겨주다니 고마워. 사실 네가 없을 때는 전혀 그럴 짬이 없거든."

"그게 바로 내가 언니네 집에서 지내는 이유 중 하나라니까. 엄마 집에 있으면 내가 뭔가 도움이 된다는 느낌을 전혀 못 받는데, 언니 집에 있으면 뭐라도 도움이 되는 것 같으니 말이야. 가끔은 언니 수사도 도울 수 있고. 나 그거 진짜 재밌거든."

"그래?"

"정말로. 학교에서 배우는 거랑은 완전 다르니까."

"당연히 그렇겠지! 물론 네가 듣는 그 강의들이 죽을 만큼 지루하다면 말이야."

미셸은 웃음을 터뜨렸고 한나 역시 따라 웃었다. 마침내 한나는 가게에서 출력해 온 레시피를 꺼낸 뒤 재료들을 모으기 시작했다. 마지막 남은 탠저린에서 막 씨를 제거하고 났을 때 모이쉐의 것으로 들리는 부드러운 발자국이 부엌을 향해 다가오는 소리가 들렸다.

"설마 벌써 배고프다는 건 아니겠지!"

녀석의 야옹 소리가 들리길 기다리며 한나가 말했다. 하지만 맹렬한 울음소리 대신 뭔가에 막힌 듯 한층 소리를 죽인 야옹 소리만 들릴 뿐이었다.

"무슨 일이야?"

한나가 즉각 대답하며 뒤돌아보니 모이쉐는 입에 파란색과 흰색이 섞인 벙어리장갑 한 짝을 물고 있었다.

"모이쉐! 너 그 장갑은 어디서 났니?"

한나는 자신의 손은 물론 장갑에도 흠집이 나지 않도록 조심스럽게 녀석의 입에서 장갑을 빼냈다. 때마침 미셸이 한나의 손에 들린 장갑을 발견했다.

"그거 언니 거야?"

"아니, 처음 보는 거야. 혹시 네 것 아냐?"

미셸은 고개를 가로저었다.

"저런 색깔 장갑은 나한테 없는걸."

"예쁘긴 한데."

한나가 장갑을 살피며 말했다.

"조그만 눈송이 무늬가 마음에 들어."

"정말 그러네. 그 장갑, 집에서 만든 것 같은데. 저 엄지손가락 부분 봐봐. 저것 보니까 어렸을 때 잉글리드 할머니가 떠주셨던 장갑이 생각나."

"그 엄지손가락 부분이 항상 이상하게 튀어나와 있거나 약간 삐뚤게 붙여져 있어서 그랬지. 할머니는 엄지손가락 뜨개질하는 걸 제일 싫어하셨으니까. 언젠가 한번은 장갑 한 켤레를 완성하시는 걸 본 적이 있었는데, 장갑 측면 구멍 주변에 왜 조그마한 바늘을 꽂아두었냐고 여쭤보니까 그때 할머니가 그건 엄지손가락 구멍이고, 한 번도 제대로 된 위치에 붙여본 일이 없기 때문에 그 부분 뜨개질이 제일 어렵다고 대답하셨던 게 기억 나."

"흠, 어쨌든 이 장갑은 우리가 아는 다른 사람의 것인 듯한데."

"그러게."

한나가 대답했다.

"그리고 그 사람은 이것과 똑같은 한 짝을 갖고 있겠지."

미셸이 천장을 향해 눈을 굴렸다.

"아주 재밌어."

"그렇지."

한나는 미소를 지으며 대답하고는 이내 다시 진지해졌다.

"아직 장갑을 낄 계절이 아닌데 발견된 걸 보면 이건 분명 작년에 누군가 놔두고 간 거야."

"놔두고 간 것이 확실하다면 말이지."

"그래, 놔두고 간 게 확실하다면."

한나는 냉장고 앞에 앉아 갓 내린 눈송이처럼 순진무구한 표정을 짓고 있는 모이쉐를 쳐다보며 말했다. 한나와 미셸은 벙어리장갑을 한참동안 바라보았고 이내 한나가 짜증 섞인 한숨을 내쉬었다.

"왜?"

미셸이 물었다.

"나 까맣게 잊고 있었어. 모이쉐가 밖에 나가서 장갑을 물어온 것인지 확실할 수 있는 완벽한 방법이 있잖아."

"감시 장비."

미셸이 즉시 대답을 찾아냈다.

"마이크가 오늘 아침에 설치해줬다고 했지."

한나는 장갑을 조리대에 내려놓았다가 이내 서랍에 넣었다. 모이쉐가 조리대까지는 뛰어 올라올 수 있어도 부엌 서랍을 열지는 못할 것이다.

"우선 오븐에 케이크 넣은 다음에 케이크가 구워지는 동안 감시 장비에 있는 녹화 테이프를 살펴보자. 그러면 녀석의 도둑 행각을 포착해낼 수 있을 거야. 어떻게 밖으로 나갔는지도 확인할 수 있고."

"아무것도 없잖아."

미셸이 한숨을 내쉬며 말했다.

"그저 수없이 소파를 오르내리거나 부엌과 거실을 오가는 모습뿐이야."

"그래도 알아낸 건 있어."

"어떤 거?"

"모이쉐가 현관문을 통해 밖으로 나간 것이 아니라는 건 확실해졌잖아. 근데 그런데도 우리들 것이 아닌 물건들을 가지고 온단 말이지."

"좋아."

미셸이 인정하고 나섰다.

"하지만 녀석이 장갑을 오늘 발견한 건지는 아직 몰라. 그 장갑을 사흘 전에 훔치고 침대 밑에 숨겨뒀다가 오늘 가지고 놀려고 꺼낸 걸 수도 있어."

"그래, 네 말이 맞아. 우리가 확실히 아는 유일한 한 가지는 모이쉐가 부엌으로 향하는 길에 카메라 옆을 지날 때에는 입에 장갑을 물고 있었다는 사실이야. 카메라가 바깥쪽 문을 비추게끔 했는데, 방향을 복도 쪽으로 돌려야겠어. 마이크가 방향 설정하는 방법을 알려줬거든."

"그렇게 하면 뭐가 좋은데?"

"경우의 수를 줄일 수 있어. 어쩌면 모이쉐가 어딘가 비밀 장소에 물건을 무더기로 쌓아놓았을 수도 있잖아. 만약 그랬다면, 그리고 우리가 그걸 찾아낸다면, 우리가 알아볼 수 있는 물건들도 발견할 수 있게 될 거야. 그런 다음에 주인을 찾아주면, 적어도 모이쉐가 어딜 다녀왔는지 알게 되겠지."

"하지만 거기까지 어떻게 갔는지는 여전히 오리무중인 걸."

미셸이 지적했다.

"우리가 이 시간을 고양이 쫓는 데 소모하고 있다니 믿을 수가 없어!"

한나는 눈썹을 치켜올렸다.

"녀석을 과소평가하지마. 이 고양이 친구, 아주 비밀스러운 녀석이라고."

미셸은 웃음을 터뜨렸다.

"그렇고말고! 보물지도라도 찾아보는 편이 더 나을 수도 있어."

"아니면 해적들이 훔친 물건들을 숨겨놓았던 해안가 마을과 해적선 사이의 땅굴 같은 곳이라든가. 모이쉐가 땅 파는 방법은 잘 알고 있거든. 아침마다 화장실용 모래상자를 파헤치는 통에 그거 치우느라고 내가 죽겠다니까."

"땅굴이 정말 그럴듯하네."

미셸은 사뭇 진지한 표정이었다.

"과연 그 땅굴이 어디일까? 거실 카펫이라도 들쳐봐야 하는 것 아니야?"

한나는 빛바랜 초록색 카펫을 쳐다보았다. 처음 이곳에 이사 왔을 때도 그 색깔이 마음에 들지 않았는데 지금은 그때보다 더 싫어졌다. 한나는 슬며시 한숨을 내쉬었지만 이내 고개를 설레설레 저었다.

"워낙 오래된 카펫이라 찾아보면 뭔가 나올지도 모르겠지만. 우선은 마이크의 감시 장비를 좀 더 믿어보자. 새 카펫은 비싸단 말이야. 그러니까 미셸, 우선 카메라 앵글만 바꾸고 기다려보자고."

15분 후, 모든 작업은 끝이 났다. 한나가 다시 거실로 돌아봐보니 미셸이 꼼짝 않고 서서 침실 문 쪽을 비추고 있는 카메라를 바라보고 있었다.

"왜 그래?"

한나가 물었다.

"저 카메라 말이야. 내가 침실을 드나들 때마다 날 찍고 있단 말이지."

"그게 어때서?"

"카메라잖아!"

"그래, 카메라야. 카메라가 뭘 어쨌는데?"

"저건 카메라고 난 배우잖아. 배우는 카메라를 보면, 연기하고 싶은 욕구가 치솟는다고. 새벽 3시에 내가 화장실을 다녀오면서 〈지저스 크라이스트 슈퍼스타〉의 첫 장면 세 번째 대사를 읊는 걸 듣고 싶은 건 아니겠지?"

"햄릿의 독백보다는 그게 낫겠어. 어쨌든 네 말뜻은 알았어. 굳이 연기를 해야 한다면 좀 더 조용한 장면은 없을까? 영화 〈선셋대로〉의 첫 장면에 등장하는 수영장 속 시체처럼 말이야."

"하지만 그 시체는 대사가 하나도 없잖아. 살아 있었을 때로 돌아가지 않는다면 말이야."

"그래. 바로 그게 핵심이야."

미셸은 웃음을 터뜨렸다.

"노력해볼게. 혹은 한밤중에는 카메라를 올려다보지 않도록 해볼게."

미셸은 한동안 조용하더니 이내 자신의 손목시계를 내려다보았다.

"언니, 피곤해?"

"별로. 왜?"

"세스 도트베일러가 오늘 밤에 그레이 이글의 에이트 볼 바에서 공연을 하거든. 그 팀은 9시에 차례래."

"그래서 오늘 밤에 심문하러 가자고?"

"안 될 거 있어? 로스가 오는 내일 밤까지 기다리자는 게 아니라면."

한나는 고개를 설레설레 저었다. 로스가 마을에 온 첫날부터 살인사건 수사에 매달리고 싶지는 않았다.

"그래, 오늘 밤이 낫겠어. 그리고 내일 아침에는 판사님의 미망인을 만나러 가는 거야."

탠저린 드림 케이크

오븐은 175도로 예열합니다. 틀은 오븐의 중앙에 둡니다.

하나의 첫 번째 메모: 손으로 반죽해도 되지만, 전자 반죽기가 있으면 훨씬 편하답니다. 아마 몇몇 분들은 푸드 그라인더를 갖고 계실지도 모르겠어요. 그럼 얼른 꺼내서 그걸 사용하세요. 푸드 그라인더가 없다면, 믹서기에 칼날을 부착하여 즙을 짜낸 탠저린이나 건포도, 피칸을 갈아주세요.

재료

잘 익은 탠저린 3개(겉면이 매끄러운 것으로 골라주세요. 나중에 사용할 거거든요!)

황금 건포도 1컵(일반 건포도도 상관없지만, 황금 건포도가 더 안성맞춤이랍니다)

표백 2/3컵 / 소금 1티스푼 / 베이킹소다 1티스푼

다목적용 밀가루 2컵(측량할 때 꽉 채우지 말고 한 컵 담아서 윗면을 테이블 나이프로 싹 덜어내주기만 하세요) / 육두구 열매 가루 1/2티스푼 / 백설탕 1과 1/3컵

소금기가 있는 버터 1/2컵(226g)(실온에 두어 부드러운 상태로 만들어주세요)

바닐라 농축액 1티스푼 / 전유 1컵 / 큰 계란 2개

만드는 법

1. 9×13 크기의 케이크 팬에 가볍게 기름칠을 해줍니다.
2. 탠저린을 깨끗하게 씻은 다음 반으로 잘라 즙을 냅니다. 즙을 낸 주스의 1/3은 남겨둡니다. 탠저린 드림 케이크 토핑을 만들 때 사용해야 하거든요.
3. 씨를 빼내어 버린 뒤 껍질과 과육을 1/4로 잘라주세요.

4. 푸드 그라인더가 있다면, 탠저린 과육과 껍질을 건포도와 피칸과 함께 갈아줍니다. 그라인더가 없다면, 칼날을 부착한 믹서기에 과육과 껍질, 건포도와 피칸을 넣고 껐다켰다를 반복합니다(햄버거 패티를 만들 수 있을 만큼 곱게 갈아져야 합니다).

5. 탠저린 과육, 껍질, 건포도, 피칸 간 것을 그릇에 담아 옆으로 밀어둡니다.

6. 믹서기는 아직 씻지 말고 그대로 둡니다. 케이크를 구운 뒤 토핑을 만들 때 피칸 1/4컵을 갈아줘야 하거든요.

7. 탠저리 주스 남은 것이 있다면 아까 갈아둔 것에 붓고 잘 저어줍니다.

8. 밀가루를 1컵 넣고 전자 반죽기를 가동합니다. 거기에 소금, 베이킹소다, 육두구 열매 가루, 백설탕을 넣고 낮은 속도에서 반죽합니다.

9. 또 다시 밀가루를 1컵 넣고 여전히 낮은 속도에서 반죽합니다.

10. 부드러운 버터, 바닐라 농축액, 전유 3/4컵을 넣고 낮은 속도에서 반죽이 촉촉해질 때까지 반죽합니다. 그런 뒤 중간 속도로 올려 계속 반죽합니다.

11. 반죽기를 다시 낮은 속도로 계란을 한 개씩 깨어넣습니다. 그런 뒤 1/4컵의 전유를 붓습니다. 계란과 우유가 잘 섞였으면 반죽기의 속도를 다시 중간으로 올립니다.

12. 2분간 반죽한 뒤 반죽기를 끄고 옆면에 붙은 반죽까지 깨끗하게 정리합니다.

13. 반죽기에서 반죽을 꺼내 손으로 마지막 반죽을 합니다.

14. 아까 갈아둔 것을 조금씩 넣으면서 반죽을 여러 번 치대줍니다. 반죽에 최대한 많은 공기를 가두는 것이 목표입니다.

15. 완성된 케이크 반죽을 준비해둔 팬에 넣고 고무주걱으로 윗면을 부드럽게 펴줍니다.

16. 175도의 온도에서 40~50분간 굽습니다. 꼬챙이로 케이크 중앙을 찔렀을 때 아무것도 묻어 나오는 것 없이 깨끗하면 완성입니다.

17. 케이크가 완성되면 오븐에서 꺼내 식힘망이나 불을 올리지 않은 가스레인지로 옮깁니다.

탠저린 드림 케이크 토핑

탠저린 주스 1/3컵 / 백설탕 1/2컵 / 피칸 다진 것 1/4컵

한나의 두 번째 메모: 케이크가 아직 뜨거울 때 토핑을 만들어 올려야 해요.

18. 탠저린 주스 1/3컵을 뜨거운 케이크 위에 뿌립니다.

19. 그 위에 설탕을 뿌립니다.

20. 잘게 다진 피칸 1/4컵을 역시 케이크 위에 뿌립니다.

21. 케이크가 실온에서 식을 때까지 기다렸다가 윗면을 덮어 냉장고에 보관합니다. 이렇게 해야 풍미도 좋아지고 촉촉함도 유지되거든요. 실온상태나 식은 케이크는 손님에게 대접하면 됩니다. 포일로 잘 감싸서 냉동실용 팩에 넣어 냉동실에 보관하셔도 좋습니다. 이 케이크를 대접할 때 조금 멋을 내고 싶다면, 조각을 잘라 예쁜 디저트용 접시에 담은 다음 휘핑크림을 한 덩어리씩 곁들이면 좋습니다.

"이 옷 입으니까 바보 같아."

한나가 낡고 꽉 끼는 청바지와 자신에게 두 사이즈나 더 작은 핫핑크 색상의 탱크탑을 내려다보며 말했다. 탱크탑은 미셸이 라스베이거스에서 산 것인데 반짝이는 황금색 글씨는 이 옷을 입고 있는 사람이 '트레이닝 중인 쇼걸'이라고 적혀 있어, 그야말로 현란함 그 자체였다.

"에이트 볼에 아주 딱이야. 가보면 내 말이 맞다는 걸 알게 될 거야."

"인터넷으로 찾아본 거야?"

"아니, 전에 가본 적 있어."

"로니랑?"

"아니! 로니가 그런 곳에 갈 리가 없지. 처음 거기 갔을 때 고등학교 여자아이들의 밤이 있었거든. 그때 레이크 에덴에서 꽤 먼 곳이라고 생각해서 애들이랑 에이트 볼에 갔었지. 그래야 아무도 우리를 몰라 볼 테니까."

"그래서 성공했어?"

미셸은 고개를 가로저었다.

"완전 망했지."

"엄마한테 혼났어?"

"그 편이 더 나았을 거야. 내가 집에 들어오니까 아무 말도 없이 가운에 슬리퍼 차림으로 현관 앞에 서서 차 열쇠를 달라고 손을 내밀더라니까. 내가 열쇠를 건네자 방으로 올라가라는 손짓만 했을 뿐이야."

"그날 밤은 엄마가 또 어떻게 나올지 몰라 불안에 떨었겠네?"

"맞아."

미셸이 한나를 평가하는 듯한 시선으로 쳐다보았다.

"어떻게 알았어?"

"나도 엄마의 침묵시위에 대해 기억할 만한 추억이 있거든. 그것 때문에 한 달은 내내 집에만 있었어."

"언니는 뭘 했는데?"

한나는 어깨를 으쓱했다.

"별로. 그저 목적지에 대해 거짓말을 조금 했지. 마릴린이라는 친구가 있었는데, 나같은 책벌레였거든. 때때로 같이 시험공부를 하곤 했는데, 엄마는 마릴린 이름만 대면 뭐든지 허락해줬어. 반면 엄마가 어울리지 말라고 한 세 명의 여자아이들 무리가 있었는데, 나중에 알고보니 엄마 예측대로 걔네들이 3학년 때 엄청 사고 쳐서 큰일이 났었다니까. 근데 그때는 2학년 때였고 그 애들 중 한 명이 나한테 역사 과목 숙제를 도와달라고 해서 그 다음날 아침에 내 것을 주면서 도와주겠다고 했어."

"정말 착했네."

"나중에 알게 된 사실이지만 내가 너무 착했지. 걔네들이 바랐던 것은 자기들 숙제를 살펴봐주거나 오탈자를 잡아주는 것이 아니라 걔네들 대신 아예 숙제를 다 해주는 거였어."

"그래서 거절했어?"

"당연하지. 도와줄 수는 있지만, 대신 써줄 수는 없다고, 선생님은 분명 내가 쓴 거라는 사실을 알아챌 거고 그러면 다 같이 난처해질 수 있다고 했지. 그랬더니 나를 도서관에 내버려둔 채 가버리더라고."

"그래서 집으로 돌아갔어?"

"곧장은 아니고, 엄마한테 마릴린이랑 공부하러 간다고 했기 때문에 몇 시간 더 앉아 있다가 집에 갔어."

"근데 엄마는 언니가 마릴린이랑 같이 있지 않다는 걸 어떻게 알았대?"

"내가 집에서 나온 후 1시간 쯤 뒤에 마릴린이 집으로 전화를 했나 봐."

"망했군!"

"정말 그랬지. 엄마는 아무 말도 없이 전화가 올 때 메모하는 조그마한 분홍색 수첩을 건넸어."

"위에 공란이 있고, 그 밑에 '부재중 전화한 사람' 있고, 전화가 왔던 시간이랑 전화번호가 적힌 란이 또 하나 있는 그 수첩 말이야?"

"그래, 제일 위에 '마릴런'이라고 적혀 있었고, 다른 메모는 없었어. 설명하려고 했지만, 엄마는 그저 내 방을 가리킬 뿐이어서 그대로 방으로 들어갔지. 그리고 너처럼 엄마가 어떤 벌을 내릴까 걱정하느라 밤을 샜다니까."

"그래서 엄마가 어떻게 했는데?"

"아무것도. 아침에 내려가보니 여느 아침이랑 다른 것이 없었어. 근데 사실 벌 받는 것보다 그게 더 무서웠지. 엄마가 언제쯤 벌을 내릴까 기다렸지만, 결국 아무것도 없었어."

"아주 똑똑한 엄마라니까."

미셸이 말했다.

"나한테도 그랬거든."

"똑똑하다는 것보다 극악스럽다는 표현이 더 맞을지도 몰라."

한나의 말에 두 사람은 웃음을 터뜨렸고 이내 에이트 볼 바 주차장에 다다랐다.

"저기 주차해, 나무 밑에."

미셸이 주차장 뒤편을 가리켰다.

"누군가 우리 쿠키 트럭을 알아보면 안 되잖아. 상황이 뜻대로 흘러가지 않을 수도 있으니까."

"안 좋게? 상황이 어떻게 안 좋게 흘러갈 수 있어?"

미셸이 가리킨 자리에 트럭을 주차하며 한나가 물었다.

"세스가 우리를 만나려 하지 않을 수도 있고, 바를 지키는 경비원 중 한 사람을 시켜서 우리를 공격할 수도 있어. 그렇게 되면 우리가 누구고 어디서 왔는지 모르게 해야 하잖아. 그런 점에서 쿠키 트럭은 위험하다고."

"여기는 경비원이 두 명 이상이야?"

미셸의 설명에서 '경비원'이라는 단어를 포착해낸 한나가 물었다.

"적어도 넷, 다섯. 콘서트가 있는 밤에는 평소보다 좀 소란스럽거든."

"오늘이 콘서트가 있는 밤이야?"

"콘서트는 월요일부터 토요일까지 있어. 일요일은 문을 닫고. 어서 가자, 언니."

이 시간에 도대체 뭘 하는 거야? 트럭에서 내려 차 문을 단단히 잠근 뒤 미셸의 뒤를 따라 주차장을 가로지르며 한나는 스스로를 나무랐다. *너한테 이런 곳은 어울리지 않아!*

"미셸도 마찬가지지!"

한나가 큰 소리로 말했다.

미셸은 한나를 돌아보았다.

"뭐라고 했어?"

"아무것도 아니야. 그냥 혼잣말이었어. 혹시 커버차지(레스토랑, 나이트클럽 등의 자릿값)가 있어?"

미셸은 웃음을 터뜨렸다.

"이런 곳에…… 있을 리가 없지! 최소 음료 두 잔만 주문하면 돼. 음료는 캔이나 병에 든 걸 주문해야 돼. 그게 안전하거든. 지난번에 여기 왔을 때 보건국 위생평가에서 C 마이너스 점수를 받았다고 문에 붙어 있더라고. 문 닫을 뻔했어."

"알려줘서 고마워."

한나는 입구에 다다라 위생평가 점수표를 직접 확인할 수 있었다.

"햄버거를 주문할까 생각하고 있었는데."

"여기선 안 될 말이야. 나도 배가 고파. 여기 일이 끝나는 대로 코너 태번으로 가자. 거기 햄버거가 진짜 맛있잖아. 집에 가는 길에 있기도 하고."

미셸은 바의 문을 열었다.

한나는 동생을 따라 침침하고 혼잡한 안쪽으로 들어섰다.

"여기 자주 와?"

한나가 미셸에게 물었다.

"크리스탈이 일하고 있을 때만."

"크리스탈이 누군데?"

"우리 기숙사에 살고 있는 여자애들 중 하나야. 주말에 여기서 바텐더 일을 하거든. 어떤 땐 같이 학교에 등교하기도 해."

"무려 한 시간 거리잖아!"

"그래도 팁이 쏠쏠해. 코너 태번이 늦은 시간까지 영업하는 것도 그래서 알고 있는 거야. 기숙사로 돌아가는 길에 미리 전화로 햄버거를 주문해놨다가 돌아가는 길에 먹곤 했거든."

한나는 미셸이 로니에 대해 이야기했던 것을 떠올렸다.

"너 혼자 여기 와도 로니가 신경 안 써?"

"신경을 쓰는지 모르겠어. 그렇게 큰 비밀은 아닌데, 우리가 크리스탈이랑 가끔 여기에 온다는 사실을 로니가 알고 있는지도 잘 모르겠어."

미셸이 하던 말을 멈추고 미간을 살짝 찌푸렸다.

"로니랑 내가 결혼한 것도 아니고, 약혼한 것도 아니잖아. 나도 로니를 사랑하고, 로니도 나를 사랑하지만, 우리 사이에 그렇게 굳은 약속같은 건 없다고. 로니가 나랑 같이 있지 않을 때 뭘하고 다니는지 나도 속속들이 알지 못하고, 로니 역시 마찬가지로 내가 자기랑 함께 있지 않을 때 뭘하고 다니는지 꼬치꼬치 묻지 않아. 우리 상황은 말하자면, 예전의 언니와 노먼 혹은 마이크와의 관계 같은 거지."

한나는 미셸이 노먼과 마이크를 언급하면서 과거형 동사를 사용한 것을 눈치챘다. 미셸은 자신의 큰 언니가 이제야 비로소 로스와 짝이 되리라 생각하고 있는 것이 분명하다. *하지만 정말 그렇게?* 한나의 마음이 물었다. *곧 알게 되겠지.* 한나는 역시 속으로 대답했다. 이번에는 그 말이 겉으로 새어나오지 않도록 몹시 조심했다.

"어서 오세요."

칵테일 웨이트리스가 두 사람 앞에 나타났다.

"안녕하세요, 레이니."

웨이트리스가 미셸을 주의깊게 쳐다보았다.

"당신은 크리스탈의 친구로군요…… 그렇죠?"

"네, 미셸이에요."

"오늘 밤에는 크리스탈이 없는데."

"알아요. 시험공부 하느라 집에 갔거든요. 이번 주말에 올 거예요."

"다행이네요. 크리스탈이 애플티니를 정말 잘 만들거든요. 숙녀분들이 정말 좋아하죠. 그럼 두 분이신가요?"

"세 사람 자리로 배정해주실 수 있어요? 가급적 무대와 가까운 곳으로요."

미셸이 레이니에게 꼬깃꼬깃 접힌 지폐를 건넸다.

"나중에 합류할 사람이 있을지도 모르거든요."

"얼마든지요. 따라오세요."

레이니는 산양처럼 민첩한 몸놀림으로 한없이 좁은 공간에 촘촘하게 놓인 테이블 사이를 요리조리 잘 빠져나가 중앙 무대 바로 앞에 자리한 조그마한 칵테일 테이블로 안내했다. 의자도 세 개 놓여 있었다.

"여기 괜찮으시겠어요?"

"아주 좋아요."

미셸이 말했다.

"바틀 앤 제이미스(와인을 베이스로 한 쿨러 스타일의 음료) 아무 맛 두 병이랑 물 작은 병으로 하나 주세요. 그리고 병은 여기서 바로 따주시면 안 될까요?"

"기꺼이 그렇게 해드리죠. 크리스탈의 친구이신데, 게다가 지미가 지금 같이 오신 친구분을 주시하고 있으니 더더욱 그렇게 해드려야겠네요."

한나는 고개를 돌려 바 뒤에 서 있는 중년의 남자를 쳐다보았다. 그는 정말로 한나를 쳐다보고 있었다. 처음엔 그가 왼쪽 눈을 깜빡거리는 줄 알았지만, 알고 보니 한나에게 윙크를 보낸 것이었다. 한나는 황급히 고개를 돌렸다.

"지금 저 사람, 뭐하는 거예요?"

한나가 레니에게 물었다.

"병에 보드카를 타는 거예요."

레니가 대답했다.

"당신이 일어섰을 때 비틀거리기라도 하면 주차장까지 쫓아갈 심산이 겠죠."

한나는 안도의 한숨을 내쉬었다.

"바 앞에 앉지 않은 게 천만다행이네요!"

"정말 그래요."

레니가 작게 웃었다.

"저 사람 와이프가 떠난 이후로는 아주 엉망이에요. 웨이트리스들도 저 사람이 주변에 있으면 예의주시하죠."

레니가 음료를 가지러 자리를 뜨자 한나는 에이트 볼 바의 손님들을 둘러보았다. 나이대는 20대 중반에서 60대 초반까지 다양했다. 중년의 여자들은 모두 비슷한 모습이었는데, 탄탄한 몸매에 젊은 사람들이나 입을 법한 옷을 입고 가짜 머리를 붙이고 있었다. 화장은 지나치게 짙었으며, 과실주를 쉴 새 없이 들이켜며 서로의 농담에 시끄럽게 웃어댔다. 커플도 몇 쌍 있었지만, 그렇게 많지는 않았다.

무엇보다 성별의 분리가 뚜렷했는데, 여자들만 앉아 있는 테이블 몇 개, 남자들만 앉아 있는 테이블이 몇 개 있었지만, 남자와 여자가 섞인 테이블은 얼마 보이지 않았다. 여자들은 남자들의 시선을 끌기 위해 서로 경쟁하고 있는 것이 분명해 보였지만, 남자들은 추파를 던지는 데는 관심이 없는 듯했다.

한나는 미셸에게 말했다.

"여기 분위기 도대체 뭐야? 예를 들어 저기 빨간색 옷을 입고 있는 저 여자들은 옆 테이블에 앉은 검은색 셔츠의 남자들에게 추파를 던지고 있잖아. 진짜 큰 소리로 떠들고 있어서 분명 남자들도 저 여자들을 봤을 텐데도 그저 자기들끼리만 이야기할 뿐 전혀 관심을 보이고 있지 않아."

"당연히 그럴 수밖에. 아직 시간이 많거든."

"뭐?"

"문 닫을 시간이 가까워지길 기다리는 거야. 지금 아는 체를 했다가는 밤새 저 여자들이 마시는 술값을 다 계산해야 할 테니까. 조금만 기다리면 한두 무대 돌 시간 정도로만 끝낼 수 있지."

"그렇게 짠돌이야?"

"여기 오는 대부분 남자들이 그래. 크리스탈이 해준 얘기도 있고, 내가 직접 본 것도 있지. 이제 마지막 무대라는 불이 들어오면, 남자들이 마치 생쥐처럼 여자를 찾아 이 테이블, 저 테이블을 돌아다닌다니까."

"그러면 여자들은 그걸 받아준단 말이야?"

"어떤 사람은 받아주고, 어떤 사람은 안 받아주지. 계속 있으면 직접볼 수 있을 거야. 하지만 그렇게 오래 있어야 하는 일은 부디 없길 바라. 밴드 공연이 곧 시작될 테니, 잘만 하면 세스와 이야기를 나누고 한 시간 내로 여길 빠져나갈 수 있을 거야."

"제발 그렇게 되어야 할 텐데."

한나는 화를 누그러뜨리며 차분하게 말했다. 이곳 바의 즉석만남에 대해 물어보지 않는 것인데 그랬다. 저런 냉담한 남자들을 유혹할 만큼 절박한 여자들을 보는 것 자체가 괴로웠다. 이런 곳에서 밤을 보내는 것보다 더 나은 인생이 있다는 것을 그들은 정말 모르는 것일까?

밴드가 도착하자 손님들의 관심이 그쪽으로 향했다. 밴드 멤버는 남자 네 명이었는데 모두 무대 의상을 입고 있었다. 바지는 꼭 달라붙는 검정색에 큐빅으로 장식한 황금색의 사틴 소재 카우보이 셔츠를 입고 있었다. 머리카락 일부를 황금색으로 염색한 삐죽삐죽 머리 스타일도 모두 비슷했다. 한나는 그들 중 누가 세스 도트베일러일까 가늠해보았지만, 그의 사진조차 본 적이 없기 때문에 추측하기가 어려웠다.

"누가 세스인지 내가 가서 알아볼게."

미셸이 말했고, 한나는 이 막냇동생이 대학에서 독심술이라도 배운 것이 아닐까 생각했다.

"좋은 생각이야."

한나가 대답했다.

"멤버들이 오면 음료 대접을 해야겠어."

"지미가 가져오면 절대 팁 주지 마."

미셸이 자리에서 일어서며 경고했다.

"언니가 팁을 주면 단지 음료를 갖다 준 데 대한 인사가 아니라 그 이상의 것에 대한 인사라고 이상한 생각을 할지도 몰라."

한나는 음료를 갖다 주는 것이 레이니기를 바라며 마음속으로 기도를 올렸다. 한나의 기도가 통했는지 레이니가 음료를 들고 테이블로 다가왔다.

"방금 미셸을 봤어요."

레이니가 무대 쪽을 가리켰다.

"밴드 멤버들이랑 이야기를 하던데, 그 밴드 팬이었는 줄 몰랐네요."

"저도 몰랐어요."

한나가 다소 진심 섞인 대답을 했다.

"저기 주방 문으로 나가네요."

레이니가 깨금발로 서서 북적북적한 사람들 가운데 미셸의 행적을 좇으며 말했다.

"세스를 만나러 트레일러로 가나 봐요."

"아마 그럴 거예요."

"연극영화 전공이죠?"

"네."

"그런 것 같았어요. 크리스탈도 그 전공일 테고, 게다가 기숙사에 있는 애들이 전부 연기 쪽 공부하는 애들이라고 한 얘기를 들은 적 있어요. 그나 저나 미셸이 세스를 만나게 되면, 일생일대의 서프라이즈가 될 거예요!"

"그래요?"

한나는 슬슬 걱정이 되기 시작했다. 마음속에 자리하고 있던 걱정의 씨앗이 활짝 피어오르기까지의 모습이 타임 랩스(저속촬영해 정상 속도보다 빨리 돌려서 보여주는 특수영상기법)처럼 눈앞을 스쳐지나갔다.

"그 서프라이즈라는 게 뭔데요?"

"세스가 디-디 같이 보이거든요."

레이니가 말했다.

"하지만 전혀 디-디가 아니죠."

"디-디가 뭐예요?"

"마약중독자요. 무대 위에서는 그렇게 보이지만 실제로는 아니에요. 연기의 일부죠."

한나는 조금 안심이 되었지만, 완전히 마음이 놓이지는 않았다.

"세스를 잘 아시는 것 같네요."

"그 엄마가 지금 살고 있는 저택을 상속받기 전까지 우리 동네에 살았거든요."

걱정의 씨앗은 활짝 꽃을 피었다가 이내 죽어버렸다. 한나는 레이니가 던져준 정보가 무척이나 반가웠다.

"그래서 그 마약중독자 같은 행동은 연기라고요?"

"분명히 연기에요!"

한나가 건넨 팁을 감사의 미소와 함께 받으며 레이니가 말했다.

"세스가 올해 법대를 졸업했어요. 밴드에 다른 멤버들도 모두 법대를 다니고 있고요."

"저런 머리 스타일로요?"

한나는 악기를 설치하고 있는 그들을 쳐다보며 물었다.

"저건 가짜 머리에요. 평상복을 입었을 때를 봐야 해요. 보통 때 차림으로 손님마냥 테이블에 앉는다면 아마 아무도 못 알아볼 거예요. 근데……."

레이니가 바짝 다가와 목소리를 낮추었다.

"귀마개를 가져오셨는지 모르겠네요. 무대가 좀 소란스럽거든요. 그래도 공연 자체는 좋아요. 여자들이 엄청 열광하죠. 특히 세스가 제일 인기 있어요. 보컬이거든요. 물론 진정한 보컬이라고 할 수 있을지는 모르겠지만."

한나는 레이니의 말이 당황스럽기만 했다.

"저 밴드는 무대에 선다는 흥분만으로 공연을 하나보죠?"

"아뇨, 돈 때문에 해요. 법대 학비에 보탬이 된다나 봐요."

"세스의 아버지도 그가 법대에 다녔던 걸 알고 있었어요?"

한나가 물었다.

"그건 모르겠어요. 제가 아는 건 세스의 엄마도 모르고 있었다는 거죠. 졸업식에 깜짝 초대해 놀래켜주고 싶다고 하더군요."

"조금 이상한 일이네요, 안 그래요?"

"조금은요. 그래도 나름 이유가 있을 거예요. 한 번도 물어보진 않았지만. 그 엄마한테도 절대 말하지 않겠다고 세스와 약속했어요. 사실…… 당신한테도 이 이야기를 하면 안 되는 건데."

레이니가 다소 불편한 기색을 보였다.

"어쩌다보니 이야기를 하게 됐네요. 그 엄마에게 얘기하지 않을 거죠?"

"당연하죠. 딱 한 번 만난 적이 있는데, 앞으로 다시 만날 일은 없어요."

레이니는 웃음을 터뜨렸다.

"그것 참 다행이네요! 쉴라는 정말 대단한 여자거든요. 판사님이 이혼하기 전까지 그 세월만이라도 같이 사신 게 놀라울 지경이니까요. 어쨌든 판사님에게 일어난 일은 정말 끔찍해요, 안 그래요!"

"끔찍하죠."

한나가 동의했다.

"재혼하셔서 잘 사신다고 들었는데. 쉴라 같은 여자를 만나 고생했으니 남은 생은 행복하게 사셨어야 했는데. 쉴라가 그 막대한 유산을 물려받은 뒤에도 계속 판사님에게 이혼 수당을 타냈던 거 아세요? 사실 판사님의 돈 같은 건 필요 없었는데도 말이에요. 게다가 재혼한 것도, 퇴직금이 그리 많지 않다는 것도 잘 알고 있었는데도 말이죠. 아주 몹쓸 여자예요!"

한나가 와인 음료를 한 모금 들이켰을 때 미셸이 황급히 테이블로
돌아왔다.

"얼른 가자!"

"어디로?"

"주방 통해서 밴드 트레일러로. 무대 오르기 전에 10분 정도 시간이
있대. 지금 우리를 볼 수 있다는데."

잠시 후, 한나는 동생을 따라 아직 설거지를 하지 않은 그릇들과 바퀴벌
레 퇴치용 패치가 여기저기 붙어 있는 좁은 주방을 통과했다. 그리고 뒷문을
통해 밖으로 나가 주차장을 가로질러 찌그러진 캠핑용 트레일러로 다가갔다.

"세스?"

미셸이 문에 노크를 했다.

"미셸과 한나에요."

안에서 웅얼거리는 듯한 소리가 들렸고, 두 사람의 입장을 허가했는
지 미셸은 지체 없이 계단을 올라 문을 열었다.

"어서, 언니."

미셸은 트레일러 안으로 들어섰다.

한나도 동생을 따라 밝은 실내로 들어섰다. 안에는 소파와 함께 한쪽
벽면에 긴 거울이 부착되어 있었고 그 밑에는 선반이 하나 달려 있었으
며, 의자 세 개가 앞에 놓여 있었다.

"여긴 우리 언니, 한나에요."

미셸이 한나를 소개했다.

"그리고 언니? 여기는 세스 도트베일러야. 언니가 세스 아버님 사건을 수사 중이라고 얘기했어."

"안녕하세요, 한나."

세스가 거울 앞에 놓여 있던 의자에서 일어나 손을 내밀었다.

"만나서 반갑습니다."

"고마워요. 나도요."

한나는 세스의 딱 달라붙는 붉은 새틴의 점프 수트로부터 시선을 피하며 인사했다. 정말 상상의 여지가 없을 정도로 노골적인 의상이었다.

"윌리엄 미첼 대학에 다니는데 거기서 세인트 폴 파이오니어 신문에 실린 당신 기사를 봤어요. 미셸이 언니가 우리 아버지 살인사건을 수사 중이라고 얘기해주더군요. 제가 할 수 있는 한 돕고 싶지만, 지금은 시간이 얼마 없어요. 혹시 더 질문할 게 남으면 휴식 시간까지 기다리셔도 되고요."

한나는 세스의 목소리가 미세하게 떨리는 것을 포착했다. 거기에는 세 가지 이유를 추측해볼 수 있다. 세스에게 무대공포증이 있거나 그가 여전히 아버지의 죽음에 대해 슬픔에 빠져 있거나 아니면 죄책감 때문에 심문을 당하는 것이 두려워서이거나.

"아버지를 마지막으로 만난 게 언제에요?"

한나가 질문의 범위를 좁혀나가려는 의도로 첫 번째 질문을 던졌다.

"지난 주요. 코너 카페에서 같이 점심을 먹었어요. 법원에서 5분 거리였는데 아버지가 그날 거기서 재판이 있었거든요."

"재판 이야기를 하시던가요?"

"아뇨, 법대 이야기만 했어요. 아버지는……."

세스는 말을 멈추더니 침을 꿀꺽 삼켜내렸다.

"아버지는 정말 행복해 하셨어요. 제 졸업이 얼마 남지 않았다는 것에. 그게…… 우리 비밀이었거든요."

"밴드에 대해서는 알고 계셨나요?"

세스는 한나가 트레일러에 발을 들여놓은 이후 처음으로 미소를 보였다.

"넵. 그 부분에 있어서 정말 쿨하셨어요. 아버지도 법대 다녔을 때 카지노에서 바텐더로 아르바이트를 한 적이 있다고 하시더라고요."

"아버지도 윌리엄 미첼을 다니셨죠?"

미셸이 물었다.

그러자 세스를 고개를 끄덕였다.

"입학하는 데 많은 도움을 주셨어요. 동창들까지 다 동원해서요. 사실 제 성적이 그렇게 좋지 못했는데, 아버지 추천서 덕분에 입학할 수 있었어요."

"그리고 올해 졸업을 앞두고 있고요?"

세스는 또다시 고개를 끄덕였다.

"법대를 갔을 때 아버지가 정말 기뻐하셨어요."

한나는 세스가 이야기하지 않은 부분을 정확히 짚어냈다.

"엄마는 아니셨고요?"

"쉴라요?"

세스는 살짝 한숨을 내쉬었다.

"쉴라를 기쁘게 할 수 있는 건 세상에 없어요."

"엄마를 이름으로 부르고 있네요."

"그렇게 하라던데요. 다른 애들한테는 엄마가 있었지만, 저한테는 쉴라가 있을 뿐이었죠."

세스는 심호흡을 한 뒤 크게 한숨을 내쉬었다.

"정말 말도 안 되는 일이죠!"

그는 다시 말을 멈추고 침을 삼켰다.

"아버지가…… 아버지가 졸업식을 보실 수 있다면 좋을 텐데. 제가 이만큼 왔다는 것을 무척 뿌듯해 하셨어요. 그러니 제 졸업식에 기꺼이 오셨을 거예요. 물론 쉴라도 초대하겠지만, 그 여자는 분명 오지 않을 겁니다."

"왜요?"

미셸이 물었다.

"제가 아버지의 뒤를 잇는 것을 원치 않는다는 이유 하나 때문에요. 쉴라는 아버지를 미워해요. 아버지가 살해당했다는 소식을 듣는 순간 혹시 쉴라가 한 짓은 아닐까 생각했지만, 그건 아니었어요."

"확실해요?"

미셸이 물었다.

"넵…… 지금은요. 제가 확인해봤거든요."

"어떻게요?"

한나는 평정을 유지하려 애썼다. 어머니가 아버지를 살해하지 않았다는 것을 아들이 직접 확인해야 했던 상황 자체가 끔찍했다.

"경찰이 아침 10시 45분에 전화해서 아버지가 돌아가셨다는 사실을 알려줬어요. 아버지의 개인 전화번호 수첩에서 법대 전화번호를 발견해서 학교로 전화를 했나 봐요. 언제 그런 일이 있었냐고 물으니까 마이크 뭐라는 이름의 경찰이 아버지의 서기관이 9시에 마지막으로 봤다고 하니까 그 이후일 거라고 하더군요."

"그렇군요."

한나는 콜팩스 판사님의 시체를 발견한 것이 자신이라는 사실은 언급하지 않았다.

"쉴라는 월요일 아침 10시마다 예약해둔 스파에 가요. 집에서 법원까지는 차로 45분이 걸리고요. 스파는 집에서 한 시간 거리인데다 법원과는 반대 방향이에요. 그러니 법원에서 아버지를 죽이고 다시 스파로 가려면 한 시간 30분은 족히 걸렸을 거예요. 그 말은 곧 쉴라가 10시 예약 시간을 지켰다면 아버지를 죽이지 않았다는 게 확실해진다는 거죠."

"그래서 그날 예약이 변동이 없었다는 걸 확인했어요?"

한나가 물었다.

"네, 안내 데스크의 여자가 등록 기록을 확인해줬어요. 심지어 15분이나 일찍 도착했다더군요."

"그 사실을 경찰에도 얘기했어요?"

세스는 고개를 가로저었다.

"아직 경찰이 오진 않았어요. 전화로 몇 가지 물어보긴 했는데, 그게 다였죠."

"이제 가보는 게 좋겠어요."

한나가 손목시계를 확인했다.

"9시에 무대에 올라야 하잖아요. 벌써 5분이나 지났어요."

"괜찮아요. 다른 멤버들이 워밍업을 하고 있을 거예요. 소리 안 들리나요?"

한나는 귀를 기울였다. 멀리서 뭔가 시끄러운 불협화음이 희미하게 들려오는 듯했지만, 그게 세스의 밴드가 내는 소리인지는 확인할 수 없었다.

"상당히 멋지죠?"

한나의 표정을 읽은 세스가 말했다.

"그게…… 제 장르는 아니라고 해두죠."

한나가 대답했다.

"제 장르도 아니에요. 다만 꽤 벌이가 되죠."

그는 몸을 돌려 거울 속 모습을 한 번 확인한 뒤 선반에 놓인 작은 상자를 열었다.

"이런, 무대 끝난 뒤에 돌아오면 분명 두통이 올 텐데!"

"아스피린 찾는 거예요?"

한나가 물었다.

"가방에 좀 있는데."

"아뇨, 귀마개를 찾고 있어요. 공연할 때 항상 착용하거든요."

"그것도 있어요."

한나는 귀마개 한 쌍을 꺼내 그에게 건넸다.

"좋은 귀마개네요."

세스가 말했다.

"성능이 꽤 괜찮아요."

"당신은 보컬이잖아요!"

미셸이 걱정스러운 얼굴로 말했다.

"밴드의 연주가 들리지 않으면 노래 부를 때 음정은 어떻게 맞춰요?"

"오, 들리긴 해요. 적당히 시끄럽지 않게. 그리고 음정이 빗나가도 상관
없어요. 관객들은 우리를 보러 오는 거지, 음악을 들으러 오는 게 아니니까.
그리고 우리 중 그 누구도 음악인은 아니니, 그게 오히려 잘된 일이에요!"

에이트 볼 바에서 집으로 돌아오자 한나의 핸드폰에 메시지 불이 깜
빡였다. 한나는 메시지를 확인하기 위해 핸드폰을 집었고 미셸은 파자마
와 가운으로 갈아입기 위해 방으로 들어갔다.

**안녕, 한나. 리사예요. 11시 전에 집에 돌아오면 전화 부탁해요. 좋은 소식
이 있어요**

문자에는 그렇게 적혀 있었다. 한나는 시계를 확인했다. 10시 30분이다.
한나는 리사의 번호를 누른 뒤 거실 소파에 앉았다. 3초 후, 무릎에는 갸르
랑거리는 모이쉐를 앉힌 채 수화기 너머로 리사의 목소리를 들을 수 있었다.

"어디 갔었어요?"

한나의 목소리를 알아챈 리사가 물었다.

"그레이 이글에 있는 에이트 볼 바에."

"에이트 볼 바에 놀러 갔었단 말이에요?"

리사가 놀란 목소리로 물었다.

한나는 웃음을 터뜨렸다.

"아니, 콜팩스 판사님 아들을 만나러 갔었어."

"판사님 아들이 그런 곳을 돌아다닌대요?"

"거기서 공연하는 밴드의 일원이야."

"하지만……."

리사는 하던 말을 멈추고 한숨을 내쉬었다.

"아니에요. 더 이상 묻지 말아야 할 것 같네요."

"그래, 어차피 물으면 물을수록 더 궁금해지기 마련이거든."

한나가 루이스 캐럴(《이상한 나라의 앨리스》 작가)의 표현을 빌려 말했다.

"좋은 소식이라는 게 뭐야, 리사?"

"한나와 미셸, 내일은 가게에 아예 나오지 않아도 되게 되었어요. 아버지랑 마지가 도와주러 오신대요. 낸시 이모도요. 필요한 일손은 다 충족되었어요. 낸시 이모도 아침에 일찍 와서 같이 베이킹하기로 했거든요. 만들어보고 싶은 레시피도 몇 개 있다고 하세요. 그러니 쉬어요, 한나. 저녁 파티 준비하려면 시간이 많이 필요하잖아요. 가게 일은 우리가 알아서 할게요."

리사가 살짝 웃었다.

"물론 또 다른 시체를 발견한 것이 아니라면요. 그랬다면 나와서 이야기를 해줘야죠. 제가 사람들에게 얘기해줄 수 있게."

"그런 계획은 없어. 더 이상……."

한나가 하던 말을 멈추었다. 리사가 손님들에게 이야기해줘도 좋을 만한 소재가 떠올랐기 때문이다.

"고양이 도둑에 대한 이야기도 괜찮을까?"

"그럼요. 재미있을 것 같은데요. 우리 손님들은 새로운 이야기를 좋아하시니까요."

"그건 리사가 워낙 재미있게 얘기를 잘해서 그렇지."

한나가 리사를 칭찬했다.

"고마워요. 그럼 아까 말한 고양이 도둑 이야기 해주세요. 그럼 내일 손님들에게 들려줄 수 있겠어요."

한나가 리사에게 모이쉐에 대한 이야기와 주인 모를 물건들의 등장에 대한 이야기를 막 마무리 짓고 났을 때 미셸은 잠옷 차림으로 부엌에서 맛있는 냄새가 나는 무언가를 굽고 있었다.

"뭐해?"

한나가 부엌 문간에 서서 물었다.

"내일 먹을 포크찹을 살짝 굽고 있어. 내일은 음식 전부를 슬로우 쿠커에 요리할 생각인데, 이 포크찹은 살짝 구워야 맛이 있거든."

"내가 도와줄게."

한나가 제안했다.

"한 사람만 있으면 돼. 아니면 의자 가져와서 이거 하는 동안 나랑 말동무가 되어주던가. 혹시 피곤하지 않으면, 자리에 앉기 전에 뭔가 시원한 마실 거 준비해줄 수 있어?"

"물론."

한나가 냉장고로 가서 문을 열려던 순간 바닥에 떨어진 무언가가 눈에 띄었다.

"어머."

한나가 허리를 굽혀 그 무언가를 집어 들며 말했다.

"왜 그래?"

미셸이 고개를 돌려 한나의 손에 들어 있는 물건을 확인했다.

"모자야. 뜨개질한 스키 모자인 것 같은데, 오늘 아침에 발견한 벙어리장갑처럼 여기에도 눈송이 모양이 있어."

"또 고양이 도둑이야?"

"그런 것 같아. 장갑이랑 같은 곳에서 가져왔나 봐."

"이것만 마치고 같이 테이프 확인해보자."

미셸이 제안했다.

"좋은 생각이야. 녀석이 부엌에 이걸 숨겨놓지 않은 걸 보면 탠저린 드림 케이크를 만들 때 발견할 수도 있었는데. 운이 좋으면 녀석이 자기가 이용하는 통로에서 나오는 것을 볼 수도 있겠어."

미셸이 포크찹을 굽는 동안 한나는 두 개의 유리잔에 얼음을 채웠다. 그런 뒤 샤또 스크류탑이라 부르는 와인과 레몬소다를 넉넉히 부었다.

그런 뒤 탄산수로 마무리를 하고 위에 냉동 딸기를 얹었다.

"뭐 만들어?"

미셸이 한나의 모습을 흥미롭게 지켜보며 물었다.

"나도 몰라. 이 끔찍한 화이트 와인으로 뭘 만들 수 있을까 시험해보는 거야. 에이트 볼 바에서 마셨던 와인 음료에서 아이디어를 얻었어."

"이리 줘봐. 이번에는 내가 언니의 실험쥐가 되어줄게."

"와인은 별로 많이 안 넣었어."

한나가 말하며 미셸에게 잔을 건넸다.

"뭐든 좋아. 마셔보고 마음에 들면 또 한 잔 주문할 수도 있어."

한나는 자신의 창작물을 맛보는 미셸을 가만히 지켜보았다.

"어때? 어떤 것 같아?"

"이거 다 마시고 한 잔 더 마실래. 속까지 시원해지는 맛이야. 특히 뜨거운 불 앞에 내내 서 있었던 사람에게는 최고야."

미셸은 포크찹을 뒤집어 다른 한쪽 면을 익히기 시작했다. 그런 뒤 냉장고로 가서 빨간부엉이 식료품점에서 산 피망과 양파를 꺼냈다.

"괜찮으면, 피망 씻어서 채 썰어줘. 난 양파 껍질을 벗겨서 썰 테니까. 포크찹 굽는게 끝나면 이 팬에 바로 피망과 양파를 익힐 거야."

두 자매는 나란히 껍질을 벗기고 썰고 미리 준비한 그릇에 담았다. 마지막 피망을 채 썰고, 마지막 양파의 껍질을 벗기고 자른 뒤 미셸은 포크찹을 확인하고 팬에서 꺼내 접시에 담았다. 그리고 야채들을 볶기 시작했다.

"난 색깔 있는 피망이 좋더라."

미셸은 초록색, 빨간색, 주홍색, 노란색의 야채들을 내려다보며 미소를 지었다.

"전부 초록색 야채로만 사용할 수도 있겠지만, 이 편이 더 재미있어."

"색깔은 숙성 정도에 따라 달라."

한나가 말했다.

"초록색 피망은 갓 따낸 것이고, 빨간색 피망은 완전히 숙성시킨 다음에 따낸 것이지."

"그럼 노란색과 주홍색은 그 중간 어디쯤인가?"

미셸이 물었다.

"그래, 일반적으로 말하면. 물론 종에 따라 다르지만. 어떤 종은 특정 색깔이 되면 바로 수확해. 예를 들면, 주홍색 피망은 종이 좀 다르지. 하지만 모든 피망이 다 같은 씨앗에서 자라."

"맛도 서로 다른 것 같던데. 내 착각인가?"

"아니야. 실제 영양학적으로도 서로 달라. 초록색 피망에는 엽록소가 많아서 단맛이 안 나지. 노란색 피망에는 루테인과 제아크잔틴 카로티노이드가 많고, 주홍색 피망에는 알파, 베타, 감마 카로틴이 많이 들었어. 빨간색 피망에는 리코펜과 아스타크산틴이 들었고."

"그런 사실은 평생 몰라도 사는 데 지장 없을 것 같은데."

미셸이 말했다.

"아마도. 나도 내가 이걸 왜 외우고 있는지 모르겠다. 어쨌든 중요한 것은 피망의 색깔은 숙성 정도를 나타내는 거고, 그래서 빨간색 피망이 제일 달고 잘 익었다는 거지."

"색깔에 대한 얘기 재미있네. 그럼 빨간색 다음에는 어떻게 돼?"

"곤죽."

"뭐?"

"곤죽이 되어버린다고. 그런 다음에 저절로 덩굴에서 땅으로 떨어지고."

미셸은 웃음을 터뜨렸고, 한나도 함께 웃었다. 두 사람의 웃음은 멈출 줄 몰랐다. 아마도 하루종일 가게 일을 한데다 두 사람이나 만나고 온 뒤의 후유증일 수도 있겠다. 이제 집으로 돌아왔으니 마음 놓고 쉬어도 된다. 한나는 사실 자기가 한 말이 왜 웃긴지 이해할 수 없었지만, 애써 분석하지 않으려 했다. 그저 웃는 것이 기분 좋을 뿐이었다.

"냉장고에 냄비 세 개 들어갈 자리가 있을까?"

마침내 웃음을 멈춘 미셸이 물었다.

"뚜껑 달린 냄비인데."

"냉장고가 크니까 가능할 거야. 용량을 따지지 않고 샀는데 배달 왔을 때 너무 커서 원래 냉장고 자리에 맞지가 않는 거야. 그래서 천장에 구멍을 뚫어야 했다니까."

"용량을 따지지 않고 샀다니 믿을 수가 없어."

"그래, 내가 바보 같았지. 근데 냉장고를 사본 적이 있어야지. 뭐든 고르면 대충 들어갈 줄 알았지."

한나는 냉장고를 열고 간략하게 정리를 시작했다. 쭈글쭈글해진 사과를 버리고, 생명기한을 넘긴 오래된 감자들과 한창 맛있을 시기를 지나버린 당근 꾸러미, 더 이상 블루치즈가 아닌 블루치즈를 내다버렸다. 한나가 정리를 마친 뒤 미셸에게 말했다.

"이제 냄비 세 개 들어갈 공간이 생겼어."

미셸은 한나의 냄비 세 개를 꺼내 안에 들러붙음 방지 스프레이를 뿌렸다.

"감자 껍질 벗기는 거 도와줄 수 있어?"

"물론이지."

한나는 껍질 벗기는 칼을 찾아 미셸에게 건넸다. 두 사람이 작업하는 가운데 감자는 빠른 속도로 껍질을 벗었다.

"통째로 넣는 거야?"

"아니, 반으로 길게 자를 거야. 그래야 다른 재료들이 익는 속도에 맞춰서 빨리 익거든."

"그렇군. 냄비 채우기 전에 또 뭘해야 돼?"

"수프 통조림만 따주면 돼. 버섯크림 수프 통조림 2개랑 토마토 수프 통조림 1개, 셀러리 수프 통조림 1개가 필요해. 각 냄비당 1개 분량씩 들어가는 거지. 포크 그레이비랑 같이 섞을 거야. 원래는 황금버섯크림 수프 통조림 3개랑 셀러리 수프 통조림 1개를 사려고 했는데, 플로렌스한테 황금버섯 수프가 없다고 하더라고."

통조림 뚜껑을 열고 그레이비랑 섞고 나자 한나는 미셸이 첫 번째 냄비를 혼합하는 것을 지켜보았다.

"어떻게 하는지 알았어. 넌 두 번째 냄비를 맡아. 내가 세 번째 냄비를 할게."

"좋아. 그렇게 하면 시간이 절약되겠어."

미셸이 동의했다.

"궁금한 것 있으면 물어봐. 리사는 이 레시피가 굉장히 관대하다고 하더라. 조합을 정확하게 하지 않아도 대략 맛있게 완성된다고 말이야."

"닭가슴살로도 만들 수 있나 모르겠네."

냄비에 재료들을 혼합하며 한나가 말했다.

"왜 안 되겠어. 낸시 이모님에게 물어봐. 원래 그 이모님 레시피니까."

"물어보고 시험해봐야겠어. 헝가리 파프리카를 넣어도 맛있을 것 같아. 버섯크림 수프 통조림 대신 치킨크림 수프 통조림을 사용하고."

"그게 바로 이 레시피의 장점이지."

미셸이 냄비 뚜껑을 닫아 냉장고에 넣으며 말했다.

"재료들을 마음껏 바꿔가며 요리할 수 있거든. 나 머핀도 그런 식으로 만들잖아."

"나도 쿠키 만들 때 새로운 재료를 더해가면서 만들곤 하지."

한나 역시 냄비 뚜껑을 닫아 냉장고 제일 아래 칸에 집어넣은 뒤 미셸 옆에 섰다.

"문 좀 잡고 있어줄래?"

미셸이 마지막 냄비를 들고 문이 열린 냉장고로 다가가며 요청했다. 냄비가 모두 냉장고 안에 무사히 안착하자 미셸은 개수대에서 손을 씻었다.

"열여덟 명 분의 포크찹이 준비되었네."

한나가 말했다.

"게다가 두께가 이중이라고."

미셸이 지적했다.

"모두들 넉넉하게 먹을 수 있을 거야, 심지어 마이크도."

소스까지 맛있는 포크찹

한나의 첫 번째 메모: 리사의 이모님인 낸시의 또다른 레시피입니다. 믿을 수 없을 만큼 쉬워요. 그러니 가족들에게 만들어줄 때는 너무 바빠 머리카락 빗질할 시간도 없었던 것처럼 보이게 손가락으로 대충 머리를 매만지고, 얼굴에 밀가루를 좀 묻힌 다음, 앞치마도 헝클어트리세요. 그래야 당신이 이걸 만들기 위해 부엌에서 아주 오랜 시간 고생했다는 티를 낼 수 있잖아요.

커다란 프라이팬 혹은 슬로우 쿠커가 필요합니다. 9×13 크기의 케이크 팬도 좋습니다.

재료

2~2.5센티 두께로 6센티로 자른 포크찹 / 식물성 기름 2테이블스푼

소금기 있는 버터 1테이블스푼 / 버섯크림 농축수프 통조림 2개(305g)

토마토 농축수프 통조림 1개(305g) / 셀러리크림 농축수프 통조림 1개(305g)

분말 형태로 된 돼지고기용 그레이비 믹스 1개 / 중간 크기의 양파 2개(다져주세요)

중간 크기의 초록색 피망 2개(하나는 빨간색, 하나는 초록색으로 해도 좋습니다)

중간 크기의 감자 3~4개(껍질을 벗겨 반으로 갈라주세요)

돼지고기용 그레이비 믹스 1개(나중에 사용할 겁니다)

소금(양념할 때 사용할 거예요) / 후추(이것 역시 양념할 때 사용할 겁니다)

핫소스(마이크 킹스턴을 초대할 때는 특별히 가장 매운 핫소스로 준비해야 해요!)

한나의 두 번째 메모: 상점에서 농축수프 통조림을 구하기가 점점 어려워

지고 있어요. 그러니 농축 크림이 맞는지 꼭 확인하고 사셔야 합니다. 아마 포장에 붙은 안내에 물이나 우유를 더해서 끓이라고 되어 있을 거예요. 그런 설명이 없다면 농축 크림이 아닙니다. 캠벨 제품 중 농축 크림 통조림에는 빨간색과 흰색의 색깔에 '요리용'이라고 적혀 있을 겁니다. 하지만 이 레시피가 소개되기 전에 그 안내 문구가 바뀔 수도 있겠어요!

만드는 법

1. 커다란 스튜용 프라이팬을 중불에 올려 식물성 기름과 버터와 함께 포크찹을 올려 양쪽 면을 살짝 구워줍니다. 완성된 포크찹은 접시에 담은 뒤 프라이팬을 불에서 내립니다. 단, 절대 프라이팬을 씻지 마세요! 주걱을 사용해 프라이팬 바닥에 붙어 있는 돼지고기 흔적을 긁어냅니다. 그리고 그것을 버리지 않고 그대로 놓아둡니다.

리사의 메모: 저는 이 레시피를 만들 때 냄비 안에 항상 들러붙음 방지 스프레이를 뿌려요. 허브가 설거지를 도맡아하는데, 그래야 나중에 냄비 씻기가 편하거든요.

2. 농축 수프 통조림 4개를 분말형 그레이비 믹스와 섞어줍니다.
3. 수프 섞은 것을 냄비 바닥 1/4정도 차도록 붓습니다.
4. 그 위에 포크찹을 얹습니다. 다시 포크로 포크찹을 뒤집어 수프 혼합물이 골고루 묻게 합니다. 그 위에 1/4가량의 수프 혼합물을 붓습니다(여기까지 수프 혼합물의 반을 사용한 겁니다).
5. 냄비를 낮은 불에 올려 뚜껑을 덮습니다.

6. 다진 양파와 피망을 아까 포크찹을 요리했던 프라이팬에 올려 중불 이상에서 볶습니다. 양파가 투명해지면 완성입니다. 팬에 남아 있는 돼지고기가 야채와 잘 섞이도록 이리저리 볶아줍니다.

7. 구멍 뚫린 국자로 볶은 양파와 피망을 꺼내 냄비에 담긴 포크찹 위에 얹습니다.

8. 반으로 가른 감자를 포크찹 주변에 두르고 남은 수프 혼합물을 모두 붓습니다.

9. 냄비 뚜껑을 닫고 포크찹과 감자가 익을 때까지 요리합니다. 대략 4시간 정도 소요됩니다(저는 딱 4시간이 걸렸어요).

10. 그레이비를 맛본 뒤 필요한 만큼 양념하세요. 그레이비가 생각보다 묽다면 돼지고기용 그레이비 믹스를 더 넣고, 다시 뚜껑을 닫아 15분 더 익혀주세요.

11. 취향에 따라 조그마한 샐러드를 곁들이면 샐러드, 고기, 야채 가니쉬, 감자와 그레이비가 한데 어우러진 멋진 한 끼 식사가 완성됩니다! 차가운 애플소스나 크랜베리 소스를 곁들여도 좋아요.

조앤 플루크의 메모: 이 레시피는 9×13 크기의 팬에 담아 오븐에서 만들 수도 있어요. 냄비에서 만드는 것과 동일하게 재료들을 섞은 다음 두꺼운 쿠킹포일로 이중으로 덮어 175도의 온도에서 3시간 정도 구워주세요. 감자와 돼지고기가 부드럽게 익으면 완성입니다.

끄을―없는―따알―기―바알. 한나는 끝없이 펼쳐진 딸기밭을 가볍
게 내달리고 있었다. 하얀색의 투명한 드레스는 한나의 뒤로 펄럭이고
맨발은 햇빛으로 달궈진 흙 위를 비틀즈의 노래에 맞춰 달리고 있었다.

향긋한 딸기 향이 가득한 공기 중을 수많은 나비들이 수놓은 햇살 가
득한 여름날의 오후였다. 어깨 위로 내리쬐는 따뜻한 햇살은 달리고 있
는 한나의 맨 팔을 부드럽게 감싸주었고, 한나의 발이 잘 익은 딸기들을
으깰 때마다 상쾌한 향이 물씬 올라왔다.

내 발…… 딸기…… 모이쉐!

한나는 침대에 벌떡 일어나 앉았다. 모이쉐가 거칠거칠한 혀로 한나
의 발가락을 핥고 있었다.

"그만, 모이쉐! 정말 기분 좋은 꿈이었는데……."

한나는 말을 멈추고 잠에서 깨기 위해 눈을 비볐다.

햇살이 침실 창문을 통해 내리쬐고 있었다. 혹시 나는 아직 꿈속인
걸까? 그런지도 모르겠다.

사랑스러운 여름날 오후나 딸기밭의 풍경은 눈앞에서 사라졌지만 딸
기 향만은 여전했기 때문이다.

이것이 꿈인지 아닌지를 가를 수 있는 방법은 하나뿐. 한나는 슬리퍼
를 찾아 신고는 자리에서 일어섰다. 이제 잠에서 완전히 깼다. 침대 옆
에는 알람시계가 놓여 있었고, 시간은 8시 5분을 가리키고 있었다. 그리

고 모이쉐는 한나의 베개 위에 올라앉아 한나를 쳐다보고 있었다.

"넌 왜 맨날 내 베개를 차지하는 거야? 내 것이랑 똑같은 걸로 네 베개 사줬잖아. 오늘밤은 내가 네 베개 뺏어서 잘 거야. 어떤 기분인지 너도 한번 느껴보라고."

공기 중에는 여전히 딸기 향이 났다. 이게 꿈이 아니라면 잔류효과가 오래 지속되는 탓일 거다. 한나는 가운을 입고 복도를 지나 부엌으로 향했다. 한 발씩 내딛을 때마다 딸기 향은 더욱 진해졌다.

"좋은 아침이야, 잠꾸러기."

미셸이 어렸을 적 한나가 늘 하던 아침인사대로 인사를 건넸다.

"어서 앉아. 커피 한 잔 줄게."

미셸은 조리대 식힘망에 있는 머핀 한 팬을 가리켰다.

"이 머핀도 10분만 있으면 다 식을 거야."

"냄새가 정말 좋다!"

아침 커피를 마시지 않은 상태에서도 목소리가 나온다는 사실에 놀라워하며 한나가 말했다.

"냄새만큼 맛도 좋아야 할 텐데. 일어나자마자 만든 거야. 딸기 머핀은 처음이라."

미셸은 커피를 한 잔 따라 한나에게 가져다주었다.

"고마워."

한나가 간신히 입을 열었다.

"천만에. 커피부터 마시고 말해. 일단 커피가 들어가야 말이 나올 거 아냐."

한나는 고개를 끄덕이고는 잔을 들었다. 그런 뒤 기운을 되찾아주는 놀라운 아침의 커피를 들이켰다.

"판사님 미망인은 언제 만나는게 좋아?"

한나가 커피 한 잔을 다 마신 뒤 두 번째 잔을 채우고 나자 미셸이 물었다.

"10시 어때? 그 시간에는 집에 있지 않을까? 자고 있는 중도 아닐 테고."

"전화 안 하고 가려고?"

"응, 용의자한테는 갑자기 찾아가야 더 많은 정보를 얻을 수 있거든."

"그럼 콜팩스 부인이 용의자?"

"그래, 결백이 확인되기 전까지는. 원래 가족들이 첫 번째 용의자들이거든. 가족들 사이에는 워낙 많은 감정들이 오가니까."

한나는 동생의 딸기 머핀을 흘끗 쳐다보았다.

"저 머핀 이제 식었을까?"

"아마도. 내가 하나 줄게. 하지만 컵케이크 종이 벗길 때 조심해. 가운데는 아직 뜨거울 수 있으니까."

미셸은 머핀을 하나 집어 한나에게 가져다주었다. 테이블에는 부드러운 버터와 버터칼이 놓여 있었다. 세로로 홈이 난 컵케이크 종이를 벗기며 한나는 마음속에 드리워져 있던 거미줄이 서서히 사라지는 것을 느꼈다. 한나는 버터를 바르지 않고 첫 한 입을 베어 물었다.

"으음."

한나는 한숨이 섞인 기쁨의 신음을 내뱉었다.

"진짜 맛있어, 미셸!"

한나는 식힘망 쪽을 쳐다보았다.

"두 판 만든 거야?"

"응, 그래야 콜팩스 부인에게도 조금 가져갈 수 있을 것 같아서. 원래 조의를 표할 때 뭔가 들고가곤 하잖아."

한나는 미소를 지었다. 한나가 왜 판사의 미망인을 찾아가는지 이유만 파악한다면 미셸도 이제 흠잡을 데 없는 탐정이라 할 수 있겠다.

"아주 완벽해, 고마워, 미셸."

"얼마든지. 나 아침에 베이킹하는 거 좋아하잖아. 부엌에 가득 찬 맛있는 향기 속에서 테이블에 앉아 커피를 마시면서 오븐에서 베이킹이 완성되길 기다리는 기분이 정말 환상이거든."

"맞아."

한나 역시 진심으로 미셸의 말에 동의했다.

"콜팩스 판사님의 서기관에게서 노라 콜팩스의 집 주소를 받았는데 여기서 30분 거리야. 그러니 시간 맞춰 도착하려면 9시 15분에는 길을 나서야 할 것 같아."

"매우 계획적인데."

미셸이 슬쩍 큭큭거렸다.

한나는 미셸의 큭큭거림이 이상했다. 별로 웃긴 얘기를 한 것도 아닌데 말이다.

"왜 웃어?"

"일찍 나서는 게 낫겠다는 생각을 하고 있었어. 지금 추수 시즌이라서 잘못하면 미네소타 교통체증을 맞닥뜨릴 수도 있잖아."

"경작용 트랙터 같은 거 말이야?"

"그래."

미셸이 두 사람의 커피 잔을 채운 뒤 머핀을 하나 집어 들고는 종이를 벗겨내 한 입 물었다.

"이번 레시피 성공적인 것 같아. 내 노트북에 있는 레시피 파일에 포함시켜야겠어."

"나도 한 장 복사해줘."

한나가 의자를 뒤로 밀고 일어서며 말했다.

"나 이제 다 깼으니까 빨리 샤워하고 옷 갈아입을래."

"머핀은 더 안 먹고?"

"이따가. 이거 완전 당나귀 앞에서 당근 막대기 흔드는 꼴인 거 알아?"

"일종의 장려책이지."

미셸이 말했다.

"우리 둘 다에게 먹히는 방법 같아. 나도 얼른 씻고 옷 갈아입어야겠어. 우리의 머핀이 이렇게 우리를 기다리고 있으니."

9시 47분, 한나는 엘름우드가 1500번지의 한 평범한 집 앞에 차를 세웠다. 담청색의 벽에 창문 옆면으로 하얀색 덧문이 달리고, 현관 앞에도 역시나 방문객을 비바람으로부터 보호하는, 하얀색의 철제 차양이 달려 있었다. 창틀에는 뒤늦게 핀 국화가 한창이었는데, 현관까지 이끄는 빨간벽돌길 양옆에는 불두화(부처의 머리를 닮았다고 해서 붙여진 이름으로 수국과 비슷하다)가 보초병들처럼 길게 이어져 있었다.

"작고 예쁜 집이네."

미셸이 말했다.

"콜팩스 판사님 전 부인의 저택과 완전 정반대야."

"집이랑 꽃들이랑 전부 공들여 가꾼 것 같아."

한나가 말했다.

"저 불두화들도 최근에 손질한 것 같고. 그대로 놔두면 마당 전체를 어수선하게 뒤덮어버리거든."

"불두화는 수국이랑 같은 거지?"

"어떤 종은 같고, 어떤 종은 달라. 수국도 종류가 다양하거든. 이건 일본종인 것 같은데, 게다가 토양에 알루미늄이 많이 함유되어 있나 봐. 꽃이 파란색을 띠는 걸 보면. 꽃 색깔은 흙의 산성도에 따라 달라지거든. 이제 늦여름이니까 조금씩 초록색으로 변할 거야. 근데 불두화의 다른 종인 것 같지는 않아. 이건 가막살 나무속의 관목인데 이건 커다란 흰색 꽃을 피우기 때문에 난 이 종을 더 좋아해. 물론 내가 전문가는 아니지만."

"충분히 전문가처럼 보이는 걸."

"그렇지만 아니야. 예전에 노먼이랑 같이 신문사에서 주최한 꿈의 집 공모전에 도전할 때 수국이랑 가막살 나무속 관목에 대해 알아봤을 뿐이야. 꿈의 집 디자인에는 집 주변 정원까지 포함되었거든."

두 자매는 현관으로 다가갔고 한나가 초인종을 눌렀다.

잠시 후, 문이 열리고 남색 치마정장에 흰색 블라우스를 입고 정장 구두를 신은, 보기 좋게 통통한 여자가 모습을 보였다. 아름다운 회색빛 머리는 잘 손질되어 있었다. 한나가 보기에 그녀는 콜팩스 판사님보다 열 살은 더 어린 듯했다.

"콜팩스 부인이시죠?"

한나가 물었다.

"네."

"저는 한나 스웬슨이라고 하고, 여기는 제 동생 미셸이에요. 남편 분 소식을 들었는데, 정말 상심이 크시겠어요."

"한나 스웬슨. 오, 어머나! 어서 들어와요, 세상에. 우리 남편 서기관 이 전화해서 당신이 집에 들를지도 모른다고 알려줬어요."

"친절하시네요, 콜팩스 부인."

한나는 중년의 여자를 따라 집 뒤편에 자리한 조그마한 부엌으로 들 어갔다.

"앉아서 같이 커피 한 잔 해요."

"시간이 괜찮으세요?"

한나가 물었다. 미망인은 분명 외출복 차림이었기 때문이다.

"시간은 아주 많아요. 약속은 12시거든요."

그녀는 커피를 세 잔 따라 테이블로 가져왔다.

"크림이나 설탕 넣어요?"

한나는 고개를 가로저었다.

"저희 둘 다 블랙으로 주세요."

"이건 작은 선물이에요, 콜팩스 부인."

미셸이 머핀 상자를 건넸다.

"오늘 아침에 제가 직접 만든 딸기 머핀이에요."

"아주 재능이 많은 아가씨들이로군요!"

콜팩스 부인이 상자 뚜껑을 열고 안을 들여다보았다.

"오, 세상에! 냄새가 정말 좋네요……."

그녀는 말을 멈추고 목청을 가다듬었다.

"우리 남편이 아가씨 변호사가 가져다준 브라우니를 먹어봤다고 하던데. 아마 아가씨가 직접 구운 것 같다고 하더군요. 베이커리 카페를 운영하고 있다면서. 그게 사실인가요?"

"네, 제가 만든 더블 퍼지 브라우니였어요."

"우리 남편이 정말 좋아하더라고요. 너무 맛있어서 나한테 전화했다고 하면서요. 고마워요, 아가씨. 우리 남편에게 그런 즐거움을 선사해줘서요. 정말 좋은 사람이었는데!"

한나는 괜시리 눈시울이 촉촉해졌다. 콜팩스 부인이 판사님을 무척 사랑하고 있었던 모양이었다.

"미안해요."

그녀가 또다시 감정적으로 나왔다.

"세스가 오늘 아침에 전화해서는 어젯밤에 아가씨를 만났다고 했어요. 나더러 좋은 사람이니 걱정하지 말라면서 아가씨가 우리 남편을 죽인 범인을 찾고 있다고……."

콜팩스 부인이 말을 멈추더니 다시금 목청을 가다듬었다.

"제프리를 죽인 범인을 찾고 있다고 하더군요."

"맞아요, 콜팩스 부인."

"노라. 노라라고 불러줘요, 둘 다."

그녀는 미셸에게 미소를 짓고는 이내 다시 한나 쪽을 바라보았다. 아주 환한 미소는 아니었지만, 어쨌든 미소는 미소였다.

"계속 마음이 쓰였어요, 한나. 그런 모습의 제프리를 직접 목격했으니 얼마나 끔찍했겠어요."

한나는 고개를 끄덕였다. 확실히 끔찍한 일이었다. 하지만 콜팩스 판사님의 미망인에게 그 장면을 설명하고픈 생각은 없었다.

"혹시 남편 분을 해칠 만한, 누구 생각나는 사람 있으신가요?"

"오, 그럼요! 몇 사람이 있어요. 모두 우리 남편이 감방으로 보낸 범죄자들이죠. 그리고 전 부인인 쉴라요. 우리 남편을 증오했어요. 그리고 예전 여자친구도 있겠네요. 그 사람이 우리 남편에 대해 어떻게 생각하고 있는지는 잘 모르지만요. 저 때문에 그 사람을 버렸잖아요. 난 제프리를 정말 사랑했어요. 하지만 그 반대의 경우에 있던 사람들도 있었죠."

"아들은 어떤가요? 자기 아버지가 자신과 엄마를 버렸다는 데 대해 세스가 원망하지는 않았나요?"

"처음에는 아마 그랬을 거예요. 당시 세스는 고작 열한 살이었고, 그 어린 나이에 겪기에는 힘든 일이었을 테니까요. 게다가 쉴라는 분명 아들 머릿속에 제프리에 대한 나쁜 인상만 심어줬을 거예요. 우리 남편이 저 때문에 쉴라를 떠난 건 아니에요. 그때 난 제프리를 알지도 못했으니까요. 우리 남편이 쉴라를 떠난 것은 그녀와 도저히 함께 살 수가 없어서였어요. 그래도 세스를 두고 온 것에 늘 죄책감을 느끼며 괴로워했죠. 세스의 양육권을 가져오려 애를 썼지만, 담당 판사가 너무 보수적인 사람이어서 아이는 엄마가 키워야 한다고 판단해버렸어요. 제프리가 할 수 있는 최선은 공동 양육권이었지만, 쉴라는 그마저도 거절했어요."

"하지만 세스는 자라는 동안 아버지와 좋은 관계를 유지해온 것 같던데요?"

"오, 정말 그래요! 특히 지난 3년간 두 사람은 정말 가까웠어요. 제프리가 임시 판사로 일할 때 적어도 일주일에 한 번은 만나 점심식사를 같이 했으니까요. 세스가 내가 만든 미트로프를 정말 좋아해서 매주 일요일 저녁마다 집에 오기도 했어요. 그때마다 꽃이나 사탕을 선물로 가져오곤 했죠. 아주 생각이 깊은 아이예요. 제프리도 그 아이를 무척 자랑스러워했고요. 올해 6월에 법대를 졸업하거든요."

"들어서 알고 있어요. 정말 멋진 일이에요, 노라."

"제프리도 그렇게 생각했어요. 자기 아들이 마침내 진짜 자기 아들이 되었다고 했어요."

노라의 눈가에 또다시 눈물이 맺혔고, 한나는 서둘러 다음 질문을 생각했다. 그녀가 사건 수사에 도움이 될 만한 정보를 제공하는 데 몰두한다면 슬픔을 극복하는 데 도움이 될지도 모른다.

"머핀 드세요, 노라."

미셸이 상자를 앞으로 밀었다.

"입맛에 맞으실지 궁금해요."

"아…… 고마워요. 맛있을 거예요. 그냥 앉아서 냄새만 맡고 있어도 좋은 걸요. 그래도 일단은 먹어봐야겠군요."

노라가 머핀을 하나 집어 종이를 벗겨낸 다음 입으로 가져갔다.

"어머, 세상에! 정말 맛있네요, 미셸! 나도 이런 걸 만들 수 있다면 좋을 텐데. 아가씨들도 커피랑 같이 들겠어요? 어차피 나 혼자 다 못 먹어요!"

"감사합니다. 하지만 벌써 아침으로 두 개씩 먹고 나왔어요."

한나가 말했다.

노라는 미소를 지었다.

"그렇담 두고두고 맛있게 먹겠어요. 마침 동생이 정리하는 걸 도와주러 온다고 했는데, 그애가 딸기를 무척 좋아해요. 이 머핀도 분명 좋아할 거예요."

한나는 질문 목록을 내려다보았다. 콜팩스 판사님이 살해당하기 직전 아내에게 전화했다는 사실을 알게 되었다. 노라가 그렇게 언급하였으니 말이다. 마이크가 판사님 사무실 전화기의 통화 기록을 확인해줄 수 있을 것이다. 하지만 한나 생각에 노라는 진심을 이야기하고 있는 것 같았다. 그래도 확인해서 나쁠 것 있나. 직관이 재앙의 어머니가 될 때도 있으니 살인사건 수사에 있어서는 그 어느 것 하나도 쉽게 판단해서는 안 된다.

제일 어려운 질문이 남았다. 한나는 무엇보다 조심스럽게 접근해야겠다고 생각했다. 노라가 방어적으로 나온다면, 더 이상 질문조차 할 수 없게 될 것이다.

"조카 분이 매우 상심하셨겠어요."

한나는 자신의 목소리가 너무 동정적으로 들리지 않기를 바라며 입을 열었다.

"채드요?"

노라는 놀란 표정을 지었다.

"과연 신경이나 쓸지 모르겠네요. 제프리는 그애를 싫어했어요, 채드도 마찬가지였을 테고요. 게다가 우리 남편 조언에도 불구하고 아가씨 사건을 진행시킨 것에 대해 꾸중을 들은 이후로는 더했어요."

한나는 부인의 말에 깜짝 놀랐다.

"판사님이 제 사건에 대한 기소를 취하하라고 했단 말씀이세요?"

"여러 번요. 제프리가 그애와 따로 만나서 이런 사건을 기소하는 것은 말도 안 되는 일이다, 이런 사건을 올린다는 것 자체가 판사에 대한 모독이라고 얘기했다죠. 그런데도 애처럼 고집을 부렸나봐요."

"그럼 콜팩스 판사님이 제 사건을 기각시킨 것에 대해 채드가 화가 많이 났겠네요?"

한나가 물었다.

"그랬죠. 원래부터 성미가 불같은 아이에요. 법원에 있는 사람들 모두 알 거예요. 제프리에게서 들었는데 법원에 있는 한 여자 판사가 채드에게 분노조절 치료부터 받은 다음에 법원에 출근할 것을 명령하기까지 했다고 하더군요."

"콜팩스 판사님 서기관으로부터 그 이야기 들었어요."

노라는 커피를 한 모금 마셨다.

"데이브는 법원에 있는 사람들에 대해 모르는 게 없어요. 그와 얘기를 나눴다니 다행이네요. 정보 얻기에는 아주 안성맞춤인 사람이죠."

방금 커피를 다 마신 미셸을 향해 노라가 물었다.

"커피 더 들겠어요, 아가씨?"

"감사합니다. 제가 할게요."

미셸이 자리에서 일어나 모두에게 커피를 따라주었다.

"어떤 생각을 하고 있는지 알겠어요, 한나."

미셸이 주전자를 다시 커피메이커에 가져다놓고 자리에 돌아오자 노라가 말했다.

"다른 사람들에게는 그럴 듯하게 생각되겠지만, 채드는 내가 어릴 적부터 봐와서 아는데, 아무리 화가 난 상태로 말다툼을 벌였다고 해도 사람에게 신체적인 해를 가할 만한 사람은 아니에요. 입은 좀 거칠지만, 속은 아주 겁 많은 아이랍니다. 제프리에게 엄청나게 화가 났을 수는 있겠지만…… 그렇다고 그 사람을 그렇게?"

노라는 고개를 가로저었다.

"아니에요, 한나. 채드에게는 그런 성향이 없어요."

한나는 고개를 끄덕였지만, 쉽게 수긍이 되지는 않았다. 노라의 의견을 존중하기는 하지만, 그렇다고 해서 채드의 이름을 용의자 명단에서 지울 생각은 없었다. 우선은 콜팩스 판사님이 살해당하기 직전 통화했던 내역들을 살펴볼 계획이었다. 만약 그가 채드와 통화한 것이 확인이 되면, 그의 혐의점은 더욱 짙어진다.

이제 마지막 남은 질문은 꽤 솜씨 좋은 기술을 필요로 하는 것이었다. 한나에게는 본성적으로 갖고 있지 않은 기술. 이번에야말로 조심스럽게 접근해야 한다.

"세스에 대해 이미 얘기를 나눴는데요."

한나가 입을 열었다.

"혹시 판사님에게 다른 아이는 없었나요?"

노라는 한숨을 내쉬고는 고개를 가로저었다.

"아뇨, 제프리와 나 사이에 아이는 없었어요. 이미 50살이 넘어 재혼을 한 터라…… 그리고…… 그게 잘 되지 않더군요."

노라는 판사님의 딸의 존재에 대해서 모르고 있다! 한나의 마음이 그 사실을 상기시켰다. *데이브가 나에게는 말해줬지만, 노라에게는 말하지 않았다.* 이건 과연 뭘 의미하는 걸까? 그 고민은 나중으로 미뤄두고 한

나는 자리에서 일어섰다.

"환대해주셔서 감사합니다, 노라. 어려우신 상황인 줄 알면서도 이렇게 찾아와서 죄송하고요."

미셸 역시 자리에서 일어나며 노라에게 미소를 지었다.

"저희가 도울 일이 있다면 언제든 전화 주세요. 그리고 커피 감사했습니다."

한나는 트럭에 올라탄 뒤 차를 몰고 어느 정도 길을 나서자마자 미셸을 쳐다보았다.

"네 생각은 어때?"

"간신히 슬픔을 이겨내고 있는 좋은 분이신 것 같던데. 근데 콜팩스 판사님의 딸에 대해서는 모르고 있더라."

"그러게."

"데이브가 언니한테는 얘기해줬는데, 노라에게는 얘기를 안 했나 봐. 콜팩스 판사님도 마찬가지였던 것 같고."

"그러게 말이야."

한나는 고속도로에 접어들어 다른 차들 속에 합류했다.

"그게 무슨 의미인지 잘 모르겠어."

"알아봐야지. 그게 무엇이든 콜팩스 판사님의 죽음과 관련이 있을지도 몰라. 언니 사건이 그의 살인사건과 관련이 없듯이, 다른 사건들의 경우도 마찬가지일 거야. 콜팩스 판사님은 우리가 생각지 못한 완전히 새로운 이유로 살해당했을 수도 있다고."

한나는 끙소리를 냈다.

"네 말이 맞아. 지금껏 엉뚱한 사람만 만나고 다녔는지도 몰라. 만약 그런 경우라면 콜팩스 판사님이 변호사이자 판사였다는 사실은 지금껏 내가 만난 그 누구와도 대적할 수 없는 레드헤링(주의를 다른 곳으로 돌리거나 혼란을 유도해 상대방을 속이는 것)이란 말이지!"

딸기 머핀

오븐은 190도로 예열합니다. 틀은 오븐의 중앙에 둡니다.

재료

반죽:

소금기 있는 버터 3/4컵(170g) / 백설탕 1컵

계란 2개(포크로 휘저어주세요) / 베이킹파우더 2티스푼

소금 1/2티스푼 / 시나몬 1/2티스푼 / 신선한 딸기 혹은 냉동 딸기 1컵(슬라이스한 것으로 준비해주세요-냉동 딸기는 굳이 녹일 필요 없습니다)

밀가루 2컵과 1테이블스푼 / 전유 1/2컵 / 딸기 잼 1/2컵

부스러기 토핑:

설탕 1/2컵 / 밀가루 1/3컵 / 소금기 있는 버터 1/4컵

만드는 법

1. 12구 머핀 팬 바닥에만 기름칠을 해줍니다(혹은 컵케이크 전용 종이를 깔아주세요). 버터를 녹인 뒤 설탕을 넣고, 거품 낸 계란과 베이킹파우더, 소금, 시나몬을 넣고 잘 섞어줍니다.

2. 밀가루 1테이블스푼을 봉지에 넣고 슬라이스한 신선한 딸기 혹은 냉동 딸기를 그 안에 넣은 뒤 부드럽게 흔들어 딸기 겉면에 밀가루를 골고루 묻힙니다. 그런 뒤 잠시 그대로 놓아둡니다.

3. 남은 2컵 중 1컵의 밀가루를 그릇에 넣고 준비한 전유의 반을 붓습니다. 그런 뒤 나머지 밀가루와 전유를 붓고 반죽합니다.

4. 여기가 아주 재미있는 부분이랍니다. 딸기잼 1/2컵을 반죽에 넣고 잘 섞어줍니다. 반죽이 골고루 잘 되었으면, 아까 밀가루로 코팅한 딸기 슬라이스를 반죽 안에 넣어주세요.

5. 머핀 컵의 3/4정도 반죽을 채웁니다. 머핀 컵을 다 채우고도 반죽이 남았다면, 조그마한 티-브레드(차 마실 때 먹는 빵) 전용 팬 바닥에 기름칠을 한 뒤 남은 반죽을 붓습니다.

부스러기 토핑

6. 설탕과 밀가루를 작은 그릇에 넣고 섞습니다. 버터를 넣고 부슬부슬해질 때까지 섞어줍니다.

7. 머핀 컵의 남은 윗 공간에 토핑을 얹고, 190도의 온도에서 25~30분간 굽습니다(티-브레드는 머핀보다 10분 더 구워야 합니다).

8. 머핀이 다 구워졌으면, 식힘망으로 옮겨 30분간 식힙니다(머핀을 팬에서 쉽게 떼어내기 위해서는 꼭 식혀야 합니다). 머핀이 다 식었으면 틀에서 빼내 맛있게 즐깁니다.

9. 살짝 따뜻할 때 먹으면 맛있지만, 밤새 밀폐 용기에 넣어두었다가 다음날 먹으면 향이 두 배가 된답니다.

한나의 메모: 트레시와 베시에게 줄 머핀에는 토핑을 생략한답니다. 두 녀석은 이 머핀을 얇게 잘라서 구운 다음에 버터를 발라 아침식사 대용으로 먹는 걸 좋아하거든요. 안드레아 말이 애들이 딸기를 너무 좋아해서 버터를 바른 위에 또 딸기잼을 얹어 먹는다고 하더군요!

"여기 우리 핸드폰 선생님이 오셨네."

한나가 말했다. 미셸은 트레시가 앉을 수 있도록 부스 안쪽으로 쑥 들어갔다. 한나와 미셸이 20분 전 홀 앤 로즈 카페에 도착해 한창 커피를 마시고 있던 참에 트레시가 온 것이다.

"안녕, 미셸 이모."

트레시가 미셸을 포옹한 뒤 한나 옆으로 와 앉았다.

"너무 신나요! 학교 중간에 나와서 점심 먹은 적 없거든요! 엄마가 이것 때문에 쪽지도 써주고 준비할 게 많았어요!"

트레시가 몸을 숙이며 목소리를 한껏 낮췄다.

"다른 애들 표정을 봤었어야 해요. 다들 날 부러워했다니까요. 캘빈 야노프스키는 여기 피클을 가져다줄 수 있냐고까지 물어봤어요!"

"트래시 너, 캘빈이랑 뭐 있는 거 아냐?"

미셸이 물었다.

그러자 트레시가 즐거운 듯 킥킥거렸다.

"오, 이모! 나 놀리는 거죠. 캘빈은 유치하단 말이에요!"

한나는 기침으로 애써 웃음을 감췄다. 트레시는 가끔 할머니 같은 말을 할 때가 있다.

"그런 말하기엔 너도 아직 어리지 않니, 트레시?"

"불행하게도요. 하지만 나도 곧 숙녀가 될 거예요. 엄마랑 유모 할머니가 그랬어요. 근데 이제 그만 주문하면 안 돼요, 한나 이모?"

트레시가 자신의 손목시계를 내려다보았다.

"학교로 돌아가야 하는 시간이 33분밖에 안 남았어요. 점심시간에 늦으면 안 된단 말이에요. 여자애들이 남자애들이랑 같이 킥볼 시합을 하기로 했는데, 우리가 찰 것이 단지 공만은 아닐 거예요!"

"트레시!"

이번에 한나는 애써 웃음을 감추지 않았다.

"그게 무슨 뜻인지는 안 물어보는 게 좋겠구나."

"물어봐도 돼요. 우리 유모 할머니한테 킥볼 시합에 대해 이야기했더니 할머니가 했던 말을 그대로 따라한 거니까요. 그게 무슨 말이냐고 물어봤는데, 여자애들이 점수를 아주 높이 차올려서 남자애들은 결코 이길 수 없게 될 거래요. 재밌죠?"

"재밌네."

미셸은 한나와 미소를 교환했다.

"난 유모 할머니가 그런 뜻으로 얘기한 게 아니란 거 알아요. 그래도 잘 감추셨으니까 믿는 척 해드렸죠."

"오, 트레시!"

한나는 아까보다 더 크게 웃음을 터뜨렸다.

"오늘 아주 이모들을 빵빵 터트리는구나. 점심은 뭐 먹을래?"

"햄버거랑 프렌치프라이랑 초콜릿 쉐이크요. 아침 내내 그 생각만 했어요. 딸기 쉐이크를 먹을까 초콜릿 쉐이크를 먹을까 고민하다가 〈파랑새〉 낭독에서 내가 읽어야 하는 부분을 하마터면 놓칠 뻔했어요. 마침 쉐릴이 손가락으로 읽고 있어서 다행이었어요. 그걸 보고 어디를 읽고 있는지 알았거든요. 쉐릴의 손가락을 미리 보지 못했다면 큰일이 날 뻔했어요. 글래디 선생님이 다음 순서로 날 불렀으니까요. 우리가 어디 읽는지 못 찾으면 엄청 화내시거든요."

"쉐릴이 손가락으로 읽는다고?"

미셸이 트레시의 설명 중 한 부분을 집어내며 물었다.

"네."

트레시는 메뉴판을 펼쳐 통밀빵으로 만든 로스트 터키 샌드위치에 대한 설명을 손가락으로 읽어나갔다.

"이렇게요."

"무슨 말인지 알겠다."

미셸이 말했다.

"너는 손가락으로 안 읽고?"

"이제는 안 그래요. 유치원 다닐 때는 그랬다고 엄마가 얘기해줬는데, 이제는 눈으로만 읽어요. 말하면서 읽지도 않아요. 캘빈은 아직도 그러거든요. 고치려고 하고 있긴 하지만요. 그리고 햄버거나 프렌치프라이나 초콜릿 밀크쉐이크 생각만 아니라면 어디 읽고 있는지 놓치는 일도 없어요."

"그거 다행이구나, 트레시."

한나가 말한 뒤 로즈를 향해 주문할 준비가 되었다는 손짓을 보냈다.

"오늘은 문자 어떻게 보내는지 가르쳐줄 거지?"

"네, 이제 그 단계가 된 것 같아요. 이모가 아직 준비가 안 됐으면 내일 학교 끝나고 가르쳐줄 수도 있어요. 문자 보내는 법을 가르쳐준 다음에는 미셸 이모 핸드폰으로 한나 이모한테 설명해줄 만한 새로운 어플리케이션이 있는지 찾아볼게요."

갑자기 미셸이 고개를 돌리더니 냅킨에 대고 기침하는 척을 했고, 마침 로즈가 주문을 받기 위해 다가오자 적절한 시점의 방해가 무척이나 감사한 듯한 표정을 지었다.

"좋아, 트레시."

로즈가 주문을 받은 뒤 자리를 뜨자 한나가 다시 입을 열었다.

"무엇부터 할까?"

"핸드폰을 꺼내야죠."

"알았어."

한나는 가방에서 핸드폰을 꺼내 어린 선생님에게 건넸다.

"보내야 할 중요한 문자가 있는데, 어떻게 보내는 건지 궁금해. 로즈가 우리 식사를 준비하는 동안 가르쳐줘."

25분 후, 한나는 문자 전송을 마쳤고, 세 사람은 로즈의 특제 햄버거, 프렌치프라이, 쉐이크를 아주 맛있게 비웠다.

"정말 맛있었어요, 한나 이모!"

트레시가 말했다.

"점심 사주셔서 감사해요."

트레시는 미셸에게도 말했다.

"갤빈에게 갖다줄 피클도 같이 주문해줘서 고마워요."

"학교까지 태워줄게."

한나가 제안했다.

"그럼 서두르지 않아도 되잖아. 여자애들이 킥볼 시합에서 남자애들 엉덩이를 제대로 걷어차줘야 할 텐데."

트레시는 웃음을 터트렸고, 이내 한나의 쿠키 트럭 뒷좌석에 올라탔다. 학교까지는 두 블록 거리였기 때문에 한나는 곧 차를 세웠다.

"뒤에 분홍색 상자 보이지, 트레시?"

"네, 이모."

"그거 가져가. 하루 지난 쿠키들이 다양하게 들었는데, 가져가서 킥볼 시합 끝나고 반 친구들이랑 같이 나눠 먹어."

"고마워요, 한나 이모! 이따 학교 끝나고 연락처 등록해줄게요."

"뭘 등록해?"

"이모 연락처요. 자주 전화하는 번호들 있잖아요. 몇 개나 돼요?"

"글쎄."

한나는 잠시 생각에 잠겼다.

"너네 엄마랑 미셸, 네 할머니, 박사님, 로즈, 노먼, 마이크, 그리고 리사. 그 정도면 되겠는데."

"여덟 명밖에 안 되잖아요!"

한나는 어깨를 으쓱했다.

"내가 핸드폰은 자주 사용하는 게 아니라서."

"이제 스마트폰이 생겼으니까 내 핸드폰 번호도 연락처에 넣을게요. 그러면 이모가 핸드폰에 대해 궁금한 게 생기면 언제든 바로 나한테 전화할 수 있잖아요."

"좋아."

"그리고 집 전화번호도 넣어요."

"왜?"

"그래야 '집' 이름 아래 그 번호를 넣을 수 있죠. 그렇게 해야 이모가 핸드폰 잃어버렸을 때 그걸 주운 사람이 이모 집으로 전화할 수 있어요."

"알았어. 정말 그렇겠네."

한나가 말했다.

"기억해요. 이모가 누군가의 전화번호를 찾을 때 그 사람 이름의 알파벳 몇 개만 치면 바로 검색이 될 거예요. 그리고 '통화' 버튼이나 '문자 메시지' 버튼을 누르면 나머지는 자동마법처럼 될 거예요."

"자동마법처럼?"

"내 스마트폰이 뭔가 마음에 드는 일을 해줬는데, 어떻게 그렇게 한 것인지 잘 모를 때 내가 쓰는 말이에요."

트레시는 쿠키 상자를 집어 들고 차에서 내린 뒤 앞쪽으로 돌아와 한나와 미셸을 포옹하고는 학교 정문을 향해 달려갔다. 조카가 학교 안에 무사히 들어간 것을 확인한 뒤 한나는 다시 트럭을 출발시켰다.

"누구한테 문자 보냈어?"

어느 정도 달렸을 때 미셸이 물었다.

"엄마한테 보냈어. 마가렛 조지를 아느냐고. 어디서 들어본 이름 같아. 엄마의 책 출간기념파티 때 출장 베이커리 서비스하다가 만났던 것 같은데 말이야."

"그래서 답이 왔어?"

"아직. 트레시는 문자가 오면 특이한 종소리가 울리게끔 설정했던데. 빅 벤의 종소리 같은 걸로 말이야. 보통 전화 왔을 때 울리는 벨소리랑은 달랐어."

"언니 전화벨은 어떤 소리인데?"

"그냥 일반전화벨 소리."

"알 만해."

미셸이 미소를 지으며 말했다.

한나는 동생을 날카롭게 쳐다보았다.

"특이한 것으로 설정해놨어야 한다는 거야?"

"아냐, 그게 언니한테 제일 어울려. 쿠키단지에 들러서 리사의 새 쿠키맛이나 보자. 그런 다음에 바로 집으로 가서 저녁식사 준비를 해야지."

"이런!"

한나는 갑자기 무서운 생각이 떠올랐다.

"슬로우 쿠커 냄비에 전원 연결하는 것을 깜빡했어."

"세 개 다 내가 해놨어. 타이머도 맞춰놨고. 우리 도착할 때쯤이면 보글보글 끓고 있을 거야."

"만약 그렇지 않으면?"

"그럼 팬에 다시 담아서 오븐에 넣어야지. 슬로우 쿠커보다는 오븐에서 더 금방 요리될 거야. 걱정하지 마, 언니. 식사는 제때 준비될 테니까. 아주 즐거운 저녁 시간이 될 거라고."

한나는 다시 로스의 품에 안길 생각을 하니 절로 미소가 지어졌다. 입가에서부터 시작해 점차 온 얼굴로 퍼지는 미소였다.

"그래."

한나는 말했다.

"아주 멋진 저녁 시간이 되겠지."

"샐러드에 아직 드레싱 뿌리지 마!"

한나가 그릇 바닥에 드레싱을 붓는 것을 본 미셸이 경악하며 외쳤다.

"드레싱 뿌리려는 게 아니야."

한나가 얇게 썬 붉은 양파를 드레싱 위에 뿌린 뒤 신선한 시금치 잎사귀를 더하며 말했다.

"하지만……."

미셸은 어리둥절한 태도로 하던 말을 멈추었다.

"언니가 그렇게 하는 건 처음 봐."

"그거야 처음 해보는 거니까. 레이크 에덴 호텔에서 샐리에게 배운 방법인데 많은 손님들이 찾는 파티를 준비할 때 음식 코스 중 하나가 샐러드면 그릇 바닥에 미리 드레싱을 부어놓고, 드레싱에 너무 젖어들거나 금방 시들지 않을 양파 같은 야채를 얹은 다음 그 위에 푸른색 야채를 얹고 토마토로 마무리를 해. 대신 토마토는 자르지 말고. 그런 다음에 조그만 비닐에 쿠루통(수프나 샐러드에 넣는, 바삭하게 튀긴 작은 빵 조각)이나 베이컨 조각, 잘게 자른 치즈를 넣은 다음 전부 하나의 그릇에 담아 위에 비닐랩을 덮어서 냉장고에 넣는 거야. 그러면 웨이트리스들이 토마토만 자른 뒤 비닐백에 담긴 것을 부어서 제때 내가면 되거든."

"그거 괜찮은 방법이네."

"그래서 오늘 밤에 그렇게 한번 해보려고."

한나는 비닐백에 베이컨 조각과 파마산 치즈 조각, 크루통을 넣은 다음 그 비닐백을 상추 위에 얹었다. 그러고는 비닐랩으로 덮어 냉장고 아래 칸에 넣었다.

그때 초인종이 울렸고 미셸은 시계를 쳐다보았다.

"안드레아와 트레시겠는 걸…… 로스가 면접 날려버리고 곧장 이리로 온 게 아니라면."

한나는 고개를 가로저은 뒤 현관으로 향했다.

"로스가 자기 면접을 망칠 리 없지. 그 일자리를 잡아야 이리로 이사

올 수 있잖아."

한나는 문을 열고는 문 앞에 서 있는 안드레아와 트레시의 모습에 미소를 지었다.

"안녕, 두 사람. 어서 들어와."

"부엌에 가봐도 돼요, 이모?"

트레시가 집 안에 발을 들여놓자마자 물었다.

"나한테 특별하게 보여줄 거 있다고 했잖아요."

"그랬지. 네 엄마랑 미셸 이모가 테이블 차리는 걸 도와준다면 지금 바로 보여줄게."

"난 좋아."

미셸이 말했다.

"내가 부엌에서 할 일은 다 끝났거든. 이제 언니가 할 일만 남았어."

안드레아는 미셸에게 들고온 큰 꾸러미를 건넸다.

"내가 도울게, 미셸. 이건 어디 안전한 데 가져다놓아 줄래? 테이블 중앙에 놓을 꽃장식이거든. 우리 유모는 애플소스를 가져올 거야."

한나는 뒤따르는 트레시와 함께 부엌으로 향했다. 부엌에서 트레시가 가장 먼저 한 일은 서랍에서 앞치마를 꺼낸 것이었다.

"이모, 이 앞치마 입어도 돼요?"

"물론이지, 트레시. 네 전용으로 사준 거잖아."

"베이킹 어떤 거 할 거예요?"

트레시가 아이 크기의 자주색 앞치마를 입고 개수대로 가서 손을 씻으며 물었다.

"오늘은 베이킹이 아니라, 입에서 톡 터지는 초콜릿 캔디를 만들 거야."

"그럼, 베이킹 안 해요?"

트레시는 살짝 실망스러운 표정이었다.

"베이킹 안 해."

한나는 다시 확인시켜 주었다.

"대신 그릇에 초콜릿을 담아서 전자레인지에 돌려 녹인 다음에 캔디 볼 만든 것을 거기에 담글 거야."

"좋아요. 나 전자레인지 쓰는 거 좋아해요. 유모 할머니한테 배웠어요."

"그렇담 다행이구나."

한나는 진심을 담아 이야기했다. 안드레아는 타고난 요리 및 베이킹 젬병이었다. 안드레아가 그나마 만들 줄 아는 것이라고는 인스턴트 젤로 와 위퍼스냅퍼 쿠키뿐이었다.

"오레오?"

트레시가 작업대 위에 놓인 낯익은 포장 과자를 보고 물었다.

"이거 입에서 톡 터지는 초콜릿 캔디에 들어갈 거예요?"

"맞아. 트레시가 대신 오레오 으깨줄래? 롤링 핀 사용할 줄 알지?"

"당연하죠. 유모 할머니가 파이 크러스트 만들 때 그래햄 쿠키 내가 으깼어요."

"좋아."

한나는 트레시에게 냉동용 비닐백과 롤링 핀을 건넸다.

"오레오 한 줄을 비닐백에 담은 다음에 그 위로 롤링 핀을 굴리는 거야."

"그래햄 쿠키 으깼을 때처럼 작게 만들어요?"

"그래, 그렇게."

"알았어요, 이모. 근데 이거 믹서기에 갈면 더 쉽지 않아요?"

"그럴 걸. 근데 넌 믹서기 사용해본 적이 없을 텐데…… 안 그래?"

"맞아요. 엄마랑 유모 할머니가 믹서기 칼날이 되게 날카롭다고 했거 든요. 그래도 이모가 준비만 해주면 내가 버튼 누를 수 있어요."

"알았어, 그럼."

한나는 작업대 안쪽에 있는 믹서기를 앞으로 꺼냈다. 그런 뒤 칼날을 부착하고 전원을 연결하고는 트레시에게 손짓했다.

"유모 할머니가 너한테 믹서기에 그래햄 크래커 넣는 거 허락해줬 니?"

"네, 대신 한 번에 한 개씩만 넣고. 칼날에서는 멀리 떨어져 있어야 했어요. 유모 할머니가 매의 눈으로 지켜봤어요."

"그럼 나도 그렇게 해야겠네."

트레시는 과자 포장을 뜯어 오레오를 믹서기에 넣었다.

"이 정도면 돼요."

트레시는 오레오가 믹서기의 3/4가량 차자 말했다.

"오레오는 그래햄 크래커보다 끈적거리기 때문에 많이 넣으면 안 되거든요."

"정확해."

한나가 다가가 믹서기 뚜껑을 덮은 다음 옆으로 비켜선 뒤 트레시를 믹서기 앞에 서게 했다.

"이제 버튼을 눌러봐, 트레시."

트레시는 오레오가 만족할 만큼 으깨질 때까지 버튼을 눌렀다가 떼고 한나를 돌아보았다.

"이모, 혹시 고무주걱 있어요? 믹서기 안에 손을 넣으면 안 된다고 해서 고무주걱으로 안을 저어보려고요."

한나는 작업대 위 플라스틱 조리도구들을 넣어놓은 상자에서 고무주걱을 꺼내 트레시에게 건넸다.

"안에 큰 덩어리가 남아 있진 않은지 잘 봐야 해."

트레시는 믹서기 뚜껑을 열고 안을 확인했다.

"괜찮은 것 같은데, 이모가 보실래요?"

"아니야, 트레시가 확인했으면 그것으로 됐어. 내가 칼날을 뺄 테니까 너는 오레오 조각들을 그릇에 담아. 그리고 다음 오레오 조각을 만들자."

트레시가 오레오를 전부 끈적거리는 부스러기로 만드는 데는 그리 오랜 시간이 걸리지 않았다. 부스러기를 그릇에 담은 뒤 트레시는 한나를 쳐다보았다.

"다음은 뭐에요?"

한나는 냉장고에서 벽돌 모양의 치즈를 꺼냈다. 그런 뒤 포장을 벗겨 그릇에 넣고 전자레인지에 돌려 부드럽게 만든 다음 아까의 오레오 조각에 넣었다.

"나무 숟가락으로 잘 섞어, 트레시. 골고루 섞이도록 해야 해."

트레시는 숟가락으로 열심히 섞었다.

"다 됐어요."

트레시가 보고했다.

"이제, 비닐랩으로 덮은 다음에 세 시간 정도 냉장고에 넣어야 해."

"그럼 손님들 올 때까지 시간이 돼요?"

"아니, 이건 네가 집에 가져갈 거야. 이모가 반죽은 미리 만들어서 넣어놓은 게 있어. 이따 손님들이 왔을 때 트레시가 직접 만든 것을 내놓으려고."

"와, 신난다!"

트레시는 냉장고로 그릇을 가져가며 환호성을 질렀다. 그런 뒤 냉장고 선반에 그릇을 밀어넣고 다시 한나에게로 돌아왔다.

"미리 만들어둔 건 어디 있어요?"

"그건 냉장고 두 번째 선반에 있어. 이모가 미리 넣어둔 것이니까 이리 가져와 봐. 그 다음 단계를 알려줄게."

한나는 조카에게 차갑게 숙성된 반죽을 어떻게 공 모양으로 만드는지, 기름종이를 깔아둔 케이크 팬에 어떻게 올리고, 각 반죽에 어떻게 이쑤시개를 꽂는지 재빨리 알려주었다.

"다 됐어요."

트레시가 마지막 이쑤시개를 꽂은 뒤 말했다.

"이제 뭐하면 돼요?"

"완성된 반죽을 냉장고에 넣고 이따 집에 갈 때 가져가. 집에 가자마자 냉장고에 넣어두었다가 내일 학교 끝나고 집에 가서 유모 할머니한테 나머지 만드는 거 도와달라고 해."

"좋아요. 그럼 여기는요? 손님들에게 줄 거라고 했잖아요."

"아침에 반죽 볼도 만들어놓았지. 그러니까 이제 초콜릿에 담그기만 하면 돼. 초콜릿에 담그는 거 좋아해?"

"놀리는 거죠, 이모. 당연히 좋아하는 거 알잖아요! 우리 베시도요. 그럼 이제 담그면 돼요?"

"그래, 냉장고 제일 윗 선반에 이쑤시개 꽂아놓은 반죽이 있을 거야. 우선 초콜릿부터 녹인 다음에 꺼내자."

"알았어요."

트레시는 한나가 측량컵에 초콜릿 칩을 담아 전자레인지에 녹이는 모습을 흥미로운 눈길로 지켜보았다. 한나는 칩이 부드럽게 녹아들도록 컵 안을 저은 다음 작업대로 가져갔다.

"이제 반죽 꺼낼까요?"

트레시가 물었다.

"우선 다른 상자에 기름종이를 깔아."

한나는 작업대 위에 올려둔 빈 상자를 가리켰다.

"기름종이는 은식기가 있는 서랍 밑 세 번째 서랍에 있어."

상자가 준비되자 한나와 트레시는 반죽을 전부 초콜릿에 담갔다가 상자에 깔린 기름종이 위에 올렸다.

"이제 이걸 냉장고에 넣어, 트레시."

트레시는 상자를 냉장고 선반에 밀어넣었다. 다시 자리로 돌아왔을 때 트레시의 표정은 뿌듯하기 그지없었다.

"내가 해냈어요. 이모가 잘 알려줘서 쉬웠어요. 레시피 복사해줄 거죠?"

"물론이지. 캔디를 많이 만들었는데, 우리 손님들이 그걸 다 먹을 것 같진 않아. 남은 것은 어떻게 할래?"

트레시는 잠시 생각에 잠겼다.

"내일 아빠 출근할 때 가져가시게 드릴래요……. 엄마가 새벽에 다 먹어버리지만 않는다면요. 엄마는 할머니만큼이나 초콜릿을 좋아하잖아요!"

288

입에서 톡 터지는 초콜릿 캔디

오븐은 예열하지 마세요–이건 베이킹 레시피가 아니거든요!

재료

오레오 쿠키 1상자(무게로는 405g) / 벽돌 모양의 크림치즈 8온스(226g)

중간 달기의 초콜릿 칩 1컵(170g)

한나의 첫 번째 메모: 이 레시피는 트레시에게 가르쳐주라며 론다에게 서 받은 것이랍니다.

만드는 법

1. 칼날을 부착한 믹서기에 오레오 쿠키를 넣고 돌리거나 냉동실용 지퍼백에 넣고 그 위로 롤링 핀을 굴려 으깹니 다.

2. 크림치즈 포장을 벗긴 다음 전자레인지용 그릇에 넣어 '강' 에서 1분간 돌려 녹입니다.

3. 으깬 오레오 쿠키를 그릇에 담고 녹인 크림치즈와 함께 잘 섞어줍니다.

4. 그릇 윗면을 비닐랩으로 덮은 다음 냉장고에 넣어 한 시간 이상 굳힙니다.

5. 일정 시간이 지났으면 냉장고에서 반죽을 꺼내 깨끗한 손으 로 공 모양을 굴립니다.

6. 이쑤시개를 각 반죽에 꽂고 기름종이를 깔아둔 쿠키 틀에 올

립니다(이쑤시개를 꽂아야 초콜릿에 담그는 작업이 쉬워집니다. 냉장고에서 굳는 동안 이쑤시개도 같이 굳어서 잘 빠지지 않거든요).

7. 쿠키 틀을 냉장고에 넣어 또 다시 1~2시간 정도 놓아둡니다.

8. 초콜릿 칩을 전자레인지에 넣어 '강' 에서 1분간 돌립니다. 전자레인지 안에 잠시 놔두었다가 꺼내 초콜릿이 녹도록 저어줍니다. 이쑤시개를 손잡이 삼아 반죽을 한 개씩 녹인 초콜릿에 담갔다가 다시 쿠키 틀에 올립니다. 반죽이 실온에 부드러워지기 전에 재빨리 작업합니다.

9. 초콜릿 표면에 뭔가 장식이 필요하다고 생각되면, 초콜릿이 아직 굳지 않았을 때 묻혀주세요.

10. 쿠키 틀은 다시 냉장고에 넣어 2시간 동안 보관합니다.

11. 일정 시간이 지나면 캔디를 냉장고에 꺼내 예쁜 접시에 나열한 뒤, 이쑤시개를 빼냅니다.

한나의 두 번째 메모: 파티에서 이 디저트를 만들 때는 예쁜 이쑤시개를 사용해 캔디에서 빼내지 말고 그냥 놓아두세요. 그러면 손님들이 손에 초콜릿을 묻히지 않고 깔끔하고 간편하게 캔디를 맛볼 수 있답니다.

물리학적으로 가능한 일은 아니겠지만 한나는 현관의 노크소리를 들었을 때 정말로 심장이 목구멍까지 솟아오르는 듯한 기분을 느꼈다.

"내가 나갈게."

한나는 간신히 말한 뒤 현관으로 달려나갔다.

"한나!"

로스가 현관 앞에서 두 팔을 벌리고 미소를 지은 채 서 있었다.

한나는 자신이 움직인 사실조차 알지 못하고 두 번째 숨을 내쉬기도 전에 어느새 로스와 함께 현관 앞에 서 있었다. 로스는 한나를 꼭 끌어안았다.

"왔구나."

한나는 숨 죽이며 말했다.

한나의 냉소적인 마음이 반박했다. *그런 바보 같은 말이 어디 있어! 당연히 왔지. 지금 이렇게 너랑 같이 현관 앞에 서 있잖아.*

한나는 그 소리에 애써 대답하지 않은 채 잠자코 있었다. 그리고 고개를 들어 그와 키스했다. 종소리가 울리고, 새들이 지저귀었으며, 아름다운 음악소리가 공기 중을 날아다녔다. 그리고 한나는 온 몸이 따스해지는 것을 느꼈다. 한나의 마음은 또 다시 이런 생각들이 얼마나 우스꽝스러운지를 지적했지만, 한나는 무시한 채 다시 로스의 품에 안긴 이 순간이 얼마나 좋은지에 대해서만 생각하려 애썼다. 키스는 끝이 날 줄 몰랐고, 마침내 어떤 여자의 목소리가 두 사람을 방해했다.

"헤이, 언니!"

미셸이 더 이상 환상이지 않은 환상 속에서 언니를 불러냈다.

"오후 내내 현관 앞에서 키스만 하고 서 있을 거야? 아니면 로스를 안으로 들어오라고 할 거야?"

한나는 두 볼이 발그레해졌다. 안에서 기다리고 있는 사람들이 있다는 것을 깜빡한 것이다.

"어서 들어와, 로스. 여기는 미셸인데, 이미 누구인지는 알지. 안드레아랑 트레시도 와 있어. 내가 조금…… 정신이 없었네."

"나도 그랬어."

로스는 큭큭거리며 한나의 어깨에 팔을 둘렀다. 그런 다음 아무도 들을 수 없게 아주 작은 목소리로 말했다.

"라스베이거스에서 너랑 헤어지고 이 순간을 얼마나 고대했는지 몰라."

"로스 삼촌!"

트레시가 달려나왔다.

"드디어 왔군요!"

"르야아아옹!"

모이쉐가 트레시의 뒤를 따라오며 야옹거렸다.

"다시 와서 반가워요!"

트레시가 로스를 포옹했다.

"지난 번 삼촌 왔을 때 우리 재밌었잖아요."

"그랬지."

로스가 트레시를 안아 올렸다.

"지난 번 봤을 때보다 30센티는 더 큰 것 같구나."

"거의요. 유모 할머니는 내가 잡초처럼 큰대요. 그거 좋은 거죠?"

"물론이지. 잡초도 식물이고, 어떤 잡초는 아주 예쁘거든. 박주가리 (milkweed, 여러해살이 덩굴식물) 본 적 있니? 그건 정말 예쁘단다."

트레시는 잠시 생각에 잠겼고, 로스는 몸을 숙여 자신의 발에 부비적거리고 있는 모이쉐를 쓰다듬었다.

"박주가리는 본 적 없는 것 같아요."

트레시가 말했다.

"이번 주말에 삼촌이랑 같이 보러 갈까? 한나 이모가 좋은 장소를 알고 있을 것 같은데."

"맞아."

한나가 재빨리 말했다.

"에덴 호수 근처에서 본 적 있어. 부들자리(cattails, 수생식물의 일종)도."

"라아아옹!"

모이쉐가 또 다시 울음소리를 냈고, 모두들 웃음을 터뜨렸다.

"진짜 고양이 꼬리가 아니야, 모이쉐."

트레시가 말했다.

"식물을 이야기한 거야."

저녁식사는 순조롭게 흘러갔고 한나는 모두가 빨리 자리를 떴으면 하는 생각밖에 없었다. 하지만 한나는 이내 로스와 단둘이 있고 싶어 하는 자신의 조급한 마음을 나무라며, 품위 있는 호스티스가 되기로 결심했다. 다행히 로스가 레이크 에덴으로 돌아온 데에 모두가 기뻐했다! 마이크와 노먼 역시 그를 만난 것이 반가운 듯했고 한나는 자신이 로스와 사랑에 빠졌다는 사실을 알게 된 후에도 두 사람의 이러한 호감이 부디 지속되기를 기도했다.

이상한 분위기 같은 것은 전혀 없었다. 질투의 괴물은 모습을 보이지 않았고 모두가 스스럼없이 어울렸다. 비현실적인 생각인지도 모르겠지만, 한나는 로스와의 관계가 한나가 바라고 있는 대로 진전된다고 하더라도 마이크와 노먼과는 친한 친구 사이로 지낼 수 있다면 좋겠다고 생각했다.

"커피 준비 내가 도울게, 언니."

샐러드를 성공적으로 마치고, 피망과 감자를 곁들인 메인 포크찹 요리를 다 먹은 뒤 안드레아가 나섰다.

"고마워."

한나가 재빨리 말했다. 안드레아의 왼쪽 눈에 먼지가 들어간 것이 아니라면, 지금 한나에게 신호를 보내고 있는 것이 분명하다.

"무슨 일이야?"

부엌에 들어와 단둘이 되자 한나가 물었다. 바깥 테이블에서는 다시금 대화가 시작되고 있었다.

"여기."

안드레아가 숄더백에서 종이 뭉치를 꺼내 한나에게 건넸다.

"제일 위의 것은 채드 노튼에 대한 마이크의 보고서야."

"이걸 어떻게 구했어?"

"오늘 아침에 그이가 샤워하는 동안 내가 스캔했지."

안드레아는 매우 뿌듯한 표정이었다.

"형사들이 큰 사건을 맡고 있을 때면 항상 집에서 서류 작업을 하거든. 스캔한 파일을 내 컴퓨터에 저장했다가 그이가 출근한 뒤에 출력했어."

"아주 똑똑하고 교활한 걸."

한나가 칭찬했다.

"고마워. 오자마자 주려고 했는데, 언니가 트레시랑 베이킹하느라 바쁘고, 또 로스가 오는 바람에 단둘이 있을 시간이 없었어. 다들 돌아간 뒤에 미셸이랑 같이 살펴봐."

"그래야겠어."

한나가 종이를 찬장 제일 위에 올려두었다.

"혹시 빌은 채드의 짓이라고 생각하고 있는 거야?"

"이제는 아니야. 마이크가 결백을 증명했거든. 보고서에 다 있어. 콜팩스 판사님이 살해당했을 때 채드는 자기 상사와 통화 중이었어."

한나는 트레시가 부엌에 있었다면 절대 쓰지 않았을 단어를 내뱉었다.

"그 사람 짓이길 바랐는데."

"빌도 그랬어."

안드레아가 말했다.

"경찰서에 있는 모두가 그랬지. 다들 채드는 거만한……."

안드레아는 말을 멈추더니 씩 웃었다.

"ㄱ으로 시작하는 또 다른 단어였어. 무슨 뜻인지 알겠지?"

한나는 웃음을 터뜨렸다.

"당연하지. 거만한 검사보 아니면 거만한 서기관이겠지."

"맞아."

안드레아가 웃음을 지으며 말했다. 바로 그때 트레시가 부엌으로 들어왔고 그 뒤에는 로스도 함께였다.

"커들스가 또 그 눈빛이라고 노먼이 그러던데."

로스가 보고했다.

"그게 무슨 뜻이야?"

"내가 '다리 들어' 라는 의미라고 말해줬는데, 로스 삼촌이 이해를 못하는 것 같아요."

트레시가 설명하려 애썼다.

"이모가 얘기해줘요."

"설명하는 것보다 더 좋은 방법이 있지."

한나가 말했다.

"내가 직접 보여줄게."

한나는 방금 잘라놓은 케이크가 담긴 접시와 컵이 든 쟁반을 가리켰다.

"컵 쟁반 좀 들어줄래, 로스? 커피는 내가 가져갈게. 트레시는 크림이랑 설탕을 가져가. 안드레아는 케이크를 맡고."

"난 항상 케이크 담당이지."

안드레아가 세 사람을 따라 테이블로 향했다.

사람들이 케이크 조금과 커피 몇 모금 정도를 마셨을 때 한나는 복도 쪽에서 고양이들 발자국 소리가 나는 것을 들었다.

"다리 들어요!"

한나는 자신의 커피 컵과 주전자를 집었다. 이 야단을 알고 있는 사람들은 저마다 무언가를 들거나 모이쉐와 그 뒤를 쫓는 커들스가 달려지나갈 때 떨어질 만한 것들을 붙들었다. 고양이들이 테이블 주변을 내달리는 가운데 로스도 다른 사람들과 마찬가지로 다리를 들었다.

"이게 바로 '다리 들어'의 뜻이로군! 근데 왜 물건들을 그렇게……."

모이쉐가 테이블 다리에 몸을 부딪치자 저마다의 커피 컵에 커피가 출렁거렸고, 로스는 하던 말을 멈추었다.

"오! 이제 알겠어."

"노먼의 집에서 식사하는 날 한나의 고양이가 이런 식으로 해서 내 스테이크를 획득했거든요."

로니가 설명했다.

"모이쉐가 테이블 다리에 부딪히는 바람에 내 스테이크가 바닥에 떨어졌어요. 우리가 집어 올리기도 전에 녀석이 낚아채서는 노먼의 침실로 가지고 들어가더라고요. 가보니 두 녀석이 침대 밑에서 맛있게 스테이크를 먹고 있지 않겠어요."

"그럼 이제는 일부러 그러는 거군요."

로스가 상황을 재빨리 파악했다.

"간헐적 강화의 효과를 없애기란 거의 불가능하죠. 모이쉐랑 커들스는 이제 테이블에 음식이 보일 때마다 매번 이러겠어요."

"맞아."

한나는 동생들과 시선을 주고받았다. 두 사람이 포크찹을 냅킨에 싸서 비밀스럽게 떨어뜨려 녀석들의 간헐적 강화를 도왔다는 사실은 이야기할 필요 없으리라.

"녀석들이 계속 이러면 문 닫고 방에서 식사해야 할지도 몰라."

"아니면 여기서 식사할 때마다 두 녀석 다 우리 집에 데려다놓든가."

노먼이 말했다.

"그리고 우리 집에서 식사할 때는 여기에 데려다놓고."

"아니면 그냥 우리 집에서 식사해도 돼요."

리사가 제안했다.

"물론 우리 집에는 강아지들이 있지만요. 딜런과 새미가 늘 테이블 앞에 앉아 있거든요."

한나는 깜짝 놀라 리사를 쳐다보았다.

"테이블 음식들은 주지 않는 줄 알았는데."

"저는 안 줘요."

리사는 허브를 쳐다보았다.

"근데 허브는 항상 줘요. 그래서 녀석들이 나한테는 보채지 않아요."

"아침식사는 어떻고?"

허브가 리사에게 물었다. 그러자 리사의 얼굴에 홍조가 돌았다.

"아침식사에는 나만큼이나 후하잖아."

"항상 그런 건 아니야! 베이컨이 있을 때만이라고."

리사는 한나에게 말했다.

"그 애처로운 강아지 눈빛 있잖아요. 딜런한테 베이컨을 줄 수밖에 없었어요. 그리고 공평하게 새미에게도 똑같은 양의 베이컨을 줘야했고요."

"그러니까 내가 정리해볼게."

한나가 말했다.

"아침식사 때는 베이컨을 주면서 점심식사나 저녁식사 때는 아무것도 주지 않는단 말이지?"

리사는 고개를 끄덕였다.

"맞아요."

"그럼 테이블에 베이컨이 있으면 리사에게 간청할 거고 베이컨이 없으면 그러지 않겠네?"

"맞아요. 그렇게 훈련시켰어요."

한나는 씩 웃었다.

"그럼…… 점심이나 저녁에는 절대 베이컨을 먹지 않는다는 거야?"

"그게…… 예외가 있어요. 가끔 점심으로 BLT 샌드위치를 먹거든요. 그 냥 베이컨과는 냄새가 전혀 다르잖아요. 개의 후각은 아주 예민하니까요."

한나는 허브에게 물었다.

"그래서 효과가 있었어?"

"전혀요. 근데도 리사는 계속 시도하고 있어요."

리사를 포함해 테이블에 앉은 모두가 웃음을 터뜨렸다.

"맞아요, 효과가 없긴 하지만, 그래도 내가 어떤지 잘 알잖아요. 절대 포기하지 않을 거예요. 언젠가는 성공할 거예요…… 아마도요. 그때까지 녀석들은 베이컨으로 배를 채우겠죠."

"신호를 넣어서 해봐요."

트레시가 제안했다.

"아침식사에 베이컨이 있으면 종을 울리는 거예요. 그리고 점심식사에 베 이컨이 있더라도 그때는 종을 울리지 않아요. 그렇게 여러 번 하면 강아지 들이 종소리가 들리지 않을 때는 베이컨이 없다고 생각하게 될 거예요."

트레시가 말을 마치자마자 종소리가 울렸다. 멀리서 희미하게 들리는 종소리였는데, 한나에게는 종소리가 나는 시계 같은 건 없었다.

"네가 종소리 효과를 낸 거니?"

한나가 트레시에게 물었다.

"내가 아니라 이모예요. 문자가 왔나 봐요."

"아!"

한나는 탄성을 지르며 혼자 웃기 시작했다.

"내가 확인하기 전까지는 없어지지 않는 거지?"

"맞아요."

트레시가 확인시켜주었다.

"문자 읽기 전에는 없어지지 않고 읽은 후에는 지난 메시지가 돼요."

"그래, 네가 오늘 점심 때 그렇게 가르쳐줬지."

"그리고 이모는 입 안에서 톡 터지는 초콜릿 캔디 만드는 법을 가르

처줬고요. 그 캔디는 아직 준비 안 됐어요, 이모?"

한나는 시계를 쳐다보았다.

"이제 되었을 것 같네. 네가 가서 가져올래, 트레시?"

한나는 테이블 주변을 둘러보았다.

"다들 하나씩 맛보고 싶죠?"

"초콜릿인데도 굳이 물어볼 필요가 있나?"

유모 할머니가 웃음을 터뜨리며 말했다.

"쪼코!"

베시가 손뼉을 치며 말했다.

"쪼코 주세요!"

"초콜릿을 알더라니까."

빌이 말했다.

"제일 먼저 배운 단어가 초콜릿이래."

안드레아는 고개를 가로저었다.

"사실 그렇지 않아. 베시가 제일 처음 배운 단어는 당신이야, 빌. '빠
-빠' 라고 처음 불렀다고. 트레시가 그랬던 것처럼. 우리 가족은 확실히
엄마보다 아빠가 더 중요한 모양이야."

"그럴 리가 있나."

빌이 웃으며 말했지만 기분은 좋은 듯했다. 트레시와 베시가 '엄마' 라는
말을 먼저 했다고 안드레아가 앞으로도 절대 인정하지 않기를 한나는 바랐다.

커피를 몇 번 리필하고 초콜릿 캔디에 대한 호평이 오간 뒤 노먼이
자리에서 일어섰다.

"고양이들이 어떻게 하고 있는지 확인해야겠어요."

"네, 녀석들이 조용해…… 너무 조용한데?"

한나가 말했다.

"이건 녀석들에게 지금 뭔가 집중할 만한 거리가 있단 얘긴데. 우리
집에서도 그랬거든요. 부엌 작업대에 올려둔 꾸러미를 쓰러트려서 고양

이 사료를 찾아냈어요. 두 녀석이 아주 신나게 포식하고 있더라고요."

"그래서 나도 찬장에 잠금장치를 해놓잖아요."

한나가 말했다.

"모이쉐가 아직 자물쇠 푸는 법은 모르니까."

그러자 마이크가 미소를 지었다.

"있어 봐요, 한나. 만약 한나가 밥을 주지 않으면 녀석은 능히 통조림 따는 사용법을 익혀서 참치랑 연어 통조림까지 훔쳐낼 놈이에요."

"샐러드용 새우도요."

리사가 말했다.

"모이쉐가 마음만 먹으면 냉동실 문도 열 수 있을 것 같아요."

"이것 좀 봐요!"

노먼이 조그마한 곰인형을 들고 나타났다.

"어디서 찾았어요?"

한나가 물었다.

"한나 침대 밑에서요. 두 녀석이 이걸 씹고 있더라고요. 내가 때맞춰 들어갔으니 망정이니 조금만 늦었어도 속까지 다 뜯어질 뻔했어요."

노먼이 미간을 찌푸렸다.

"이거 고양이 장난감은 아니죠?"

한나는 노먼에게서 곰인형을 건네받고는 자세히 살펴보았다.

"아뇨, 게다가 이건 내 것이 아니에요."

미셸이 안드레아에게 물었다.

"언니 거야?"

안드레아는 고개를 가로저었다.

"아니, 베시 장난감도 아닌데. 눈에 구슬이 달렸잖아. 우리는 베시가 혹시나 삼킬까 봐 저런 거 달린 건 안 사주거든."

"꽥꽥 소리 나는 건 아니죠?"

리사가 물었다.

"그런 것 같아."

한나가 곰인형을 몇 번 눌러보았지만, 아무런 소리도 나지 않았다.

"소리는 안 나."

한나가 말했다.

"그럼 강아지 장난감도 아니에요. 강아지 장난감에는 안에 그런 소리 나는 게 들어 있거든요."

"내가 봐도 될까, 한나?"

유모 할머니가 물었다.

한나는 곰인형을 유모 할머니에게 건넸다. 로스는 베시의 높다란 아기 의자 옆에 앉아 유모 할머니가 인형을 살피는 모습을 지켜보았다.

"머리 위에 달린 고리가 어디 달기 위한 용인 것 같은데."

로스가 말했다.

"못이나…… 잠깐! 빨간색과 초록색 격자무늬잖아. 크리스마스트리 장식 같지 않아?"

"정말 그런 것 같네."

안드레아가 말했다.

"쇼핑몰에서 이런 곰인형 본 적 있어. 나도 트리에 곰인형을 달까 했거든. 근데 애들이 좀 더 커서 장식 떼는 것 도와줄 때까지는 유보하기로 했지."

"나 많이 컸어요."

트레시가 말했다.

"나도 알아. 이제 베시가 크기를 기다려야지. 그러면 우리 같이 할 수 있을 거야."

"알았어요."

트레시가 제 엄마에게 미소를 지어 보였다.

"베시도 같이 쇼핑가면 엄청 재밌을 거예요."

"보아하니 고양이 도둑이 활약하신 것 같군."

마이크가 말했다.

"녀석에게 꼬리 하나 붙여야겠어('미행하다' 의 의미)."

"모이쉐한테는 이미 꼬리가 있어요, 마이크 삼촌!"

트레시가 큭큭거리며 말했다.

마이크도 웃음을 터뜨렸고, 거실로 나와 호기심 어린 눈빛으로 사람들을 쳐다보고 있는 두 마리 고양이를 제외하고는 모두가 웃음을 지었다.

"아하!"

마이크가 말했다.

"여기 유력 용의자가 있군. 주홍색과 하얀색의 고양이 말이야. 로니? 자네가 용의자 수사를 맡아주겠어?"

"물론입니다, 보스."

로니가 자신의 무릎을 톡톡 치자 모이쉐가 펄쩍 뛰어 올랐다.

"사건 기록을 위해 이름을 대세요."

"야아아아옹!"

모이쉐가 말했다.

"철자가 어떻게 되죠?"

"야아아아아옹!"

"고맙습니다. 좋아요, 고양이 씨. 솔직히 털어놓으면 금방 끝날 겁니다. 그날 밤에 어디 있었습니까……?"

로니가 빌을 쳐다보았다.

"날짜가 언제죠, 서장님?"

빌은 너무도 크게 웃음을 터뜨리는 바람에 대답할 수 없었다. 다른 사람들도 마찬가지였다.

"좋아요, 그럼."

로니는 하는 수없이 계속했다.

"앞선 사흘 밤에 대해 얘기해보죠, 고양이 씨. 그게 수요일, 화요일, 월요일이죠."

모이쉐는 멍한 눈빛으로 로니를 쳐다보았다. 녀석의 반응이 너무도 재미있어 사람들은 또다시 한바탕 웃음 소용돌이에 빠져들고 말았다.

"그만!"

마침내 한나가 말했다.

"너무 웃어서 갈비뼈가 아플 지경이야."

로니는 모이쉐를 들어 올린 뒤 바닥에 내려주었다.

"협조 감사드립니다, 고양이 씨. 이제 그만 고양이 양에게 돌아가셔도 좋습니다…… 아니, 대장 고양이(Miss Chief)라고 해야 하나?"

"장난짓(Mischief)!"

로니의 말장난을 알아들은 트레시가 깔깔거렸다.

"정말 재밌어요, 로니 삼촌!"

"다들 너무 그리웠어요."

로스가 한나에게 미소를 지으며 말했다.

"캘리포니아에서는 이렇게 웃어본 일이 없는데. 여기 오니 정말 좋네요."

"면접은 어떻게 됐습니까?"

마이크가 물었다.

"그러게."

노먼도 대화에 참여했다.

"성공했어요, 로스?"

한나는 어렸을 적 죽을 만큼 간절하게 무언가를 바랐을 때 그랬던 것처럼 마음속으로 손가락을 꼬았다. 가운데 손가락을 집게손가락과 꼬았을 뿐만 아니라, 약지손가락을 새끼손가락과도 꼬았다. 그런 뒤 추가로 엄지손가락을 그 위로 감쌌다. 마음 같아선 할 수만 있다면 발가락이라도 꼬고 싶었다.

"면접은 괜찮았어요."

로스가 말했다.

"시험 삼아 일주일 일해보기로 했어요."

"KCOW가 엄청 짠돌이던데."

로니가 말했다.

"우리 누나 중 한 명이 거기서 잠깐 일하다가 다른 더 좋은 곳으로 옮겼거든요. 설마 일주일 일하는 데 돈 안 주겠다고 한 건 아니죠?"

"그건 아니고, 절반 지급이에요. 그래도 일주일이니까 괜찮아요. 최종은 다음 주 금요일에 알려주겠다고 했어요. 합격하면 제대로 된 월급에 복지에, 프로젝트당 수당까지 받을 수 있어요."

마이크는 휘파람 소리를 냈다.

"나쁘지 않군요. 좀 세게 밀어붙였나 봐요."

"그랬죠. 솔직히 말하자면 곧 미니애폴리스에 있는 WCCO와도 면접을 앞두고 있다고 했죠."

"정말이에요?"

빌이 물었다.

"사실…… 네. 물론 WCCO에서는 내가 레이크 에덴에서 찍은 영상 사용뿐이지만요. 영화의 달에 미네소타 편을 시작할 건가 봐요."

"똑똑하네."

노먼이 미소를 지으며 말했다.

"그 이야기만 하지 않는다면, KCOW에서는 그 반값 급여로 일주일 이상 당신을 쓰고 싶어 하겠어요."

한나는 이어지는 대화를 잠자코 듣고 있었지만, 머릿속 생각에 더 집중했다. *KCOW에서 로스에게 일자리를 제안했어! 일주일 임시직이지만, 그래도 그와 같이 있을 수 있다고. KCOW에서 로스를 정식 직원으로 채용한다면, 나는 어떻게 되는 걸까? 로스가 나한테 청혼할까? 만약 청혼한다면, 나는 뭐라고 대답하지?*

"정신 차려요, 한나."

여전히 여러 질문들이 떠오르고 있는 머릿속에서 한나는 퍼뜩 깨어났다.

"네, 노먼?"

한나는 미소를 지었다.

"미안해요. 다른 생각을 좀 하느라……."

한나는 재빨리 머리를 굴렸다.

"새 쿠키 레시피 때문에요."

"무슨 쿠키요?"

트레시가 물었다.

"티 쿠키."

"냉장고에 있는 거요?"

리사가 흥미로운 얼굴로 물었다.

"아니…… 그거 말고. 안에 차를 넣고 만드는 쿠키를 생각 중이었어. 엄마의 레전시 로맨스 클럽 회원들이 좋아할 것 같아서."

로스는 한나를 향해 남다른 표정을 보이고 있었는데, 그 얼굴은 마치 이렇게 말하고 있는 듯했다. *다른 사람들은 속일 수 있을지 몰라도, 나는 아니야. 그 생각을 하고 있었던 게 아니잖아.*

한나는 얼굴이 달아올랐고 이내 시선을 떨궜지만, 그의 즐거운 듯한 미소를 그만 보고 말았다.

그때 유모 할머니가 손목시계를 내려다보았다.

"학교 가는 평일인데 시간이 늦었네. 난 우리 양들 데리고 그만 집에 가야겠어."

"우리 양."

베시가 말하고는 까르르 웃었다.

"그래."

트레시가 말했다.

"유모 할머니의 양들."

"우리 양."

베시가 또다시 반복했다. 그 말이 재밌는지 유모 할머니가 코트를 챙겨 입을 때까지도 계속되었다. 빌은 접이식 아기 의자를 접었고 안드레아는 트레시가 재킷의 지퍼를 잘 올렸는지 확인했다. 그런 뒤 다섯 사람은 아파트 계단을 내려갔고 유모 할머니는 트레시와 베시를 차에 안전하게 태웠다.

"드디어 둘이 남았네."

모두가 자리를 뜨자 로스가 말했다.

"미셸이랑 로니가 산책을 끝내고 돌아오기까지 얼마나 남았지?"

"모르겠어."

한나가 대답했다.

"밖이 얼마나 추운지에 따라 다르겠지."

"그렇군. 데킬라 선라이즈 맛있다고 했는데, 만들어줄까?"

"그거 좋지. 로스도 마실 거야?"

"물론. 비행에 면접으로 좀 피곤하거든. 휴식할 만한 게 필요해. 나랑 같이 부엌에 가서 재료나 도구들이 어디 있는지 알려줘. 같이 만들자."

로스의 팔을 두른 채 부엌으로 향하며 한나는 영혼이 떠다니는 듯한 느낌이 들었다. 또다시 로스와 함께 있게 되어 좋았다.

"내가 묵는 모텔 말이야."

로스가 사뭇 진지한 목소리로 말했다.

"넌 거기에 안 가는 게 좋을 것 같아, 한나."

"왜?"

한나는 로스가 자신의 생각을 눈치챈 건 아닐까 의아해졌다. 모텔까지 로스를 데려다주면서 그와 함께 그곳에 머물 생각이었기 때문이다. 근데 한나가 잘못 생각한 것일까?

"오해는 하지 마, 한나."

로스가 한나를 살짝 안았다.

"물론 같이 가면 나도 좋지만, 누군가 널 볼 것 같아서 그래. 조금만 기다리자, 기다릴 수 있지?"

"그래, 기다릴 수 있어."

한나는 그에게 키스했다.

"고마워, 로스. 나도 사실 그런 생각을 하고 있었어."

기다리다니, 뭘? 한나의 마음이 물었다. 소들이 집에 돌아오기를 기다려? 그게 무슨 뜻인지 물어봐. 너도 궁금하잖아.

하지만 한나는 꾹 참았다. 때가 되면 로스가 스스로 이야기해줄 것이다. 그동안 한나는 그저 그와 함께 저녁을 먹고 이야기를 하는 것에 행복해하기로 했다. 그보다 더 진지한 이야기는 나중으로 미루자. 한나는 생각했다. 로스가 기다릴 수 있다면 나도 기다릴 수 있다.

한나는 잠자리에 들 때까지 문자 메시지에 대해 생각도 못하고 있었다. 너무 피곤해서 곧바로 잠들어버리고 싶었지만, 어쩌면 엄마가 마가렛 조지에 대한 질문에 답을 보낸 것인지도 모른다.

"금방 올게."

한나는 자리를 뜨자마자 자신의 베개를 차지할 게 분명한 모이쉐에게 일러두고는 핸드폰을 가지러 나섰다. 거실의 불을 켠 뒤 핸드폰 화면을 들여다보고 트레시가 가르쳐준 대로 메시지 버튼을 눌렀다.

메시지가 뜬다! 한나가 제대로 작동시킨 모양이다! 한나는 메시지 확인에 성공했다는 사실에 너무 흥분한 나머지 메시지 읽는 것을 잊어버릴 뻔했다. 그리고 마침내 메시지를 읽었을 때 한나의 얼굴에는 미소가 번졌다.

안녕, 얘야. 그래, 네 말이 맞다. 마가렛 조지는 우리 레전시 클럽 회원이야. 마가렛보다는 페기로 많이 불리는데 엘크 리버에 산단다. 캐리가 그 집 주소를 가

지고 있을 테니 가서 만나보거라. 아마 널 기억하고 있을 게다. 네가 만든 레전
시 진저 크리스프를 정말 좋아했거든. 사랑을 보내며, 엄마가.

"고마워요, 엄마."

한나는 큰 소리로 말하고는 내일 아침 너무 피곤하지 않은 때, 그리고
트레시가 가르쳐준 메시지 보내는 방법이 잘 떠오를 때에 답문을 보내기
로 결심했다. 한나는 핸드폰을 충전기에 연결한 뒤 다시 침실로 돌아왔다.
역시나 예상했던 대로 모이쉐는 떡하니 한나의 베개를 차지하고 있었다.

"좋아. 그럼 내가 네 걸 쓰지."

한나는 녀석의 베개를 집은 뒤 안락한 침대 속으로 파고들었다.

아침은 너무 일찍 찾아왔다. 알람이 울리자 한나는 온 힘을 다해 끄고 싶
은 충동을 간신히 참아냈다. 한나는 침대 옆으로 다리를 떨굴 때까지 알람 소
리를 내버려두었다. 한나는 자신의 체온으로 달궈진 따뜻한 이불 속으로 다시
들어가 5분만 더 눈을 붙이고 싶었지만, 그 5분은 스누즈 버튼(아침에 잠이 깬 뒤 조
금 더 자기 위해 누르는 알람 버튼)과 함께 10분, 15분, 아니 20분이 될 수도 있다.

"일어나!"

한나는 자신의 몸에게 명령한 뒤 슬리퍼를 찾아 헤맸다. 슬슬 코의 기능
이 돌아오기 시작하더니 이내 갓 내린 향긋한 커피 냄새를 맡을 수 있었다.

"미셸."

한나는 애처로움과 감사의 마음을 동시에 느끼며 말했다. 공기 중에는
또 다른 냄새도 났는데, 시나몬과 건포도, 황설탕이 한데 섞인 맛깔스러운
냄새였다. 커피 케이크? 롤? 정체가 무엇이든 한나는 빨리 맛보고 싶었다!

미셸이 아침식사로 무엇을 만들었든 우선은 샤워를 하고 옷을 갈아입
어야 한다. 설득이 이루어지자 한나는 재빨리 움직였다.

10분 후 한나는 발끝에 모이쉐를 매단 채 복도를 걸었다. 아침부터 한나
의 마음을 조급하게 만든 냄새의 정체를 빨리 맛보고 싶은 생각뿐이었다.

"좋은 아침, 미셸."

한나는 재빨리 부엌에 들어서며 동생에게 인사했다.

"무슨 냄새가 이렇게 좋아?"

"시나몬 건포도 스콘."

미셸이 한나를 돌아보았다.

"벌써 옷을 갈아입었네!"

"그건 너 때문이야."

"뭐?"

"내가 샤워하고 옷 갈아입고 난 다음에 널 볼 수 있다고 내 자신에게 지시했거든. 덕분에 빨리 움직였지."

"돌아봐."

미셸이 말하고는 웃음을 터뜨렸다.

"왜 웃어?"

"스웨터를 뒤집어 입었어."

"진짜?"

한나는 팔 높이까지 스웨터를 걷어 올리고 소매에서 팔을 뺀 다음 목에서 스웨터를 돌렸다. 팔이 다시 제 소매를 찾은 뒤 한나는 스웨터를 내리고 커피를 한 잔 따랐다.

"어쩐지 목이 좀 조이더라니."

"커피도 없이 옷 갈아입으니 그런 사태가 벌어지는 거잖아. 내가 여기 있으니 망정이지, 그 차림새로 가게에 나갈 뻔했어."

"정말 그러네."

한나는 커피를 한 모금 마신 뒤 미소를 지었다.

"로스도 지금쯤 첫 출근할 준비를 마쳤겠다."

"안 그래도 20분쯤 전에 우리가 일어났는지 전화했었어. 언니가 괜찮을지 모르겠는데, 내가 스콘이랑 커피 마시러 오라고 초대했어. 그래서 아까 언니를 깨우러 갔었는데 샤워하는 소리가 들리더라고."

"로스가 이리로 온다고?"

"그래, 괜찮지?"

"괜찮은 정도가 아니라, 엄청 좋지. 출근 전에 얼굴을 볼 수 있으니, 나 상태 괜찮아 보이지?"

"그래, 이제 스웨터도 똑바로 입었으니까. 가서 화장 좀 할래?"

"별로……."

한나는 얼굴을 찌푸렸다.

"화장해야 할까?"

"아니, 언니는 맨 얼굴이 괜찮아. 그리고 이건 아침식사지, 무슨 갈라 디너쇼가 아니잖아."

"좋아."

한나는 커피를 다 마신 뒤 또 한 잔을 따랐다.

"이제 잠이 거의 다 깼으니 두 번째 커피를 다 마시고 나면 엄마에게 답문을 보낼 수 있을 것 같아."

"어제 문자 보낸 게 엄마였어?"

"마가렛 조지에게 어떻게 연락하면 좋은지 알려주셨어. 엄마의 레전시 클럽 회원이래. 근데 거기서는 마가렛이 아니라 페기로 불린다던데."

"좋아. 레전시 클럽 회원이라면, 이 스콘도 좋아할 거야. 원하면 조금 가져가자. 열여덟 개 만들었거든."

"그 레시피 분량이 내 크랜베리 스콘 레시피 분량이랑 똑같네."

그러자 미셸이 웃음을 터뜨렸다.

"내가 기본 레시피를 어디서 얻었게? 이거 언니 레시피의 변형이야."

"잘됐네! 기본 레시피로 쓸 수 있을 만한 건 그리 많지 않거든. 다른 것들은 전부 재료를 변경해서 맛이나 모양, 식감에 차이를 줄 수 있지. 멜로디와 비슷해. 사람의 귀가 들을 수 있는 음에도 한계가 있거든. 멜로디는 음을 어떻게 나열하느냐에 따라 달라지잖아. 좀 더 전체적인 내용은 아침식사 때 나눌 이야기로는 적합하지 않은 것 같다. 네 스콘 이제 오븐에서 꺼낼 때 되지 않았어?"

"한나는 내가 KCOW에서 계속 일했으면 좋겠어?"

미셸이 출근 준비를 위해 방으로 들어가자 로스가 한나에게 물었다.

"응."

한나는 재빨리 대답했다.

"그럼 내가 레이크 에덴으로 이사 오길 바라?"

"오, 그럼!"

이번에도 한나의 대답은 빨랐다. 마음에서 우러난 대답이었다.

"어젯밤 저녁식사는 재밌었어. 내가 마을로 이사 들어오는 데 대해 마이크나 노먼 둘 다 별로 기분 상해하는 것 같지 않았는데, 내 생각이 틀렸나?"

"틀리지 않았어."

한나는 잠시 망설이다가 머릿속에 떠오른 생각을 입 밖에 꺼냈다.

"하지만 라스베이거스에서의 일을 알게 되면 마음 상해할 거야."

"내가 널 라스베이거스에서 만났던 걸 아직 몰라?"

"아, 그건 알지!"

한나는 말을 멈추고 어떻게 설명하면 좋을지 고심했다.

"그러니까 두 사람은 우리가 라스베이거스에서…… 그렇게 된 걸 모르고 있다는 말이야."

"내가 널 사랑하고 있다는 얘길 안 했어?"

한나는 고개를 가로저었다.

"아직."

"다른 사람이 보면 네가 우리 일이 잘 안 될 경우를 대비해서 대피처를 만들어두고 있다는 느낌을 받을지도 모르겠다."

"나도 그런 생각 안 해본 게 아닌데, 그런 건 전혀 아니야. 가급적 조심스럽게 알리고 계속 친구 사이로 지내고픈 마음인데, 그게 가능할까? 내가 너무 꿈같은 얘기를 하는 걸까?"

"모르겠어. 그건 두고 봐야 할 일이지."

"한 번에 한 발자국씩?"

"그래, 우선은 KCOW 방송국에 자리잡는 게 먼저야. 그게 어떻게 결론 날지 기다려보자. 자리를 잡게 되면 다음 단계에 돌입하는 거야. 만약 정직원이 되지 못한다면, 그때가서 다시 생각해보는 거야. 괜찮지?"

"그래……."

한나는 미소를 지었고, 로스는 자리에서 일어나 한나를 품에 꼭 안으며 키스했다.

"당연히 괜찮고말고, 로스."

오전 10시 한나는 페기 조지의 집 앞에 다다랐다. 단층으로 이루어진 아파트 단지였는데, 붉은 벽돌 외관과 초록색의 문이 창틀과 조화를 이루고 있었다. 밖에서 보기에 페기의 집은 침실이 세 개 딸려 있는 듯했다. 하나는 페기의 침실일 것이고, 다른 하나는 그녀의 딸 방, 그리고 나머지 하나는 레전시 로맨스 소설을 쓸 때 사용하는 페기의 서재일 테다.

"집 좋네."

한나가 방문자용 주차공간에 차를 세우자 미셸이 말했다. 트럭에서 내려 페기의 집으로 향하는 벽돌길을 걸으며 한나 역시 미셸의 말에 동의했다. 늦게 만개한 꽃들이 길 양옆에 줄지어 있었고, 잘 관리된 풀밭은 몹시 푸르렀다. 키 큰 나무들이 아파트에 그늘을 만들어주었으며, 미끄럼틀과 정글짐, 그네가 있는 놀이터와 자전거 전용 도로, 테니스장까지 갖춰져 있었다.

"너무 일찍 온 게 아니어야 할 텐데."

초인종을 누르기 전 손목시계로 시간을 확인하며 한나가 말했다.

"10시 15분이야."

미셸이 말했다.

"글 쓰느라 밤새지 않았다면 지금쯤 일어났을 거야."

"알 수 있는 방법은 하나뿐이지."

한나는 초인종을 누른 뒤 기다렸다. 그리고 또 기다렸다.

"집을 비운 건가?"

미셀이 물었다.

"어쩌면. 초인종을 한 번만 더 눌러보고 그래도 대답이 없으면 어디 가서 커피나 한 잔 마신 다음에 나중에 다시 오자."

두 번째 시도에도 역시 아무런 대답이 없었다. 하는 수없이 한나가 막 몸을 돌려 발걸음을 옮기려는 찰나 누군가의 목소리가 들렸다.

"안녕하세요! 나를 찾아오신 건가요?"

한 여자가 두 사람을 향해 벽돌길을 재빨리 달려오고 있었다. 그 바람에 곱슬한 갈색 머리가 아래위로 흔들렸고, 파란색 운동복과 운동화 차림이었다.

"저 사람이야."

한나가 미셀에게 속삭인 뒤 그녀에게 인사했다.

"안녕하세요, 페기."

"한나!"

처음 그녀는 한나를 만난 게 무척 반가워 보였지만, 이내 의심스러운 기색이 얼굴에 감돌았다.

"시체를 발견했다면서요."

"네."

"정말 끔찍했겠어요. 괜찮아요?"

한나는 짐짓 놀라며 고개를 끄덕였다. 이건 한나가 예상했던 첫 만남의 분위기와 매우 달랐기 때문이다.

"신문에서 봤어요."

한나의 의문에 답해주는 듯 페기가 말했다.

"그래서 물어보려고 딜로어에게 전화했었는데, 안 받더라고요."

"지금 박사님과 여행 중이세요."

한나가 설명했다.

"지금쯤 신혼여행으로 알래스카로 향하는 크루즈를 타고 계실 거예요."

"어머나, 사랑스러워라!"

페기의 얼굴에 미소가 번졌다.

"우리 딸 사라가 작년에 생물학 석사학위를 땄을 때 같이 알래스카 크루즈를 탔었어요. 빙하 위에 올라앉은 물개를 보고 그렇게 좋아하더라고요. 우리 방 발코니에서 사진을 수백 장 찍었어요. 특히 소여 베이(Sawyer Bay)에 갔을 때가 최고였죠. 빙하가 갈라지는 소리까지 들을 수 있었다니까요."

"그게 뭔데요?"

미셸이 물었다.

"빙하가 큰 덩어리에서 갈라져 나와서 물속으로 떨어지는 거예요. 정말 엄청나게 큰 소리가 나거든요. 아주 장관이랍니다!"

페기는 하던 말을 멈추고 미셸을 향해 미소를 지었다.

"미안해요. 거기 이름도 아직 모르는데."

"미셸 스웬슨이에요."

한나가 미처 소개하기도 전에 미셸이 대답했다.

"여기 한나 언니의 막냇동생이에요. 저희 엄마 책 출판기념회 때 오셨으면 저도 보셨을 거예요. 카나페를 서빙하고 있었거든요."

"물론이죠. 어쩐지 낯이 익더라니."

페기는 잠긴 문을 열었다.

"들어와요."

그녀는 한나에게 말했다.

"제프리에 대해 물어보고 싶어서 온 것 같네요. 당신이 그런 사건 수사를 하고 있다고 어머님한테 들은 적 있어요."

페기가 커피를 준비하는 동안 세 사람은 엄마의 결혼식이며, 페기의 알래스카 크루즈 여행 등에 대해 이야기를 나누었고, 마침내 조그마한 거실의 안락한 의자에 둘러앉아 커피를 마시고 미셸이 가져온 스콘을 먹었다.

"좋아요."

미셸이 직접 만든 스콘을 칭찬한 뒤 페기가 한나에게 말했다.

"여기 왜 왔는지 잘 알겠으니까 뭐든 묻고 싶은 게 있으면 물어봐요."

"어떻게 아셨어요?"

한나가 물었다.

"데이브가 전화해서 당신에 대해 이야기해주더라고요. 제프리를 죽인 범인을 찾고 있다면서요. 난 제일 먼저 노라가 생각나더군요. 둘 사이에 아이도 없었고 노라에게는 오로지 제프리뿐이었거든요. 그 사람이 노라에게 사라에 대해 이야기하지 않은 건 알고 있겠죠."

"네, 그건 왜죠?"

"제프리는 그 사실이 노라의 마음을 아프게 할까 걱정했어요. 노라가 아이를 가지려고 수없이 노력했거든요. 딸을 그렇게 갖고 싶어 했다죠. 근데 예전 여자에게서 이미 딸이 있다는 걸 알게 되면 큰 충격을 받으리라 생각했던 거죠."

"판사님이 옳은 판단을 내렸다고 생각하세요?"

"글쎄요. 어느 쪽이든 상관없었겠지만, 난 그때 노라의 마음이 어땠는지 전혀 알지 못했으니까요. 그녀를 한 번도 만난 적도 없으니 내가 판단할 입장이 못 돼요. 그래서 제프리가 하는 대로 놔둔 거죠. 사라와는 그래도 종종 시간을 같이 보내줬어요. 꽤 잘했죠. 나한테는 그거면 됐어요."

"자신을 떠나서 노라와 결혼한 것에 대해 원망하진 않으셨어요?"

한나의 입안을 맴돌고 있던 질문을 미셸이 대신 던져주었다.

"아, 원망했죠. 처음에는요. 하지만 나도 제프리와 결혼하길 바랐던 것은 아니었어요. 결혼 자체에 대해 별로 생각이 없었어요. 사라를 가진 것도 제프리가 떠난 다음에 알게 됐죠."

한나는 준비했던 질문 목록의 제일 첫 번째 것을 던졌다.

"콜팩스 판사님이 살해당했을 당시 어디 계셨어요?"

"바로 여기요."

페기는 손을 뻗어 지금 앉아 있는 의자의 옆에 놓인 소파를 두드렸다.

"정말로 바로 여기 있었어요. 마감이 코앞이라 밤새 원고를 완성해놓

315

고는 뉴욕에 있는 내 담당 편집자에게 전송한 뒤 침대로 갈 기운도 없어서 담요 하나 덮고 이 소파에서 잠들었죠."

"그 모습을 누구 본 사람이 있나요?"

"사라뿐이에요. 근데 일찍 집을 나서니 만나도 소용없을 거예요. 데이브에게 들은 바로 제프리는 9시에서 9시 30분 사이에 죽었다던데, 사라는 7시면 집에서 나가거든요. 커뮤니티 대학에서 조교수로 일하고 있어요."

"그럼 판사님이 살해당했을 당시 집에 있었다는 사실을 알고 있을 만한 다른 사람이 없을까요? 집에 찾아와서 문을 열어줄 수밖에 없었던 누구가라든지, 아니면 전화를 받았다든지요?"

"생각나는 건 없네요. 전화도 오지 않았고……."

페기가 말을 멈추더니 미소를 짓기 시작했다.

"내가 여기 있었다는 것을 증명해줄 만한 게 있어요. 아파트 정문에 있는 경비원이요. 앞에서 경비원이 누구를 찾아왔는지 묻지 않던가요? 자동차 번호도 등록하고?"

"맞아요, 그랬어요."

"주민들에게도 그렇게 해요. 아파트에서 나가면 그 기록도 전부 남겨요. 내가 만약 집을 비웠으면, 경비원이 나중에 다시 오라고 알려줬을 거예요."

"완벽해요."

한나는 메모를 시작했다. 그런 뒤 차마 꺼내기 어려웠던 질문을 던졌다.

"혹시 따님인 사라는요? 판사님이 살해당했을 때 사라는 어디 있었죠?"

"사라요?"

페기는 몹시 놀란 표정을 지었다.

"사라가 제프리를 죽였다고 생각하는 거예요?! 제프리가 죽었다는 소식을 듣고 펑펑 우는 바람에 화요일에는 출근도 못했던 아이에요!"

"물론 사라가 죽였다고 이야기하는 건 아니에요."

한나가 서둘러 말했다.

"부녀 사이가 좋았던 것 같은데, 이런 얘길 꺼내서 죄송해요. 하지만 용의자 명단에서 이름을 지우려면 물어볼 수밖에 없었어요."

"그럼 정말 그렇게 생각하는 건 아닌……?"

"당연하죠!"

한나가 페기의 질문을 끊으며 재빨리 대답했다.

"전 단지 용의자 명단에서 사라 이름을 지우려고 하는 것뿐이에요. 페기의 경우처럼요."

"오, 그럼 좋아요."

페기는 떨리는 호흡을 가다듬었다.

"지나치게 반응해서 미안해요."

"괜찮아요. 사라가 월요일에 위넷카 카운티 법원 근처에도 오지 않았다는 것을 증명할 수 있는 방법을 생각해봐요."

"그거야 쉽죠!"

페기가 말했다.

"월요일 아침에는 9시부터 10시까지 학교에서 생물학 실험을 가르쳐요. 대학에다 사라가 그 시간에 실험실에 있었는지 확인받으면 될 거예요."

"그렇게 할게요."

한나가 약속했다.

"이제 마지막 질문이 남았는데, 신중히 생각해보시고 나중에라도 떠오르는 게 있으면 연락해 주시면 좋겠어요. 그렇게 해주실 수 있죠?"

"물론이죠. 뭔데요?"

"판사님과 함께 있었던 때의 기억을 떠올려주세요. 그때 만났던 사람들이나 들었던 얘기들이요. 혹시 판사님에 대한 살해 동기가 있을 만한 사람은 없는지 고민해봐 주셨으면 좋겠어요."

페기는 한참 동안 말이 없었다. 정말로 한나의 질문에 대해 고심하는 듯했다. 몇 분이 지난 후 마침내 페기가 고개를 들었다.

"없어요. 한 사람도 떠오르는 이가 없어요. 하지만 전화번호는 남겨놓고 가요. 나중에라도 생각이 나면 꼭 전화할게요."

시나몬 건포도 스콘

오븐은 220도로 예열합니다. 틀은 오븐의 중앙에 둡니다.

재료

다목적용 밀가루 3컵 / 황설탕 1/3컵 / 타르타르 크림 2티스푼(중요한 재료에요)

베이킹파우더 1티스푼 / 베이킹소다 1티스푼 / 시나몬 가루 1과 1/2티스푼

소금 1/2티스푼 / 소금기 있는 버터 1/2컵(113g)

큰 계란 2개(포크로 휘저어 거품을 내주세요) / 바닐라 요구르트 1컵(226g)

건포도 1컵(전 노란건포도를 사용했어요) / 전유 1/2컵

만드는 법

1. 중간 크기의 믹싱볼에 밀가루, 황설탕, 타르타르 크림, 베이킹파우더, 베이킹소다, 시나몬, 소금을 넣고 섞어줍니다. 소금기 있는 버터를 듬성듬성 잘라 파이 크러스트 반죽을 할 때처럼 섞어줍니다.

한나의 메모: 믹서기가 있다면 이 첫 번째 단계는 쉬워져요. 소금기 있는 버터를 여덟 덩어리로 잘라서 나머지 재료들과 함께 믹서기에 넣고 칼날을 부착한 다음 거친 옥수수 가루와 같은 느낌이 날 정도로 섞어주면 되거든요. 그렇게 섞인 것을 믹싱볼에 넣고 다음 단계를 진행하는 거죠.

2. 거품 낸 계란과 바닐라 요구르트를 넣고 섞어줍니다. 그런 뒤

건포도를 넣고 다시 섞어줍니다.

3. 전유를 넣고 골고루 섞어줍니다.

4. 수프용 숟가락으로 반죽을 떠서 들러붙음 방지 스프레이를 뿌리거나 기름종이를 깔아둔 쿠키 틀에 올립니다. 각 틀마다 9개 정도의 스콘 반죽을 올릴 수 있을 겁니다.

5. 오븐이 두 개 있다면, 두 개의 틀은 나눠서 굽습니다. 하지만 오븐이 하나라면 안에 선반은 네 개가 있을 거예요. 틀은 가운데 선반 두 개에 넣어 구운 다음 베이킹 시간의 절반이 지났을 때 서로 위치를 바꿔줍니다.

6. 반죽을 틀에 올린 뒤에는 깨끗한 손가락으로 좀 더 둥글게 모양을 잡아줍니다. 그런 다음 물기가 있는 손바닥으로 평평하게 눌러주세요. 베이킹하는 동안 부풀어오르겠지만, 그렇게 한 번 눌러주면 윗면이 그렇게 둥글어지진 않을 겁니다.

7. 220도에서 10~12분간 굽습니다. 윗부분이 먹음직스러운 황금색을 띠면 완성입니다(전 12분을 꽉 채워 구웠어요).

8. 완성된 스콘은 틀 위에서 5분 이상 식힌 다음 철제 주걱으로 틀에서 떼어내 식힘망으로 옮겨 완전히 식힙니다(기름종이를 사용하였다면 종이째로 식힘망으로 옮기면 됩니다).

9. 스콘이 완전히 식으면 반으로 길게 잘라 아침식사로 토스트를 해 먹으면 좋습니다.

생산적인 아침이었다. 한나는 손님들에게 선보일 오렌지 드림시클바 쿠키의 반죽을 만들며 자축했다. 리사는 커피 홀에서 새로 나온 고양이 도둑 이야기를 풀어놓고 있었고, 낸시 이모와 마지는 손님들 시중을 돕고 있었다. 미셸은 한나와 함께 작업실 의자에 앉아 노트북 컴퓨터로 정보를 검색하고 있었다.

"어떻게 되가, 미셸?"

바 쿠키 팬을 오븐에 넣으며 한나가 물었다.

"눈에 띄는 게 없어. 콜팩스 판사님이 맡았던 사건들 중 신문에 대서특필되었던 건을 거의 다 살펴봤는데 살해 동기를 가질 만한 사건은 없어. 처음에는 가능성 있어 보이는 사건이 다섯 개 있었는데, 그 건의 피의자들은 전부 지금 복역 중이거든."

"금방 풀려난 간강범이라든가 3진 아웃제 때문에 피해를 본 사람은?"

미셸은 고개를 가로저었다.

"강간 건은 맡은 바가 없고, 3진 아웃제는 몇 건 있는데, 혐의 있어 보이는 사람은 없어."

"커뮤니티 대학에는 전화해봤어?"

"응, 사라 조지는 그 시간에 실험실에 있었고, 오후 4시까지 줄곧 학교에만 있었어. 조교수는 해당 부서 비서에게 들고 나는 것을 확인 받아야 한다더라고."

"인정하고 싶지 않지만, 막다른 길이야. 더 이상 용의자가 없어, 미셸."

"아니, 아직 알 수 없는 동기의 알지 못한 용의자가 남았잖아."

"그래서 내가 뭘 할 수 있겠어? 알 수 없는 동기로 그 사람을 체포해?"

미셸은 웃음을 터뜨렸다.

"아직 유머 감각이 남아 있는 듯해 다행이야. 굳이 내 조언이 필요하다면, 일단 새 레시피를 작성해서 만들어보자. 언니는 그때 제일 머리 회전이 빨라지잖아. 플로렌스의 식료품점에 가서 상점 통로를 돌아다니면서 재료에 대한 아이디어를 얻는 거야. 지금껏 그 누구도 쿠키 재료로 사용해보지 않았던 것으로."

한나는 미셸의 조언을 즉각 받아들였다.

"가만히 앉아서 머리카락 쥐어뜯고 있는 것보다는 낫겠어. 낸시 이모에게 가서 여기 작업실 오븐 타이머가 울리면 나 대신 바 쿠키 좀 꺼내 달라고 부탁 드리고 올게."

20분 후, 한나와 미셸은 레이크 에덴 빨간부엉이 식료품점의 양념 코너를 거닐며 여러 단지와 병들을 지나치고 있었다.

"방금 라즈베리 머스타드 단지를 봤어."

미셸이 말했다.

"흥미롭지만, 아니야. 계속 찾아보자."

"라즈베리 식초는?"

"그건 벌써 해봤어. 와우! 이건 뭐지?"

한나가 잼과 젤리 줄 앞에서 걸음을 멈췄다.

"뭐가 뭐야?"

미셸이 물었다.

"이 젤리 말이야."

한나는 단지들이 놓여 있는 선반을 가리켰다.

"핫 페퍼 젤리래."

"빨간 할라피뇨로 만들었네."

미셸이 라벨을 큰 소리로 읽었다.

"하지만 설마 언니 이걸로……."

"오, 괜찮을 것 같아!"

한나가 끼어들었다.

"데이브가 마이크에게는 페기 조지나 그녀의 딸에 대해 이야기해주지 않았다는 걸 알았을 때 왠지 신이 났었는데, 결국 그 두 사람을 만난 일은 별 소득이 없었지 뭐야."

"그래도 난 페기가 마음에 들었어."

미셸이 말했다.

"나도 그래. 근데 내 말뜻은 그게 아니잖아, 미셸. 마이크를 이길 수 있는 이점을 갖고 있다고 생각했는데, 아니었다고."

"두 사람 경쟁이 아주 치열해. 어떻게 그런 사람이랑 결혼 가능성까지 생각했었던 거야?"

"기억이 안나."

한나가 웃으며 말했다.

"그런 생각이 들었다면 그건 아마 마이크가 너무…… 너무……."

"그렇고말고!"

미셸이 외쳤고, 두 사람 모두 웃음을 터뜨렸다.

"뭐가 그렇게 재미있어요?"

플로렌스가 통로를 돌아 두 사람에게 다가왔다.

"핫 페퍼 젤리요."

한나가 단지를 내밀었다.

"아, 그거요. 거래처에서 실수로 두 병을 보냈어요. 반품 처리하려고 했는데, 혹시…… 살 생각이 있어요?"

"네, 그럴까 해요."

한나가 즉각 결정을 내리며 말했다.

"단, 많이 할인해주신다면요."

미셸이 덧붙였다.

그러자 플로렌스는 고개를 끄덕였다.

"그거야 가능하지. 반품 처리하는 게 더 성가시거든. 게다가 한나가 사 가면 반품 배송 비용도 아낄 수 있을 테고. 하나에 1달러 어때?"

"낙찰!"

미셸이 병 두 개를 집어 쇼핑카트에 담았다.

"여기 있는 빨간 양념은 다 샀으니, 이제 초록색 양념을 봐야겠어요."

"초록색 양념이 있어?"

한나가 깜짝 놀라 미셸을 쳐다보았다.

"바로 저기 있잖아. 마일드 페퍼 젤리. 초록색 할라피뇨로 만들었대. 빨간색과 초록색이라. 완전 크리스마스 색상이잖아. 연휴 시즌 때 특별한 걸 만들어볼 수 있겠어!"

플로렌스는 미셸을 외계인 보듯 신기하게 쳐다보았다.

"혹시 크리스마스 쿠키로 빨갛고 파란 쿠키를 만들 생각이라면, 난 맛보길 사양하겠어."

플로렌스가 말했다.

한나가 오렌지 드림시클 바 쿠키에 막 프로스팅을 끝내고 나니 작업실 문에 노크소리가 들렸다. 한나는 시계를 쳐다보았다. 로스가 오기에는 아직 이른 시간이다.

"네가 나가볼래?"

한나는 미셸에게 부탁했다.

잠시 후, 미셸은 노먼을 작업실 안으로 안내해 스테인레스 작업대 앞에 앉힌 다음 커피를 한 잔 대접했다.

"안녕, 한나."

노먼이 인사했다.

"안녕, 노먼. 방금 만든 오렌지 드림시클 바 쿠키 먹어볼래요? 새 레시피에요."

"기꺼이요. 고마워요, 한나. 어젯밤에 바빴을 텐데 잘 쉬었는지 궁금해서 들러봤어요."

"어젯밤에요?"

"네, 그 저녁식사 말이에요. 당신이랑 미셸이 식사 준비에 무척 바빴던 것 같던데."

"우리 걱정은 하지 말아요. 이미 다 회복했어요."

"로스는 어때요?"

"아침에 좋아 보이던데요. 미셸이 만든 스콘을 먹으러 출근길에 잠시 집에 들렀었거든요."

"KCOW에서의 일이 잘 되었으면 좋겠네요, 한나. 정말 좋은 친구에요. 여기 있는 모두와도 잘 어울리고요. 우리 무리에 새 친구가 생기겠어요."

내가 로스를 어떻게 생각하는지 알게 되면 상황은 달라지겠죠. 한나의 마음이 말했다. *그렇게 되면 아마 당신은 그를 멀리하려고 할 거예요.* 하지만 한나는 차마 그 말을 입밖에 낼 수 없었다. 대신 이렇게 말했다.

"그러게요, 어떻게 될지 기다려봐야죠."

"이거 정말 맛있네요, 한나."

노먼이 바 쿠키 맛을 보더니 말했다.

"이름도 완벽해요. 정말로 오렌지 드림시클(오렌지 맛이 나는 아이스크림) 맛이 나요."

"고마워요."

한나는 자신이 다른 생각을 하고 있었다는 사실을 노먼이 눈치채지 못하기를 바라며 말했다.

"수사는 어떻게 진행되고 있어요?"

"별로요."

한나는 한숨과 함께 대답했다.

"명단의 용의자가 바닥났어요. 알 수 없는 동기의 알 수 없는 범인 한 명만 남았죠. 콜팩스 판사님을 죽이고 싶을 만한 동기가 분명 있었을 텐데. 우발적인 범행인 것 같진 않거든요. 분명 개인적인 원한이 있었을 거예요."

"우리가 뭔가 놓친 게 있는지도 모르죠."

한나는 그가 우리라고 말한 것을 눈치챘다. 노먼은 늘 한나의 사건 수사에 도움을 주고 싶어 했다.

"아마도요."

한나는 대답했지만, 과연 그런 것일까 의아했다. 미셸과 모든 경우들을 살펴봤고, 직접 메모한 수첩도 수도 없이 읽었다.

"우리가 놓친 그것이 과연 뭔지 모르겠네요."

"당연히 모를 밖에요."

노먼이 씩 웃으며 말했다.

"알고 있다면 놓쳤다고 표현할 수 있겠어요?"

한나는 끙소리를 낸 뒤 그를 포옹했다. 노먼의 천진난만한 유머감각이 괜히 고마워졌다. 로스와 함께하고 싶은 마음에는 변함이 없다. 엄마에게도 로스를 사랑하는 것처럼 노먼을 사랑하진 않는다고 말했다. 하지만 그런 생각이 드는 까닭은 노먼이 늘 주변에 있고, 그에게 받는 것이 익숙해졌기 때문은 아닐까? 로스를 사랑하는 대가로 노먼을 잃게 되어도 과연 행복할까?

오렌지 드림시클 바 쿠키

오븐은 175도로 예열합니다. 틀은 오븐의 중앙에 둡니다.

재료

오렌지 쿠키 크러스트:

다목적용 밀가루 2컵 / 소금기 있는 버터 1컵 / 오렌지 제스트 1/4티스푼

슈가파우더 1/2컵(큰 덩어리가 보이지 않는다면 체질할 필요 없습니다)

오렌지 필링:

계란 4개(포크로 휘저어 거품을 내주세요) / 백설탕 2컵

오렌지주스 1/4컵 / 오렌지 제스트 1/4티스푼 / 오렌지 리큐르 1/4컵

오렌지 농축액 1/2티스푼(선택사항입니다) / 소금 1/2티스푼

베이킹파우더 1티스푼 / 다목적용 밀가루 3/4컵 / 장식용 슈가파우더 조금

한나의 첫 번째 메모: 오렌지 제스트는 오렌지 껍질을 잘게 갈아서 만들면 되는데 색깔이 있는 부분만 사용하세요. 하얀 부분은 쓴맛이 나거든요. 오렌지 1개에서 약 1/2티스푼의 제스트를 만들 수 있는데, 그 정도면 충분합니다.

만드는 법

크러스트 만들기:

1. 믹서기에 밀가루 2컵을 넣습니다.
2. 버터를 여덟 조각으로 잘라 밀가루 위에 올립니다.
3. 오렌지 제스트 1/4티스푼을 버터 위에 뿌립니다.

4. 그 위로 슈가파우더를 뿌립니다.

5. 칼날을 부착한 믹서기를 가동시켜 옥수수가루처럼 거친 질감으로 섞이도록 합니다.

6. 9×13 크기의 직사각형 케이크 팬에 들러붙음 방지 스프레이를 뿌립니다. 나중에 내용물을 쉽게 빼내기 위해 케이크 팬에 두터운 쿠킹 포일을 깔아주어도 좋습니다. 그 위에는 꼭 들러붙음 방지 스프레이를 뿌립니다.

7. 크러스트 반죽을 준비한 팬에 깔고 깨끗한 손으로 윗면을 평평하게 다져줍니다. 그리고 철제 주걱으로 다시 한 번 부드럽고 고르게 만들어줍니다.

8. 크러스트 반죽을 오븐에서 굽는 동안 오렌지 필링 만들 준비를 하면 됩니다.

9. 크러스트 반죽은 175도의 온도에서 15~20분간 굽습니다. 가장자리가 먹음직스러운 황금빛을 띠면 성공입니다. 중간에 크러스트를 꺼내서 필링을 부은 건데요. 그러니 크러스트와 필링이 함께 구워질 때까지 절대 오븐을 끄지 마세요!

한나의 두 번째 메모: 크러스트 반죽을 만들 때 버터가 너무 부드러우면 반죽이 믹서기에 끈적끈적하게 들러붙게 됩니다. 하지만 그래도 괜찮아요. 주걱으로 잘 긁어내주기만 하면 되니까요.

한나의 세 번째 메모: 믹서기는 아직 씻지 마세요. 오렌지 필링을 만들 때 한 번 더 사용해야 하거든요(크러스트를 만들 때 사용했던 그릇과 포크도 마찬가지랍니다).

오렌지 필링 만들기:

10. 거품 낸 계란에 백설탕을 넣습니다.

11. 오렌지 주스, 오렌지 제스트, 오렌지 리큐르, 오렌지 농축액 (선택사항입니다)을 넣고 소금, 베이킹파우더와 함께 잘 섞어줍니다.

12. 밀가루를 넣고 고르게 잘 섞어줍니다(혼합물은 무척 묽을 거예요. 원래 그런 것이니 걱정하지 않으셔도 돼요).

13. 크러스트가 다 구워졌으면 오븐에서 꺼내 식힘망 위에 올립니다. 오븐은 절대 끄지 마세요! 계속 175도의 온도로 놓아둡니다.

14. 오렌지 필링을 방금 만든 크러스트 안에 붓습니다. 그런 뒤 5분간 가만히 놓아둡니다(이 시간 동안 필링이 크러스트에 잘 달라붙거든요).

15. 5분이 지났으면 팬을 다시 오븐에 넣습니다. 그런 뒤 30분을 더 구워줍니다.

16. 다 구워졌으면 오븐에서 팬을 꺼내 식힘망 위에 올립니다. 팬이 실온 정도로 식었으면 그 위에 슈가파우더를 뿌립니다.

17. 팬 위를 포일로 덮어 손님들에게 대접할 시간이 될 때까지 냉장고에 보관합니다. 그런 뒤 나중에 냉장고에서 꺼내 그 위에 슈가파우더를 좀 더 뿌린 뒤 브라우니 크기로 잘라줍니다.

한나의 네 번째 메모: 이 레시피에 알코올의 일종인 오렌지 리큐르를 사용하고 싶지 않다면 오렌지주스 1/4컵을 더 추가하면 됩니다. 쿠키단지에서는 그렇게 만들거든요. 그 어떤 방법으로 구워도 정말 맛있어요. 이 오렌지 드림시클 바 쿠키를 싫어하는 사람은 단 한 명도 보지 못했으니까요!

"베이킹을 하고 있어서 다행이야!"

슈가쿠키 반죽을 만들 재료들을 모으며 한나가 미셸에게 말했다.

"콜팩스 판사님 사건 때문에 내가 얼마나 우울하고 기운 빠져 있었는지 몰랐어. 쓸데없는 생각만 하고 있었거든."

"사건 때문만은 아닌 것 같아."

미셸이 버터 몇 그램을 작업대로 가져오며 말했다.

"무슨 말이야?"

한나는 설탕과 밀가루 깡통을 스테인레스 작업대에 내려놓았다.

"아까 언니가 노먼과 포옹하고 있는 걸 봤어. 혹시 로스에 대해 달리 생각하고 있는 거야?"

"아니! 난 그저 노먼과의 우정을 지키고 싶을 뿐이야. 내가 노먼을 어떻게 생각하는지 너도 잘 알잖아. 우리는……."

한나는 말을 하다 말고 한숨을 내쉬었다.

"어떻게 설명해야 좋을지 모르겠다."

"편안한 관계? 소울메이트? 일심동체? 아니면 성격이 너무 잘 맞는다?"

"그래, 전부 다. 노먼을 잃는다는 건 생각하고 싶지도 않아."

"그럼 로스는?"

미셸은 저장실로 가서 계란을 가져왔다.

"로스를 잃는 건 어때?"

"절대!"

"그럼 판사님 사건과는 전혀 관계없는 문제를 지금 안고 있는 거잖아."

"그래, 베이킹이나 하자. 이야기 꺼내니까 또 스트레스 받기 시작했어."

"언니 진짜 감정적으로 많이 혼란스러운가 보다."

미셸이 말했다.

"이 쿠키 이름을 그렇게 붙여야겠어."

"감정적 혼란?"

"아니, 핫 잼 쿠키. 그래야 안에 들어간 재료를 눈치 못채게 할 수 있어. 오븐에서 갓 나온 뜨거운 쿠키인 줄 알지, 핫 페퍼를 넣은 줄 모를 거야."

"하지만 그 이름은 안 돼. 잼을 쓰지 않잖아. 들어가는 건 젤리라고."

"까다롭기는."

미셸이 씩 웃으며 말했다.

"젤리와 잼. 뭐가 그렇게 다르다고?"

"젤리는 순수 과일 주스로 만들지만, 잼은 과일 퓨리로 만드는 거잖아. 완전히 다르다고."

"알았어, 그럼 핫 젤리 쿠키라고 하자. 핫 잼 쿠키가 훨씬 낫긴 하지만."

한나는 잠시 생각에 잠겼다.

"그래, 네 말이 맞다."

한나는 인정했다.

"그럼 핫 잼 쿠키로 해. 젤리가 얼마나 매운지 맛을 보자. 그래야 용량을 얼마나 넣을지 가늠해볼 수 있을 거야."

"언니, 먼저."

한나는 웃음을 터뜨렸다.

"그래, 그럼 난 초록색을 맛볼 테니까 넌 빨간색을 맛봐."

"오, 이런! 이럴 줄 알았어. 언니 지금 나한테 더 매운 거 미룬 거지?"

미셸은 장난스러운 미소를 지었다.

"일단 각자 맛보고 바꿔서 맛보자. 두 개가 무슨 맛인지 알아야 하잖아."

"좋아."

두 자매는 각자의 젤리를 맛보았다.

"언니 것은 어때?"

미셸이 물었다.

"맛있어. 약간 매콤하긴 한데, 그렇게 심하진 않아."

한나가 대답했다.

"마음에 드는데. 빨간색은?"

"매워, 근데 되게 맵진 않아. 나도 마음에 들어."

"커피로 입을 헹군 다음에 바꿔서 먹어보자."

한나가 말했다.

"둘 다 쿠키에 사용하기 괜찮은지 알아봐야 하니까."

"좋은 생각이야."

미셸은 깨끗한 숟가락을 한나에게 건넸다.

두 자매는 몇 분간 커피를 마시고는 단지를 바꿔 다시 맛을 보았다.

"둘 다 훌륭한 것 같은데."

미셸이 말했다.

"손님들에게 각각 어떤 건지 얘기해주고 매운 정도를 선택하게끔 하면 되겠어."

"동의해. 반죽에 섞어서 일단 만들어보자. 베이킹을 하면 젤리 맛이 어떻게 변할지 궁금해."

미셸과 함께 편안한 침묵 속에서 작업하던 한나는 어딘가에서 희미하게 결혼행진곡이 들리는 것을 느꼈다. 처음에는 잘못 들었다고 생각했지만, 이내 그 소리가 미셸의 가방에서 나고 있다는 사실을 알게 되었다.

"네 가방이 결혼행진곡을 연주하고 있어."

"내 핸드폰이겠지."

미셸이 지적했다.

"엄마한테서 온 문자야. 엄마 문자는 별도의 벨소리를 지정해놨거든."

"트레시한테 시켜서 나한테도 그런 설정하게 하지 마."

한나가 경고했다.

"생각도 안 하고 있어. 이미 결혼과 관련해서는 언니만의 문제가 많잖아."

미셸은 손을 씻은 뒤 가방을 집었다. 그런 뒤 핸드폰 화면을 들여다보고는 말했다.

"길게 왔네. 하고 싶은 얘기가 많으셨던 모양이야. 내가 읽어줄게."

"좋지."

한나는 반죽 위를 비닐랩으로 덮은 다음 저장실에서 가장 서늘한 곳에 반죽을 가져다두었다. 그런 뒤 커피를 새로 한 잔씩 따라 미셸 앞에 섰다.

"이렇게 재미있기는 평생 처음이야!"

미셸이 말했다.

"뭐, 쿠키 반죽 만드는 게?"

한나가 물었다.

"아니, 내가 엄마 문자 메시지 읽어줄게."

"그래, 어서 읽어봐."

이렇게 재미있기는 평생 처음이야!

미셸이 아까의 말을 반복했다.

박사와 함께 하이 티(영국인들이 오후 5시 반쯤에 홍차를 마시는 티타임)**를 즐기러 엠프레스 호텔에 갔었단다.** 브리티시컬럼비아 빅토리아에 있는 호텔인데, 알래스카에서 출발한 크루즈가 정착하는 항구 도시지. 정말 환상적인 곳이었어. 박사는 차를 좋아하지도 않는데 말이다! 둥근 은접시 다섯 개가 층층이 쌓인 트레이 각각에는 깜찍하고 맛있는 샌드위치와 **크럼핏**(위에 작은 구멍들이 있는 둥글납작한 빵)**,** 크림을 바른 스콘과 비스킷~영국에선 이걸 쿠키라고 부르더라만~, 아기자기한 케이크 온갖 크림과 과일 디저트들이 가득 들어 있었단다. 그리고 제일 작은 접시인 꼭대기 층에는 초콜릿 트뤼플 4개가 놓여 있었지. 초콜릿 트뤼플은 하이 티에 전통적인 방식은 아니었지만, 한번 맛을 보고 나니 너무 흡족하더구나. 저 아래 거리에 있는 초콜릿 가게에서 직접 공수한 것이라던데, 너희들에게도 사다주고 싶다. 참, 앞으로 할 얘기는 한나에게는 말하지 말거라. 왜냐하면 내가 걱정이……

"저런!"
한나는 얼굴을 찌푸렸다.
"엄마가 뭐가 걱정이시라는 거야?"
"그 부분은 읽어주면 안 되는 건데."
"이렇게 끝내기 없기야. 네가 시작했으니까 마저 읽어."
"들으면 기분이 좋지 않을 거야."
"무슨 상관이야? 난 엄마가 나한테 뭘 숨기려고 하신 건지 알아야겠어."
미셸은 두 손으로 얼굴을 감쌌다.
"진짜 난해한 문제다."
미셸이 손가락 사이로 나지막하게 말했다.
"내 말 무슨 뜻인지 알지? 이제 읽어봐."
미셸은 깊은 한숨을 내쉰 뒤 다시 핸드폰을 들여다보았다.
"알았어, 언니가 원한다면."
"그래."

앞으로 할 얘기는 한나에게는 말하지 말거라. 왜냐하면 내가 걱정이 돼서 말이다. 로스에 대한 반응이 얼마나 적극적이던지. 대학 시절부터 알던 친구였다고는 하지만, 그애가 그렇게 눈빛을 반짝이는 모습은 처음이더라. 그 끔찍한 영어 교수와 만날 때도 그러지 않았는데 말이다. 그때도 그 남자에게 홀딱 넘어가서 괜찮은 신랑감이라고 여기지 않았었니. 결국에는 비열한 망나니였는데 말이다.

한나는 참지 못하고 웃음을 터뜨렸다.
"괜찮은 신랑감? 비열한 망나니? 아무래도 브리티시컬럼비아에서의 하이 티가 엄마에게 상당한 영향을 끼친 모양이야."

"그러게!"

미셸도 한나를 따라 웃었다.

"메시지 마저 읽을까? 아니면 그만할까?"

"마저 들을래."

"알았어."

미셸은 다시 핸드폰을 집었다.

로스가 KCOW에 취직하기를 바라보자꾸나. 그래야 한나도 로스를 향한 자신의 마음이 진심인지, 아니면 지루한 싱글 생활에 잠시 활력소처럼 느껴졌던 것뿐인지 스스로 판단할 시간을 가질 수 있을 게다.

한나는 아무 말도 하지 않은 채 엄마가 보낸 메시지에 대해 곰곰이 생각해보았다. 하지만 이내 어깨를 으쓱했다.

"난 내 싱글 생활이 지루하다고 생각해본 적 없지만, 엄마 말에도 일리는 있어. 라스베이거스는 로맨틱한 환상의 도시잖아. 호감을 갖고 있던 과거의 남자가 예상치 못하게 나타나 내 평범한 일상에서 만난 잠깐의 휴식 때 나를 완전히 사랑에 눈멀게 해버렸으니."

"정말 그런 거야?"

미셸이 다소 실망스러운 듯 물었다.

"그게 다는 아니지만, 어쨌든 엄마가 왜 그런 생각을 하셨는지는 알 것 같아."

"또다시 언니 인생에 간섭하고 계신 게 아니고?"

"그렇지, 하지만 그게 다 나를 사랑하시기 때문이야. 내가 최선의 선택을 하길 바라시는 거지."

미셸은 생각에 잠긴 표정이었다.

"그렇다면 다행이지만, 그래도 난 엄마가 이러는 게 마음에 안 들어."

"당연히 그렇지. 나도 마음에 들지 않는 걸. 그래도 이해는 해."

"언니는 확실히 나보다 큰 사람이야!"

"오, 그렇고말고."

한나는 완전히 무표정한 얼굴로 대답했다.

"두 살 이후로는 3사이즈였던 적이 한 번도 없었는 걸!"

한나가 오븐에서 막 핫 잼 쿠키를 꺼내는데 뒷문에서 노크소리가 들렸다.

"마이크일 거야."

"어떻게 알아?"

"이 핫 잼 쿠키는 마이크를 위해 만든 거거든. 게다가 음식이 있는 곳이면 언제든 나타나는 마이크인데, 무슨 말이 더 필요하겠어?"

"그렇네."

미셸은 뒷문으로 가 문을 열었다.

"안녕, 마이크."

"안녕, 미셸. 한나 안에 있습니까? 얘기 좀 하러 왔는데."

"그럼요."

한나가 외쳤다.

"들어와요, 마이크. 커피 한 잔 해요."

"좋은 냄새가 나네요."

마이크가 늘 앉는 스테인레스 작업대 앞에 자리를 잡으며 말했다.

"핫 잼 쿠키에요."

한나가 말했다.

"3~4분만 기다리면 맛볼 수 있어요."

"시간은 넉넉합니다. 어차피 얘기를 좀 하러 왔는데, 지금 바빠요?"

"잠깐은 괜찮아요."

한나는 자신의 몫으로 주스를 한 잔 따른 뒤 마이크 앞에 앉았다.

"그게,"

마이크가 입을 열었다.

"콜팩스 부인을 만나러 갔던 일은 이해합니다."

한나는 그의 표정을 읽어보려 했다. 확실히 화가 난 얼굴은 아니었다.

"네, 만났어요."

한나는 인정했다.

"조의를 표하러 갔던 거예요. 미셸이 딸기 머핀도 만들었거든요. 노라에게도 좀 주고 왔죠."

"그리고 세스 콜팩스도요. 오늘 아침에 전화했더니 당신이랑 미셸과 이미 에이트 볼 바에서 얘기 나눴다고 하더군요. 정말이지, 한나!"

"왜 그렇게 화가 났어요? 내가 참견하고 다녀서요? 아니면 미셸이랑 내가 에이트 볼 바에 간 것 때문에요?"

마이크는 그녀를 한참동안 쳐다보았다.

"어떤 게 더 화가 나는 일인지 모르겠군요."

드디어 문제에 정면으로 맞설 때다. 하지만 먼저 설탕칠을 해두는 것이 좀 나을 것 같았다.

"잠깐만요. 금방 돌아올게요."

한나는 식힘망으로 가서 쿠키 두 개를 집어왔다.

"먹어봐요."

한나는 마이크에게 쿠키를 건넸다.

"초록색은 마일드 페퍼 젤리고, 빨간색은 핫 페퍼 젤리에요."

"페퍼 젤리요?"

마이크가 초록색을 먼저 한 입 베어물며 말했다.

"와우! 정말 맛있습니다."

"그건 좀 순한 편이에요. 빨간색은 맛이 어떤지 알려줘요."

마이크는 다른 쿠키를 집어 역시나 한 입 베어물었다.

"오, 네! 정말 맛있어요!"

"빨간색 젤리는 일반 사람들이 먹기에 많이 매울까요?"

"아뇨, 이런 맛을 좋아하는 친구들 스무 명 정도는 알고 있습니다. 두 개 정도 더 먹어도 될까요, 한나?"

한나는 쿠키를 더 가져와 그에게 건넸다. 그러고는 그는 모르고 있을 정보도 슬쩍 함께 건넸다. 지금이야말로 서로 갖고 있지 않은 정보를 교환할 때다.

"마가렛 조지를 만났어요. 미셸이 그 딸인 사라의 행적도 확인했고요."

"마가렛과 사라 조지가 누굽니까?"

"뫌팩스 판사님의 예전 여자와 그 딸이에요. 오늘 아침에 만났더랬죠."

"그건 어떻게 알았죠?"

한나는 망설였다. 데이브 요한슨을 난처하게 만들고 싶진 않았다.

"잘 기억이 안 나네요. 그게 중요한가요?"

마이크는 쿠키를 오물거리며 잠시 생각에 잠겼다.

"혐의만 벗었으면 됐습니다. 채드 노튼은 안 만나봤죠?"

"아……."

한나는 재빨리 생각했다.

"네, 안 만났어요."

"그럼 그 사람 결백은 어떻게 확인할 겁니까?"

한나는 잠시 망설이던 중 그가 웃고 있다는 것을 깨달았다.

"왜요?"

"그 사람 결백을 어떻게 확인했는지는 잘 알고 있습니다. 다만 한나를 한 번 골려주고 싶었던 거예요. 통화 기록을 봤겠죠."

"그건 어떻게 알았어요?"

"한나가 그걸 볼 수 있게 해준 게 나거든요. 서장님에게 기록을 제출하면서 가방에 넣어 꼭 집에 가져가시라고 일러드렸죠."

"하지만……."

마이크의 말뜻을 전부 이해한 한나가 다시 입을 열었다.

"그럼 안드레아가 그 기록을 찾아내서 내게 복사본을 가져다줄 줄 알았단 말이에요?"

"그럼요. 매번 그러지 않습니까."

"그런 일이 일어날 줄 알았다면, 왜 처음부터 내게 직접 주지 않았던 거죠?"

"그럴 순 없었습니다. 전에도 말했듯이 경찰에게는 지켜야 할 규율이 있으니까요. 그걸 일부러 깨트릴 순 없죠. 우회하는 방법은 있을지라도 말입니다."

"그럼 나한테 숨기는 것은 하나도 없는 거예요?"

마이크는 고개를 가로저었다.

"전혀 없어요. 난 막다른 길에 다다랐습니다. 사건 해결이 정말 쉽지가 않군요. 한나도 나한테 숨기는 것 없는 거죠?"

"없어요. 나도 이제 더 이상의 실마리가 없고요."

"그럼 우리 둘 다 막다른 길이로군요."

한나는 한숨을 내쉬며 고개를 끄덕였다.

"맞아요, 둘 다 막다른 길에요, 마이크."

"좋습니다. 나중에라도 뭔가 생각나는 게 있으면 연락 주겠습니까? 아니면 문자를 보내던가? 트레시가 문자 보내는 법 가르쳐줬다고 하던데."

"그럴게요. 나도 같은 걸 부탁해도 될까요?"

"그래요. 한나는 소질이 있어요. 우리 부서의 그 어떤 형사보다도 낫습니다. 정말이지 인정하고 싶진 않지만, 어쩌면 나보다도 나을 수 있죠."

"그럴 리가요."

한나가 말했다.

"단연 마이크가 최고예요. 나한테 줬던 그 많은 조언과 책들 잊어버렸어요? 난 전부 마이크에게서 배운 거예요."

"나한테서 한 가지만 더 배우면 좋겠군요, 한나."

"뭔데요?"

"내가 당신을 얼마나 사랑하는지 말입니다."

마이크가 말했다. 그러고는 뒤돌아 뒷문 밖으로 나섰다.

핫 잼 쿠키

오븐은 175도로 예열합니다. 틀은 오븐의 중앙에 둡니다.

재료

백설탕 2컵 / 실온에서 부드러워진 소금기 있는 버터 1과 1/2컵

페퍼 젤리 1/4컵 / 큰 계란 2개(포크로 휘저어 거품을 내주세요)

베이킹소다 1/2티스푼 / 소금 1티스푼 / 밀가루 4컵

나중을 위한 백설탕 1/3컵 / 페퍼 젤리 1/2컵

한나의 첫 번째 메모: 전 전기 반죽기를 사용했지만, 반죽기가 없다면 나무숟가락과 큰 믹싱볼을 사용하셔도 됩니다.

한나의 두 번째 메모: 리사와 제가 쿠키단지에서 이 쿠키를 만들 때 반죽의 반에는 페퍼 젤리를 넣고 나머지 반에는 씨 없는 핫 페퍼 젤리를 넣었어요. 그래서 이게 레이크 에덴 남자들의 남자다움을 시험해보는 일종의 테스트용 쿠키가 되어버렸죠. 남자 손님이 가게에 와서 핫 잼 쿠키 두 개를 주문하면 가게에 있던 손님들은 환호하며 응원해요. 반면 일반 페퍼 젤리 쿠키 한 개와 핫 페퍼 젤리 쿠키 한 개를 주문하면, 다들 공손히 박수를 치는 정도고요. 일반 페퍼 젤리만 두 개를 주문하면 다들 어깨를 으쓱한다죠.

만드는 법

1. 믹싱 볼에 백설탕을 붓습니다.
2. 부드러워진 버터를 넣고 잘 섞어줍니다.
3. 잼을 전자레인지에 돌리거나 소스팬에 넣어 불에 가열하면

서 녹입니다. 시럽 같은 점성을 띠면, 불에서 내려(혹은 전자레인지에서 꺼내) 작업대 위에서 5분간 식힙니다.

4. 녹은 잼을 버터와 설탕 섞은 것에 더합니다. 골고루 섞이도록 잘 저어줍니다.

5. 계란을 넣고 잘 섞어줍니다.

6. 베이킹소다와 소금을 뿌린 뒤 잘 섞어줍니다.

7. 밀가루를 1/2컵씩 넣고 잘 반죽합니다.

8. 믹싱볼 안쪽을 고무주걱으로 잘 긁어낸 뒤 반죽기에서 반죽을 꺼냅니다. 손으로 마지막 반죽을 한 뒤 틀을 준비하는 동안 냉장고에 넣어 살짝 식힙니다.

9. 쿠키 틀에 들러붙음 방지 스프레이를 뿌리거나 기름종이를 깔아줍니다.

10. 오목한 그릇에 쿠키 반죽을 코팅할 용으로 백설탕 1/3컵을 붓습니다.

11. 냉장고에서 반죽을 꺼내 조금씩 떼어 1인치 지름의 공 모양으로 만듭니다.

한나의 세 번째 메모: 반죽이 너무 끈적거리면 비닐랩을 덮어서 냉장고에 좀 더 보관하세요. 하지만 이때 예열해둔 오븐을 끄는 것을 잊지 말아야 해요. 오븐은 반죽이 충분히 식었을 때 예열을 시작하면 됩니다.

12. 공 모양으로 만든 반죽을 설탕 그릇에 굴려 코팅합니다.

13. 설탕을 입힌 반죽을 틀 위에 올립니다.

14. 기름칠을 한 주걱이나 깨끗한 손바닥으로 반죽을 살짝 눌러줍니다.

15. 엄지손가락을 사용해 반죽 가운데를 움푹하게 만들어주세요. 단, 반죽이 바닥까지 뚫리지 않도록 살짝만 눌러주세요. 그래야지만 젤리가 쿠키 바닥으로 다 새버리지 않을 테니까요(리사와 저는 가게에서 만들 때 도구를 사용하는데, 리사는 집에서 만들 때 와인의 코르크 마개를 이용해 반죽 홈을 만들었다더군요).

16. 작은 숟가락을 사용해 선택한 페퍼 젤리를 반죽 가운데 넣습니다. 옆으로 흐르지 않도록 주의하세요.

17. 핫 잼 쿠키를 175도의 온도에서 10~12분간 굽습니다.

18. 완성된 쿠키는 불을 올리지 않은 가스레인지에 올려 식히거나 식힘망으로 옮겨 2분간 식힙니다. 철제 주걱을 사용해 쿠키를 떼어낸 뒤 완전히 식힙니다(기름종이를 사용하였다면, 종이에서 쿠키를 떼어낼 필요가 없어요. 종이째로 식힘망으로 옮겼다가 나중에 쿠키가 식고 나서 떼어내면 될 테니까요).

한나의 네 번째 메모: 이 쿠키의 분량을 반으로 줄이고 싶다면, 베이킹소다를 제외한 각 재료 분량을 반으로 줄이면 됩니다. 베이킹소다는 1/2티스푼 그대로 넣어야 해요.

한나와 미셸이 마지막 반죽에 열중하고 있을 때 로스가 회전문을
통해 작업실로 들어왔다.

"안녕, 로스."

한나가 인사했다.

"여긴 거의 끝나 가."

"잘됐네. 두 사람, 레이크 에덴 호텔에서 같이 저녁식사 하지 않겠어?
샐리와 딕도 만나보고 싶고."

"초대, 고마워."

미셸이 재빨리 말했다.

"하지만 난 못 가. 로니 부모님이랑 같이 식사하기로 선약했거든."

한나는 처음 듣는 이야기였다. 미셸이 단둘이 있을 기회를 주기 위해
일부러 거절하고 있는 것이 아닌지 의심스러웠다. 이유가 어찌 되었든
한나는 그렇다고 아는 척할 생각은 없었다.

"한나는 어때?"

로스가 한나에게 물었다.

"나야 당연히 저녁식사 좋지. 이 반죽만 냉장고에 넣고 나면 돼."

"언니 트럭은 내가 가져갈게."

미셸이 제안했다.

"가서 모이쉐 밥도 줘야 하고. 로니가 어차피 집으로 데리러 오겠다고 했으니까, 두 사람은 여기서 곧장 호텔로 가."

한나는 갖고 있는 옷 중 두 번째로 좋은 바지와 윗옷을 내려다보았다.

"옷을 갈아입어야겠어."

"그대로도 괜찮아."

로스가 말했다.

"어서 가자."

"머릿속에 먹을 것 생각이 가득한 남자와 논쟁할 수는 없지."

한나가 로스에게 미소를 지었다.

"특히 내가 배가 고플 때는 더더욱."

두 사람은 막 저녁 타임을 오픈한 레이크 에덴 호텔에 도착했다. 도트가 안내 데스크에서 두 사람을 커튼이 쳐진 높다란 부스 자리로 안내했다.

"곧 물과 식전빵을 가져올게요."

도트는 서둘러 주방으로 사라졌다.

"이 부스 자리 좋은데."

로스가 한나의 손을 잡으며 말했다.

"높은 데 앉아 있으니 세상의 왕이 된 듯한 기분이야."

"우리가 첫 손님인가 봐."

한나가 비어 있는 자리들을 둘러보며 말했다. 테이블마다 완벽하게 세팅이 되어 있었다.

"저녁 타임에 첫 번째 손님이 되어보긴 처음이야. 텅 빈 만찬장 귀빈석에 앉은 느낌인 걸."

도트는 생각보다 빨리 테이블로 돌아왔다. 그녀는 식전빵이 담긴 광주리와 레몬 조각이 든 얼음물 2잔을 내려놓았다.

"사장님이 지금 음료를 만들고 계세요."

도트가 말한 뒤 두 사람의 꼭 잡은 두 손을 내려다보았다. 그녀는 한나와 로스를 번갈아 쳐다보더니 바로 자리를 뜨며 커튼을 내려주었다.

"우리한테 프라이버시가 필요하다고 생각했나 봐."

한나가 웃으며 말했다.

"맞는 말이야. 단둘이 있을 시간이 별로 없었잖아. 지금이야말로 둘이서만 이야기할 수 있는 기회야."

"그래, 무슨 이야기를 할까?"

한나는 자신이 너무 적극적으로 나선 것이 아닐까 후회되었다. 로스는 그저 막연한 대화를 의미한 것일 수도 있는데 말이다.

"우리 얘기를 하고 싶지만, 그건 정말 우리 단둘이 있을 때로 미루고. 지금은 페기 조지를 만났던 일이 어떻게 되었는지 궁금해."

"괜찮았어. 협조적이었고, 콜팩스 판사님이 살해당했을 시점에 대한 알리바이도 확인했지."

"실망한 것 같다."

"그렇진 않아. 좋은 사람이었어."

"그 딸은?"

"마찬가지야. 생물학 조교수로 있는데 그 시간에 학교 실험실에 있었어. 용의자가 바닥나서 어째야 좋을지 모르겠어. 이런 경우는 처음이야."

"마이크는 어때? 수사를 어떻게 진행하고 있대?"

"오늘 오후에 들렀는데, 나랑 같은 문제를 안고 있더라고. 그뿐만이 아니라 경찰서 전체가 빨리 사건을 매듭지어야 한다는 압박을 받고 있나 봐."

"압박? 누구한테서?"

"그건 모르겠어. 물어보지 않았거든. 그게 중요해?"

"그럴 수도 있지. 안드레아한테 전화해서 알아보면 어때? 미셸에게도 전화하고. 로니는 마이크와 함께 일하잖아, 안 그래?"

"그래, 그거 좋은 생각인데, 전화는 안 할래. 대신 안드레아와 미셸에게 단체 문자를 보내지, 뭐. 트레시에게 방법을 배웠거든. 나와 다르게 안드레아와 미셸은 기계 다루는 데 능숙하기도 하고. 두 사람은 전화 통

344

화보다 문자가 빠를 거야."

"잘한다."

한나가 메시지를 보내는 동안 로스가 응원했다.

"그래도 가르쳐준 방법들을 다 익혔다는 게 대단해. 그러고보니 생각났는데…… 아까 오후에 내가 보낸 문자 받았어?"

"아니, 핸드폰이 가방에 있어서 벨소리를 못 들었나 봐."

"그럼 지금 확인해봐."

한나는 핸드폰에서 로스의 문자를 확인했다. 그리고 화면에 떠오른 그의 문자에 한나는 미소를 지었다.

잠시 쉬는 중이라 사랑한다고 말하고 싶어서 문자 보내. 사랑해, 한나.

한나는 로스를 쳐다보는 대신 그에게 답문을 보냈다.

나도 사랑해.

로스의 핸드폰이 울렸고, 그도 화면을 확인했다. 다시 한나를 바라보는 그의 얼굴에는 미소가 한가득이었다.

"사실 우리는 이야기할 필요가 전혀 없다는 거 알아? 이렇게 같이 있을 때도 문자만 주고받을 수 있는 걸."

"하지만 그게 무슨 재미야?"

한나가 그의 팔을 만지며 말했다.

"직접 보고 말해야만 더 좋은 것도 있어, 안 그래?"

"그렇지."

로스가 한나의 손을 잡아 자신의 입으로 가져가 키스하며 동의했다.

잠시 후, 샐리가 샴페인 칵테일 두 잔을 들고 나타났다.

"두 사람을 위해 특별히 만든 거야."

샐리가 로스를 돌아보았다.

"다시 만나서 반가워요. 이번엔 레이크 에덴에 오래 있을 건가요?"

"그랬으면 좋겠어요. KCOW 방송국에 지원했거든요. 일자리를 얻게 되면 아예 이사를 오려고요."

"그거 반가운 소식이네요. 안 그래도 그쪽 보고 싶어 하는 사람들이 몇몇 있었는데."

샐리가 한나를 쳐다봤고, 한나는 얼굴이 살짝 붉어졌다.

"잠시 같이 자리하실래요?"

"그럼 잠깐만 있다 갈게. 주방에 부주방장이 새로 왔는데, 좀 지켜볼 필요가 있거든."

샐리가 한나의 옆자리로 미끄러지듯 들어와 앉았다.

"콜팩스 판사님 사건 수사하고 있어?"

"네, 어렵네요."

"나도 도움 줄 수 있는 게 있으면 좋으련만. 어쨌든 손님들 주변을 계속 주시하고 있어. 가끔 한나의 투명인간 웨이트리스 기술도 써보고."

로스가 호기심 어린 표정으로 한나를 쳐다보았고, 한나는 대신 설명에 나섰다.

"사람들이 뭔가 중요한 이야기를 하고 있을 때 웨이트리스가 커피 리필을 위해 다가와도 전혀 의식하지 못한다는 거지. 신경 쓰지 않고 계속 이야기를 하거든."

"근데 불행하게도 콜팩스 판사님에 관련되어 이야기 들은 건 없어."

샐리가 말을 이었다.

"물론 점심 예약만 빼고."

"무슨 점심 예약이요?"

로스가 물었다.

"살해당했던 날에 판사님이 잡았던 예약이야. 조금 이상했지. 직원을 시키지 않고 본인이 직접 전화를 해서 예약했거든. 두 사람이라고 했는데, 다른 사람은 누구인지 얘기하지 않았고."

한나는 호기심이 일기 시작했다.

"평소에는 그런 것도 얘기하셨는데요?"

"그래, 대부분 아들이었지. 세스가 여기서 점심을 즐겨 먹었거든. 내가 만든 블루치즈 햄버거를 얼마나 좋아한다고. 그래서 내가 판사님에게 이번에도 세스와 오는 거냐고 물어봤는데, 아니라고 했어. 다른 사람이라고 말이야."

"누구인지는 이야기 안 하고 말이죠."

한나가 결론을 되풀이했다.

"응, 근데 중요한 사람인 것 같았어. 뒷문 쪽에 주차할 수 있냐고 물어봤거든. 세스와 올 때면 늘 주차장에 주차했는데 말이야."

"혹시 거동이 불편한 사람이 아니었을까요?"

로스가 물었다.

"그럴 수도 있겠지만, 그랬다면 처음부터 얘기했을 것 같아. 휠체어를 끌어주거나 부축해줄 수 있는 사람이 필요하다고 요청했을 텐데 말이야."

"근데 그런 얘기도 없었단 거죠?"

샐리가 고개를 젓자 한나가 가방에서 수첩을 꺼내 기록하기 시작했다.

"안쪽 자리를 달라고 했어. 평소보다 빨리 도착할 거라고 내가 11시 30분에 문을 여는데, 11시쯤에 오겠다고 했고, 다른 사람 눈에 띄고 싶어 하지 않는다는 느낌을 받았지. 판사님이나 아니면 같이 올 상대방이나. 조금 호기심이 생겼더랬어."

한나는 고개를 끄덕였다.

"하지만 그 시간에 판사님은 나타나지 않았군요. 이미 돌아가셨으니."

"맞아. 지금 한나가 앉아 있는 여기가 바로 예약석이야. 판사님을 위해서 점심 시간 내내 비워뒀었지."

샐리가 부주방장을 점검하기 위해 자리를 뜨자 한나는 로스에게 말했다.

"데이브가 왜 콜팩스 판사님의 점심 약속에 대해 이야기하지 않았는지 모르겠네."

"몰랐을지도 몰라. 전화번호 알고 있으면 지금 전화해서 물어보면 어때?"

한나가 핸드폰을 미처 집기도 전에 도트가 돌아왔다. 한나는 주문을 마친 뒤 다시 핸드폰으로 손을 뻗었다. 그리고 잠시 후 한나는 답을 얻을 수 있었다. 데이브는 콜팩스 판사님의 점심 약속에 대해 모르고 있었다. 언제나 데이브에게 세심하게 자신의 일정을 알리던 판사님이 그 점심 약속만큼은 일정표에 기록해놓지 않았던 것이다.

"내 호기심은 극에 달하고 있어."

데이브의 대답에 대해 로스가 한나에게 말했다.

"넌 어때?"

"난 그 이상이야. 궁금해 죽겠는 걸. 이 점심 약속이 뭔가 수상해."

"평소 콜팩스 판사님의 행보와 달라서?"

"그렇지. 아주 큰 퍼즐 조각을 발견한 기분이야. 난 이제 이게 어디에 맞아 들어갈지 알아내야 해."

"우리가 알아내야 하지."

로스가 지적했다.

"나도 돕기로 했잖아. 기억 나?"

"그래, 기억 나. 그리고 기억해주어서 아주 기뻐."

한나는 도트가 다녀가면서 남겨둔 커튼 틈을 메운 뒤 그의 손을 잡았다.

샐리의 특제 비프 웰링턴의 마지막 조각을 입에 넣었을 때 한나에게 문자 메시지가 도착했다. 한나는 메시지를 확인한 뒤 로스에게로 고개를 들었다.

"안드레아야. 빌이 에릭 워싱턴 상원의원 사무실에서 서둘러 사건을 해결하라는 독촉 전화를 받았다고 하네. 정확히 누가 전화한 건지는 모르겠지만, 의원님이 콜팩스 판사님과 친구 사이라고 해. 그 의원님이 워싱턴 법률회사에서 일했을 때 콜팩스 판사님이 선배였나 봐. 선배의 죽음에 하루 빨리 정의의 심판이 내려져야 한다고 생각하는 것 같대."

"방금 에릭 워싱턴 의원이라고 했어?"

로스가 물었다.

한나는 메시지를 다시 한 번 확인했다.

"맞아, 안드레아가 그렇게 보냈는데. 왜?"

"워싱턴 씨가 정계에 진출한 건 알고 있었지만, 주 상원위원까지 된 줄 몰랐는데. 역시 그 아버지의 뒤를 밟아가는가 보군."

"아버지?"

"그래, 주지사인 클레이튼 워싱턴. 어렸을 때 우리 집 맞은편이 워싱턴가 집이었거든. 그 막내아들인 클레이가 고등학교 내내 나와 절친이었지. 클레이의 아버지가 바로 에릭 워싱턴 의원인데, 우리 둘을 바이킹스 팀이랑 트윈스 팀 경기에 자주 데려가곤 했어. 클레이의 맏형 레이는 클레이랑 내가 중학생 때 고등학교에서 미식축구 쿼터백이었는데, 체육특기생으로 대학 쿠거스(워싱턴주립대학교의 운동부 별칭)에 들어갔어. 역시나 쿼터백으로 뛰었지."

"워싱턴주립대학교의 쿠거스 말이야?"

"그래."

한나가 아는 척을 하자 로스는 사뭇 놀란 듯 보였다.

"나 한때 대학 미식축구팀 팬이었거든."

"프로팀이 더 우수하긴 하지만, 그래도 재미는 대학팀이 더 있어."

한나는 샴페인 칵테일을 한 모금 마셨다.

"그 워싱턴가에 대해 좀 더 얘기해줘."

"클레이를 빼고는 전부 운동선수였어. 주지사였던 할아버지는 테니스 팀에 있었는데, 늘 클레이에게 운동을 시키려고 했었지. 클레이 아버지는 대학 2학년 때 드래프트 3라운드에 선발되었는데 프로로 나서는 대신 학위를 따서 법대에 진학하기로 결정했다고 해. 근데 그 결정에 늘 후회하셨던 것 같아. 바이킹스 경기를 무척 좋아하셨거든. 미식축구 전략에 대해서도 많이 아시고."

"그럼 클레이의 어머니도 운동선수셨어?"

"맞아, 장거리 마라톤 선수였어. 대학 때 활발히 활동하고 의원님과 결혼한 뒤에도 전국을 돌며 마라톤 대회에 참가했어. 클레이랑 같이 TV로 보스턴 마라톤 대회 경기를 보면서 그 어머니가 결승선에 도달하는 걸 지켜보곤 했지. 아마 지금도 마라톤 뛰고 계실 걸."

"그럼 클레이의 형은 지금 뭐해?"

"레이는 대학 미식축구팀 코치로 일하고 있어. 마지막으로 소식 들었을 때는 게이터 팀에서 일하고 있다고 했어."

"플로리다 게인즈빌?"

한나는 깜짝 놀라고 말했다.

"미네소타에서 아주 먼 곳인 걸. 그럼 네 친구 클레이는?"

"지금 미네소타 맨케이토에 살고 있어. 그곳 주립대학교의 경제학 교수로 일하고 있지. 대학 시절 여자친구와 결혼해서 이제는 딸도 둘 있어. 매년 크리스마스 카드를 받거든. 클레이의 누나는 덜루스에 살아. 대학을 그곳으로 갔다가 덜루스가 너무 마음에 들어서 정착했다더군."

"누나도 운동선수?"

"수영. 대학 신입생 때 올림픽에도 출전할 뻔했지."

"그럼 미네소타를 떠난 사람은 클레이의 큰 형뿐이네."

"그렇지. 아마 그 법정 사건 때문일 거야. 이제 기억하는 사람이 없겠지만, 클레이랑 내가 어렸을 때는 사람들이 전부 그 얘기만 했거든."

한나는 귀를 쫑긋 세운 채 몸을 앞으로 바짝 기울였다.

"무슨 사건?"

"졸업파티가 있던 날 밤에 레이가 여자친구를 데리고 나왔다가 시내로 돌아가는 길에 레이디 호수 옆을 지나는데 갑자기 사슴이 뛰어나와서 놀라 핸들을 틀었나 봐. 차가 통제력을 상실한 채 호수로 추락하게 된 거지."

"무서운 일이다."

한나가 말했다.

"그 이상이었어. 레이는 자상과 타박상을 입었지만, 간신히 차에서 빠져나올 수 있었던 반면, 여자친구는 운이 없었지. 다음날 아침 차와 함께 여자친구가 발견됐어."

한나는 몸을 살짝 떨었다. 순간 밀러의 연못에 차와 함께 잠겨 있던 베브 박사의 시체를 발견했던 일이 떠올랐던 것이다.

"그래서 그때 수사가 어마어마했지."

로스가 이야기를 이어나갔다.

"지역 신문에는 또 하나의 '차파퀴딕 사건(1969년, 당시 미국의 인기 정치인이었던 에드워드 케네디가 차파퀴딕 섬에서 차를 몰고 가다가 강물에 추락하는 사고가 발생했고, 이 사고로 차 안에 타고 있던 에드워드의 형 로버트 케네디의 여성 선거운동원 메리 조 코페니가 숨지고 에드워드는 살아남았다)'이라고 떠들어댔으니까."

"그럼 레이의 여자친구는 익사한 거야?"

"확실히 몰라. 부검 결과가 결정적이니 못했거든. 그녀의 가족들은 레이가 음주운전을 했다며 소송했지만, 그 사건은 재판까지 가기도 전에 증거 불충분으로 기각되어버렸어. 레이가 잘못했다는 증거가 하나도 없다는 거였지."

"혹시 아직도 워싱턴가와 연락을 해?"

한나가 물었다.

"클레이하고만. 왜?"

"그 워싱턴 상원의원님을 만나보고 싶어. 사건과 관계가 있는 콜팩스 판사님의 배경에 대해 몰랐던 얘기를 들을 수 있을지도 몰라. 옛 인연 운운하면서 나를 좀 연결시켜줄 순 없을까?"

"그 정도야 가능하지. 내일 전화해서 얘기해볼게."

"고마워, 로스. 같은 법률회사에서 일했다고 하니 오랜 시간 알고 지냈을 거야. 때로는 가족보다 친구가 그 사람에 대해 더 많이 알고 있는 법이지."

"사건과 관계가 있을 만한 배경을 알아보겠다?"

"그렇지. 최근 판사님의 주변에서는 의심가는 인물이 없어. 그러니 어쩌면 워싱턴 의원님 같은 과거의 지인이 도움이 될지도 몰라."

평생에 가장 행복한 저녁 시간을 한나는 끝내고 싶지 않았다.

"잠깐 들어왔다 갈래, 로스?"

로스가 한나를 위해 차 문을 열어주자 한나가 물었다.

"절대 청하지 않을 줄 알았는데."

두 사람은 팔짱을 낀 채 계단을 올라 한나의 집 현관 앞에 다다랐다.

"내가 현관문 열 때마다 모이쉐가 어떻게 하는지 기억해?"

"기억하지. 내가 대신 받아줄까?"

"그래, 모이쉐도 그걸 더 좋아할 거야. 하지만 단단히 준비해야 돼. 지난 번 동물병원에서 몸무게 쟀을 때 11킬로그램에 달했거든."

한나는 열쇠를 돌린 뒤 문을 열었고, 주홍색과 흰색 뭉치가 날아들었다. 로스는 공중에서 모이쉐를 받아내며 신음소리를 냈고, 이내 큭큭거렸다.

"너 정말 거대한 녀석이로구나."

"소파 뒤에 내려놓으면 돼."

한나가 안내했다.

"그 자리를 제일 좋아하거든."

모이쉐가 자리를 잡자 한나는 문을 다시 닫아 잠갔다. 그런 뒤 미셸이 돌아와 있는지 확인했다. 하지만 미셸은 아직 로니와의 식사가 끝나지 않은 모양이었다.

"커피 마실래?"

한나는 거실로 들어서며 제안했다.

"좋지."

로스가 대답했다.

"미셸은 아직인가 봐?"

"응."

한나는 부엌에 들어가려는 찰나 강인한 팔이 한나를 끌어안으며 그녀의 목에 부드럽게 키스했다.

"사실 커피는 마시지 않아도 될 것 같은데."

로스가 말했다.

한나는 갓 내린 향긋한 커피 냄새에 눈을 떴다. 머리맡에는 고양이가 갸르랑거리고 있었다. 한나는 녀석을 물리친 뒤 가운에 팔을 꿰어 넣고 슬리퍼를 찾아 신었다. 그러고는 커피향을 따라 발걸음을 옮겼다. 부엌에서 미셸이 한나와 비슷한 옷차림으로 향긋한 커피를 들이키고 있었다.

　"여기."

　미셸이 한나에게도 커피를 한 잔 따라주었다.

　"가서 앉아. 내가 갖다줄게."

　"좋은 생각이야. 이대로 받았다간 떨어트리고 말겠어."

　한나는 평소 좋아하는 비닐 덮인, 앤틱 부엌 의자에 앉았다. 포마이카 테이블 주변으로 똑같은 의자가 세 개가 더 있었지만 딱 이 의자가 좋았다.

　다른 의자들에 앉으면 아침에 도움이 될 만한 풍경이라고는 없었다. 부엌과 세탁실을 사이에 두고 두 벽면이 마주보고 있고, 그 벽에는 한나가 처음 이사를 왔을 때 엄마가 선물로 걸어준 접시 컬렉션이 나란히 자리하고 있을 뿐이었다. 한나는 굳이 그 접시를 떼려고 하진 않았다. 보기에 예뻤고, 어쩌면 값비싼 것일지도 모른다. 하지만 한나는 커피 한 주전자를 다 마시기 전까지는 그 가치에 대해 생각해보는 척조차 하고 싶지 않았다. 그저 한나에게 그 접시 컬렉션은 예쁘고 무해한 벽장식일 뿐이었다.

　반면 세 번째 의자는 벽걸이용 전화기와 마주하고 있었는데, 한나가 좋아하는 의자 바로 위였다. 한나는 전화기를 바라보고 앉아 있고 싶진 않았다. 왠지 전화기를 바라보고 있으면 금방이라도 전화벨이 울릴 것 같은 기분이 들었다. 한나가 아침에 일어나서 제일 하고 싶지 않은 일은 새벽녘에 잠에서 깨어 전화를 받는 것이었다.

반면 한나가 좋아하는 의자는 사과 모양의 벽시계와 마주하고 있다. 아침의 풍경으로는 안성맞춤이다. 출근 준비를 서둘러야 할지, 좀 더 여유를 부려도 좋을지 알 수 있기 때문이다. 게다가 배터리가 나가지 않는 이상 예측 가능한 경로로 초침이 흘러갔다. 한나는 천천히 흘러가는 그 초침에 시선을 맞추며 작은 바늘이 숫자 5에 가까워지고, 큰 바늘이 숫자 9에 멈출 때까지 커피를 마시고, 응시하며, 생각에 잠길 수 있었다. 빨간색의 분침이 두 번을 더 앞서 나가면 이제 그만 자리에서 일어나 복도를 지나 아침 샤워를 하러 가야 할 시간인 것이다. 그렇게 10분 후인 5시 30분에 한나는 샤워를 마치고 옷을 갈아입은 뒤 모이쉐에게 밥을 주고 출근을 위해 집을 나서야 했다.

"언니 문자 왔어. 벨소리 났는데."

미셸이 말했다.

"고마워."

이제 때가 되었다. 작은 바늘이 5에 가까워지고 큰 바늘이 9시에 가까워지는, 분침이 두 번을 더 앞서나간 뒤 세 번째 발걸음을 준비하고 있는 그때.

문자 확인에는 얼마 걸리지 않았다. 한나는 문자를 확인하고는 미소를 지었다. 그러고는 다시 핸드폰을 가방에 집어넣었다. 로스의 문자였다. 사랑한다고, 지금 출근하는 길이고, 오늘 오후 5시 30분쯤에 가게에 들르겠다는 내용이었다. 워싱턴 상원의원과 통화가 되면 다시 문자를 보내 몇 시에 만남이 가능한지 알려주겠다는 내용도 있었다.

12분 후 한나는 샤워를 마치고 물기를 닦아낸 뒤 옷을 갈아입었다. 그러고는 마지막 커피 한 잔을 위해 복도를 따라 부엌으로 향했다.

"언니, 빨리 와봐!"

미셸이 외쳤다.

"녀석이 또 물어왔어!"

한나는 마저 남은 3미터 거리의 복도를 두 걸음에 달려와 거실로 나가보았다. 미셸은 손에 레이스가 달린 분홍색의 아기 모자를 들고 있었다.

"모이쉐?"

한나가 아기 모자를 쳐다보며 물었다.

"손님방에서 나오는데 이걸 물고 있더라고. 이건 베시 것도 아니잖아?"

"그래, 베시는 겨울에 태어났으니 털모자를 씌웠더랬지. 그건 여름 모자잖아. 옆면에 꽃무늬 좀 봐."

"혹시 트레시 건가?"

"아마 아닐 걸. 트레시는 9월생이야. 태어났을 때는 벌써 날이 추워지고 있었어. 그래서 안드레아가 모자가 달린 스웨터를 많이 사줬던 것 같은데."

"그럼 고양이 도둑 짓이네."

미셸이 한숨을 내쉬며 말했다.

"테이프 볼 시간 돼?"

"시간이야 만들면 되지."

한나가 결정했다.

"넌 어떤지 모르겠지만, 난 이 일이 굉장히 신경 쓰여. 콜팩스 판사님 사건 해결만큼이나 절실한 문제인 것 같아."

당연히 테이프에는 아무것도 잡히지 않았다. 한나와 미셸이 다시 출근 준비에 나섰을 때는 이미 평상시보다 한 시간이나 늦은 뒤였다.

"설마 고양이 도둑?"

두 사람이 작업실에 들어서자 리사가 추측해 물었다.

"그래, 그래서 이번에는 부엌 쪽으로 카메라 방향을 돌려놨어. 이제 남은 곳은 부엌뿐이거든."

한나가 한숨을 푹 내쉬었다.

"근데 별로 희망적이진 않아."

"그래도 포기할 수야 없지."

낸시가 말했다.

"크누드슨 부인이 해결에 가까웠다고 얘기하던 걸. 어제 리사 이야기를 듣고 부인이랑 같이 얘기를 좀 했어. 그리고 좋은 아이디어를 생각해냈지."

"그래요?"

한나는 귀가 번쩍 뜨였다. 크누드슨 부인은 현명한 분이고, 낸시 역시 머리가 좋으니 기대할 만하다.

"어떤 방법인데요?"

"다음주 토요일에 야드세일을 여는 거야. 물론 돈을 받고 파는 게 아니라 여기 가게에 전시만 하는 거지. 모이쉐가 가져왔던 물건들 전부를 말이야. 리사에게 듣기론 토요일에는 손님들이 거의 전부 가게에 들른다고 하니 누군가 자기 물건을 알아볼지도 몰라. 그렇게 되면 모이쉐가 가출해서 들렀던 장소를 확인할 수 있게 되겠지."

"그거 정말 좋은 생각이네요! 왜 지금껏 그 생각을 못했을까요."

"원래 제3자가 더 좋은 아이디어를 내게 마련이야. 그리고 한나는 다른 일들 때문에 바빴잖아. 어쨌든 내 제안대로 해보겠어?"

"네, 그럴게요."

"좋아, 그럼 손님들한테 소문낼게. 고양이 도둑의 전리품을 전시할 거라고 말이야."

11시, 문자가 왔다. 한나는 벨소리를 듣고 가방에서 얼른 핸드폰을 꺼냈다. 기대했던 대로 로스의 문자였다.

워싱턴 의원님이 위넷카 카운티 법원에서 오늘 오후 5시 30분에 만나자고 하셨어. 워싱턴 법률회사가 오늘 그곳을 빌려 친목회를 하는데, 초청 강사로 서게 됐대. 식사는 6시부터라니까 5시 30분 정각에 도착하면 30분 정도 만날 시간이 있을 거야.

한나가 로스의 문자를 읽는 동안 또 다른 문자메시지가 도착했다. 이번에도 로스였다.

> **정정할게. 자기 혼자 가야겠어. 난 오늘 8시까지는 일해야 할 것 같아. 이따가 집에서 보자. 의원님께 내 안부 좀 전해줘. 내가 못 간다는 건 미리 의원님께 연락해놓을게. 사랑해, 로스**

"무슨 일이야?"

미셸이 때마침 들어와 한나의 실망스러운 표정을 포착하고 말했다.

"아무것도 아니야. 로스랑 같이 워싱턴 위원님을 만나러 가기로 했는데, 오늘 로스가 일이 늦게 끝날 것 같다고 해서."

"내가 같이 갈까?"

"아니야, 괜찮아. 대신 저녁식사 준비를 부탁할게. 로스가 8시 30분쯤에 집에 올 거야."

한나는 옷을 갈아입고 외출할 준비를 마쳤다. 트레시에게 핸드폰 사용법을 몇 가지 더 배우고, 쿠키 반죽을 여러 개 마친 다음 재빨리 집으로 돌아가 주 상원의원을 만나기에 적합한 옷으로 갈아입었다. 그러다 한나는 호위가 해줬던 이야기가 떠올랐다. 콜팩스 판사가 권력을 가진 누군가의 부탁을 들어주고 그 대가로 판사 자리에 오르게 됐다는 이야기 말이다. 호위는 토요일에도 사무실에 출근한다. 시계를 보니 아직 5시가 안 된 시각이라 한나는 호위의 사무실로 전화를 걸었다. 부디 그가 일찍 퇴근하지 않았기를 바라며.

"레빈 법률사무실입니다."

호위가 두 번째 신호음에서 전화를 받았다.

"안녕하세요, 호위. 한나예요. 혹시 오늘 법원에서 있는 저녁식사에 변호사님도 가시나요? 출장 뷔페가 온다던데요."

"무슨 저녁식사요?"

"워싱턴 법률회사에서 친목회를 여는데 법원에 장소를 빌렸다고 하던데요. 워싱턴 주 상원의원님이 초청 강사라고 들었어요."

"흐음! 처음 듣는 이야기에요. 물론 난 워싱턴 법률회사에서 일한 적이 없으니 초대받지 않은 게 당연하겠죠."

"그렇다면 마침 통화가 돼서 다행이에요. 거기서 워싱턴 의원님을 만나기로 했는데, 몇 달 전에 변호사님이 해줬던 이야기가 생각나서요. 콜팩스 판사님이 판사 자리에 오르게 된 연유에 대해 소문이 좀 있었다고 했잖아요. 권력자의 부탁을 들어주고 그 대가로 얻은 것이라는."

"그런 소문이 있었죠. 하지만 그냥 소문일 뿐이에요. 그 부탁이 뭐였는지, 누가 그것을 부탁했는지는 아무도 몰라요."

"오."

한나는 실망하고 말았다. 호위가 좀 더 많이 알고 있기를 바랐는데.

"콜팩스 판사님이 워싱턴 법률회사에서 근무할 당시 의원님이 후배 직원으로 있었다는 걸 알게 됐어요. 그렇다면 워싱턴 의원님이 그 부탁 건에 대해 알 수 있을 가능성도 있지 않을까요?"

"신중하게 행동해요, 한나."

"왜요?"

"그 부탁이 워싱턴가에서 나온 것이라면 어쩌려고요?"

"아, 무슨 말인지 알겠어요. 제가 위험에 처할 수도 있다는 거죠?"

"네. 그만 끊어야겠어요. 오늘 키티가 사워브라튼(식초에 절인 쇠고기 또는 돼지고기 요리)을 준비할 거라고 했거든요. 내가 좋아하는 음식인데, 늦으면 안 돼요."

"키티에게 안부 전해주세요."

한나는 전화를 끊었다. 그러고는 시간을 확인한 뒤 가방을 어깨에 둘러매고 주차장으로 향하는 계단을 내려가기 시작했다. 워싱턴 의원이 바쁜 일정 중에도 관대하게 한나에게 시간을 내주겠다고 했는데, 늦어서는 안 된다. 한나는 부디 이번 만남은 뭔가 생산적이기를. 그래서 콜팩스 판사를 죽인 범인을 찾아낼 수 있는 실마리를 발견할 수 있기를 마음속으로 기원했다.

법원 앞에 마침 주차자리가 보였다. 거리에 다른 차들은 없었다. 워싱턴 법률회사 친목회에 오는 것은 분명 모두 변호사들일 텐데 주차장에 차가 보이지 않는 것이 이상했다. 변호사들은 지하주차장을 더 선호하는 것일까.

　한나는 핸드폰으로 다시 한 번 시간을 확인했다. 5시 20분. 한나는 로스에게 문자를 보냈다.

**　　법원에 10분 일찍 도착했어. 이따가 봐. 사랑해, 한나.**

　법원 계단을 오르며 한나는 마음 한 편이 불편했다. 마침내 건물 안으로 들어서 다시 계단을 오르며 한나는 그 이유를 깨닫고 말았다. 출장 뷔페 서비스 차량이 한 대도 보이지 않았던 것이다. 6시부터 식사를 시작하려면 서둘러야 할 텐데.

　한나의 발자국 소리가 2층 법정으로 향하는 대리석 계단 위에 공허하게 메아리쳤다. 법원 건물 전체가 텅 빈 것 같은 느낌이 들어 한나는 조금 불안해졌다. 날짜를 잘못 알았나? 로스가 오늘 밤이라고 하지 않았던가?

　한나는 발걸음을 멈추고 가방에서 핸드폰을 꺼내 로스의 메시지를 다시 확인했다. 맞다, 의원과의 약속은 오늘이었다. 3층 콜팩스 판사의 사무실에서 5시 30분에 만나기로 했다. 6시 저녁식사가 시작되기 전 30분을 할애해 주기로 했던 것이다. 하지만 출장 뷔페 서비스 차량이 아직 도착하지 않았느데 6시에 식사를 시작하는 것이 가능할까? 준비를 하려면 시간이 필요할 텐데 음식 쟁반이나 냅킨을 들고 분주하게 오가는 사람은 아무도 없다.

뭔가 잘못되었다. 한나는 기분이 좋지 않았다. 2층까지 이어진 뒤 다른 편 계단으로 곡선을 그리며 이어지는 난간을 응시하며 한나는 무서운 생각마저 들었다. 한나는 별일 아니라고, 그저 영향력 있는 사람을 만날 생각에 긴장한 것뿐이라며 스스로를 달랬지만, 소용이 없었다. 적어도 지금 당장은. 본능적으로 위험을 감지한 한나의 세포가 부르르 떨리고 있었다. 한나는 대리석 계단에서 뒤를 돌아 다시 내려가기 시작했다. 뭔가 잘못되었다. 아주 단단히 잘못되었다. 입이 바짝바짝 마르고 심장이 울타리에 갇힌 새가 들어 있는 듯 쿵쾅쿵쾅 뛰는 것에는 이유가 있으리라. 바보스럽든 아니든, 과대망상이든 아니든, 우선은 지금 당장 이 건물에서 벗어나야 한다!

계단참을 도는데 육중한 오크나무 문 옆에 어떤 형체가 서 있는 것이 눈에 띄었다. 짙은 색 머리카락을 세심하게 손질했고, 은발로 변하기 시작한 옆머리 역시 잘 정돈되어 있었다. 운동선수 출신답게 여전한 근육질 몸매로 신문에서 본 것보다 훨씬 더 인상적인 외모를 뽐내고 있었다. 얼굴에는 미소를 띠고 있었는데, 무언가 알고 있는 듯한, 그리고 어딘가 모르게 위협적인 미소에 한나는 절로 다리가 후들거리기 시작했다. 에릭 워싱턴 상원의원의 그 소름 끼치도록 득의양양한 미소를 유권자들은 결코 보지 못한 것이리라.

"그래, 마침내 알아냈군."

그가 감격스러운 목소리로 말했다.

"안 됐지만, 너무 늦었어."

"뭘 알아내요?"

한나가 짐짓 아무렇지도 않은 척 물었다.

"친목회 같은 건 없다는 걸. 단지 내가 던진 미끼라는 걸. 제프리를 죽인 사람이 나라는 걸 아마 눈치챘겠지."

"당신이…… 그랬다고?"

한나는 계단 뒤로 한 발자국 물러나며 물었다.

"어떻게 모습도 보이지 않고 판사님을 죽였죠?"

그러자 워싱턴 의원은 큰 소리로 웃음을 터뜨렸다. 결코 기분 좋아 보이지 않는 웃음이었다.

"내가 직접 죽이지 않았어. 그럴 수야 없지. 제프리는 내 친구였는걸. 사실, 그날 같이 점심을 먹기로 했었지. 그래서 내 운전기사가 법원에 찾아갔던 거야. 제프리가 일회용 주차장 이용권을 발부해줬고."

한나는 계속 뒤로 물러서다가 마침내 위층으로 향하는 시작 계단에 발꿈치가 걸리고 말았다.

"친구였다면서 왜 기사에게 판사님을 죽이도록 한 거죠?"

"아주 위험한 골칫거리가 되고 있었거든. 이성을 잃고 있었어. 한동안 과거로 돌아간 것 같이 행동하더라고. 그리고 그건 나에게 아주 좋지 않은 일이었어."

"파…… 판사님이 이성을 잃어가고 있는 것처럼 보이지 않았는데요."

"그랬겠지. 넌 몰랐을 거야. 제프리는 한때 동료들이 강철 덫이라고 할 만큼 강인한 정신력의 소유자였으니까."

"똑똑한 변호사였나 보죠?"

그가 눈치채지 않도록 조심스럽게 계단을 하나 오르며 한나가 물었다.

"오, 그렇고말고. 서른이 되기도 전에 워싱턴 법률회사의 임원에 올랐으니까. 흔치 않은 경우였지. 하지만 해가 갈수록 마음이 점점 약해지더니 결국에는 내 비밀조차 지켜주지 못할 정도로 나약해지고 말더군."

"하지만 판사님이 그것에 대해 무슨 이야기를 하더라도 사람들은 그가 나이 들었기 때문이라고 생각하지 않았을까요?"

"아마도. 하지만 누군가는 관심을 갖고 귀 기울였겠지. 매체들이 어떤지 잘 알잖아. 뉴스 프로그램들도 시청률 경쟁에 뛰어든 후로는 사람들 눈요깃거리가 될 만한 소재 찾는 데 아주 혈안이야."

앞으로 다가오는 그의 얼굴에 냉소가 흘러넘쳤다.

계속 말을 시켜! 한나의 마음이 외쳤다. 좋은 제안이었다. 운이 좋으면 그 사이에 로스나 호위 아니면 미셸이 워싱턴 법률회사 친목회의 개최가 사실이 아니라는 것을 알아차릴 수 있을지도 모른다. *계속 질문을 던져.* 한나의 마음이 재촉했다. *빨리!*

"콜팩스 판사님이 당신 아들에 대한 일을 발설할까 봐 두려웠나보죠?"

한나가 또 한 계단을 오르며 물었다.

"숙제를 아주 잘했군."

그가 한 걸음 더 다가왔다.

"그래봤자 소용없는 일이지만."

"무슨 말이에요?"

한나는 또 한 계단을 올라갔다. 어느새 2층으로 향하는 계단의 중간쯤에 도달해 있었다.

"안 된 일이지만, 너도 죽어줘야겠어. 이번에는 내가 직접 할 거야. 넌 너무 많은 걸 알고 있거든. 대부분의 가르침과는 달리 너무 많이 아는 게 더 위험한 거거든."

한나는 지금이라도 뛰어 달아나면 어떨까 생각해보았다. 하지만 여전히 운동선수와도 같은 체격을 유지하고 있는 그가 번개같은 속도로 계단을 올라 한나를 따라잡는 것은 일도 아닐 터였다. 어떻게든 이점을 가지려면 그보다 더 높은 곳에 있어야 한다.

"아직 아무에게도 말 안 했어요."

한나가 또 한 계단을 올랐다.

"그거 다행이군. 로스가 같이 오지 않아 다행이야. 그 녀석은 죽이고 싶지 않아. 우리 클레이의 좋은 친구니까."

"앞으로도 이야기하지 않을게요."

한나는 또 한 계단을 올랐다.

"그러면 아무도 모를 테고, 누구도 알아내려 하지 않을 거예요."

"오, 이런."

그가 동정 어린 목소리로 말했다.

"날 보호해주겠다는 제안을 하다니 이렇게 관대할 데가. 하지만 그 기회는 날려버려야겠어. 난 다음 주 월요일에 주지사 선거 출마 의사를 밝힐 거야. 하지만 내가 과거에 부검이나 독성연구소 보고서에 힘을 썼다는 걸 기자들이 알게 되면, 승리는 물 건너가는 거지. 안 봐도 눈에 선해, 안 그래?"

"그러네요."

"그때도 지역 신문사에서는 제2의 차파퀴딕 사건이니 뭐니 떠들어댔어. 하지만 증거 불충분으로 사건이 기각되고 나니 순식간에 조용해지더군."

"그리고 이제는 많은 사람들의 기억 속에서 잊혀졌고요."

한나는 부디 그를 안심시킬 수 있길 바라며 말했다.

"하지만 바로 네가 그걸 바꿔놓았지."

한나는 그가 계속 이야기를 털어놓도록 유도해야만 했다.

"이해가 안 되네요. 당신이 어떻게 부검과 독성연구소 보고서에 손을 썼다는 거죠? 그건 모두 외부에서 이루어진 일 아니었나요?"

"누구나 이득에는 약한 법이지. 간단해. 우리 아버지가 주지사였으니 그들의 미래를 보장해줄 수 있었어. 그런 약속으로 그들을 매수해 아버지가 시키는 대로 하게 만든 거지. 정치란 게 원래 그래."

"그래서 아버지는 약속을 지켰나요?"

한나는 2층 계단참을 향해 계단을 하나 더 오르며 물었다.

"당연하지. 아버지는 명예로운 분이었으니까."

일반적인 상황이었다면 농담처럼 들렸겠지만, 상황이 상황이니만큼 한나는 전혀 재미있지 않았다. 한나는 한 계단을 올라서 또 다른 질문을 던졌다.

"콜팩스 판사님을 왜 죽였는지 아직도 이해가 안 가요."

"당연히 그렇겠지. 방금 알게 됐을 테니."

"다시 얘기해줘봐요. 내가 잘 알아듣지 못한 것 같아요."

"우리 아버지가 나를 위해 그를 매수했어. 부검의를 매수하고, 경찰 연구실 실장을 매수했던 것처럼. 그들에게 정치적 부탁을 한 거지. 나에 대해 특별한 계획이 있으셨거든. 만약 우리 아들 레이몬드가 술을 마신 채 운전을 한데다 여자친구를 익사하도록 내버려뒀다는 사실을 그들이 알게 되면, 그의 꿈과 내 정치 인생은 끝이었지."

"그렇다면 콜팩스 판사님은요? 판사님도 매수했어요?"

"물론이지. 마침 판사 자리가 하나 났는데, 그걸 제프리에게 주겠다고 약속했지."

"그래서 그 자리를 줬고요?"

한나는 이미 답을 알고 있음에도 불구하고 물었다.

"그럼. 우리 아버지는 자신이 한 말은 항상 지키셨거든. 그래서 제프리 입을 영원히 닫게 하는 수밖에 없었어. 나도 내키지는 않았지만 필요한 일 이었지. 그는 사실을 알고 있었고 그의 최근 판결은 예전같지 않았거든."

"이제 알겠네요."

한나는 또 한 계단을 올랐다.

"난 꼭 주지사가 되어야 해. 아버지의 야망이기도 했고. 그래서 내 정 치 인생에 장애가 될 만한 것은 거침없이 제거했던 거야. 주지사 직은 그야말로 내가 물려받아야 할 유산이야. 반드시 쟁취해야 한다고!"

그가 한 발자국 앞으로 내딛는 동시에 한나는 한 계단 더 위로 올라 갔다. 원형 홀에 높다랗게 난 창으로 새어 들어오는 석양빛이 그의 형체 를 비추고 있었다. 그의 두 눈은 열기에 가득 차 있었고, 한나는 에릭 워싱턴 의원이 제대로 이성을 잃었다는 것을 단번에 알 수 있었다. 그는 분명 나를 죽일 것이다. 의심의 여지가 없다. 이제 대화는 끝이다. 당장 도망쳐야 한다!

한나는 일말의 망설임도 없이 자신을 향해 다가오는 남자를 향해 꽤 무게가 나가는 가방을 휘둘렀다. 그런 뒤 뒤돌아 마지막 남은 계단들을 단번에 뛰어 올랐다. 복도로 들어선 한나는 아무 문으로나 들어갔다. 그 곳은 한나의 보석공청회가 열렸던 바로 그 법정이었다. 워싱턴 의원의 눈에 띄기 전에 얼른 몸을 숨겨야 한다!

한나는 높다란 판사석으로 올라갔다. 그리고 판사석 뒤로 널빤지로 이루어진 벽면 뒤로 숨겨진 문을 발견했다. 장애가 있는 판사를 위해 엘리베이터가 설치되어 있는 법정에 들어온 것이다. 달아날 때 엘리베이터를 이용하면 되겠다!

근데 엘리베이터 버튼은 어디에 있지? 한나는 잠시 멈칫했지만, 멀지 않은 곳에 있으리라는 사실을 잘 알고 있었다. 마침내 한나는 판사석 뒤편 아랫부분에서 버튼을 찾아 눌렀고, 그러자 숨어 있던 벽면의 문이 조용하고도 부드럽게 열렸다.

엘리베이터는 좁아 마치 동물 우리 같았다. 좁고 닫힌 공간을 좋아하지 않는 한나였지만, 들어가는 수밖에 없다. 달리 선택의 여지도, 낭비할 시간도 없었다. 마음 같아서는 주차장까지 내려가고 싶었지만, 밖으로 통하는 주차장 문은 분명 닫혀 있을 것이다. 그러면 황량한 주차장의 콘크리트 바닥에 갇힌 채 숨지도 못하는 신세가 되어버리고 말테지. 그는 분명 한나가 아래로 내려갈 것이라 예상할 테니 그렇다면 3층으로 가는 것이 좋겠다. 한나가 막 3층 버튼을 눌렀을 때 워싱턴 의원이 한나가 있는 쪽 복도로 달려오는 소리가 들렸다. 인접한 법정의 문이 쾅하고 열리는 동시에 엘리베이터 문이 닫히고 상승하기 시작하면서 한나는 숨을 몰아쉬었다.

누군가에게 문자를 보내! 혼란에 휩싸인 한나의 마음이 지시를 내렸다. 더 늦기 전에 지금 당장! 사람들에게 네 위치를 알려야 해!

감사하게도 주머니에 핸드폰이 있었다! 한나는 핸드폰을 꺼내 트레시가 알려준 버튼을 눌렀다. 트레시의 설명으로는 이걸로 한나의 주소록에 등록되어 있는 모든 사람들에게 단체 메시지를 보낼 수 있다고 했다. 순간 한나는 트레시가 한나의 주소록에 연락처 등록을 전부 마쳤을까 의아해졌지만, 지금은 그랬기를 바라는 수밖에 없었다. 한나는 떨리는 손가락으로 간결한 메시지를 작성했다.

도와주세요! 워싱턴이 범인. 법원 엘리베이터. 서둘러요!

한나는 전송 버튼을 누른 뒤 메시지가 모두에게 실수 없기 전달되기를 간절히 기도했다.

그때 3층의 엘리베이터 문이 열렸고, 한나는 밖으로 나섰다. 하지만 이내 이곳이 콜팩스 판사님의 사무실이라는 사실을 깨달았다. 워싱턴 의원은 바로 이곳에서 일어났던 살인사건의 주역이다. 그러니 이곳에 있는 나도 손쉽게 찾아내 망설임 없이 죽이지 않겠는가? 내가 장애인용 엘리베이터를 타고 이곳까지 올라온 사실을 그가 눈치챘을까? 호위는 이 엘리베이터가 설치된 지 1년이 안 되었다고 했다. 그렇다면 워싱턴 의원은 이 엘리베이터의 존재조차 모를 수 있다.

하지만 그는 주 상원의원이야. 한나의 마음이 가능성을 점쳤다. 당연히 알 수밖에 없지. *이 제안에 투표를 했을 테니까.* 하지만 더 이상 고민에 빠져 있을 수만은 없었다. 그가 3층 계단을 올라오는 소리가 들렸다. 어서 안전하게 몸을 숨길 곳을 찾아야 한다!

숨을 곳은 없었다. 그는 분명 한나를 찾아내 죽일 것이다! 한나의 어지러운 시선은 황급히 방 안을 둘러보다가 이윽고 엘리베이터 문에 가 닿았다. 저거다! 엘리베이터에는 층과 층 사이에도 작동을 멈출 수 있는 비상 버튼이 있었다. 그 안에 들어가 있으면 절대 의원의 손이 미치지 못할 것이다. 안전하게 있을 수 있다!

한나는 서둘러 엘리베이터로 다가가 안으로 몸을 던졌다. 내려가는 버튼을 누르고 문이 닫히는 순간 콜팩스 판사의 사무실 문이 벌컥 열리는 소리가 들려왔다. 사무실까지 찾아온 것이다! 하지만 한나는 그의 영역 밖으로 멀어지고 있었다. 워싱턴 의원과 그 위협으로부터 멀어지고 있는 것이다.

엘리베이터 화면에 2층의 표시가 떴고 한나가 숨을 몰아쉬는 가운데 엘리베이터는 계속해서 하강했다. 주차장 층에 거의 도달하려는 찰나 2층 표시등이 밝아지기 시작하더니 엘리베이터가 속도를 줄이기 시작했다. 워싱턴 의원이 한나가 엘리베이터에 있다는 사실을 깨닫고 2층 법정에서 호출 버튼을 누른 것이 분명하다. 자신이 있는 층으로 엘리베이터를 불러 한나를 죽이려는 것이다!

이제 방법은 단 하나뿐. 한나는 비상 버튼을 눌렀다. 심장이 멎을 것 같은 1~2초가 지나고 엘리베이터는 주차장 바로 위에서 멈춰 섰다. 한나는 엘리베이터 회사 사장님과 최초의 엘리베이터를 개발해낸 누군가에게 감사의 인사를 보낸 뒤 안도의 한숨을 내쉬었다.

그때 비상벨이 요란하게 울리기 시작했고, 한나의 머릿속 잡생각들은 순식간에 사라지고 말았다. 누군가 내 도움 요청 메시지를 받은 걸까? 그 메시지를 본 누군가 여기까지 온 걸까?

그때 비상벨 소리를 덮을 정도로 더 큰 높은 톤의 경보 소리가 들렸다. 경찰 사이렌 소리다! 한나는 핸드폰을 들여다보았다. 메시지 하나가 도착해 있었다.

그대로 있어요. 안전해지면 문자하겠습니다.

수신 번호를 보니 마이크였다.

한나는 무릎이 후들거려 도저히 서 있을 수 없었다. 그대로 엘리베이터 바닥에 주저앉아 눈물을 흘렸다. 비상벨 소리가 멈추고 또 다시 문자 메시지 벨소리가 들렸다. 이번에도 마이크였다.

로스가 주차장에서 그를 제압했습니다. 우리가 잡았어요. 그러니 이제 내려와요. 안전합니다.

한나는 간신히 다리를 일으켜 다시 비상 버튼을 눌렀다. 엘리베이터는 주차장 층까지 문제없이 하강했고, 문이 열리자 한나는 그대로 로스의 품에 안겼다.

일요일 늦은 아침 한나와 로스는 미니애폴리스 공항 보안검색대 앞에 서 있었다. 두 사람은 서로 팔을 어깨에 두르고 있었지만 한나는 자신이 지금 슬픈지 행복한지 판가름할 수 없었다. KCOW의 인사담당자는 로스에게 정규직을 제안했고 로스는 그것을 수락했다. 그는 이제 다음 주 월요일부터 KCOW 방송국 오리지널 프로그램의 책임자로 일하게 된다. 그 말은 곧 캘리포니아로 돌아가 남은 짐을 정리하고 레이크 에덴으로의 이사를 준비해야 할 시간이 고작 일주일밖에 되지 않는다는 뜻이었다.

　로스는 영원히 그녀를 보내지 않을 것처럼 한나를 꼭 끌어안았지만, 이내 놓아주었다.

　"깜빡하고 얘기 못할 뻔했네. 아무래도 네 수사 기법 중 하나에 내가 영향을 받은 것 같아."

　"그게 무슨 소리야?"

　"고양이 도둑의 미스터리를 해결했어."

　한나는 깜짝 놀라고 말았다.

　"모이쉐가 어떻게 밖으로 나가는지 알아냈단 말이야?"

　"꼭 그런 건 아니고, 모이쉐가 어떻게 들어오는지는 알아냈어. 사실 녀석이 밖으로 나갔다고는 할 수 없어. 네가 아침에 재킷 가지러 방에 들어간 사이에 부엌 테이블에 앉아서 기다리다가 갑자기 깨닫게 된 건데, 녀석이 냉장고 꼭대기에서 뛰어내리더라고."

"밑으로? 그럼 냉장고 위까지 뛰어오를 수도 있단 소리야?"

로스는 고개를 가로저었다.

"아니, 밑으로 뛰어내렸다고. 천장에 보니까 구멍이 나 있었어. 그곳을 통해 다락으로 올라간 것 같아."

"맞아! 냉장고 설치할 때 천장에 구멍을 뚫었거든. 냉장고가 자리에 비해 너무 커서 다른 방법이 없었어. 하지만 구멍은 격자문으로 막았는데."

"이제 아니더라. 고양이 도둑이 그걸 잡아당겨 냉장고 위에 떨어져 있더라고. 의자 놓고 올라가서 확인했거든. 그 다락이 아파트 건물 전체를 포괄하고 있다는 것 알았어? 그래서 위층 사람들은 거기를 창고로 쓰더라고."

"그건 알고 있었지만, 난 그렇게 많이 보관할 게 없어서 한 번도 사용하지 않았지. 원래 입구는 침실 옷방에 나있는데 모이쉐가 또 다른 출입구를 찾았구나. 녀석을 이제 '후디니(탈출을 주 묘기로 한 마술사)'라고 불러야겠어! 그렇게 해서 사라졌었는데도 우리 중 누구도 알아채지 못했다니…… 물론 너를 빼고. 다른 사람한테는 얘기하지 말아줘. 당분간은 우리 둘만의 비밀인 거야."

"왜?"

"리사랑 낸시 이모님이랑, 크누드슨 부인이 지금 토요일 가게에서 열릴 야드세일에 무척 신나하고 계시거든. 그 재미에 내가 찬물을 끼얹을 수 없을 것 같아. 게다가 녀석을 몇 주 더 다락을 들락거리도록 놔두면 전시할 물건도 더 많아질 것 아니야."

로스는 웃음을 터뜨리고는 한나를 다시 한 번 포옹했다.

"그게 바로 내가 너를 사랑하는 이유 중 하나야, 한나."

"모이쉐가 물건을 훔치도록 내버려두는 게?"

"아니, 다른 사람을 먼저 배려하는 거. 배려란 말이 나와서 얘기인데, 박사님과 어머님께 오늘 피로연에 참석하지 못해서 죄송하다고 꼭 전해줘."

"그럴게."

한나는 약속했다.

"그리고 마이크에게도 고맙다는 인사 전해주고, 내가 범인을 제압하도록……."

한나는 로스가 채 말을 마치기도 전에 그를 끌어당겨 키스했다.

"그럴게."

그런 뒤 약속했다.

"노먼에게도 내가 레이크 에덴에 정착하는 대로 방송국에 초대하겠다고 전해줘. 그 친구가 후반 제작 과정에 관심이 많더라고."

"그것도 전할게."

"그리고 한나 스웬슨에게 내가 무척 많이 그리워할 거라고도 전해줘."

"그건 이미 알고 있을 것 같은데."

"그럼 내가 얼마나 많이 사랑하는지도 알고 있을까?"

"그럼."

로스는 또 다시 한나를 포용했고, 잠시 후 누군가 목청을 가다듬는 소리에 한나는 고개를 들었다. 첫 번째 티켓카운터를 담당하고 있던 공항관리직원이 로스에게 손짓을 하고 있었던 것이다.

"너 이제 그만 가봐야겠어."

한나가 말했다.

"비행기 뜰 시간이 다 되었나 봐."

"그래."

로스는 한나를 마지막으로 포용한 뒤 티켓카운터에 섰다. 그는 자신의 신분증과 비행기표를 보여준 뒤 검색대로 향했다. 그런 뒤 여행용 가방과 신발을 검색대 바구니에 담아 엑스레이 기계를 통과하는 컨베이어 벨트에 실어 보냈다. 그는 투시대를 통과하면서 뒤돌아 한나에게 손을 흔들었다.

그는 가방과 신발이 나오기를 기다리던 중 다른 편에 있는 직원에게 뭔가 이야기를 했고, 그 직원은 로스의 말에 씩 웃으며 고개를 끄덕였다. 로스는 다시 신발을 신고 끈을 묶지도 않은 채 가방을 챙겨서 사라졌다.

한나도 등을 돌렸다. 이렇게 외로웠던 적은 처음이다. 다음 주에 다시 돌아온다는 걸 알고 있으면서도 그 사실이 지금 당장은 별로 도움이 되지 않았다. 로스가 없는 지금 한나는 완벽하게 혼자였다.

"실례합니다."

로스가 신발과 가방이 나오기를 기다리며 잠깐 이야기를 나누었던 바로 그 직원이 한나에게 다가왔다.

"저와 함께 가주실까요?"

"가다니…… 어디로요?"

"검색대로요."

"하지만…… 전 비행기 안 타는데요. 누구 좀 배웅을 나온 것……."

한나는 로스가 검색대 맞은편 있는 것을 확인하고 하던 말을 멈췄다.

"저기 있네요. 저 사람 배웅 나온 거예요. 무슨 일 있나요?"

"괜찮을 겁니다."

직원이 한나에게 미소를 지으며 말했다.

"그냥 저를 따라오시면 돼요."

로스가 한나를 향해 손짓하고 있었다. 내가 직원을 따라가기를 로스가 바라고 있다면 기꺼이 그렇게 하겠다.

직원은 한나를 검색대로 이끌더니 로스에게 이리로 오라는 손짓을 했다.

"서둘러 해요."

그가 로스에게 말했다.

"비행기가 10분 후면 출발입니다."

로스는 서둘러 검색대를 통과해 한나 어깨에 두 팔을 둘렀다.

"이건 꼭 물어보고 가야할 것 같아서."

"뭘?"

로스는 한나의 두 손을 잡고는 한 쪽 무릎을 꿇었다.

"한나 루이즈 스웬슨…… 나와 결혼해주겠어?"

"어머!"

한나는 입을 떡 벌렸다. 갑자기 무릎이 떨리기 시작하더니 한나 역시 그의 옆에 무릎을 꿇었다. 그는 한나를 끌어안고 입술에 키스했다. 한나는 평생 이렇게 행복한 기분은 처음이었다.

키스는 끝날 줄 몰랐고 주변에서 사람들의 박수 소리가 들렸다. 고개를 들어보니 검색대 직원들이 두 사람을 둘러싸고 박수를 치고 있었다.

"이제 그만 가야 합니다."

직원 한 명이 로스를 일으켜 세우고 또 한 손으로는 한나를 부축했다.

"연락은 해두겠지만 5분 이상 비행기를 붙잡아두기는 힘들어요."

"오늘 피로연 끝난 후에 전화할게."

로스는 재빨리 몸을 돌려 다시 검색대를 통과해 빠져나갔다. 그는 게이트로 향하는 복도를 달리다 잠시 멈춰 서서 한나에게 키스를 날려 보냈다. 그런 뒤 그는 사라졌다.

"저기?"

직원이 한나의 팔을 잡았다.

"이제는 나가시는 게 좋겠습니다. 사실 비행기표 없이 여기까지 들여보내면 안 되는 건데…… 그게…… 내가 그걸 허락하지 않으면 우리 와이프가 날 죽일 것 같았어요. 아직도 사랑을 믿고 있는 사람이거든요. 나와 결혼 생활을 한 지 30년이 넘었는데도 말이에요."

"좋은 믿음을 갖고 계시네요."

한나가 말했다.

"저 대신 감사하다고 전해주세요."

한나는 뒤를 돌아 붕붕 날 듯한 기분으로 공항 복도를 통과해 주차장에 세워둔 트럭에 올라탔다.

최고의 피로연이었어. 한나는 생각했다. 박사님은 더할 나위 없이 행복하고 뿌듯해 보였고, 엄마 역시 친지들의 축하를 받으며 내내 환한 미소를 지었다. 식사 역시 훌륭했다. 장식 또한 아름답기 그지없었다. 샐리는 직접 만든 버터스카치 샴페인 칵테일로 새로 탄생한 부부를 위해 축배를 들었다.

"안녕, 한나."

노먼이 미소를 지으며 다가왔다.

"어젯밤 법원에서 있었던 일에 대해 물어볼 짬이 없었네요. 답문은 많이 받았어요?"

"67개요."

한나가 대답했다.

"일이 끝나고 괜찮다는 단체 문자를 또 한 번 보내야했어요."

"주소록에 67개의 연락처가 있었단 말이에요?"

"그렇더라고요. 트레시가 좀 오버했어요. 내 원래 주소록에 있던 열 개 연락처를 등록하고는 자기 주소록에 있던 57개 연락처까지 등록시켰더라고요. 긴급 문자를 보낼 때는 그 사실을 전혀 몰랐지 뭐에요. 트레시의 반 친구인 캘빈 야노프스키에게도 문자가 갔으니까요!"

노먼은 웃음을 터뜨렸다.

"안 그래도 법원에서 야노프스키도 봤어요. 한나를 도우러 참 많은 사람들이 와 있더라고요."

"그러게요. 좀 당황스러웠지만, 그래도 나한테 그렇게 많은 친구가 있다는 게 좋았어요."

"특히 그 캘빈 야노프스키?"

"네, 그 캘빈이요."

한나가 미소로 대답했다.

"피로연이 훌륭해요, 한나. 박사님과 한나 어머님도 정말 좋은 시간 보내고 계신 듯하고, 밴드 연주도 나무랄 데가 없네요. 우리도 나가서 한번 밟아볼까요."

"네?"

"밟아보자고요…… 춤이요."

"그래요, 노먼. 춤 좋죠. 근데 그 표현은 어디서 배운 거예요?"

"우리 댄스 선생님한테서요. 내가 댄스 수업 들었잖아요."

"아, 맞아요."

한나는 그 댄스 선생님에게 마음속으로 감사 인사를 보냈다. 노먼은 댄스 수업을 듣기 전까지는 숱하게 파트너의 발을 밟곤 했다.

"선생님 나이가 80대 후반인데도 솜씨가 아주 훌륭해요. 항상 숙녀들이 밟아보길 원하면 바로 춤 신청을 하라고 가르쳤거든요."

"그렇군요."

한나는 간신히 웃음을 참아냈다. 그런 표현은 엄마도 쓰지 않는 것이었다. 물론 엄마는 아직 80대가 아니지만 말이다. 사실 지금 자신이 65세라는 것도 엄마는 부정하고 있었다.

노먼은 한나의 팔을 잡고 댄스플로어로 이끈 뒤 춤을 추기 시작했다. 그렇게 잠시 춤을 추던 노먼이 목청을 가다듬었다.

"내가 사랑하는 것 알고 있죠, 한나?"

한나의 머릿속에 경고음이 울렸지만, 한나는 애써 무시했다.

"알고 있어요."

한나가 대답했다.

"내 프러포즈가 아직 유효하다는 것 알고 있었으면 해요. 아직도 한나와 결혼하고 싶은 마음이 있거든요."

한나가 답할 수 있는 것은 하나뿐이다.

"고마워요, 노먼. 그렇게까지 나를 생각해주다니."

"한나도 나를 사랑하잖아요."

노먼이 말을 이었다.

"마음으로 느낄 수 있어요. 한나도 나를 사랑해요, 그렇죠?"

"네."

한나가 대답했다.

"사랑해요, 노먼."

"그럼 우리가 함께하면 행복해질 수 있다는 것도 알겠네요?"

한나는 심호흡을 한 뒤 진심을 담아 대답했다.

"알고 있어요."

"그렇다면 좋아요. 그 정도면 충분해요. 그저 내 감정이 변하지 않았다는 걸 알려주고 싶었을 뿐이에요."

한나는 미소를 지었다. 온 몸에 따스함이 스며드는 것이 느껴졌다. 노먼이 나를 사랑한다니, 정말 좋은 일이었다.

"알았어요."

한나는 계속 노먼과 춤을 추었다.

미셸과 안드레아와 함께 테이블에 앉아 있는데 마이크가 다가왔다.

"춤 출까요, 한나?"

그가 물었다.

"그래요."

한나는 자리에서 일어나 마이크와 함께 댄스플로어로 나갔다. 밴드는 마지막 곡인 〈잘자요, 아가씨들〉을 연주하고 있었다. 피로연이 끝나가고 있음을 알리는 곡이었다. 이제 곧 모두 집으로 돌아가야 한다. 두 사람은 잠시 춤을 추었지만 이내 곡이 느려지더니 연주가 완전히 끝나고 말았다.

"이런."

마이크가 말했다.

"음악이 끝났군요. 뭐, 아는 노래 있어요, 한나?"

"〈러브 미 텐더〉요. 엄마 결혼식 때 연주했던 곳이에요. 믿거나 말거나지만 엄마가 직접 요청했어요."

"〈러브 미 텐더〉? 그거 엘비스 노래 아닙니까?"

"맞아요."

"그거면 되겠군요."

"노래, 알아요?"

"그럭저럭요. 어머니가 엘비스 노래 무척 좋아하셨거든요. 벌써 춤을 끝내고 싶진 않군요."

한나는 웃음을 터뜨린 뒤 〈러브 미 텐더〉를 부르기 시작했다. 한나가 음치인 것은 별 문제가 되지 않았다. 왜냐하면 곧 노래에 합류한 마이크 역시 음치였기 때문이다. 두 사람은 복도와 식당 밖을 큰 소리로 노래하며 춤을 추고 돌아다녔다. 두 사람 모두 웃고 있었고 한나는 자신이 샴페인을 너무 마신 것 같다고 생각했다. 마이크는 재미있었다. 의심의 여지가 없는 사실이었다. 로스가 없음에도 불구하고 한나는 아주 즐거운 시간을 보내고 있었다.

"여기도 통과합시다, 한나."

마이크가 주방으로 향하는 문을 열고 한나를 안으로 이끌었다. 두 사람은 식기세척기와 요리사들과 부주방장을 지나 뒤편 복도로 나섰다.

"…… 러브 미 텐더, 러브 미 트루."

춤을 추는 가운데 마이크가 한나를 또 다른 문으로 이끌었다.

"여긴 관리인 창고잖아요!"

한나는 하마터면 대걸레와 들통에 발이 걸려 넘어질 뻔했다.

"마침내 여기까지 왔군요. 이 순간을 밤새 기다렸어요."

"기다리다니, 뭘요?"

"이거요."

마이크가 한나를 끌어당겨 키스했다.

"뭐에요?"

마침내 마이크에게서 풀려난 한나가 물었다.

"재미로, 그리고 당신이 무사한 기념으로. 당신 문자를 받고 얼마나 두려웠는지 몰라요."

"나도 그랬어요."

"당연히 그랬겠죠! 하지만 이렇게 멀쩡히 내 앞에 서 있으니 이 기회를 빌려 내 청혼이 유효하다는 걸 말해주고 싶네요. 한나, 당신과 결혼하고 싶어요. 완벽한 남편은 되지 못할지 몰라도 정말 최선을 다해서 노력하겠다고 약속할게요. 사랑해요, 한나. 나를 믿죠?"

"믿어요, 마이크."

한나는 머리가 터질 지경이었다. 그도 그럴 것이 빈 속에 술을 마셨기 때문이다. 한나는 관리인 창고 바깥쪽 복도에 서서 천장의 스프링클러를 응시했다. 하루에 세 번의 청혼이라니. 기록에 남을 만한 일이다.

머리가 빙글빙글 도는 탓에 한시라도 빨리 집 돌아가 침대에 쓰러지고 싶었지만, 건물 밖으로 발걸음을 옮기는 일조차 버거웠다. 대신 한나는 우두커니 서서 자신의 인생에 나타난 세 남자와 그들이 한나에게 어떤 의미인지에 대해 생각했다.

"스프링클러에 무슨 문제 있어?"

뒤쪽에서 들리는 누군가의 목소리에 한나가 뒤를 돌아보았다. 샐리가 한나를 호기심 어린 표정으로 바라보고 있었다.

"아뇨, 아무 생각 없이 그냥 쳐다보고 있었어요. 너무 피곤해서 제가 뭘하고 있는지도 모르겠네요."

"흠, 나도 그래. 저녁 내내 아무것도 먹지 않았으니 피곤할 만하지. 몸에 에너지를 제공해주지 않으면 생각도 잘 안 돌거든. 나랑 같이 가자, 한나. 지금 부검 중이거든."

"뭐요?"

"부검. 박사님이 그렇게 부르던데. 내 표현으로는 뒤풀이라고나 할까. 손님들은 다 돌아갔고 신선한 애피타이저와 한나가 좋아하는 미트볼도 있어. 샴페인 칵테일도 있고. 로비의 벽난로 앞에서 즐기는 거야."

"거기 누가 있는데요?"

한나가 물었다.

"딜로어와 박사님, 미셸과 안드레아뿐이야. 신랑신부와 동생들 말이야. 다른 사람들은 모두 집에 돌아갔어."

한나는 샐리를 따라 복도를 지나며 미소짓기 시작했다. 가족들, 샴페인 칵테일, 그리고 샐리의 특제 미트볼이 바로 지금 내게 필요한 것들이다. 가족들은 조건 없이 한나에게 무한한 사랑을 주고, 샴페인 칵테일은 한나의 긴장을 풀어주며, 샐리의 미트볼은 영양분을 제공해준다. 완전히 기력이 쇠한 날에 몹시도 잘 어울리는 엔딩이 아닐 수 없었다.

"오, 다행이구나! 샐리가 널 찾았어!"

엄마가 자리에서 일어나 맏딸을 포옹했다.

"벌써 집에 간 줄 알고 걱정했잖니."

미셸이 주머니에서 한나의 열쇠를 꺼냈다.

"내가 말했잖아요, 엄마. 트럭 열쇠는 제가 갖고 있다고."

미셸은 한나를 향해 미소를 지었다.

"내가 운전할 테니까 걱정말고 칵테일 마셔. 오늘 고생했으니 그 정도 호사는 누려야지."

"훌륭한 피로연을 준비해줘서 고마워, 우리 아가씨들."

박사님이 말했다.

"집에 돌아와 이런 파티를 즐기니 너무 좋군. 음식도 맛있었고, 음악도 훌륭했어. 식당 장식도 아름답더구나. 이보다 더 행복할 수 없어."

"나도 그래."

엄마가 건배를 위해 잔을 들었다.

"결혼식과 신혼여행이 이렇게 재미있을 줄은 상상도 못했지 뭐야."

"신혼여행?"

박사님이 엄마를 쳐다보았다.

"신혼여행은 아직 가지도 않았는걸."

"하지만 알래스카 크루즈 여행이……."

"그건 우리 결혼기념 여행이었지."

박사님이 끼어들었다.

"그저 맛보기였다고. 이제 본격적으로 신혼여행 갈 준비를 해야지."

"그래?"

엄마는 미소로 박사님을 바라보았고, 세 자매는 그 눈빛에서 사랑의 기운을 느낄 수 있었다.

"신혼여행은 어디로 가는데, 박사?"

"가든 이스테이트."

"가든 스테이트?"

엄마가 호기심 어린 목소리로 물었다.

"그럼 뉴저지에 가는 건가?!"

"아니, 여보. 가든 이스테이트에서 신혼여행을 즐길 거라고. 가든 스테이트가 아니라."

"가든 이스테이트가 어딘데?"

"이 근처야."

박사님이 말했다.

"내일 저녁에 샐리가 가족들만의 저녁식사를 위해 출장을 나와주기로 했어."

박사님이 새로 얻은 딸들을 바라보았다.

"우리 아가씨들도 당연히 와야지. 우편으로 초청장을 보냈으니 내일쯤엔 받을 수 있을 거야. 가든 이스테이트 주소도 적혀 있을 테고. 수영복 가져오는 것 잊지 마. 아주 근사한 수영장이 있거든."

"그 가든 이스테이트가 어딘데요?"

미셸이 물었다.

"근처라고 했는데, 처음 들어요."

그때 한나의 머릿속을 뭔가 스쳐지나갔다. 가든 이스테이트가 어딘지 알 것 같았다. 한나는 안드레아를 돌아보곤 동생의 표정에도 뭔가 깨달음의 빛이 떠오르는 것을 눈치챘다. 호위가 안드레아에게 거대 주택 매매건에 대해 걱정하지 말라고 했던 일이 떠올랐다. 아, 어떻게 그걸 눈치채지 못했을까!

"가든 이스테이트는 엄마에게 주는 내 결혼선물이란다."

박사가 미셸에게 말했다.

"안드레아는 이미 그게 뭔지 알아챘을 것 같은데?"

한나는 참지 못하고 큰 소리로 웃음을 터뜨렸다. 안드레아의 표정이 매우 굳어 있었기 때문이다.

"알 것 같아요."

안드레아가 작은 목소리로 말했다.

"나이트라이프의 철자를 확인했었어야 했는데! K로 시작하는 게 맞죠?"

"그래."

박사님이 미소를 지으며 대답하고는 엄마를 돌아보았다.

"갈 준비 되셨나요, 나이트 부인?"

엄마는 미소를 지었다.

"준비됐고말고. 박사의 깜짝 선물은 늘 설렌다니까."

엄마와 새아버지가 자리를 뜨자 미셸은 안드레아를 재촉했다.

"좋아…… 어서 말해봐! 가든 이스테이트가 어디야?"

"앨비온 호텔에 있는 펜트하우스!"

안드레아가 활짝 웃으며 대답했다.

"구매자가 누구인지 이름 철자만 확인했어도 나이트라이프 코퍼레이션이 박사님 회사라는 걸 알아챘을 텐데!"

"와우!"

미셸이 탄성을 질렀다.

"그렇게 엄청난 결혼선물이라니! 나 빨리 그 수영장에 뛰어들어 보고 싶어. 처음 봤을 때부터 한번이라도 들어가보고 싶었거든."

"박사님이 나를 제대로 속였네."

안드레아가 말했지만 전혀 기분이 상하지 않은 말투였다.

"나도 속았어."

한나 역시 동의했다.

"똑똑하신 분이야. 우리가 알았다면 비밀 지키기가 힘들었을 거야."

"나한테는 말해도 되는데."

미셸이 말했다.

"난 입이 무겁거든. 한나 언니 비밀도 벌써 6일째 발설 안하고 있다고."

"무슨 비밀?"

한나가 물었다.

"이거."

미셸이 한나에게 기관에서 온 듯한 봉투를 내밀었다.

한나는 봉투를 살펴봤다. 발송처가 뉴욕에 있는 푸드 채널로 찍혀 있었다.

"이게 뭐야?"

"열어서 직접 봐. 내가 디저트 콘테스트에 언니 이름 등록하고 언니가 만든 더블 퍼지 브라우니 샘플을 보냈거든. 근데 월요일에 이게 왔어."

한나는 봉투를 열어 재빨리 내용을 읽었다.

"콘테스트 예선에 합격했대!"

"그게 다가 아니야."

미셸이 뿌듯한 듯 말했다.

"전화했더니 우리한테 뉴욕행 비행기표 두 장이랑 일주일 동안 머물 수 있는 호텔 숙박권을 보내주겠다고 했어. 그 방송국 스튜디오 바로 건너편에 있는 호텔이야. 그래서 학교에 전화해서 수업을 한 주 빠질 수 있는지 물었더니 허락해주겠다고 했어. 나, 언니랑 같이 뉴욕에 가는 거야!"

"오, 세상에!"

한나는 너무 흥분해 실신할 지경이었다.

"내가 방송국 콘테스트에 나간단 말이야?"

"그래."

미셸이 말했다.

"언니가 꼭 우승할 거야. PD가 그러는데, 언니가 만든 브라우니가 평가단들한테 최고 호평을 받았대."

한나는 심장이 너무도 쿵쾅거려 말도 제대로 나오지 않았다. 한나는 샴페인을 한 모금 마신 뒤 심호흡을 했다. 그런 뒤 입을 열었다.

"고마워, 미셸. 뉴욕에 한 번도 가본 적 없는데, 빨리 가보고 싶어! 그리고 나도 너희 둘을 깜짝 놀래켜줄 만한 게 있어."

"뭔데?"

안드레아가 물었다.

"아까 내가 노먼이랑 춤추는 거 봤지?"

안드레아와 미셸 모두 고개를 끄덕이자 한나는 말을 이었다.

"오늘 또다시 프러포즈 받았어."

"오, 이런!"

미셸이 숨을 몰아쉬었다.

"언니한테는 마음의 여유가 없을 텐데!"

한나는 미소를 지었다.

"어떤 결정을 내려야할지 몰라서 멍하니 복도 천장을 바라보고 있는데 샐리를 만난 거지. 사실 직전에 마이크에게도 또 프러포즈를 받았거든."

두 동생들 모두 놀라 한나를 쳐다보았고, 한나는 웃음을 터뜨렸다.

"아, 그게 다가 아니야! 로스를 공항까지 배웅했는데, 비행기에 오르기 직전에 나한테 프러포즈했어."

두 동생들 모두 무슨 말을 해야 할지 모르는 듯했다. 한나는 두 사람에게 미소를 지었다.

"내가 마이크와 노먼 사이에서 그 어떤 결정도 내리지 못할 거라고 생각하는 거 알아. 근데 이제 로스까지 추가되었지. 이렇게 되니 누굴 선택한다는 게 더 불가능하게 느껴질 거야. 하지만 내가 결정을 내렸다는 사실을 너희한테 알리고 싶어."

잠시 침묵이 흘렀고, 마침내 안드레아가 입을 떡 벌렸다.

"뭘 했다고?"

안드레아가 물었다.

"숙고를 통해 결정을 내렸다고."

"그 결정을 정말 확신해?"

미셸이 살짝 염려스러운 얼굴로 물었다.

"그래, 확신해. 두 사람에게 제일 먼저 알리고 싶었어. 난 로스가 레이크 에덴에 돌아오는 대로 그와 결혼할 거야."

버터스카치 샴페인 칵테일

재료

버터스카치 리큐르 1/2온스(42.5g) / 브륏 샴페인

만드는 법

1. 버터스카치 리큐르 1/2온스(42.5g)를 샴페인 플루트에 붓습니다.
2. 나머지를 브륏 샴페인으로 채운 뒤 맛있게 즐깁니다!

한나의 메모: 샐리가 박사님과 엄마의 결혼 피로연에서 특별히 만든 샴페인인데, 이걸 만든 이유가 박사님이 스코틀랜드 출신이기 때문이라네요.

더블 퍼지 브라우니 살인사건
....
2015년 07월 20일 초판 발행

지은이   조앤 플루크
옮긴이   박영인
펴낸이   이경선
펴낸곳   해문출판사

등 록   1978년 1월 28일 제3-82호
주 소   서울시 강남구 논현로87길 41, 911호(역삼동, 신일유토빌)
전 화   325-4721(대표)
팩 스   325-4725
....

값 14,000원

ISBN 978-89-382-0428-8
ISBN 978-89-382-0400-4(세트)

※ 잘못 만들어진 책은 구입하신 곳에서 바꾸어 드립니다.

국립중앙도서관 출판시도서목록(CIP)

더블 퍼지 브라우니 살인사건 / 조앤 플루크 지음 ; 박영인
옮김. -- 〔서울〕 : 해문, 2015
    p. ;   cm. -- (Cozy mystery)

원표제: Double fudge brownie murder
원저자명: Joanne Fluke
영어 원작을 한국어로 번역
ISBN 978-89-382-0428-8 04840 :   14000
ISBN 978-89-382-0400-4 (세트) 04840

미국 현대 소설〔美國現代小說〕
추리 소설〔推理小說〕

843.5-KDC6
813.54-DDC23   CIP2015017754